中国新文学学会、刘醒龙当代文学研究中心主办，卓尔公益基金会协办。

2020/3

编　　辑:《新文学评论》编辑部
电子信箱:xwxpl@sina.com
地　　址:湖北省华中师范大学文学院
邮　　编:430079

主办单位:中国新文学学会
刘醒龙当代文学研究中心
协办单位:卓尔公益基金会
出版发行:华中师范大学出版社

目录 Contents

唐浩明研究专辑

批评前沿

中国现当代旧体诗词研究

学术交流

图书在版编目(CIP)数据

新文学评论(三十五)/黄永林,阎志,张水健主编.
—武汉:华中师范大学出版社,2020.10

ISBN 978-7-5622-9156-5

Ⅰ.①新… Ⅱ.①黄… ②阎… ③张…
Ⅲ.①中国文学—文学评论—文集
Ⅳ.①I206-53

中国版本图书馆 CIP 数据核字(2020)第 194599 号

责任编辑:宋文静　冯会平
封面设计:川　上
责任校对:王　炜

华中师范大学出版社

社址:湖北省武汉市珞喻路 152 号
电话:027-67863426(发行部)
网址:http://press.ccnu.edu.cn
印刷:武汉兴和彩色印务有限公司
字数:346 千字
开本:889mm×1194mm　1/16
印张:11.25
版次:2020 年 10 月第 1 版
印次:2020 年 10 月第 1 次印刷
定价:29.00 元

郝景芳、姜振宇文学对话录

□ 郝景芳　姜振宇

姜振宇（以下简称“姜”）：写作作为一种产出，我相信它一定与阅读经验有关，所以第一个问题是，您大概是从什么时候开始把读书当成一个事儿的？这里的读书指的是读教科书以外的，不属于专业书籍的那些。

郝景芳（以下简称“郝”）：6岁。认字了就开始狂读书。

姜：大致上是一个什么样的场景呢？您能说一两个印象比较深刻的作品吗？

郝：印象最深刻的就是，以前我小时候没什么看书的资源，我家的藏书也不多，就那么几本，看光了以后，我就上街上去找。不过，街上只有租书店里面有，以港台的武侠小说、言情小说加上漫画书为主。然后我就把街上的两个租书店里我想看的都差不多租光了，剩下可能有一排言情小说，我就压根不想看。除了那些以外，也有一些武侠，我觉得他写得不好。后来我把租书店的书都租光了，就在街上旧书摊上买那种盗版书，10块钱一本，什么《刘墉全集》《林语堂全集》《三毛全集》，就是印的都可次了的那个书，但是我也就在街上买地摊上的书。我觉得只要有的看就行。

姜：这个过程发生在什么时候？比如说您说6岁开始看书的话，可能是在1990年。

郝：对，我1990年上小学。其实上小学以后就挺喜欢看书的，比如童话，还有什么《中国通史》《十万个为什么》之类，反正就小的时候也没几本别的书看，就看这些书，然后还订杂志。后来我曾经有一年出国，在英国当地是有一个公共图书馆。当时每天下午放学就跑进去，然后借5本书回家，过不了几天就看完了，又还回去再借。然后那一年过完之后回国，就没图书馆了，然后就过上了刚才描述的那种，在租书店和地摊上扫荡书的日子。所以是从小学五年级开始吧，一直到初中都是靠这种在街头扫荡收获的，而且当时没有钱买好书、贵书，也没有网店，所以偶尔去一趟卖正版书的那种正经的大书店，就跟旅游似的。上中学的时候还省饭钱看书，中午比如不吃饭了，就花1.5元买点切糕，然后就慢慢能攒钱买书买磁带啊这些。

后来上高中以后，就会稍微舍得花点钱买正版书了。大学以后当然就很正常地在图书馆里借书看，然后也买书。我家在扔掉了几箱子不喜欢没价值的书以后，还有两面墙的书架。

姜：这里有两个问题是我想要追问一下的。一个是在您阅读过程当中会有侧重吗？比如说对于我们这一代喜欢读书的人来说，几乎都是一开始什么书都会读。但是有没有那种我进一个书店，先去某个书架，先去看看有没有哪一类的书又有新的作品出来了？

郝：我实际上在研究生之前都不怎么太挑的，什么都看。到研究生之后，其实也就最近这五六年，我最喜欢看的其实是社科类的书。比如历史研究类的、社会研究类的，尤其是有一些比较新视角的历史研究之类，这些是我比较喜欢看的。

姜：其实也就是已经进入学术或者是学术普及的这样的一个状态。

郝：就是游移在学术内和学术外之间的这样的状态。也确实是因为自己对这些领域的研究话题比较感兴趣，所以就特别喜欢看这些方面的书，所以现在对小说看得比原来少了。

姜：第二个要追问的话题，就是科幻这个文类在您的整体阅读经验当中，大致上是一个什么样的位置？

郝：它是我从小看的所有小说的一个重要部分了，其实从我整个原来是大学及以下的阅读经历，从时间上算的话，可能还是看纯文学比较多一点。我大概是这么个比例，可能看纯文学占百分之四十，然后看科普占百分之二十，武侠占百分之二十，科幻占到剩下的十到二十的样子，等等。

姜：纯文学是偏国外的，还是说中国传统意义上的经典作品？

郝：国外的。

姜：国内的像鲁迅、郭沫若、茅盾、巴金、老舍、曹禺这种"五四"以来的文学呢？

郝：鲁迅我挺喜欢看的，巴金我只喜欢看"家春秋"。剩下一些民国作者，我就真的不太看得下去。我看过徐志摩写的那些，我觉得叫什么小说啊(笑)，然后特别看不下去。什么《京华烟云》，这些我都看不下去。

姜：茅盾、老舍之类？

郝：我看他们的作品就是欣赏一下，就是走脑不走心。我觉得写得好像还不错的，但是没有什么打动我的点。但是看国外的部分作家的话，我是会被打动的，要么就是被一些奇思妙想或者是很巧妙的结构，或者是叙事里面的一些。

姜：能举一些作品或者作家的例子吗？

郝：像福克纳。福克纳就是所有的作品都很击中我。塞林格也挺好，他是第一遍看感觉不出来什么东西，但是你可以反复看，然后越琢磨感触越多。海明威是我经常会找他去学习一些写作的，不知道怎么写的时候就会去看。马尔克斯是我 16 岁上高一的时候，第一次看《百年孤独》就很被打动的作者。高中的时候我最喜欢卡尔维诺和马尔克斯，所以后来在最开始写作的时候就特别被他们所影响，还是很想去学习的。剩下的有一些作者，看得不是很多，但是还挺被打动的。有一个爱尔兰作家科尔姆·托宾有一本小说集叫《母与子》，特别好。其他还有黑塞、略萨的话我喜欢一部分，但有的小说政治性太强了，我就有点不是特别喜欢。普鲁斯特当然很好了，他的叙事也有他的好处，就是他写的真的深，他写的那个人能够真的往心里面去挖，但是他的叙事就会有点太平了，确实是太平了。反正总的来讲，每个作家都会有很打动我的地方。现在要是你让我仔细想一想的话，其实也还有其他的，比如说像门罗。反正总的来讲，有很多作者都有某一本书打动我的地方。

姜：那么对这些国外的作家，比较集中的阅读大致上是发生在什么时间点？

郝：其实从中学到二十七八岁，还是会看很多小说，只不过最近这几年的社科类阅读会更多一点。

姜：那么更加经典一点的，像托尔斯泰、卡夫卡这些呢？

郝：对对，这些作者在我的阅读里面占比还是很高的。比如托尔斯泰，尤其是陀思妥耶夫斯基，他的大部头，我基本上都是原著啃下来的。不像有的人，他可能看过《卡拉马佐夫兄弟》的书评，然后去简单翻两下。陀思妥耶夫斯基的那些大部头，我基本上都是逐字啃下来的。像《群魔》《卡拉马佐夫兄弟》等等，陀思妥耶夫斯基我是真的很喜欢看的！像《被侮辱与被损害的人》这些里头，我最喜欢《群魔》这本，这个是影响我还挺深的一本书，我到现在还是对里面的每个人都印象很深。我现在其实要说给别人推荐一本文学史经典之类的，我很可能就会推荐《群魔》。然后我就又想起一个《约翰·克利斯朵夫》(笑)，可以说印象很深。如果是中学生让我推荐点书，我一般都不推荐陀思妥耶夫斯基、福克纳他们这些比较深的，中学生他就觉得看不下去，我自己也都是大学以后可能才看得多。所以中学生我其实一般都推荐《约翰·克利斯朵夫》，年轻人要是早一点看，其实对他一生都挺有好处的。罗曼·罗兰写的我基本上大部分还挺喜欢的，不过他其他的东西确实有点过于正能量，但是这一本很好。

托尔斯泰我也看了，像《战争与和平》这些，他写得也确实很深很好，但是他有点道德说教的意味在。他会有一个这种标志性的理想型人格，或者理想型的生活方式应该是怎样的，然后反复探讨这个问题。但是你带着预设立场，就不像《群魔》那么打动人心。现在仔细想一想的话，《群魔》还有《白痴》，还有《被侮辱与被损害的人》，这些真的都很好。我现在还经常会觉得自己比较缺乏足够的勇气和力量去写这些东西。比如说我也写到一些我所了解的我所经历的，或者是我所听见的"恶"的部分，我如果要写这些东西，那么它是一个很自我折磨的过程，它需要有力量——精神的力量去支持。所以当我考虑到我自己的写作的时候，就会发现像陀思妥耶夫斯基这样的作者，他的力量之所在。

卡夫卡的话当然也很喜欢，我最喜欢的其实是《审判》和《城堡》。

姜:我就在等着《审判》。(笑)

郝:其实我对《变形计》,反而没有太大的感受,看完以后觉得不就是变成一个大甲虫了?其实《审判》和《城堡》它完全是一个气质的东西。这个气质是说,一个人是特别一本正经地,在面对他所遇到的这种荒诞的问题,他在较真。假如今天你一个人在一个应酬的酒局上,其他人都是在说一些类似"规则是这样的,我们就应该这么做"或者"我们就这样做吧,你懂得",然后就"好、好、好,我懂了"之类的。然后如果有一个人开始说"你为什么一定要这样做",然后去分析这里面给谁带来好处、带来利益之类。再或者有这么一个人非要把这个逻辑弄清楚,他就像是一个天真的孩子,但是不是在假装严肃问这个事,而是真的很严肃。这里关键的问题就是说,所有的周围的这一切,你说是骗局也好,是荒诞也好,它就是经不起追问的。只要一思考,所有荒诞的东西就全都能暴露出来。但是在现实当中,大家又处于一个不追问或者说默许的状态。甚至包括比如说咱们各种各样的什么科幻大会,你要是有一个卡夫卡那样的 K 在那的话,分分钟戳穿里面的所有的这些虚张声势的、虚伪的、经不起推敲的部分。然后还有很多类似于像《审判》或者卡夫卡这样的人的话,就把一切都给戳戳戳,戳碎掉。卡夫卡他写作的这种精神性力量也很强。

姜:还有古典名著呢?

郝:可能确实也只有《红楼梦》比较打动我了。因为我说实话,一个女生看《三国演义》和《水浒传》真的没什么感觉,很多人都讲《三国演义》《水浒传》里面的那些好,反正《三国演义》更多是一个谋略纵横捭阖的这种,《水浒传》它是人物塑造方面写得很好。但是古典小说这种人物塑造得好,它更多是有点像舞台上的角色。比如说这一个人登场,咔咔一个彪形大汉,然后完成了一项功绩,大家都喝彩。所以它塑造人在舞台的这种感觉还是很强的,很热闹,但是确实不像刚才说的卡夫卡、陀思妥耶夫斯基的作品,关于人里面的精神性力量的东西,他是往人灵魂上面去表达的。所以古典小说肯定在这些方面都会欠缺一点。但是曹雪芹还是有一些很戳人戳心的这些部分,比如说林黛玉这个角色,她算是文学史上第一个戳我的角色。

姜:大概是什么时间点、年龄段被戳到呢?

郝:四年级吧,其实是 9 岁开始看,到 10 岁看完了。反正那个时候我看《红楼梦》就看的是原著,不是缩写本或白话本。然后我那个时候挺有点代入感,我很喜欢林黛玉嘛,但是就特别替她着急。我原来小时候其实是那种挺会说话,挺会让老师、家长、同学什么的,谁都挺开心的,人缘挺好的人。然后我当时就替她着急,我心想说,你就先说什么话,这个时候你要是说一句这样的话,别人不就是对你好多了?但是林黛玉这个角色她就很戳心,到现在为止我印象还很深刻。所以现在其实是懂一个像她这样的角色,为什么会很多时候她就是不讨好,而且也没想讨好人家,就那样。所以林黛玉在某种程度上其实和 K 是有点相像的。她不会说那些圆滑的话,会直接讲出来。

姜:明白您的意思。阅读这一部分当中,还有一些是您目前还没有讲到的,就是武侠。

郝:我从个人情感上对古龙是会更喜欢。虽然别人所有分析的金庸的那些好,我也都明白,但是古龙他会有一点热血的部分。这个热血的部分是比较打动我的。

姜:热血具体是指?

郝:《欢乐英雄》里,古龙总有一种嬉笑归嬉笑,打归打,平时不正经就不正经,但是在关键时刻,我这个朋友是不离不弃的感觉。不管发生什么,朋友永远地出现在你需要的地方。这就感觉很热血,我自己还挺吃这一口的。

姜:那么对我们今天的武侠呢?更年轻的作者的创作?

郝:年轻的作家里,小椴看过一点。实际上就是当时流行的一些网络写作,什么"九州"的天团,还有步非烟这些我也看了看。但是说实话,没有很受触动。情节挺精巧的,但是可能因为我看的少吧,没有像金庸、古龙那样整个全集地看,可能只是看了一些章节等等,就没有特别被打动。尤其是接触这些新作者的时候,我已经上大学了。我当时就痴迷于看福克纳,像《野棕榈》《八月之光》,我属于是抱着啃,《野棕榈》我到现在还时不时拿出来回顾几段。相比于这种状态下的时候,再看新人写的武侠,就真的看不进去了。

姜:您上大学的那几年,网络文学也正好是处在转变的过程当中。非传统的"九州",包括更早之前从

《大话西游》的时代开启的比较新的整体文学状态都在迅速发展。您的写作大致上其实与这些同时。我们注意到，在以往的报道里，比较受关注的其实是您参加新概念作文大赛（以下简称“新概念”）。那么在新概念之前，作文或者说写作对你来说是一个什么样的状态？

郝：其实在新概念之前，我写小说也写了五六年了。但是发表的比较少，在一些作文选里面，我们老师有送过去发表。我自己也没有投过稿，要么就是写点很短的小说，我们班里同学相互传看一下，而且还局限于一些文学爱好者；要么就是我自己曾经也试过写长篇小说。大概在高一高二的时候就写了，但是我自己就会知道它很幼稚，不应该拿它出去见人，然后也没写完，写了几章吧，也还是设计了好多情节。具体就是一个中学女孩寄宿在别人家，然后跟自己的家庭关系，跟寄宿家庭关系，跟另外一个男孩的关系，等等。但是关键的一个问题在于，我觉得写小说是得有那种让自己觉得力透纸背的精神力量，但是我自己写这个小说，设计来设计去，我其实找不到点在哪儿的。所以写着写着也就不知道自己在要写什么了，然后就扔那儿了。

姜：这个其实也非常可以理解，因为在算是出道之前肯定有一个比较长的积累的过程。那么新概念之后，在创作这个方向有一个比较明显的活动，其实马上就要到2007年了。那一年在《科幻世界》上面发表了几篇，又参加了那一年成都的科幻大会。那么这个事情对您来说是一个什么样的状态？和科幻圈里的这些人玩应该是开始得更早一点？

郝：那倒不是。我当时是这样，上大一到大三的时候我实在是太忙了。物理系第一年先要学所有的基础物理，然后还要学所有的数学，差不多一年都挤着学完了。第二年就开始上四大力学了，还有数学物理方法。后来到了大三的时候，上各种专业课，还有高能物理。而且我还是想去读研。记得那时大一的时候成绩就不太好，所以大二、大三的时候在玩命赶功课，就还是要冲一下成绩。所以基本上没法去写作，但是我还是会去大量地阅读，这也是很好的输入过程，也有一些碎片知识积累下来。我什么时候开始写作呢？直博推完了，整个走完程序了，第二个礼拜就开始写小说。

姜：那么科幻、《科幻世界》是从什么时候开始进入你的生活当中的呢？

郝：《科幻世界》我是从高中就开始看。其实很早就知道，但是后来为什么开始给他们投稿呢？是因为当时有一个科幻征文比赛，他们跑到大学里面去征文。然后我就写了一个报上去了，反正后来就得了个一等奖。然后就有作者的聚餐，像星河老师等，后来也就认识了《科幻世界》的编辑，就给他投稿。当时参加征文比赛应该是《谷神的飞翔》，所以应该是因为刚好有这么个科幻征文比赛，我就拿了个奖，又刚好认识了《科幻世界》的编辑，所以就这样阴差阳错的，后来就一直写科幻小说。如果说我当时刚好能够有机会，认识那些主流文学杂志作者，我可能就选择一直写主流文学了。然后我就去参加《科幻世界》笔会嘛，那就更加给科幻世界投稿了。我当时其实也有想写主流文学，但是我就不认识什么主流文学杂志的编辑，我原来最开始跟主流文学杂志投稿，还是按照杂志上写的什么官方投稿的邮箱。这个邮箱完全是石沉大海，没人理我的，根本就没有回复，拒稿也没有回复。所以我都是到了什么时候，我写作都写了五六年了，我才认识主流文学杂志的编辑，然后能够直接给编辑投稿。所以直接写科幻其实也有一定的偶然性。

姜：那么在您说的这一段创作时期里面，《萌芽》在其中吗？我注意到您在2010年前后，有一大批作品发在上面。

郝：没有一大批，因为其实当时我给《萌芽》发了一点星象学的文章，那些不是小说。我大学里面的时候，没事儿就我自己写了点关于星象学和天文学的科普文章。我当时写的都是小集子，后来就先给《萌芽》看看。他们不是当科普，是当星象学文章。他们全是占星爱好者，我是当科普写的，他们发完以后会问我说你能帮我看看星盘吗？文艺圈对于星象学的认知和科普圈是不一样的，所以我当时是发了一些每个月一篇的星象学的小文章。我这个人有点跨界嘛，所以在科普圈、科学圈里也不主流，写的东西会相对比较软一点；但是拿到文艺圈来讲，还挺硬核的，他们又把我当星象学的，和占星摆星盘的都放在一块去，所以也有点那个问题。然后我告诉他们我不是算星盘的，我也不会占星。

姜：接下来您是有一批作品发在清华的论坛水木清华BBS的科幻版？

郝：对，其实我就集中在2012到2013年那两年，在水木上发点东西。一个原因其实是当时在那儿认识宝树了。宝树他就是整天发，还挺好，我挺喜欢看的。后来我就写点往上发发，然后这样的话作者跟作者之间有交流了。

姜：之前您玩 BBS 吗？

郝：之前基本上不发东西，就有时候上去看点帖子，然后也发点跟其他人讨论一些有的没的。我那时候是篮球版的版主，在篮球版上发东西，比如说发点球星的资料对比帖子之类的；但是科幻版上其实很少。

姜：虎扑、天涯、豆瓣之类的呢？

郝：虎扑我还算是挺深度的用户，但是这两年也都不发了。主要就是得奖之后就更不发了。

姜：那么接下来就是要不得不讲到得奖作品了。《北京折叠》最开始在水木上发的，当时刘宇昆把您写的一些作品翻译成英文。这个过程是在您的意料之外还是之内的？

郝：我那个时候是知道他们都在做这种翻译计划。2012 年我去了一趟美国的科幻大会，当时是吴岩老师组团，他邀请我说中国的作者一起组团，我买了个机票就去了，就当玩一趟。去了以后就认识刘宇昆了，也认识微象那些人。所以当时他们都是在问，说有没有作品可以给他们发过去。刘宇昆当时是在做中国作家翻译计划，所以他找每个作家都要了稿子；然后微象也是在做中国作家的推广，所以我也有给到他们。刚认识刘宇昆的时候给的其实是《看不见的星球》，他就帮我翻译了发了。《北京折叠》是后来写的，2014 年发表。之后是刘宇昆他听说我最近写了一个关于北京的科幻小说，给我发邮件，问我说能不能发给他看看，我就发给他了。他翻译完以后 2015 年才在美国发表，所以其实中间还是有挺长时间的。发完以后我也没在意，2015 年 1 月就在美国发表，到我得奖都一年多过去了，中间我根本就没过问。因为在美国那边发表，尤其是这种电子杂志基本上没什么收入，有几十美元的收入就不错了，然后我也不知道有多少人看了，估计也没多少人看。所以我完全没管这件事。

姜：2012 年您和吴岩老师他们组团过去美国科幻大会，回来的时候在北师大做过一个分享，夏笳、汪梅子她们也在。那么类似这种科幻圈的活动，对您来说是一个什么样的状态？在当时，“科幻产业”这么个东西还不存在，跟科幻圈的人一起玩，对您来说意味着什么？

郝：我是几乎不参加聚会的。他们谁都知道我啥活动也不参加，科幻大会我就 2007 年参加过一次，可能还参加过几次我都不记得了。星云奖我也不怎么参加，所以前两天有采访我说，十年星云奖里哪一次印象最深刻？我回答说希望今年能让我印象深刻(笑)。之前就没有印象深刻的时候，我也不参加线下聚会这些。所以我参加的活动都是明确对象。比如有一个作家我跟他对话，同时这个作家我要知道他是写什么内容的，我觉得我跟他有的聊，OK，那我就对话。所以我一定是对事儿不对人的。我不会说因为这些是搞科幻的人呐，那就没事聚一聚，这种事情完全不符合我的。所以我就会觉得像开大会、发奖这些，就耽误时间嘛，根本不参加。说实话今年我觉得重庆颁这个奖，纯属是我又把他们拒了，他们实在没辙了，非要给我发个奖。你想一想这个奖多无聊，完全是无谓的一个奖。我不参加这些活动，也不交流，我不跟粉丝见面，我也没有粉丝会，也不搞签售。我每一本书出来，只做一个小的发布会，然后就再也不做任何工作了，也没做签售会，也没搞别的。我觉得所有这些东西其实都没什么实质性内容。

姜：《外祖母家的夏天》，为什么想起写这样一篇作品？

郝：当时应该是在看生物学自组织理论里面的一些原理，然后想写一个关于生物进化的东西。

姜：这一篇故事里面，很多新事情的发生，是源于原来的秩序的打破。从这里面去看，我的感觉是故事本身是在呈现每一个瞬间的这种可能性。

郝：不是，我那个时候比较喜欢写，那种有双重含义的一些瞬间。你按这样的解读，可能推导出这样的结果，按那样的解读，可以推导出那样的结果。然后我就比较喜欢写这样的时刻、事件、瞬间等等。

姜：之后不久就出了《星旅人》，后来又有《去远方》。

郝：《去远方》其实就是《星旅人》的再版。

姜：两本书前后篇目、排序上有调整，书名也做了更换，为什么呢？这当中发生了什么样的变化？

郝：就是想要选择更成熟一点的篇目。再选的时候，我也是还能看得出来哪些篇目的完成度相对比较低，或者是幼稚一点，或者当时也不是完全满意，等等。再入选的时候，其实更希望放完成度高一些的作品。

姜：写《去远方》的时候是一个什么样的创作状态？

郝：我其实想写的就是如果一个人他能看见周围的整个大势是在变坏，或者是很糟糕很疯狂，这样的一个人是如何尽量在保持自己精神世界的同时，还努力地做一些智力上的工作。小说里面写的当然是一个虚拟的老人，但他会有一些原型。首先就是费孝通先生，他这样的知识分子是最容易看得到这种大势在变坏，然后因为他对于这些知识和学术上的热爱，还要自己努力地保持孤独的清醒，并且努力地去拯救一些东西。所以这种孤独的清醒，我自己还是挺被打动的。

姜：大概是在什么样的过程当中，意识到存在这样一种人的状态？

郝：也就是去读这些社科学者的研究，学习相关知识。也有去上社会学的课，去了解一些当年的历史。反正我在清华里面的时候，还是去旁听很多这些社科的课。

姜：这个状态是发生在您转换专业方向之前还是之后？这样一种知识分子，这样一种状态的认知，和换专业有关系吗？

郝：写应该是在换完专业之后写的了，但换专业之前其实也差不多有这个感受。之后对于人文社科类的课又学得更多一些。

姜：读您的作品的时候，我获得的一些体验其实跟我读社科类这些原著的时候获得经验有某种相似之处，比如以知识系统、理论工具来把握世界这样的一个典型知识分子的状态。

郝：我自己那段时间也确实是都一直沉浸在学术研究里面，很喜欢读那些学术著作，而且对于有情怀的知识分子也是比较心存感激的。

姜：这样的一种感觉和您以前在物理学专业学习的时候，会有不一样吗？

郝：其实读物理学专业的时候，我也很喜欢那些逝去的学者。然后我也有以逝去的学者为原型的写作。

姜：我们所谓的"文科"这样一种知识系统，毕竟是直截了当地研究我们当下生活和社会的。这样的一些学者与那些个体性没有那么突出的领域，对您来说有没有一些个人化的差异？

郝：那倒不太有。就不是学术上的，更多的是为人上的。我主要是会对这一类学者的忧心天下事这种士人风骨和精神比较感动。我对于学术、学统、学理这些东西其实不是特别敏感。

姜：后来到《孤独深处》的时候，我发现有一套叙事的模式开始呈现出来。作品中往往会存在两个世界，一个是大的外面的世界，其中有一些事情不管是好是坏，它都正在发生；还有一个是在"我"所能接触到的范围之内的这些经验。比如在《北京折叠》里面有一个非常具有标志性的动作，就是去上班。小说中这样一个关键的举动前后出现了若干次，而这其实是代表着对一个庞大社会秩序的某种认同。

郝：大世界与自我小世界可能在《最后一个勇敢的人》里会更明显一点的。不过这倒可能确实是我的一个喜欢写的主题。核心是个人、个体如何在一个大世界中自存，而且我是比较个体主义的，觉得自我是很大的。

姜：小世界和大世界之间是一种什么样的关系呢？个体可以把自己小世界拓展出去，然后对于外面的一个大世界有一个非常充分的把握吗？

郝：我是觉得个体他就是能够更好地把握自己的个体世界，不被外界所淹没就不错了。

姜：我注意到两个世界之间的关系，更多的时候也许是对抗的，或者是一种紧张的关系。这个是您在作品内外都是一种认同的状态吗？还是说我只是在他的作品当中陈述的这样一种效果？

郝：就像那本书的名字一样，《孤独深处》里我体验到的就是孤独。然后这种孤独就会变化为故事里面的小世界。就是隔离，对于我自己来讲。故事里面当然是会有一些冲突对抗，但是对于现实中来讲，就是隔离、孤独。

姜：只是形成这样的一种状态，然后就稳定下去吗？

郝：我自己其实还挺接受孤独的，但是现在也有一些新的改变。会有比较知己的人的存在，这样子的话就可以有更多的交流。因为所谓一个小世界多少还是找不到同类的感觉。我其实对这些东西都还挺顺其自然的，原来很孤独的时候，没有什么人能够说话的时候也觉得挺安然挺好的,我就不怎么跟外界交流,自己干自己的事。或者说我跟外界有很多社交,但是其实不怎么交心。但是最近也有一些比较顺其自然的,和很多人交流的可以更深度、更同频,也能够看到一些内在的联系等等。我现在也觉得挺好的,但这个并不是我去向外界索取的,或者说因为我觉得孤独不好,我就要去找更多的人与人的连接等等,不是。就是一些机缘巧合可以让我和某些人能够沟通得更紧密更顺畅。但是你说到未来我一定要这种非常紧密的联系或者是知音的感觉,要天长地久吗?也不一定,也许就又走远了。所以其实我对于人的关系从来就没有执着过。

姜:也就是说这个地方不存在一个非常强有力的动机,或者是推动力的感觉?

郝:对,我对于人与人的关系没有推动力,人与人的关系既不给我造成困扰,也不为我提供生活的动力。我觉得都是无所谓的,我只对于我想做的事情会有内驱力。

姜:您一般的写作状态是怎么样的?是写得比较顺,还是会更多地修改、思考?

郝:一般还挺顺利的。其实我后来的感觉是,写得比较顺的作品,完成度也就会高一些,后面也一直能保存下来。那种自己最开始没有想好就硬写,前后反复调整好几版,不断改叙述方式的,到最后也经常就搁那了,改不出来了。我后来就总结出来,没想好就写,这件事就不行。

姜:对一个作者来说,什么样的状态算是想好了?

郝:就是情感逻辑顺了。你知道你想写的是什么人,他为了什么干了些什么,他发生了什么,最后怎样。就是中间你自己在心里能够画得出来这条图了就可以了。但是我会有很多半成品放在那里,就是因为理不顺里面每一个人物的情感线。

姜:不同作者的创作状态其实差别非常大,有的作者会非常地激情,只是想到某一个点,比如某种情绪的波动,自己的感受体验之类,他就是要迅速把这个点给写下来就作为一个作品,您有没有这样的时候呢?

郝:对,我也会这么写,但是它不是一个完成的作品,就是个碎片。我这样碎片写作写了几百万字了。然后大量的就是抽屉文,它基本上就是随笔、笔记。你如果有一个点生发出来就开始写,这就是素材,就是一些碎片嘛。但是作为一个小说,完成度高这件事还是非常有意义的。完成度的意思是,从第一个字起,它就要向最后一个字去推进。一个小说最重要的,就是用合适的节奏去推进你要表达的整个的一个东西。然后你选择几场戏,什么样的转场,怎样的一个叙述,哪些信息在什么时候扔出来,然后这个里面的人物你是让读者了解他一半,还是了解他全部,然后在每一个地方你是怎么展现里面的情感节奏,然后如何推到一个你觉得有点触动到别人的小高潮,然后再如何转折如何怎样,最后是落脚到什么地方。就是所有的这些地方,都得是完成度很好,这才是一个作品。激情推动下的,那就是一个碎片,碎片我也写得多了去了。

姜:非常棒,您刚才讲的这一点,确实是一个作家从单纯激情走向成熟所必需的。

郝:有激情的作家,他也得是把那些作品完成所需要的技术,都极为熟练、了然于胸。以至于他激情一来,就可以顺理成章地开篇、起承转合,那还行。

姜:是,和其他更年轻的作者相比,您发表的作品确实整体上完成度会显得比较高。

郝:然后我是对于自己在完成度方面还有要求,并且我也还是不满意嘛,所以在作品和作品之间有时候会隔很久,甚至隔上几年。就是说每次在写新的东西的时候,还是希望有一些新的、更高的尝试。所以我也知道自己的水平大概也就到哪,但这个东西你不去追求是肯定不行的。

姜:那么会有 deadline 的压力吗?

郝:其实我有死线的压力,但是我也有不断拖死线的技巧,不然还能怎么办呢?

姜:您除了小说之外,其实还有公众号、演讲等等各种各样在公众面前展现出来的内容性的东西。创作这些的时候,和写小说的状态会有什么差别吗?

郝:其实吧,演讲这个事儿对于我来讲,也就是给童行学院这边做点 PR 活动。我其实是不爱演讲的人,然后我们最近市场策略就有一些转变,所以不是特别需要我在外面不断做演讲。

姜:公众号上面的这种写作这一块呢?

郝:公众号其实我原来还一直都挺爱写的,但是现在没太多时间,就搁置了一段时间,后面有一搭没一搭地写。

姜:之前您的公众号文章阅读量很高,有“十万加”吗?

郝:也没有“十万加”,但也不少。其实我比较喜欢写生命成长类的文章,这一类阅读量会高一些。

姜:您说自己喜欢,然后马上又转到阅读量高。这里有一个自己喜欢和这个东西的市场影响或者说读者反馈之间的差别,写公众号文章的时候哪一个会更加看重一点?

郝:我确实是自己比较喜欢写一些生命成长类的文章。然后也有一些话题,它就阅读量高,我就死活也不写。我选择一个写作题材的时候,是不会考虑阅读量的,但在写法上面还是会希望是能够引起大家阅读兴趣的写法。

姜:小说呢?

郝:小说的话我就更加按自己兴趣写作了。我就基本没干过所谓去踩大众阅读点的写作,我也不知道大众的小说阅读点在哪,因为我觉得小说现在就是个小众的东西,基本上是自己爱写什么写什么。

姜:你会去主动接纳编辑、读者的反馈吗?

郝:编辑这边,到目前为止,我出过的所有书只给我改错字,一句调整都没有。我出的所有书,不管长篇小说、短篇小说,编辑一句话都没给我改过。然后所以也没有什么接纳不接纳,因为编辑没给我提过意见,顶多是有一些个别句子的语序,有一点点像病句,他给我调一点,改点措辞呀,等等。然后读者的反馈的话,我有些有时间看看,我就虚心接受,有些也没时间看,我哪有那么多时间?

姜:读者的意见呢?

郝:我就是会想一想,这个里面是不是真的有这个问题。但是其实有时候一些意见也不是特别有建设性的意见。比如说人物塑造太单薄,你说那叫我怎么改?我就也得是自己琢磨,也不一定就往哪个方向改。

姜:会不会有哪些读者或者评论者的说法,让你突然间被戳到,突然间感觉到“他真的明白我在讲什么东西”呢?

郝:有一回有一篇小说叫《生死域》,写人死了以后进入一个意念世界,大概是这样。有一天在一个读者见面会上,有一个中科院做物理研究的人来找我,说他觉得我那个小说是阐释量子力学里实域跟能域共轭最好的一个阐释。当时我特别激动,因为他说的阐释确实是我那篇小说的核心重点。我不是写一个爱情故事,我那是写量子力学里的海森堡不确定性,也就是在时间和能量两个维度上的不确定性。我是写这个东西的,所以他能懂这物理含义,我还挺高兴。

姜:如果一直没有人给你这样的回应呢?会有什么情绪反应吗?

郝:目前不太会有。

姜:在您自己所关注的事情上,眼下想做的事情,和比如说10年前的想法,有一个大的变化吗?

郝:也有变化,眼下想做的事情会更加的多门类一点。10年前因为自己了解的世界比较局限,想做的事情也不过就是写作。写一个一个的作品,还有给自己列了一些研究计划,就是想要研究的一些课题,我觉得这时候是我在当时能够接触到的范围里面,我又非常感兴趣的事情。有大概是三五个社科类的研究课题,有大概五六个想要一直去写的这种小说的题目,然后这些还有想去中国的一些古文明历史考察等等,这些都是10年前我就开始想做的事。现在因为能力范围也更大一点了,想做的东西、正在做的东西也更多。比如我自己正在主导开发一个儿童科幻类的游戏,我有一个游戏团队,现在本身开发者就已经有30来人了,所以我就能去期待做一做更好的一些产品。然后除此之外,还想去做一些跟实时互动的CT技术、虚拟现实有关的一些内容的开发。然后也在做一些科幻文创类产品的开发,还有音视频节目等等。所以总的来讲,我想做的事情都还是创意产业、创意项目类的,内容上面其实没有多少本质的变化。但是我现在因为接触到的方式方法、技术手段多一些了,我做的东西就拓展一些。

姜:当年的写作,甚至包括一部分的科研项目也好,大量的东西其实是个体化的。而现在您刚才说的视频、游戏,它是一种团队化的运作。这个过程当中您扮演的角色是不一样的,除了主导各种内容开发以外,还得是一个组织者、管理者。这个过程当中,比如说在角色切换的时候,您的个体心态会有什么变化,或者会有什么困扰吗?

郝:我觉得切换的时候没什么困扰,我还好,我其实还挺喜欢带团队的,我发现我组织能力挺强的。在团队里面我也不是负责所有角色,我有自己的身份定位,有很明确地说我就要干什么,我必须得按我这个方式干,我也挺明确的。这样的话,我的合作者就能配合到我的方式,而且很多是他们能负责的东西,我也干不了。其实就是自己对自己认识得越清楚、越明确、越坚定,你越能跟别人合作。你就把自己说的特别清楚了,你能干什么?你想干什么你怎么干,你的工作范围然后都特别清楚,合作者就可以在周边去搭起来。

姜:因为您刚才说到事情多了起来以后,包括您在创作方面没有那么强烈的对自己勉强的感觉。那么下一部作品它会是一个什么样的状态呈现出来?

郝:其实就是想把我现在手头写的长篇小说赶紧写出来。但是对这长篇小说吧,又是发现有一些地方又是像刚才说的没完全想好。我就本来写了四章,但是现在又想推翻重来。因为我发现其中有两个人的人设,他们的角色背景故事有点问题,以至于写到中间的时候再往下推就有点费劲。我后来一想可能还得他们俩换身份,人设都要有些调整,所以现在已经推翻回引子了。另外有一个挺关键性的技术,我本来也是说差不多就先写,但是像今天早晨又在咨询我的朋友,可能技术方案也要改,这技术方案一改,其实前面的很多情节也都要改。所以这个事情我虽然觉得工期挺紧的,但是还是不能操之过急,还是得想清楚再写过程。

姜:这里就涉及一个比较有意思的问题了,比如说大刘的《流浪地球》,带着地球去流浪这个设定完全是一个美学设定,而不是一个科学设定。

郝:科幻小说其实不存在说从科学角度去出发进行设定,那没有。所有的科幻小说里面的设定都是情节设定,都是因为美学或者是因为情感因素需要这样的一个设定,就做一个。然后只不过要用科学把它给解释得对,其实科学就是一个合理化的过程。

姜:您还有什么想对读者、研究者说的吗?

郝:没什么了。

主持人语

□ 姜振宇

郝景芳是近年来最值得关注的青年作家之一。得益于对包括科幻在内,各种创作形式的娴熟运用,她成为少数在当下已然突破较为狭窄的“科幻圈”,以多种身份和形象获得较高的社会影响力。在创作中,她能够较好地结合自身细腻的情感体验、广泛的阅读经验以及坚实的知识结构,这些特征使得她的作品总是具有较高的完整性。与此同时,更令人瞩目的是她鲜明的现实倾向。这种倾向不仅反映在她的虚构文本当中,而且也在她创作之外的更多社会活动中得到表现。本辑中的四篇文章,正是对郝景芳近年来作品的全面展现。

王侃瑜的《道家思想与生态女性主义的中国应用》给出了一个理解和批评郝景芳创作的坐标轴。郝景芳的女性身份、对科幻这一“边缘”文类的创作实践,以及其中对社会政治形态、不同文化脉络的呈现,都具有较大的开掘空间。该文以厄休拉 · 勒奎恩的《一无所有》这一堪称世界科幻名著的作品作为郝景芳创作的对照,实际上是在尝试唤起当代作品背后的文学文化背景。这对于当下方兴未艾,但实际上还整体缺乏有效理论系统和批判机制的中国科幻批评,提供了一个强有力的参考。刘媛的《科幻文学的女性书写——评郝景芳创作》同样尝试将郝景芳的一系列作品放置在更为坚实的文学话语当中。文中对郝景芳创作逻辑的女性特征、笔下人物群像的整体展现、细腻行文的深入分析,都入木三分。郭伟《折叠的城市与更远的地方——郝景芳科幻小说中的经济忧思》则敏锐地捕捉到了作者学科背景对其创作的影响。文章以《北京折叠》与《去远方》两篇作品为例,全面展现了郝景芳创作中对经济议题的多维探讨。特别是其中对科幻作为思想实验空间这一功能的讨论,深刻地凸显郝景芳科幻创作的独特品格。姜佑怡的《幻想之下,现实未满——论郝景芳与科幻现实主义》较为难得地给出了来自科幻文类内部的话语脉络。文中提纲挈领地勾勒出中国科幻作家在其作品中对现实的多种处理方式,以此提供了借以关照郝景芳创作的有效理论框架。在此基础上,作者实际上是通过郝景芳展现了中国科幻整体未来发展的一种可能。

近年来的国内科幻研究正在走向深入,其标志一方面是有越来越多的学者潜沉到了当下热点背后,尝试发掘得以理解一系列作品和文化现象的话语资源;另一方面则是研究者的观察视野也正在得到进一步拓展,不再为少数知名作者、作品所限制。或许正是因为国内科幻创作和学术的同步成长,我们能够真正触摸到当下这个科技时代的强烈脉搏,真正去理解和书写我们身处其中而又难以捉摸的永恒焦虑。对此,我们抱有真诚的期待。

[作者单位:四川大学文学院]

道家思想与生态女性主义的中国应用

——郝景芳《流浪苍穹》解读

□ 王侃瑜

近年来，随着刘慈欣、郝景芳相继斩获雨果奖，中国科幻文学在海内外受到广泛关注，自然也不乏来自学界的研究兴趣。可惜的是，无论是国内还是国外，大部分研究者将视线投注于男性作家的文本上，除了零星提及夏笳、郝景芳等几位女作家作品之外，极少数研究者关注到中国女性作家的科幻文本，相对而言其研究数量和质量都远不如前者。在对郝景芳的研究中，绝大多数目光又集中在她的雨果奖获奖篇目《北京折叠》上，而对她的唯一一部科幻长篇《流浪苍穹》关注不足。作为一部长篇处女作，《流浪苍穹》有着很高的完成度，其探讨的议题也从两种制度的对比和思考延伸到对于历史、哲学、技术、艺术等人类文明诸多经典主题的讨论，在对火星的环境改造以及地球和火星两个世界的描绘中亦体现出深刻的生态女性主义关怀。同为讨论两颗行星、两个世界、两种制度，《流浪苍穹》不免让人想起厄休拉·勒古恩的《一无所有》，而厄休拉·勒古恩本人及其创作又受到道家思想的很大影响，尽管郝景芳从未直言受到勒古恩或道家思想的影响，我们仍可以试着从生态女性主义和道家思想的角度来分析《流浪苍穹》及其对《一无所有》的承继，开拓郝景芳研究的新视野。

一

在《流浪苍穹》的前言与后记中，郝景芳曾提及自己的创作之路。她于2006年开始提笔写作，2007年开始创作《流浪苍穹》，前后断断续续花费两年，于2009年定稿①。出版时，由于篇幅过长，作品被分为两册出版，分别为2011年的《流浪玛厄斯》②和2012年的《回到卡戎》③，而完整且恢复原名的《流浪苍穹》则直到2016年才再版。2020年4月，由刘宇昆翻译的《流浪苍穹》英文版 *Vagabonds*④在英美出版，更是将该书介绍给更多英语读者。值得一提的是，郝景芳早年的另一部短篇小说《谷神的飞翔》⑤，与《流浪苍穹》有着千丝万缕的联系，不仅共享同样的火星—谷神世界观，更有几位相同的角色——朗宁、汉斯、路迪，同时进一步细化了谷神星的处置，因此本文在分析中同样会将其纳入考量。

《流浪苍穹》的故事始于地球历2190年、火星历40年，人类已殖民火星一百余年。火星严酷的自然环境导致殖民开发过程艰苦卓绝、危机重重，地球试图将自己的经济制度带到火星，推动实体买卖、权益兜售和无形资产交易，却因一次事故中大公司的无作为而引发战争。试想一下，同样的事故若是放在地球，可能不至于出人命，毕竟地球是人类的摇篮，有着温和的自然环境和丰饶的物资。战争之后，地球和火星走向两条截然不同的路：地球延续资本主义的逻辑，崇尚消费、制造欲望、大公司瓜分市场、设置门槛阻止知识产权的自由流通；而火星却走上了社会主义的道路，建立中央服务器和数据库，每个人都可以经由公共终端登录自己的个人空间，每个人都需要注册一个工作室，与所有人分享自己的创造与研究成果，物资由中央统一分配，各取所需。战争之后，两星断绝往来，仅有一艘孤独的船往返，交换物资和技术，承载起外交使命。待时间淡化了仇恨与苦痛，人们意识到交流的重要性，一群在火星出生的少男少女被派往地球留学五年,他们学成归来之际,双向展览会在两星举行,地火交流重启。

这一背景设定与勒古恩的《一无所有》[⑥]有着诸多相似之处。阿瑞纳斯和乌拉斯是两颗互为月亮的双行星。前者同火星一样贫瘠荒芜,自然环境严酷,与《流浪苍穹》中的火星一样实行类似社会主义的制度,集体至上,在低物欲的条件下保证全体成员的生存;后者同地球一样资源丰沛,自然条件温和,与《流浪地球》中的地球一样实行类似资本主义的制度,鼓励竞争,贫富差异巨大。一位在阿瑞纳斯成长的科学家因研究的缘故而脱离自己的母星投奔乌拉斯,历经两个世界,做出诸多思考与讨论,最后回到自己的故乡。

两书都专注于两种制度的比较,辩证性地思考其优劣,没有哪种制度绝对好或绝对坏,公平意味着僵化,自由意味着阶级,在两颗星球上的人看自己的星球和对方星球的态度都不一样,判断随视角变化而变化,而成长于一种制度中的人前往另一种制度中看到的东西又不一样,当他们回去后更是无法回到原来的生活。勒古恩深受道家思想的影响,她十几岁时便通过父亲接触到《道德经》,几十年后,不懂中文的她更是将《道德经》翻译成了英文,她的写作也"一直在以不同作品、不同意象向西方的读者阐释道家思想"[⑦]。她对于《一无所有》中两种制度的态度可以用道家的阴阳思想来理解,没有绝对的阴和绝对的阳,两者相生相克、相互转化,在动态过程中达到平衡。很难说郝景芳在创作《流浪苍穹》时丝毫没有受到勒古恩《一无所有》的影响,两者从主题到写法上都不谋而合,因而我们不妨推断《流浪苍穹》也间接受到了道家思想的影响。

另外,两书都曾多次强调,两种社会制度的建立其实和两星的自然条件脱不开关系。资源贫瘠的星球不得不由中央统一规划,以保证社会存续和全员福利;资源丰饶的星球则为消费和享乐提供了发展的温床,人们得以自由追逐个人的喜好。《流浪苍穹》中另一关键的情节便是围绕谷神星处置办法的山派与河派之争,是走出火星上的穹顶城市,制造开放的生态环境,还是留在水晶盒子里,将谷神的水化作绕城的河流,两派观点争得不可开交,不同的工程方案意味着不同的生活方式和不同的未来。值得注意的是,在火星议事厅里针对两套方案发表演讲的无一例外全是男性,火星的领导者们也无一例外全是男性,女主角洛盈和其同伴纤妮娅引导的革命不过是倡导现有社会制度下房屋的流动,与迁居还是驻留的讨论相比像是小孩子的游戏,女性在决定火星人类重大命运的场合中是缺席的。而从《谷神的飞翔》中,我们得知,在火星决定未来的同时,谷神注定是被牺牲的、没有主动权的,无论采取哪一套方案,这颗小行星都将注定会被解体,谷神的居民也将失去自己的故乡。这样的权利关系暗示了西方二元论所导致的压迫,女性与自然在此处注定是他者。因此,我们同样可以从生态女性主义的角度来分析《流浪苍穹》。

下面,我将进一步讨论道家思想与生态女性主义的结合,以及为何道家思想在研究当代中国科幻时仍然有效。

二

早在 1974 年,美国人类学家谢里 · B. 奥特纳(Sherry B. Ortner)便在《女性与男性的关系,就像自然与文化吗?》(*Is Female to Male as Nature is to Culture?*)一文中强调了妇女与自然的联系,她注意到道家思想中代表女性的"阴"和代表男性的"阳"与西方二元论中的阶级秩序截然不同,是彼此平等的,"两股力对立、转化、互动使得宇宙中所有的现象得以发生"[⑧]。但她并未深入考虑道家阴阳范式的其他维度,而是转向讨论世界各地对于女性的普遍低估。同年,法国女权主义者弗朗索瓦 · 德奥博纳(Françoise d' Eaubonne)在其激进女权主义宣言《女性主义或死亡》(*Feminism or Death*)中谈道,这是个"生态问题",只有女性运动获得成功才能使全人类存续,并首次提出"生态女性主义(ecofeminism)"这个词[⑨]。遗憾的是,尽管在之后的几十年里,生态女性主义发展出诸多分支,尽管道家思想与生态女性主义有诸多互通之处,但将道家思想与生态女性主义结合考虑仍非主流,仅有少数几位学者对此做出重要论述。

丹麦学者吉蒂 · 纳罕娜格(Jytte Nhanenge)在其 2011 年的论著《生态女性主义:将对妇女、穷人和自然的关怀整合入发展》(*Ecofeminism: Towards Integrating the Concerns of Women, Poor People, and Nature into Development*)中将"阴"作为她解读生态女性主义的最重要的关键词,她认为"逻辑的、定量的、男性的、阳的框架是现代科学、经济、技术和发展的基础。推动这一简化框架的人没有接触到完整现实,而完整现实要求纳入直觉的、定型的、女性的、阴的视角……唯有当我们意识到这种局限,将两者结合,才能观察到世界是活的、动态的、互相联系的、和谐的整体"[10]。中国学者韦清琦回应了 Nhanenge 的理论,回顾了国内外多位学者对生态女性主义和道家思想结合的讨论,完成了《阴之道:跨文化语境下的生态女性主义中国建构》(*The Way of Yin: The Chinese Construction of Ecofeminism in a Cross-Cultural Context*),他同时注意到形而上的道家哲学观并不能直接落地,机械化地应用于当下的环境思考中,"因此对于前现代信念的重新解读必须被仔细对待,才能不陷入单纯只是怀旧而非解决当代问题的指责"[11]。

作为一种拥有几千年历史的哲学思想,道家似乎从未在政治上占据主流,对于中国社会的整个政治制度来说,道家的影响似乎远不如儒家,而其在今日中国的影响究竟有多大更是令人怀疑。但是,韦清琦在另一篇论文中指出,"道家的'无为'或者说不干涉思想在方方面面上都对中国人民的生活方式和思考方式造成了巨大影响"[12]。中国人亲近自然的理想生活方式、热爱自然的古诗审美传统,中国传统艺术中对女性身体的欣赏源自其对自然韵律的借用,而非像西方艺术那样将其客体化,作为灵感来源,欣赏其高度完美和纯粹,中国人的整体思想是女性化的,是阴的,与西方的父权压迫结构相反,具有整体性,万物共生共存。推而广之,纵使在当今中国道家哲学并非主流,但太极拳、中医、风水、道教等这些与道家有着千丝万缕联系的文化分支仍然贯穿了中国人生活的方方面面。再继续往下追溯,《西游记》、修真类型网络小说、被引入中国的厄休拉·勒古恩的科幻小说都间接传承了道家的部分思想。道家的影响并非在现代中国失踪,而是化作无形的"气"融入丝丝缕缕的文化脉络之中,造成了无迹可寻又无处不在的间接影响。

中国在2001年加入WTO后进一步融入全球经济体系,"中华民族伟大复兴"自20世纪末开始被作为国家文化战略被高度提倡[13],以及习近平总书记在此基础上对中国梦和文化自信的建构,这些都导致了中国在加入全球化的同时选择坚持民族身份。20世纪90年代以来,中国知识分子开始质疑他们曾经支持的西方现代思想,重新诉诸传统思考和价值,寻找中国办法[14]。越是面向世界,便越是想要确立自身的主体性,使得回归传统成为当下中国的一大文化趋势。相较强调尊卑阶级、暗含父权思想的儒家来说,道家天生对秩序外的想象、在野的民间智识更具亲和力。

具体到当代中国科幻层面,作家们具有强烈的"赶超"意识,试图从中国传统文化中寻找"科学精神"的萌芽,并用现代观点加以解读;同时试图发掘出一种能与"科学精神"势均力敌的"东方智慧"[15]。另一方面,中国科幻在世界范围内愈发流行,中外科幻作家的交流越来越多,外国科幻作家和读者时常好奇的一个问题是中国科幻如何体现"中国性",不少本来对此没有特别多做思考的作家反倒开始追寻中国话语,从传统中寻找资源。对于当代中国科幻的"民族化"议题,王瑶也有精彩论述,她认为"无论作家以何种方式尝试捕捉和表达'民族内在的魂魄',后者都并非某种亘古不变的本质化的存在,而不如说是在将作为他者的西方内在化的过程中,所建构出来的一种关于'东方'的自我想象,一种全球化时代的地方性文化奇观,一种以差异和多元之名而被赋予文化商品属性的同质"[16]。由此,我们可以推论,如果我们机械性地在中国科幻中寻找传统元素,那获得的结果可能是自我建构的"东方主义",更值得研究的反倒是那些表面上看不到东方元素、思想内涵却受到中国传统潜在影响的那些作品。

郝景芳的《流浪苍穹》虽将舞台放置在遥远的未来,人物名字多为西方人名,找不到明显的中国传统元素,但若仔细抽丝剥茧,就能发现其内里深层次与道家思想的呼应。下面,我将在道家文化框架下分析该书的生态女性主义关怀。

三

在分析之前,我们首先需要理解阴阳范式。在道家思想中，“阴”和“阳”是最为重要的一组概念，阴/阳不仅仅可以表示女/男，还可以代表地/天，死/生，黑暗/光明，等等。“阴”是柔软的、保守的、被动的，“阳”是强硬的、进取的、主动的。阴阳之间没有阶级上下、好坏差异，也并非静止不变，它们可以互相渗透、互相转化，通过互动达成一种理想的平衡状态，而这种平衡是雌雄同体的。“气”则是一种无形的存在，联系万物的中介，使万物得以感应融合，成为互相关联的整体。《道德经》第四十二章中说“万物负阴而抱阳，冲气以为和”，意思即是“万物都内涵着阴阳对立的两个方面，阴阳两气在互相冲突过程中形成了新的和谐统一”[⑰]。

同《一无所有》一样，《流浪苍穹》也以“物”开头。《一无所有》中的墙象征隔阂，象征二元对立的社会间流动被禁止；《流浪苍穹》中的船则象征交流，象征两个世界间的纽带，象征阴阳之间流动的“气”。整个开头是以船的视角来写的，将本该没有生命的船作为有生命的物体来对待，船仿佛具有了情感、意识和主观能动性，这是一种对于西方有生命/无生命二元对立的反抗。叙事从船的外部转向内部，介绍完船的外观和历史转向介绍船的内部构造和船上的人物，视角游动仿佛“气”的流通。船因为迟缓庞大而不被认为是威胁，因此得以维系地火之间的平衡，“它以拙取胜，以缓慢胜迅捷，以不能胜能”[⑱]，这与道家以退为进、以柔弱胜刚强，倡导“阴”之道的思想策略不谋而合。

船连接的是火星和地球，两个世界，两种制度，火星的制度固定、僵化，地球的制度灵活、流动。在这里，火星为“阳”，地球为“阴”，但如同之前所说，阴阳本没有好坏，全书一直思辨的也是两种制度的区别与比较，却从未判断孰高孰低。而具体到两星社会治理中关键的网络部分，阴阳又颠倒了过来。火星网络又由中央服务器加上公共终端构成，每个人都可以从任意终端登录数据库，拥有个人空间，网络构成是流动的，是“阴”的；地球的网络则是每人拥有自己的个人电脑，个人数据保存在自己的电脑上，网络构成是固定的，是“阳”的。若是考虑两星城市建设的对比，火星城市位于穹顶之下，是封闭的、出不去的；地球城市却在大气层的保护之中，是开放的、可以自由进出的。这方面，火星又成了“阳”，地球又成了“阴”。但从地球环保主义者的视角来看，地球上巨大城市的发展挤压了自然的空间，城市与自然的区隔是“阳”，而火星的花园城市、人与自然融合却正和他们心意，那即是“阴”。从不同的视角来看同一样东西，可能会得出完全不同的结论，通过这种比对与反复，郝景芳的叙述在地球和火星两方的视角中不断游动，体现出阴阳的互相转化、变动不居。

两星的制度也并非一成不变的，地球曾有过机器大时代，人的自由被压制，成为机器系统的零件，在故事发生的年代已重归自由动荡的不确定，每个人可以自己选择生活，因而地球制度是经历了“阴—阳—阴”的过程。而目前的火星在地球人看来则类似于他们的机器大时代，是“阳”的。需要注意的是，火星的制度并非主动的选择，而是受自然环境的条件限制。不同立场的人习惯站在自己的角度进行主观臆断，在地球人伊格看来，火星建筑使用玻璃是集体主义的安排，但火星人的解释却让他瞠目结舌：火星上自然资源匮乏，只有砂土，没有黏土和岩石，无法使用其他的建筑材料，而这里的玻璃都可以调节透明度，保护个人的隐私。即便是火星上的砂土，也不只有一面，借文中人物之口，作者道出火星上的砂土具有晶莹和粗犷两面，人们看到的只是晶莹剔透，却“不知道墙壁是复合玻璃，电池板是无定型硅，墙上的镀膜是金属和硅氧化物半导体，屋子里的氧气是硅酸盐分解的副产品，一切的一切，都是从砂土中来。我们的房子从砂土里面长出来……谁能明白晶莹和粗犷只是一件事的两面”[⑲]。如果我们将砂土对应为“道”，那这一段描述与“道生一，一生二，二生三，三生万物”[⑳]所体现的思想完全一致，万物源自同一原点，而阴阳只不过是事物的一体两面。

针对火星未来生态环境改造工程的讨论，山派与河派的两套方案也是既阴又阳的。山派的方案是走出去建立山谷生态系统，冒进和迅捷对应“阳”，建立开放的生态系统对应“阴”，“山”本身对应“阳”；河派的方案是留在穹顶城市中修建绕城的河流，保守而缓慢对应“阴”，留在封闭的城市中对应“阳”，河本身对应“阴”。两套方案各有好处和坏处，没有绝对的“阴”和绝对的"阳"。在讨论山派方案的风险时,书中角色瑞尼的想法也与道家不谋而合,他指出"人是一只和周围保持气压平衡的水球,周围气体变了,人的体内立刻会变……瑞尼说着,似乎看到自己的身体伸出了千丝万缕根细线,和空气紧紧连接……他并不把人看成雕塑一样的独立的形体,而是看成一层膜加上里外两边的气体"[21]。"气"是理解这种思考的关键,"气"将人类与外界环境相连,保证"气"的平衡才能保持人的生存。

纵观全书,类似的论述比比皆是。同样借瑞尼之口,作者道出世界上只有两种系统,固体(阳)和流体(阴),"固体的特点是结构稳定,每个原子都固定在自己的位置上,原子和原子之间有着强大的力和纽带,而流体的特点是自由来去,相互间独立,任何小颗粒之间都没有固定联系,也没有力……很多价值不可得兼"[22]。云是个例外,但云需要外来的光。云在书中因而成为一种隐喻,它"负阴抱阳",达成了平衡,但这种平衡却需要借助外来的力量和催化,暗示纵使目前是成年男性们在山派河派间抉择火星的未来,真正达到平衡还需要这些曾经游历过地球的少男少女们的推动。尽管在上一代火星领导人中没有女性,但在留学地球的水星团中却有未来可期的少女,无论是跟随爷爷登上玛厄斯的洛盈,还是曾经引领革命的纤妮娅,她们年少时便展露出卓绝的才华、视野和关怀,极有可能与她们的少年伙伴们一同成为引领火星未来的关键人物。小说最后,山派获胜,火星人选择走出去,建立开放的生态系统。他们知道风险,低压、低氧、高辐射,但他们选择和火星一起进化,将土地作为自己的依存。先前被视为征服对象的火星的恶劣自然环境,如今终于成为火星人类真正的依存。可以想见,曾被视为"他者"的女性和自然,在火星的未来发展中将扮演不可或缺的重要角色。而全书体现出的生态女性主义关怀,在于二元结构不是被颠倒而是被打破,女性和男性共同执政,人类和星球共同进化,火星的未来将是阴阳平衡的、和谐的、整体性的未来。

郝景芳的《流浪苍穹》虽然没有刻意操用中国话语,但是却在字里行间以及全书思想层面透露出其对中国传统道家思想的继承,无论是对制度的讨论、对自然的改造还是对性别的暗示,你都读不到激烈的冲突和对抗,更多是平和的思辨与对话,这是道家所崇尚的"阴之道",也是生态女性主义所寻求的和解,是面对当下环境问题时我们所应该借鉴的整体性思想。

注释:

①郝景芳:《流浪苍穹》,江苏凤凰文艺出版社2016年版,前言第1页、后记第346页。

②郝景芳:《流浪玛厄斯》,新星出版社2011年版。

③郝景芳:《回到卡戎》,新星出版社2012年版。

④Hao Jingfang. *Vagabonds*. Trans. Liu Ken. Head of Zeus/Saga Press, 2020.

⑤郝景芳:《谷神的飞翔》,《幻想1+1》2007年2月号。

⑥厄休拉·勒古恩著,陶雪蕾译:《一无所有》,四川科学技术出版社2009年版。

⑦李学萍:《道家思想与厄苏拉·勒奎恩的生态女性主义》,《中国文化研究》2013年第3期。

⑧Ortner Sherry B. "Is Female to Male as Nature is to Culture?" In M. Z. Rosaldo and L. Lamphere (eds), *Woman, Culture and Society*. Stanford University Press, 1974. pp. 68-87.

⑨D' Eaubonne, Françoise. *Le Feminisme ou La Mort*. C. Pierre Horay, 1974.

⑩Nhanenge Jytte. *Ecofeminism: Towards Integrating the Concerns of Women, Poor People, and Nature into Development*. UP America, 2011. p. xiv.

⑪Wei Qingqi. "The Way of Yin: The Chinese Construction of Ecofeminism in a Cross-Cultural Context." *Interdisciplinary Studies in Literature and Environment*, 21 (April 2014). pp. 749-765.

⑫Wei Qingqi. "Toward a Holistic Ecofeminism: A Chinese Perspective." *Comparative Literature Studies*, 55 (April 2018). pp. 773-786.

⑬中华民族伟大复兴是中国共产党1997年召开的中共十五大提出的执政理念,取代先前的"振兴中华"理念。2002年中共十六大,胡锦涛就任中国共产党中央委员会总书记以后对其内容加以发展。2012年中共十八大,习近平就任中共中央总书记后在此基础上提出中国梦构想。https://zh.wikipedia.org/wiki/%E4%B8%

AD% E5% 8D% 8E% E6% B0% 91% E6% 97% 8F% E4% BC% 9F% E5% A4% A7% E5% A4% 8D% E5% 85% B4. [2020-5-30]

⑭ Wang Xiaoming, Stephen C. K. Chan. *Introduction: Imagining the Future in East Asia*, Cultural Studies, 34. pp. 173-184.

⑮吕应钟:《创造中国风格科幻小说》,《科幻世界》1991年第5期。

⑯王瑶:《火星上没有琉璃瓦吗——当代中国科幻与"民族化"议题》,《探索与争鸣》2016年第9期。

⑰老子著,黄朴民译注:《道德经》,岳麓书社2011年版,第145页。

⑱郝景芳:《流浪苍穹》,江苏凤凰文艺出版社2016年版,第9页。

⑲郝景芳:《流浪苍穹》,江苏凤凰文艺出版社2016年版,第293页。

⑳老子著,黄朴民译注:《道德经》,岳麓书社2011年版,第145页。

㉑郝景芳:《流浪苍穹》,江苏凤凰文艺出版社2016年版,第154页。

㉒郝景芳:《流浪苍穹》,江苏凤凰文艺出版社2016年版,第270页。

科幻文学的女性书写

——评郝景芳创作

□刘 媛

在《去远方》的前言里，郝景芳说“我写的作品不容易归入类型”，“对科幻读者来说不够科幻，对主流文学作者来说不够文学”。就是这样自我定义作品的郝景芳，在之后凭借《北京折叠》获得了世界级科幻最高荣誉雨果奖。就是否是科幻作品而言，这样的认知是她对作品的不自信还是有科幻读者对她的作品不认可呢？我想可以从女性书写层面来谈一谈。首先，确定郝景芳作品属于科幻文学类型。其次，作为女性书写者的郝景芳，其科幻文学作品具有“女性”性别特质的书写风格。女性写作，尤其是科幻文学的女性写作尤具有重要性。在科幻文学领域，关注女性作者如何书写世界，对于建构科幻批评理论、树立女性声音权威具有重要意义。

在确定小说是否是科幻小说时，要考察三个要素，分别是文学性、幻想性和科学性。一是，要具有基本的文学性。科幻小说不是科普读物亦非科学教科书，它是以科学幻想为题材的一种小说类型，也就是必须具有文学性，必须遵循小说创作的规范，具备人物、情节、环境等小说要素，要同时具有科幻构思和艺术构思。二是，要与科学相关。基于科学基础，以此展开想象。重要情节的推动是与科学概念有关联的。但科幻小说只是经由作者个人的文艺构思，对特定的科学主题进行的自我想象，不用对数据锱铢必较，不须考虑辩证的结果。创作不是为了预测未来，而是借小说表达对未来的理想与批判。科幻小说可为了叙事的需要引入新颖奇特的非现实幻想。三是，要有幻想性。这里指该类型小说不同于现实题材小说，基本不描述与现实世界完全一致的生活。也不同于玄幻或者奇幻小说的幻想，营造了逼真的故事情节，科幻小说的幻想性是有限制的，是以科学意识为基础的幻想，它要求针对科技发明或科学知识，在当时的科学基础上，将科技成就做进一步的推测，并据此科学幻想进行构思。但这种限制也不要求科幻小说的科学幻想有实现的可能，也不担负预测未来的任务。

以收录在《去远方》中的《莫比乌斯》为例。标题即引入了一个数学概念莫比乌斯带。讲述了两个主人公——阿木和小舟的故事。用莫比乌斯带呈现的颠倒讲述小舟眼里的世界颠倒。用莫比乌斯带象征的永恒无限，暗示两个不同阶层人的命运虽说可以到另一面但是终逃脱不了这循环。科幻小说通过故事情节的推展，来呈现科幻构思；同时，科幻构思也影响了文艺创作的方向。科幻小说有别于其他的作品，它是在科幻构思下，以特定的虚构环境为前提来进行小说构思的，一切的描写都必须符合幻想的时空条件，以避免造成时代认知的冲突。小说的人物与情节是为了展现科学幻想的需要而出发，不是直接移植文艺作品的故事情节将科幻构思强加套入。科幻小说人物的出现，不是作为演绎故事、说理解惑的工具，而是主导小说进行的关键，必须考虑特定环境下的人物言行思想，塑造具有典型的人物性格。科幻小说也需强调情节的推演，舍弃教条式的知识传授，将科学知识生动地融入情节之中，并帮助故事的开展。科幻小说环境的刻画，虽然是现实科学的推理虚构，仍须使人信服，并留意细节的真实感，贯彻整体布局前后一致的理念。除了具备一定的科学意义外，最主要的目的是表达作者的社会理想与哲学观点，批判科学发展可能导致的负面后果。借由小说的文艺形式表达作者潜在的批判，变化的情节、惊异的幻想只是吸引读者注意的手段，在消遣娱乐的阅读中,作品深层的主题思想与科学省思,作为将来科学发展的启发与警示。从以上分析,郝景芳的小说具有科幻小说定义的三要素。

郝景芳科幻写作的独特性表现在其女性写作书写风格。她的创作出发点不是为了科幻而创作,而是以小说的形式传递出她对世界的感受。在《孤独深处》的集子里的《深山疗养院》涉及了自闭、现实感瓦解等心理问题,《孤独病房》展现人类虚荣到极致的病态,《拖延症患者》描述拖延症患者的奇妙想象。"《弦歌》是几年前发表的一个故事,它讲了人类用音乐迎战外星人的应用故事。这是故事的A面,而在写作的同时,我头脑中就出现了一个B面的故事:有关外星人的真相。实际上,这是一个人与人心自身对抗的故事。"[①]无论是直接的表现病态,还是在A面、B面合一之后象征意义下的人与人心的对抗,种种人心的病在她笔下得以展现。女性凭借天生的敏感特性,在感受世界上会有对日常生活细致入微的观察和体认,而郝景芳对人类的普遍心理病有很深的体察。在《孤独深处》的序言中郝景芳解释了为什么用"孤独深处"来当书名:"科幻小说构想一个可能性的世界,人站在这个世界的边缘,最容易感觉到出世和异化。出离世界的感觉是最孤独的。"在构想这个世界的时候,她观察、思考,她在进行实验,造就一个与现有世界不同的世界,这种感受是孤独的。科幻小说常常被形容为一种实验:将人类放在一种特定的情境下会发生什么。郝景芳巧妙地运用她的方式来进行思想实验,我们看到的是孤独,这是一种主观的感受,实际上是因为出离世界而造成的。出离世界必将回到自身,是作家用灵魂写作的表现。在两极分化的读者反馈层面,我们看到这种关乎自身的、灵性的书写会产生一种同样偏情绪化的批评。郝景芳的创作为当代科幻增添了女性书写这一种独特的表达。

女性视角的实验,出发点是具有现实主义情怀的。科幻作家陈楸帆提出的"科幻现实主义"认为:科幻不是为了娱乐而娱乐,要对当下的议题有高度的关注,故事表现的内涵能对当下人们的困境、希望等进行回应。科幻现实主义讨论的一个重点是科技发展过程中,人与科技之间的联系与矛盾。同时科幻现实主义通过写实的方法将并不存在的东西写得非常具象化,给读者一种真实感。郝景芳的科幻作品不是为了娱乐,是对当下议题有高度关注的,它有人类个体对生存价值的探讨。在叙事策略上,她有对现实与幻想的巧妙融合。这种融合在有些评论者眼中是太过于"软科幻"的。从现实到变形,事物可以变得诡异,也可以变得新奇,甚或是平淡。郝景芳的科幻小说,有很明显的科学元素,但这种明显的科学元素不敌她更想表达的哲学或社会问题。相较之下,读者会觉得这是哲学和社会问题的创造性表达。这种创造性表现在——不是借由现实故事表达现实问题,不是借由科幻故事表达科学问题,而是借由虚幻故事表达现实问题。主流文学关注现实空间,科幻文学关注虚拟空间。而郝景芳选择的是"一种介于二者之间更模糊的文学形式:它关心现实空间,却表达虚拟空间"。她以《红楼梦》《离骚》和《西游记》为例,"这种介于现实与虚拟之间的文学形式构筑起某种虚拟形式,以现实中不存在的因素讲述与现实息息相关的事。它所关心的并不是虚拟世界中的强弱胜败,而是以某种不同于现实的形式探索现实的某种可能"[②]。她的作品关心现实空间,却表达虚拟空间。郝景芳在《去远方》的前言里说:"虚幻的意义在于抽象,将事物与事物的关系用抽象表达,从而使其特征更加纯粹。"《去远方》和《北京折叠》似乎也是这么做的,科幻在郝景芳这里已然不是主要内容,在大多数作品里,它转化为一种符号,甚至退化到几乎不存在。科幻成为一种突出抽象概念、引出文章论点的手段,比如《北京折叠》里之所以有三个空间的翻转这一科幻内容,是因为阶级的划分与固化这个抽象的主题需要通过具体的现象变得清晰易懂。《北京折叠》的世界观设定实际上也并不算十分新奇,是很容易理解的。"大地的一面是第一空间,五百万人口,生存时间是从清晨六点到第二天清晨六点。空间休眠,大地翻转。翻转后的另一面是第二空间和第三空间。第二空间生活着两千五百万人口,从次日清晨六点到夜晚十点,第三空间生活着五千万人,从十点到清晨六点,然后回到第一空间。时间经过了精心规划和最优分配,小心翼翼隔离,五百万人享用二十四小时,七千五百万人享用另外二十四小时。"[③]在这个生存被"折叠"的空间里,发生了一件关乎爱情的故事:生活在第三空间的垃圾工老刀,为了让自己的养女可以接受教育,冒着生命危险穿梭在三个空间之中为人送信。在此过程中,他看到了上层嫁入豪门的年轻女性对中层依靠读书改变命运的年轻大学生的玩弄,也被从第三空间奋斗到第一空间的好心人出手相救,在历经艰险之后终于回到第三空间。这样的设定,不会让人产生诡异感,它是新奇的,也会让人产生一种这根本就是现实世界的衍生的感叹。

郝景芳科幻写作具有叙述细腻、感性与诗意的特点。细腻唯美的感性笔触,使得科学在她的手里有了实在的情感温度;爱情、亲情、友情交织联系的人物、故事,在看似随性的笔致下,点化了日常化生活背后的玄机。女性作家善于描写和呈现生活,但是平静的文字中自有力量。作品的主题直接而突出:阶级固化(《莫比乌斯》)、生命的价值(《去远方》)、"人生赢家"的悖乱(《癫狂者》)、自我的探索(《城堡》)、人生不要去刻意安排(《祖母家的夏天》)等无一不是对哲学命题或社会制度的思考。作者仿佛根本无意刻画人物或创造故事,她急于表达的是对生命、科学、制度等深远问题的思辨。放弃了一部分故事性,可读性不那么强,这样引出的另一个特点是,小说通过故事冲突和人物刻画揭示主旨这一过程在这里被削弱了,于是主题的表达从隐喻(通过故事和人物渗透出来)转变为明喻(直接陈述),并通过简单的故事和人物加以概括和突出。同样是关于中国未来反乌托邦,新浪潮科幻强调了中国未来反乌托邦的一面,描绘出暧昧不清的道德困境。"美学核心是揭露出现实世界更为黑暗、隐蔽、不可见的一面。"④在《北京折叠》里描述阶级固化,折叠并封锁的北京的生存空间就是阶级固化并割裂的真实表现。随着资源被越来越多地集中到上一层阶级,阶级流动也被减少到微乎其微的地步,阶级便成为人类永恒的烙印,阶级跨越也就变成不可能的梦想了。郝景芳对世界有冷峻的洞察,却有温柔的表达。黑暗的一面仿佛也披上了薄纱,似乎是向孩子讲述故事,除去了暴力美学的向度。《流浪苍穹》描述的未来的世界中,地球变成了资本至上的大市场,全球化演绎到了巅峰,资本垄断也不断发展,人口增加,每个人都为了赚钱连轴转。政客善于面对镜头、塑造形象,而商人善于倒买倒卖、制造欲望。个体金钱利益变得无比重要,人们的勤奋程度和活跃程度空前增强。而火星,却是一个曾经人们理想中的乌托邦,那里科技高度发达,资源高度共享,人人有家可住,有工资可拿。那里少有偷窃和犯罪,因为所有的建筑都是智能玻璃而无处可藏。火星的生活看起来其乐融融而幸福无比。可是真的幸福吗?反乌托邦世界架构起来了,作者最关心的话题在"生活幸福吗?"这个问题,也是作品中女主角洛盈以及其他年轻人在不断思索的一个问题。这样看来,又似乎在用小说与青年人对话。

文学化的文字与科幻表达的冲突性,呈现在郝景芳的作品中。基于其教育背景,她学物理,是经济学博士,她必定熟悉大量的科学相关知识,所以她的文字材料是中性的,于是造就了她语言风格的一面——科学术语多,学科化特点明显,简洁明了。而在另一面她又具有浪漫和文学化的女性内在审美需求,爱用短句、排比。用灵魂的重量来解释暗能量,用广义相对论来描绘分手,表白也是在吸入黑洞的前一刻。书写女性生活经验,探讨并建构男女两性之间的和谐关系。作为一种矛盾的结合体,游走在理性和感性之间,让"硬科幻"之中多了几分柔和。

郝景芳科幻小说注重女性书写的文本策略。《北京折叠》里面关于女性形象的描述,从秦天(男性)的视角:"他最喜欢的就是她的嘴,那么小小的、莹润的,下嘴唇饱满,带着天然的粉红色,让人看着看着就忍不住想咬一口。"从老刀(男性)的视角:"他明白了为什么秦天着重讲她的嘴。她的眼睛和鼻子很普通,只是比较秀气,没什么好讲的。她的身材很不错,骨架比较小,虽然高,但看上去很纤细。穿了一条乳白色连衣裙,有飘逸的裙摆,腰带上有珍珠,黑色高跟皮鞋。"虽然这两段是对同一个女性形象的描述,均以男性的视角出发,但经过了精心的安排,秦天的那段描述明显带有内在的性冲动,老刀的这段就平常些。在长篇小说《流浪苍穹》中,郝景芳塑造了一系列少年形象,纤妮娅是叛逆的,安卡很有责任感,还有伊格、汉斯、吉儿、路迪、皮埃诺,每一个人都令人印象深刻,不是一个标签可以概括的,因为他们的形象塑造得非常真实。这部关于火星和地球的故事,比照了两种互相冲突的生活模式:一种是个人无条件服从社会发展从而压抑人性的自由;一种是追求个人的极端自由却丧失了信仰,最终迷失于唯利世俗。为了使两种模式有关联,在这些少年中有两个主要人物,男性伊格和女性洛盈,他们分别代表各自的生活模式却又试图冲破桎梏,在挣扎求索中试图融合两种模式。洛盈在两个世界中的纠结,使她显得优柔寡断。伊格是男性形象,但创作者借由女性叙事视点延展出来的故事内容和小说题旨,明显地带有女性立场的印痕。

这种女性立场的痕迹,首先体现在男性形象的阴柔与"去势"之中。《流浪苍穹》开篇关于伊格的描述是这样的:"伊格喜欢独处……他沉入小沙发,微微仰望天花板。……他坐着,思考这透明的意义。……他轻轻掏出衣袋里的小小芯片,放在手心端详……伊格看着手中的托盘,思绪翩飞。他不知道自己是不是应该拍一些神秘唯美的餐桌画面,加一丝丝情调,抛给时尚影媒。"[⑤]他的形象没有硬汉男性的特征,而是多愁善感的阴柔。虽然郝景芳的女性书写存在抑男扬女的倾向,但郝景芳并没有被二元对立的性别价值取向模式所彻底绑架,流于简单粗暴的刻板化写作。她的女性性别立场并非刻意地进行鲜明预设,而是女作家性别主体身份和意识的潜在投影。在这些表象的背后,其作品所延伸出来的对人性的体察与抚慰,对社会温婉持重地透析与反思反而成为其女性书写的超伦轶群之处。

叙述话语的女性思维方式与表达方式也将创作者的性别立场展现出来。以男性第一人称叙述者的叙述眼光与叙述声音来讲故事,表面看来,藏匿作者的女性经验与女性声音,转而以附着男性性别特征的"我"发出男性声音。当女性创作者试图用男性话语风格来行文时,势必会压抑带有性别立场的女性思维方式,但客观上无法根除,不可避免将两者叙述话语风格纠缠在一起,形成一种叙述的张力。"经历这个夏天,我终于开始明白加缪说西西弗斯的话。我从来没有像现在这样看待进'命运'这个词。以前的我一直以为,命运要么是已经被设定好只等我们遵循,要么是根本不存在而需要我们自行规划。我没想过还有其他可能。"[⑥]这是《祖母家的夏天》引言中的话,明显是一种女性的表达方式,对神秘主义的关注也是偏女性化的。主人公是男性的"我",在这段由"我"的叙事视点呈现出来的人物事件的文字中,在表达方式上同时具有男性叙述话语的严谨逻辑、有条有理,以及女性叙述的细腻、感性与诗意,小说对"我"到祖母家度过的这个夏天经历的事件分析条理清晰,完全是男性式的果断明了;而对于环境描写与人物情绪化心境的渲染,又弥漫着女性独有的感性细腻。如果不是出现了主人公说明自己因为跟女朋友分手才来到外婆家,其实是难以感知到这个叙事视点是男性视点的。将两者叙述话语杂糅到一起进行叙事,在流露出其无法藏匿的女性性别立场之外,也是对叙事风格的一次创新,独具范式美学风格,这种两性思维方式的融合与表达给读者带来陌生化的感官享受,此种文本策略在作者的其他小说中也存在。

郝景芳成熟的性别自觉与主体意识,加上她对世界的洞察、对于科技前沿的关注,使得她有能力在科幻创作上做更多的尝试。

注释:

①郝景芳:《孤独深处》,江苏凤凰文艺出版社 2016 年版,前言第 2 页。

②郝景芳:《去远方》,江苏凤凰文艺出版社 2016 年版,前言第 2 页。

③郝景芳:《北京折叠》,《孤独深处》,江苏凤凰文艺出版社 2016 年版,第 9 页。

④参看宋明玮:《中国科幻小说是否会梦见"新浪潮"》,哥伦比亚版《转生的巨人》(*The Reincarnated Giant: An Anthology of Twenty-First-Century Chinese Science Fiction*, Eds. Mingwei Song and Theodore Huters, Columbia University Press, 2018)序言。

⑤郝景芳:《流浪苍穹》,江苏凤凰文艺出版社 2016 年版,第 14 ~ 16 页。

⑥郝景芳:《祖母家的夏天》,《去远方》,江苏文艺出版社 2016 年版,第 137 页。

[作者单位:南京信息工程大学文学院]

折叠的城市与更远的地方

——郝景芳科幻小说中的经济忧思

□ 郭　伟

郝景芳科幻创作的风格相当多样,有轻松诙谐者,有魔幻惊悚者,有讽喻犀利者,有冷硬凛冽者,有沉郁顿挫者,凡此种种,不可一言蔽之。

本文所探讨的两篇作品《北京折叠》与《去远方》,前者写实,后者写意,风格大不相同,然而皆可见出作为经济学人的郝景芳在科幻写作中流露的经济忧思。

一

《北京折叠》构想了一个可以折叠和翻转的城市,不同阶层的人群被区隔开来,各自生活。"第一空间"占据大地的一面,居于其上的500万人在清晨6点至次日清晨6点的24小时内进行各种活动。随后,"第一空间"居民休眠24小时。这24小时以大地翻转开始,处于大地背面的"第二空间"和"第三空间"转至地上。"第二空间"居住着2500万人,在清晨6点至夜晚10点这16小时里苏醒,工作、生活,然后休眠。接下来,"第二空间"与"第三空间"折叠转换。从夜晚10点到清晨6点这8小时,是"第三空间"的苏醒时间,供居于其上的5000万人劳作、生活。继而,"第三空间"开始休眠,大地再次翻转,"第一空间"居民从24小时休眠中苏醒,如此周而复始[①]。

依据折叠城市的设计,三个空间在经济结构上有着紧密关联,但在物理空间上却相互隔绝。各空间之间极少有人员流动,每个空间基本上是在封闭状态下进行着自己的作息。三个空间的定义和区分所依据的是其各自在整体经济结构中的不同功能。而三个空间居民的划定则对应着履行不同经济功能的工作岗位,在客观上来说也意味着工作性质所决定的经济地位与社会阶层。从"第一空间"到"第二空间"再到"第三空间",分别代表着社会的上、中、下三个阶层。这种经济联通、人员隔绝的城市规划,乃是借由能够折叠和翻转城市的科技手段实现的。

无疑,《北京折叠》以一种科幻设定,将现实世界的阶层区隔更为明确而夸张地展现出来。现实世界的城市中当然也存在着不同的阶层或社群,而且其复杂程度也远远超出明晰的三分法;然而,不同社会阶层在空间上是混杂和流通的。即便常有不同城区的差别,但城区之间的空间毕竟相互连通,而非相互隔绝,不同区域的居民倘若出于自身意愿尚可自由穿行于整个城市。而《北京折叠》中的城市则将不同阶层的区隔实体化、固定化了。

一方面,作品中对城市区隔的科幻设定充满了陌生化和惊奇感;另一方面,这种区隔本身却又并不陌生,其实不同社群的空间区隔在人类历史上绝非鲜见。科幻文学更是不乏此类设定。

早在科幻小说诞生之初的19世纪[②],赫伯特·乔治·威尔斯(H. G. Wells)就设想了人类区隔演化的极端状况。《时间机器》(*The Time Machine*)中的时间旅行家借助自己发明的时间机器驶向遥远未来,到达了802701年。在这个陌生的年代,他震惊地发现人类已经演化为两种截然不同的生物:一种是生活于地面之上、娇小文雅、衣食无忧、智力退化、惧怕黑暗的埃洛伊人,另一种则是生活于地面之下、丑陋凶险、操持机器、有一定智力、以埃洛伊人为食的莫洛克人。更令他震惊的推论是,如今地上的埃洛伊人就是曾经光鲜亮丽、居高临下的资本家,而如今地下的莫洛克人就是曾经不见天日、劳作于地下工厂的无产者[③]。19世纪相互区隔的劳、资两个阶层的人,历经80万年,竟然演化为不同的物种。曾经隐喻意义上的“人吃人”，现今成了字面意义上的人吃人，只是昔日的主仆关系已经彻底翻转，养尊处优的地上居民变成了被蓄养的食物，而食不果腹的地下居民则变成了蓄养“牲口”的肉食者。

那么，《北京折叠》难道不是《时间机器》的前传吗？倘若维持这种相互区隔的社会结构，《北京折叠》中的居民们未尝不会演化成《时间机器》中的埃洛伊人与莫洛克人。

作者郝景芳在《北京折叠》中直面不同社会阶层的生存状况，以反乌托邦的情境敲响了社会分层固化的警钟。

二

折叠城市的经济运行模式存在着利与弊的深刻矛盾。从阶层分化的固化来看，折叠城市的社会问题不容小觑。

除了空间区隔之外，《北京折叠》中其实有一个更为可怕的设定。虽未明言，但从折叠城市的规划分配中，一眼便可看出三个空间居民的作、息时间比是不同的。“第一空间”居民的作、息时间各为24小时，他们一生中有一半时间用来从事创造性工作，并纵情或安逸地享受生活。而“第三空间”居民在两天两夜的48小时中，有40小时处于休眠状态，仅有8小时用来从事垃圾处理、小本经营等工作，过着并不舒适的生活，他们一生中只有六分之一的苏醒时间。“第一空间”居民的有效生命是“第三空间”居民的三倍之多。在折叠的城市中不同阶层人群所面对的，不再是平等流逝的时间和生命。曾经唯一绝对公正的尺度失去了效力，代之以绝对强制的规定——城市折叠翻转、居民催眠蛰伏。

这无疑是折叠城市的结构性痼疾。然而从另一方面来看，在经济发展和社会演进的历史洪流中应运而生的折叠城市，虽非必然，也非最佳，却是符合逻辑的。

依文中所述，彼时中国凭借规模化、机器化的工业和农业，在经济上早已实现了超越欧美。而老葛对老刀的一番话道出了折叠城市的奥秘。

> 咱们当时怎么搞过欧美的，不就是这么规模化搞的吗？但问题是，地都腾出来了，人都省出来了，这些人干嘛去呢。欧洲那边是强行减少每人工作时间，增加就业机会，可是这样没活力你明白吗？最好的办法是彻底减少一些人的生活时间，再给他们找到活儿干。你明白了吧？就是塞到夜里。这样还有一个好处，就是每次通货膨胀几乎传不到底层去，印钞票、花钞票都是能贷款的人消化了，GDP涨了，底下的物价却不涨。人们根本不知道。[④]

折叠城市本来就是用以解决失业问题同时保持经济活力的应对之策。这同样也是白发老人拒绝垃圾自动处理技术的根本原因。既然工厂和农场可以大规模自动化运作，垃圾处理又何尝不可？文中白发老人的秘书暗示提出此建议的吴闻，自动化处理垃圾的方法早就有人研发，这根本不是技术方面的问题，上千万垃圾工人失业才是绝不可以接受的后果。

郝景芳后来指出：“之前的小说《北京折叠》假想了机器人取代人类劳动造成的社会影响，但这篇小说是2013年写的，并未完全预测到技术发展的方向。我当时以为受冲击最大的是底层劳动力，但实际上，按照目前的技术趋势看，反而是初级和中级白领的工作最容易被取代。”[⑤]初级和中级白领其实也就是“第二空间”居民的主体。当然，不论受到失业威胁的是“第三空间”还是“第二空间”，整个经济和社会的运行逻辑并未有什么实质差别。折叠城市是在经济发展和社会问题的困境中，利弊权衡的产物。

虽然在《北京折叠》的叙事中，这样的经济模式和社会结构尚运行平稳，甚至显得井井有条，但这究竟是永久的平衡，还是短暂的假象？《时间机器》中的时间旅行家在分析埃洛伊人与莫洛克人的祖先时如是说：“富人的财富和舒适得到了保证，劳动者的生活和工作也得到了保证。毫无疑问，在那个完美世界里，没有任何失业问题，没有任何悬而未决的社会问题，接下来都太平无事。”[⑥]然而，以不公为基础的社会分层又如何能维系长久？威尔斯笔下的802701年，人类终于还是演化成了埃洛伊与莫洛克两个截然不同的物种，以残酷却并非不公的新型关系取代了祖先们的主仆关系。并且，作为整体的人类文明也损毁殆尽。

我们的城市，我们的国家，我们的世界，我们人类究竟朝何处去？哪个远方才更值得期待？正如《时间机器》中反复出现的斯芬克斯[⑦]意象，我们的未来在哪里，这是终极意义上的“人之谜”。

三

折叠的城市当然只是一种远方，且无疑是并不理想的一种。如果说《北京折叠》是一篇看似不动声色的凛冽之作，那么《去远方》则更显忧郁深沉的张力。《去远方》以具有强烈表现主义倾向的重重象征，思索了种种可能的远方和道路。

这篇作品在叙事结构上颇具特色。第一阶段叙事以基本写实的风格讲述了“我”和“我”的旅伴（非“写实”的旅伴）乘坐英国的火车结伴而行。车窗外掠过英国的乡土风光，恬静富足，而“我”正读着《江村经济》[⑧]，想着待完成的硕士论文，焦灼于对中国乡土的思考。水杯空了，关于经济的思考滞涩无果，“我”起身去车厢隔间打水。第一阶段叙事切换至风格迥异的第二阶段叙事。待到第二阶段叙事结束，第三阶段叙事重新回到了写实风格，“滚烫的开水如一条透明的带子，笔直而柔顺地注入我的玻璃杯”[⑨]，停滞的故事时间继续流动。

第二阶段叙事是全文中最为复杂晦涩的部分，张扬着浓郁的表现主义风格，与第一阶段、第三阶段叙事的写实风格大相径庭。“我”拉开沉重的车厢门，回到自己车厢，却发现原来的英国火车已经变成中国绿皮硬座火车。在魔幻般展开的情节中，第一个场景是打扑克“斗地主”。绿皮车中的几拨乘客正在热火朝天地“斗地主”，至于谁是“地主”，谁是“农民”全凭随机轮换，并无实质差别；其他乘客则在聊天、嗑瓜子，一派典型的中国乡土景象。车厢中唯有几位乘客——光脚啃馍老大爷、农村少妇、旧书包男孩、中年知识分子——既不打扑克，也不嗑瓜子，他们虽各有所思，知识水平也大相径庭，但显然不同于浑浑噩噩的其他乘客，而是对列车、方向、道路、终点有着自己的认识，也对“我”产生了不同的启示。接下来是由打牌而生的斗殴和逐渐蔓延的火灾，以及乱局中的乘客百态。主张救火者寥寥，响应阙如；中年知识分子坚决留在车上救火，与“火”车共存亡；“我”则被汹涌如潮的慌乱乘客裹挟着摔下火车。

第二个场景始于“我”和旧书包男孩一起摔下火车，场景从绿皮车上的中国乡土转换到了空旷辽阔的美国乡土。“我”和旧书包男孩路遇一位美国牛仔，想要搭乘牛仔的马车追赶火车。在马车上的一番对话，表现出两种完全不同的价值观和道路观。究竟孰优孰劣呢？“彼此彼此”。年轻、乐观充满干劲与求知欲的旧书包男最后孩选择了他的道路，追随美国牛仔而去；而更为深沉、更富忧思、惦念旅伴的“我”则被送到火车站，等待之前的火车。在火车站等待的过程仿佛经历了沧海桑田的历史变迁，“我”终于等到火车，却难以辨识这究竟是否先前那列火车。

在“我”跳上火车后的第三个场景中，老旧的乡土中国已经变成了“城市”化、“现代”化、“陌生”化的中国，所呈现的俨然是一派消费社会景观。“我”与吃汉堡胖男人的对话中也显出“彼此彼此”的隔阂。“我”并不认同消费社会的现代化路径，而是试图回到江村，回到中国的真切现实，探索一条更为可取的道路——就像“我”所敬佩的旅伴。

随后的第四个场景，火车把“我”带到“现代”化了的美国。无比“现代”的城市芝加哥，灯红酒绿，极尽繁华，然而“所有霓虹灯底下都有血迹，所有招牌底下都有整面墙的裂痕”[⑩]。这当然也绝非“我”理想中的道路和远方。

于是“我”再次搭车上路，奔向江村，奔向“我”所牵挂的土地。在路上，也就是在探索路的路上，路过种种可能的路，最终的路在何方？第二阶段叙事终止于“看不清虚实的高高的地方”[⑪]。

整个第二阶段的表现主义叙事，情节荒诞而又鲜明可感，意象复杂但并不晦涩难解，其重重象征背后之义相当明显。究竟哪条道路才是我们可行的道路，究竟哪个远方才是我们该去的远方，这是“我”的旅伴孜孜不倦的探索，也是“我”求之不得的探索。折叠的城市是一种答案吗？无疑是，它是众多可能的解答之一，但绝非一劳永逸的方案，它尚有亟待解决的问题。折叠的城市需要变得更加健康，才能去往更远的地方。

当折叠城市以严密区隔的机制运行，固化的不仅仅是物质上的贫富差异。“没有什么物质遗产不同时是一种文化遗产。”[⑫]情感、智力、见识、才能，甚至德行与世界观都会如同物质财富那样，只在阶层内部传承。

而这样一来，固化的贫穷只会愈加固化。

折叠城市能够打破这个循环吗？贫穷的遗传能够阻断吗？《北京折叠》中描述了一些空间之间的社会上升通道，但毕竟过于狭窄，难以产生阶层之间的有效流动。一辈子生活在“第三空间”的老刀把希望完全寄托在养女糖糖的教育上，而较为优质的教育资源又是极端稀缺的，需要投入大量金钱和精力。老刀需要钱，需要大大超出他收入的钱，以便送糖糖去稍微好一点的幼儿园，这也正是整个故事的缘起。

教育当然是改变贫穷代际传递的重要途径，但优质教育资源匮乏而昂贵，是中下阶层拼命争夺的焦点。《北京折叠》中的场景，又何尝不是现实中的北京和任何一个大城市的真实场景呢？而更为贫困的地区甚至连这种争夺的可能性都没有。

作为思想实验的科幻文学，以科幻设定下的极端情境对现实提出质疑，并以科幻演绎来探讨种种可能的情状。然而文学与现实毕竟是全然异质之物，二者只可能存在一种类比关系。

文学创作之外的郝景芳在获得雨果奖之后创办了童行学院，致力于儿童教育事业，其中既包括为广大儿童提供体制之外的通识教育，也包括为贫困地区儿童提供优质的公益教育。这无疑是作者对自己作品中的忧思所进行的最具执行力的回应。

四

此外，笔者还要着意探讨一下《北京折叠》与《去远方》这两篇作品的“科幻性”问题。如本文开篇所述，郝景芳的科幻创作风格多样，不可用单一的类别标签或美学特征来概括。

按照一些科幻迷心目中的标准，《北京折叠》是一篇典型的“软科幻”[13]作品。然而，此作有着较为完整的世界设定，以及严丝合缝嵌入此框架内的场景、人物、情节和世界观，换言之，“折叠北京”这一设定并非装饰性的故事背景，而是故事的核心要素，场景之铺陈、人物之行动、情节之展开、世界观之周延都依赖于这一设定。因此在郝景芳的众多作品中，《北京折叠》应当算作比较“硬”的科幻小说。当然这篇作品并不以严密的科学论证或技术可行性为旨归，而是另有深意于他处。以“软”“硬”来界定甚至评判此类作品，乃不得要领之举。更何况，“硬科幻”与“软科幻”本就是宽泛而模糊的概念，只是为大致区分两种不同科幻审美风格而提出的便宜之称，其内涵与外延皆难以严格界定，甚至存在着诸多不同的定义方式，莫衷一是。

正如“硬科幻”与“软科幻”二者间不可能划定一条明确界线，“科幻”这一文类本身又何尝不是如此。“科幻”与“非科幻”的分野究竟何在，是一个永远在探讨之中而又永远不会有定论的学术话题。科幻理论家锡德（David Seed）便认为：“反复再定义、再描述自身的企图是内在于科幻的。”[14]然而对此无须焦虑与悲哀，相反，学术话语与创作实践的动态演进，正是科幻这个文类的活力所在。

让我们暂且承认一个以家族相似性[15]组织起来的科幻范畴。如果说《北京折叠》不论“软”“硬”，尚且是毫无争议的科幻作品，那么《去远方》则并非典型意义上的科幻作品。《去远方》显然罔顾科幻文类的惯例与规约，游走于框架之外。正如柏拉图（Plato）的《理想国》（*The Republic*）抑或博尔赫斯（Jorge Luis Borges）的很多作品难于归类一样，《去远方》恰恰是非典型文类的一个典型。倘若拘泥于文类教条，恐怕便会将这些作品拒之门外，而错失了另类迷人之处。陈楸帆在评介《去远方》短篇集时如是言：“景芳的小说令人着迷之处在于，它们并不能用单纯的科幻、奇幻、童话或者其他文学标签进行简单粗暴的概括。它们身上散发着诗意的纯粹的光芒，却又不失对现实细致入微的观察与体认……这种美是独一无二的。”[16]作者郝景芳自己在此短篇集的前言中也主张避免为文学“贴标签、设定分类，从而人为设置栅栏”，并称自己的小说为“无类型文学”[17]。

其实《去远方》是一篇具有局部科幻风格的“无类型文学”。虽然从整体上来看《去远方》并非典型的科幻文学，但作品中表现主义手法所呈现出的夸张和荒诞色彩，与科幻文学的惊奇感有着类同的效果，而重重象征之中那些似曾相识的陌生意象，也与苏恩文（Darko Suvin）的科幻美学[18]颇具异曲同工之妙。

荒诞的惊奇感，能够领会的陌生图景，这是《去远方》局部科幻感的来源，而在整体上《去远方》又断然拒绝文类的规训。“虽然是晚上，还是有很多人在大厅来来回回穿梭，黑色白色黄色蓝色绿色的肤色一应俱全”[19],这恐怕是整篇作品中最具科幻色彩的一笔,在压抑的叙事氛围中读来简直令人忍俊不禁,无疑也透出作者的一丝狡黠。这是一篇科幻文学作品吗?似是,而非。然而它无疑首先是一篇文学作品。

不论《北京折叠》还是《去远方》,首先都是文学作品。我们当然有理由不断尝试为科幻这一文类划定界限,以避免科幻文类消融于无边的文本性之中。但任何文类的惯例与规约都是流动和演进的。并且,界定文类也并不意味着画地为牢、作茧自缚,从而拒斥另类风格的优秀文本。

作为科幻的《北京折叠》与作为“似是而非”式科幻的《去远方》,都以深刻的思想实验探及现实世界的严峻问题,阐发作者经世济民之忧思,从而也为读者构建了一个可以沉浸其中亦可类比现实的虚构世界。

注释:

①郝景芳:《北京折叠》,《孤独深处》,江苏凤凰文艺出版社 2016 年版,第 9 页。

②奥尔迪斯(Brian Aldiss)将玛丽·雪莱(Mary Shelley)出版于 1818 年的《弗兰肯斯坦》(*Frankenstein*)视作第一部科幻小说,科幻学界对此论较为认同。

③H. G. 威尔斯著,青闰译:《时间机器》,译林出版社 2012 年版,第 45 页。

④郝景芳:《北京折叠》,《孤独深处》,江苏凤凰文艺出版社 2016 年版,第 33 ~ 34 页。

⑤郝景芳、王立铭等:《写给父母的未来之书》,中信出版社 2018 年版,第 19 页。

⑥H. G. 威尔斯著,青闰译:《时间机器》,译林出版社 2012 年版,第 75 页。

⑦斯芬克斯(Sphinx)是希腊神话(更早则源自埃及)中的狮身人面怪。在关于俄狄浦斯的传说中,斯芬克斯把守忒拜城,以谜语质询过路行人,凡未能答出者皆被此怪吞食。其谜语云:“何者四足,继而双足,继而三足?”唯俄狄浦斯答出此谜,答案便是“人”。威尔斯《时间机器》中的斯芬克斯意象即寓指人之谜。

⑧《江村经济》是我国著名社会学家、人类学家费孝通的代表性学术著作之一。

⑨郝景芳:《去远方》,江苏凤凰文艺出版社 2016 年版,第 46 页。

⑩郝景芳:《去远方》,江苏凤凰文艺出版社 2016 年版,第 44 页。

⑪郝景芳:《去远方》,江苏凤凰文艺出版社 2016 年版,第 46 页。

⑫皮埃尔·布尔迪厄著,刘晖译:《区分:判断力的社会批判》,商务印书馆 2015 年版,第 130 页。

⑬“软科幻”(Soft SF)、“硬科幻”(Hard SF)及与之相关的“硬核科幻”(Hardcore SF)并非定义严谨的术语,含义随具体情境游移不定。

⑭David Seed, David. *Science Fiction:A Very Short Introduction*. Oxford University Press, 2011, p117.

⑮家族相似性由哲学家维特根斯坦(Ludwig Wittgenstein)提出,他认为某些范畴是以家族相似性原则组织起来的,范畴中的成员就好像同一个家族中的成员,每个成员只需和其他某个或某些成员共有某项或某几项特征,而不必具有该范畴的所有属性。因此这类范畴并无明确和固定的边界。

⑯见陈楸帆在郝景芳《去远方》(江苏凤凰文艺出版社 2016 年版)封底上的评介语。

⑰郝景芳:《去远方》,江苏凤凰文艺出版社 2016 年版,前言第 1 ~ 3 页。

⑱苏恩文以“认知陌生化”(cognitive estrangement)这一颇具结构主义意味的美学特质来定义科幻文学,此论在科幻学界影响深远。

⑲郝景芳:《去远方》,江苏凤凰文艺出版社 2016 年版,第 44 页。

[作者单位:北华大学外语学院]

幻想之下，现实未满

——论郝景芳与科幻现实主义

□ 姜佑怡

郝景芳从2007年开始陆续在《科幻世界》等刊物上发表科幻小说，直至2016年凭借《北京折叠》斩获世界科幻最高奖项之一的“雨果奖”，迅速为大众所熟知。但比起人们心目中“科幻作家”这样一个固定的标签，郝景芳本人对文学创作另有追求。她认为自己的作品是一种介于严肃文学与类型文学之间“更模糊的文学形式：它关心现实空间，却表达虚拟空间”①。而这种形态的优势在于“虚幻现实可以让现实以更纯净的方式凸显出来。虚幻的意义在于抽象，将事物和事情的关系用抽象表现，从而使其特征更纯粹”②。我们不难发现这一判断在逻辑上存在这样一个假设：科幻文学本身是一个虚拟空间，它并不承担书写现实的任务。这一判断将带来一系列的问题，因此我们可以借之作为线索，对郝景芳的创作理念和具体作品进行考察分析，从而找到抵达她的创作内部逻辑的路径。在此基础上，我们将进一步推演开去，深入探究科幻这一在当下越来越呈现出其重要性的文学形式，处理现实的独特视角。

一

纵观郝景芳的作品，“现实”永远是她笔下关注的对象。无论是《北京折叠》中所表现的阶级矛盾与贫富差距，还是《去远方》中所描绘的中国经济发展与现代化进程的长卷，抑或是《长生塔》里提出的社会治理当中的效率与平等问题，再或是弥漫在《癫狂者》中的个体对于超速发展的时代的迷惘与拒斥……在幻想的外衣之下，我们往往能够明显地看出小说所指向的现实内核。而这些现实，通常来自作者在工作和生活中对社会的观察。例如《北京折叠》的灵感来自她在北京城中村中生活的经验；《长生塔》来源于她2013年在陕西调研中遇到的一位上访者；而《去远方》则更多地来自她的经济学专业背景，在故事的开头她甚至直接提示了《江村经济》这部著作与故事之间的隐喻关系。

正如她自己标定的模糊文类形态，郝景芳的创作显然不同于通常意义上的现实主义作品，她更多地强调对虚构空间本身——而非所指向的现实——的充分展开。例如在《北京折叠》当中，虚拟的“北京”由三个不同的空间构成，“大地的一面是第一空间，五百万人口，生存时间是从清晨六点到第二天清晨六点”，这里居住着上层阶级，他们制定整个城市的运行规则，也决定了财富、时间与空间的分配。“翻转后的另一面是第二空间和第三空间。第二空间生活着两千五百万人口，从次日清晨六点到夜晚十点，第三空间生活着五千万人，从十点到清晨六点。”第二空间里是城市中下层管理执行者、企业以及科研机构等；而第三空间里则聚集着大量的“无用之人”，人工智能早已取代了他们的低端劳动，于是这些人就被塞进夜里，在恶劣的环境中从事毫无希望的工作。从这个故事中，我们可以明显地读到关于阶级矛盾和社会阶层固化的隐喻。但在这样一个在世界范围内都具有普遍性的话题之外，更引人注目的，是郝景芳自身依靠强有力的经济学——而不是物理学或城市规划学科——背景所构建的全新阶层形态。

再如《镜子》当中相互独立又彼此勾连的四个小故事，其中“羞怯”用一种童话般的口吻讲述了一个人在成长的过程中，渐渐丢失了最初的纯真，变得傲慢而虚伪；“我的时间”则用“偷窃时间”这样的设定来讽刺人们利益至上的肤浅追求；“回到原点”暗喻人的异化，在重复而空虚的工作和生活中习惯安于眼前的苟且;“镜子”则映射出一颗在纯善与欲望、理想与虚荣之间不断纠结摇摆的心灵。四个故事共同构成了一个隐喻的场域,她用一系列虚拟的故事,揭露了商业社会中,一些人在各种欲望的诱惑下迷失自我这样广泛存在的真实的社会问题。但这些问题同样在行文中强烈地让位于“羞怯”“恭维”“偷时间”“井底”“镜子”这些虚拟空间中的意象。

这些将纷繁的现实表象,以一种思维实验式的姿态进行表达,可以直接呈现出现实的逻辑机理,因此不但具有非常强烈的讽喻意味,而且也较好地保留了科幻这一虚构文类的内部逻辑。这不难让人联想到西方反乌托邦科幻小说的经典叙事手法。例如乔治·奥威尔的《1984》,故事背景设置在未来的假想社会中,独裁者以强权统治人民、扼杀民主与自由。整个故事在一系列完全虚构的叙事、“新话”等作者原创的语词和意象网络之下,具有了强烈而独特的现实批判性。

包括《1984》在内的“反乌托邦三部曲”恰是科幻文学欧洲正典(Canon)传统中的代表作品。这个传统当中的科幻作家们有着与美国“低俗小说”传统截然不同的文化姿态和社会责任感,“他们往往从不同的侧面感知到了科学与技术对于社会形态、人类本质与文明要素的深刻影响,进而试图深入到冰冷知识的表面之下,从中发掘其社会意义和审美形态”③。而这实际上提供的,正是郝景芳所言“用虚构去书写现实”的文化脉络和理论支撑。

二

同样是用科幻的虚构去书写现实,在中国本土,亦有一种相似的科幻形态生发成长,我们可以将其称为“科幻现实主义”。比起重批判的西方乌托邦传统,科幻现实主义有着更为强烈的建构性。它介入现实的精神气质始于晚清,并在20世纪80年代初期逐渐成形,在而后将近四十年的发展过程中,形成了更加多样的探索。

早在1902年,鲁迅从日本版本转译了法国科幻作家儒勒·凡尔纳的小说《月界旅行》④,便提出了“导中国人群以进行,必自科学小说始”⑤这样振聋发聩的号召。当时以鲁迅和梁启超为代表的知识分子认为“科学小说”可以起到普及科学知识、开启民智,进而救亡图存的作用。虽然这样的主张有一定工具化的倾向,但无疑让科幻小说从进入中国的那一时刻开始,就牢牢根植于现实的土壤之上。

到了80年代初,科幻作家郑文光首次提出“科幻现实主义”这一概念,他认为“科幻小说也是小说,也是反映现实生活的小说,只不过它不是平面镜似的反映,而是一面折光镜……采取严肃的形式,我们把它叫作科幻现实主义”⑥,“文学是生活的镜子,科幻小说也是生活的镜子,而且是一面具有特殊能力的折光镜,它能在现代化的幻想——科学幻想构思中,曲折传神地展示我们严峻、真实的生活”⑦。这就基本规定了本土科幻创作当中,以现实为最终指向的一类作品的文类机制和审美取向。

在80年代初期,“科幻现实主义”这一理念并未得到充分阐述和实践;但到了90年代以后,许多在更深刻的科技体验中成长起来的新生代科幻作家们,带着他们对科技与现实不同以往的崭新理解,开始主动地践行和更新着这一创作理念——陈楸帆便是其中具有代表性的一位。

在其早期的创作合集《薄码》中,陈楸帆提出科幻“以一种逻辑自洽的诗意来还原这个宇宙”,“把现实经过扭曲加工进行重现……有时反倒能说出几句真话”⑧,并在作品中大量使用一些非常明显的隐喻对现实进行讽刺和批判。此后随着《未来病史》等作品的问世,陈楸帆的创作不断走向成熟,他对科幻与现实关系的理解也在不断推进。在这一阶段,他更倾向于书写现实的不可理解——究其原因是人类科技的不断发展和知识的不断积累,使得现实慢慢超越了人类的认知。

面对这些从复杂的现代知识系统之中生长而出的科技经验,社会学家安东尼·吉登斯提出了“风险社会”这一概念。他认为“没有任何人能够选择完全置身于包含在现代制度中的抽象体系之外”,因而我们“在与抽象体系的不定期的相遇中”,“表现出明白无误的可信任性与诚实性,并伴随着一种‘习以为常’或镇定自若的态度”⑨。但与大众的熟视无睹不同,跳出这个系统之外并对其进行观察,重新发现其中的“惊异感”乃至“荒诞感”,正是当下科幻现实主义创作的基本特征之一。

对于这种文类机制，美籍韩裔学者朱瑞瑛（Seo-young Chu）在其著作《隐喻梦见了文字的睡眠吗？——关于再现的科幻理论》（2010）中做了另一种阐述。她提出：科幻小说是一种高密度的现实主义，而现实主义文学则是一种低密度的科幻小说。因为在工业革命之后，科学技术的高速发展使得我们所处的现实变得日益复杂与抽象，不再能够借由感官直接理解。例如虽然我们大多数人都有乘坐汽车、使用手机的经验，但并不是每个人都能够理解这些设备的内部构造和运行方式——正如我们无法直接理解互联网、全球物流系统或是人工智能的思维方式。

为了描述这个不再能够直接感知的复杂世界，我们只能使用隐喻来接近这些概念。“信息高速公路”“地球村”等均是典型的案例。而科幻小说的独特之处在于，我们要描述的本体和喻体有时是一致的。这便能够让读者更加直观地接近复杂的科技现实，进而从不同维度对其进行理解。因此，我们可以将科幻小说视为一种与当下时代特征与时代精神达到最佳契合的“现实主义”。

由此可见，科幻虽然是一种典型的虚构文学，但它与现实之间的深刻联系，早已经在漫长的文类研究历史中作为一种广泛的共识而存在了。

三

正是在科幻现实主义的关照之下，郝景芳的创作实践和理论观念，获得了被重新理解和审视的话语空间。与许多其他更加具有创作自觉的作家相比，郝景芳在其瑰丽的幻想之下，所表现的现实却常常是一个不完全的状态。

与科幻现实主义的创作特征一致，郝景芳式的隐喻背后也常常呈现出明显的科学的思维方式，或利用科学工具和知识工具来处理现实。例如她的短篇小说《莫比乌斯》，女孩小舟在压抑、孤独的生活中，想象世界是一个莫比乌斯环，只要向一个方向不断前行，就可以将一切翻转。这篇小说没有任何技术细节的想象，但却将“莫比乌斯带”这样一个常见于几何学和拓扑学的概念作为核心意象，科技在其中扮演的是一个内部性的角色，呈现出整个故事的底层逻辑。而诸如《北京折叠》《去远方》这类的作品则明显运用了社会学和经济学的思维方式。

但在现实本身，她的作品就呈现出某种回退之感。容易发现，郝景芳的作品几乎从不采取强硬的批判姿态，她会通过设计人物的行为抑或是文本的修辞让整个作品呈现出或多或少的温情。例如在《北京折叠》中，大部分的人口被迫生活在暗无天日的第三空间，比起被资本剥削和压榨，不断发展的先进技术使得他们几乎丧失了被压榨的价值。对此，郝景芳表示：“《北京折叠》以阶级视角去审视的话，它是非常残酷的，有一些人就被压缩到了深夜里边做垃圾工，但是你要是真的从这个智能化角度来审视，他们并不是完全失业，政府是给他们制造了一个最低工作岗位，用这种方式来达到社会救济的目的。从这个角度去考虑的话，这个东西里面就不是那么邪恶。”[10]这个表述可以代表郝景芳书写社会矛盾时惯常的一种态度——既不选择俗套的革命叙事，也并不转投绝望的朋克叙事，在无力改变整体的结构性问题的时候，她往往试图用人本主义精神表现出一种个体化的温柔，试图寻找调和矛盾的可能性。

这种调和的倾向几乎总是意味着“出路”的艰辛乃至渺茫。于是对于宏大命题的思考，便只好止于浪漫的隐喻。当作者试图抵达真实世界时，却因为对虚拟世界的建构而呈现出某种意义上的退缩。此时一对两难的处境就呈现出来：一种是早被抛弃，作者自己也并不乐意陷入其中的工具式隐喻。这种方式将导致科幻文类被窄化为一种讽刺文学，那么必然遭遇结构上的“玻璃天花板”[11]，而现实批判的力量，也将因为这种遮掩和犹豫而大打折扣。另一种是过分沉迷于对虚构世界的描绘，在运用科技——或者说现代知识系统——去构造另一种现实的时候，“折光镜”非但未曾凸显现实内部的规律与荒诞，反而成为隔离现实、模糊其面目的障碍。

如前所述，这种两难状况实际上已经在创作实践和理论支持方面都得到了一定程度上的解决。无论是陈楸帆们的探索，还是朱瑞英们的推演，他们共同指向科幻文类与当下复杂现实之间的某种同构。正是对漫长科幻文类传统的接纳，对以其理解科技经验和现代社会之责任感的主动承担，同时支撑起了科幻现实主义的审美高度和现实意义。

结　语

从2002年在新概念作文大赛中发出的雏凤新啼，到今天近二十年的文学探索，郝景芳的创作无疑一直处在不断的成长之中。在较为新近出版的作品集《人之彼岸》中，我们看到了郝景芳对当下AI研究的科技热点的关注，也看到了她暂时放下了以往的写作追求，回归到正典科幻文学创作思路上的尝试。这样的尝试，也许提供了一个机会，使得更加深入科技发展的机理，挖掘更具独特价值的现实同时成为可能。

科幻文学从二百年前发展至今，科幻现实主义已经日益成为我们理解现实的重要话语资源。尤其是在探索科技这一当下影响最深远的"现实"问题上，科幻现实主义彰显了更多的方向。例如韩松的《地铁》、陈楸帆的《未来病史》以及七月的《群星》等作品，无不是在从不同角度处理现代化过程中的经验。在科幻文学与主流话语都在尝试从不同的方向理解并介入科技现实的背景下，我们与其将郝景芳视为在传统文学与科幻文学之外游离的个例，倒不如把她看作书写科技现实的广阔光谱中的一点。作为一位年轻的作者，郝景芳的文学之路还有着相当多的可能性，我们期待她的成长。

注释：

①郝景芳：《去远方》，江苏凤凰文艺出版社2016年版，第2页。

②郝景芳：《去远方》，江苏凤凰文艺出版社2016年版，第2页。

③姜振宇：《现代性与科幻小说的两个传统》，《南方文坛》2016年第6期，第54页。

④今通常译为《从地球到月球》。

⑤鲁迅：《月界旅行・辨言》，《鲁迅全集》第10卷，人民文学出版社2005年版，第164页。

⑥郑文光：《在文学创作座谈会上关于科幻小说的发言》，中国科普创作协会科学文艺委员会编：《科幻小说创作参考资料》1982年第4期。

⑦郑文光：《战神的后裔》，湖南教育出版社1999年版，第197页。

⑧陈楸帆：《薄码》，百花文艺出版社2012年版，第2页。

⑨吉登斯：《现代性的后果》，译林出版社2000年版，第73页。

⑩冯婧：《刘慈欣之后，郝景芳〈北京折叠〉再获雨果奖！》，http://culture.ifeng.com/a/20160821/49813990_0.shtml。

⑪王瑶：《在"科学主义"与"现实主义"之外》，《中国科幻研究2016》，湖北科学技术出版社2016年版，第203页。

［作者单位：南方科技大学科学与人类想象力研究中心］

主持人语

□ 张清华　王士强

作为诗人,作为优秀诗人的白玛几乎是一个秘密,无论是在社会公众层面,还是在“诗歌界”内部。我们当然可以说,这与社会风习的急功近利、气躁心浮有关,与诗歌生态的某种体制、积习有关,但实际上,之所以如此,更多地恐怕与白玛个人有关,这也许正是她主动的选择和追求,所谓求仁得仁。一句话,白玛是将自己的人生活成秘密,将自己的诗歌写成秘密的那种人,与艾米莉·迪金森不无类似。

白玛的冷静、淡泊、纯粹在当代诗人中殊为少见。她几乎是逆潮流而动,她有过丰富的“现代生活”经历,从军,去西藏旅行,“北漂”,经商,写专栏……而近年来,则过起了半隐居的生活,“居住山里”“种地、除草、放羊、修房”……这当然不应该被看作迫不得已,因为从世俗生活的角度,想要改变此种生活是极为容易的。唯一的解释,是她乐得如此:她找到了安顿自己、成全自己的最佳方式,这里正是她诗意栖居的无可替代的所在。从大的社会和文化系统中进行观照,白玛的意义才能够得以凸显:“现代”的生活方式和价值观念强势推进、摧枯拉朽,人们被欲望所挟持、征用,自我分裂,变异为非我,而白玛则从这一体系之中脱身而出,她选择了“人迹罕至的一条路”(弗罗斯特语),在生活态度上做出了非比寻常的选择,而更为内在的,则是意识形态、价值观方面的分道扬镳、卓尔不群。就此而言,白玛的选择颇有“虽千万人吾往矣”的意味,有一种“孤勇”蕴含其中。她是独立的、有立场的、有力量的,确乎做到了举世誉之而不加劝、举世非之而不加沮。

白玛与日常生活、世俗生活之间的关系颇值得考量。她的诗固然是纯粹的,有精神性和形而上维度,但是并不拒绝日常生活、日常经验,而恰恰充满极为丰富、生动、毛茸茸的细节,也充满对世俗中人、世俗生活的体恤、关切和温柔。她是在世俗、俗世之中的,而并非现世生活高冷、孤绝的反叛者,但同时,她“在”而又“不属于”这种世俗和俗世,她更多是以出离、审视、回望的态度看待这一切的,她关注的是在这日常和俗世背后更持久、更有意义的一些存在,比如爱,比如美,比如神性,比如命运。她既是入世的,又是出世的,她的诗中有人间烟火,有沉哀剧痛,有活色生香,同时又有超拔、高迈、宏阔之思与想,拥抱与疏离、热爱与厌弃、入世之深与出世之远在白玛诗歌里得到了较好的结合。

白玛的写作是慢的,如她所说“写诗是一门慢手艺”,她在艺术上非常用心、讲究,这是一种自我的高标准、严要求,或者说,是一种“洁癖”。她曾言要“像写墓志铭一样写诗”,尤其可以看出她对待诗歌写作的态度。这种“洁癖”体现于她的作品,是反复的打量、揣摩、调试,无一字无用处,增之一字则嫌多,减之一字则嫌少,全诗成为一个有机的生命体。白玛重视诗歌的节奏、气息、韵致,其诗歌在发声、音韵等方面均颇为考究,在意义之维外,她的诗同样颇有“味道”。尤其值得注意的是,白玛的这种“洁癖”主要的不是在语词、修辞的层面用力,她的写作更多是“生命本体”而非“语言至上”的,所以意象堆叠、语言空转、修辞奇观等不是她诗歌的选项,她努力达到的是生命状态的睿智、通透与语言状态的澄明、平易的结合,应该说,这样的诗歌追求也是深谙艺术之辩证法的,是值得赞赏的。

[作者单位:北京师范大学文学院;天津社会科学院文学研究所]

一己私念

□白 玛

多年前阅读美国作家福克纳的小说，记住了其中对于苦役队在唱歌的叙述。谁能阻止要歌唱的嗓子呢？诗歌即歌唱，也是口音，诗人们以各种不同的口音在表达。我的童年因为母亲过早离世而偏离了正常的生活轨道，极度自卑、孤僻且敏感，连中学也没有读完，十四岁那年被父亲由乡下接去一个海滨小城市，继母不同意我继续念中学，她在一处街心找到我并撕掉了我书包里的高中志愿表。其后我经历了类似吉卜赛人的边流浪边歌唱的生活轨迹。十六岁的迷茫少年开始沉迷于写诗。写诗于我是哑巴开口或者聊寻自信，缺什么补什么：缺爱、温暖、安全——至今我仍然认为诗歌是为了美和爱、温暖和光明而生成，也是我的一个栖身角落。这是一己私念。

在母亲教书的那个鲁西南乡村，押韵的民间说唱形式无处不在：算命瞎子、说书艺人、货郎、集市上的兜售者、收音机播放的评书人……他们都有自己的说唱形式，押韵是寻常日子里的普通调剂。后来我尝试写诗时才懂得，对于诗歌而言，韵律太重要了！如果把一首诗比作一个人，韵律就是诗在呼吸，不能断气。我有个始终保持的习惯：我会有意写两行的诗训练韵律。一首只有两行文字的诗很难写。韵律不是文字，但有时候能代替文字表达。一首诗必须有韵律。韵律或在行间，或在段落，或者整体隐藏着，一首诗如果没有恰当铺排韵律，是失败之诗。

一首好诗的各项指标必须是诗的，诗歌没有内容之分。写诗也就是书写诗人。一个诗人合格的标准是他拥有对构成诗歌的每个字的选择能力，对每个字的使用技巧训练有素，能够辨别并剔除让自己接近诗歌的荣耀（或使命）受侵蚀的外力。一个伟大的诗人之所以伟大，是因为他总能被诗歌信任而发声。

自己对自己谈话要真，没啥客气的，不必丝毫寒暄。自己读自己的诗，要懂得分辨长短优劣，不明真相是痛苦的事。

一首好诗一定有一个般配的好题目。一个不恰当的题目，就像旅行前先吃坏了肚子。

自然界是有灵魂存在的。灵魂之间如何交流？有三种永恒的工具：爱、美、诗。

既然需要使用数量有限的汉字构成诗歌，必然要对每一个汉字怀有恭敬、谦虚、感激、信赖之心，并以其为骄傲。持游戏意念是错误的，所召唤来的汉字也是不适宜的。绝非把一首诗写得晦涩难解或者辞藻华丽就是"脱俗""有风格"，世界诗歌史上，现代派诗歌每一步发展反而都是为着接近人性中的真实需求，以形式的单纯化为变化。诗歌必将趋向纯粹，但非简单。

写诗、酿酒两件活计，外人都不能知道其配料和过程，即使内行，也无法确定结果，因为还有时间那道工艺掺入其中。两者最大相同处：好的产品，年代越久味道越醇美。

如果说乡村是我的课堂，死亡就是第一任老师。故乡每一个生命、每一个节气，都在暗中培育一副诗的嗓子——我别无适当的发声方式。我可以不必开口就能通过诗歌诉说欢愉和忧伤，甚至借诗掩面而泣。

诗歌的本质是营养诗人的。诗歌让诗人以特别的通道抵达美、爱与纯真。诗歌是营养与修正，不是毁坏和分裂。我像感激母亲与故乡一样感谢诗歌，因为可以在一首诗里自言自语哭笑由人还不必羞赧。能获得诗歌带来的特别慰藉，感谢所有际遇成全。

“写下的每一首都是训练、试探和修正”

——白玛访谈

□ 李以亮　白　玛

李以亮：白玛你好！虽然我们现在已经很熟悉了，可能还是有不少读者对你不是很熟悉，所以让我们假装是在认识之初，问几个简单的大家可能首先会感兴趣的问题：怎么想到用白玛这个名字？你的诗歌写作起始于什么时候？

白　玛：以亮好！我不曾有过受访的经验。名字就是个记号。自视为一个沉迷于汉字的魔方爱好者，我极喜欢“玛”这个汉字。絮叨一段旧话：记得在2003年，北漂，生活一度困顿，打算给报纸写专栏赚稿费。我留意清晨的报摊上销量最多的报纸是《京华时报》，就给报纸副刊打电话说我想写专栏，编辑说：你是谁？当时副刊开专栏的都是些名人，我说我可以尝试写西藏故事。于是开始用这个名字。写了一段时间，编辑回话：居然有读者给报纸打电话问白玛是谁，以前没有过这种事。也是那一年，在中断写诗十年后又开始写，写了一组诗叫《沙兰》，沙兰是鲁西南一个村庄的名字，我出生在那里。因为妈妈是乡村中学教师，她在我六岁的时候病故了。这组诗通过邮局投稿给了《诗刊》杂志。后来我去了一个沿海小镇，突然有一天杂志一位梅姓女编辑打电话给在海边的我，通知我：杂志可以发表这组诗。当时几乎要哭了，诗歌于我渐行渐远的时期，是和我有血脉相连的故乡在唤我重拾——这么说并非矫情，我有十年完全抛弃了诗歌，写了一首诗给故乡，当时写完后还大哭了一场。具体到时间，从1988年开始写诗到1993年停止，有个原因是生活发生了变化，在码头上夜班还要养育孩子，后来去西藏旅行，继而做生意，心有旁骛，就不写了。不是刻意，也许本来对写诗就没有瘾，说戒就戒了。

请原谅，这么回答你，单纯是记忆快速顾自往回倒放，本来应该和叙述、议论、市井有关联，而诗歌只能是露出海面的那一点冰山，所以讲述作品背后自己的素常令人难为情，左右为难：生活是无法以高下正误结论的，所以我回答的同时暗自提醒自己别冒充先知开口说话。我现在对诗人需要种种隐秘的成全这个说法深信不疑：说不定有一所非具象的诗歌训练营在以独特的方式训练诗人。

李以亮：我们知道，每个人的阅读往往会随时间发生一些不同的变化。你起初比较喜爱哪位或者哪些诗人？现在是否一如当初？你大体的阅读谱系和偏好如何？

白　玛：有必要提及1988年我在《连云港文学》上发表第一组诗歌，十六岁。那之前几乎没有诗歌阅读史，因为十六年的人生里没有诗歌这种事物。大概是1989年，我得到了一本湖南文艺出版社出版的书《现代世界诗坛》，里面有陈敬容先生翻译的艾吕雅的作品。我惊呆：原来诗可以这样写！当然我也不知道诗这么写是好或不好。那时期还读了国内朦胧诗人的一些作品，而且订了安徽省的《诗歌报》。现在回想起来，是陈敬容老师把一个懵懂少年领到一个诗歌巨人面前。当时连云港有几个爱好文学的大朋友，比如小说家张亦辉、李惊涛，受他们的影响开始迷读小说，按现在的说法叫小说“迷妹”。依然读诗极少，喜欢翟永明的组诗《女人》和伊蕾的《独身女人的卧室》。但最大的爱好依然是小说，至今依旧兴趣专一——这么聊是不是跑题？

李以亮：你说到的这些阅读经历，已经开始与我重合，至少是发生交集了，我很容易理解和发生共鸣的。不少人有“悔少作”的倾向。你现在是否会如某些诗人那样，拒绝承认或者故意隐藏自己的少作？如果不是，其中最令你难忘和欣赏的地方在哪里？

白　玛：没有，没有。写诗永远是训练的具象表现。写下的每一首都是训练、试探和修正。自己早年的诗歌写作，让我回忆时唯一觉得安慰的是那份单纯与专注。

李以亮：哦，单纯与专注！美好的品质。从什么时候，你认为自己开始写出自己比较认可、感觉成熟起来的作品？在你看来，它们是无意识的结果，还是自觉努力造成的？

白　玛：这个问题似乎常见。写诗的前后过程，我个人是完全凭感性，但是一首诗一旦完成，却是理性的态度：训练让自己的判断尽量不偏颇，即对自己“狠”，自己能够读出自己作品里的不足与偏颇。努力不是接近诗歌的合适途径。我时常警惕自己的写作是否用力过度，然而含混、模糊同样是诗歌的大敌。我写了数百首诗歌，自己看得顺眼的有五十首吧，写在2003年和2013年，其间中断了写诗，一首没写，在生活里冲浪呢。

李以亮：看来你似乎比较看重诗歌感性与天赋的因素。我说的努力，也不是指后天的经营，而是说在诗歌上的自觉意识，还是指纯精神的付出与探索。那么，在写作多年的过程里，是否有过因为生活（包括精神生活）中发生的什么事情，改变了你写作的走向、诗歌风格？如果进行必要的回顾，你会如何看待这些？

白　玛：就像我每一年都喜欢不同的颜色那样（比如去年喜欢脏粉而今年喜欢暖白），对待诗歌完全是唯心造，用言情的腔调说就是所有的安排都是最好的安排。改变来自哪里，我并不知道，但是对自己写过的诗歌能够客观地认识倒是真的。一首诗写完后即成为读物，可以比拟为设置有暗器的产品，诗人的生产过程可以忽略不计。任何一个时代，诗歌大于诗人而不是相反。我个人除了等待以外，没有别的捷径。这个等待的过程就是诗神联手生活训练抑或打造的过程。

李以亮：你的看法接近歌德，我们知道，他是强调“即兴”和“自然”的。这跟我对你的了解是一致的。等待诗来找你，而不是你去找诗。这符合我们的经验。我知道，你也涉及其他文体的写作。你如何看待诗歌文体的优势与限制？你觉得你个人的气质，最适合的是诗歌还是其他文体，比如小说或者散文、随笔？

白　玛：诗歌不同于任何一种文本（这不是多余的话），它和小说、散文是完全不同的抵达途径。我不怎么敢坦然地阅读诗化小说或者散文诗，说句得罪人的话：诗歌很难被地道地作用于其他文学形式。音乐离诗歌近。绘画和小说可以是莫逆。

我偏爱小说和散文随笔，但是诗歌成了我的口音。这么多年以来我尚未解决音准问题，还在为之瞻前顾后不无焦虑。

是诗歌以外的文本提供了我写诗的营养。许多年来的理想就是能写出一些自以为是的短篇小说，最好有人封给我“短篇女侠”的外号——无数次这么幻想，想一想都兴奋得要飞起来了。

李以亮：我读过你的小说。写小说需要苏珊·桑塔格所说的“小说的智慧”，同时也需要对细节的耐心。无可否认，在诗歌写作上，即兴的成分更大。即兴在我的理解里有优势也有劣势。你似乎是一个依赖即兴而写作的人。你最好的写作状态是怎么样的？或者，它往往会呈现为怎样的情形？关于写作状态，你最好的记忆是怎样的？出现在什么时候？

白　玛：的确我更习惯自言自语，每行诗都是我平时说话的腔调，从不分裂。少年时期，我时常伏在椅子上写诗——似乎生活总动荡，也没有安定的桌子。眼睛右前方一定要有一只没有任何装饰的圆镜子，这个癖好一直保持着，离开圆镜子就写不成。“即兴”一词不怎么喜欢，我更喜欢“率性”。对待诗歌的态度和对待爱情的态度一样，只能靠等待。有时候一个词语或者一行句子“告知”：一首诗要来了。最好的写作状态是写完之后的短暂兴奋，那种感受用一个湖南作家的小说作品题目可形容：一个人张灯结彩。举个例子吧：作家卡尔维诺叙述：因为自己没有依照父亲心愿从事医学行业而略有歉意，“我是个败类——”，“败类”由他口中说出却仿佛击中了我，我写下一首诗《寄给父亲的七段》，写完后还关上房门哭了很久。这或许是一个中国诗人向一位顶级优秀作家的隔空采气？（笑）。

李以亮：不分裂——这在今天很难啊！不过我有意支持你。你是否有过放弃的念头，或者打算改行的时候？多年写作下来，你认为最大的“得”是什么？最大的“失”又是什么？你如何看待“为什么写诗”的问题？

白　玛：永远容不得我放弃诗而只能是诗放弃我。诗人和诗歌是互相指认的关系，一厢情愿无法作用于诗歌。改行？我几乎每天都在改行——居住山里，我要种地、除草、放羊、修房等等。

说句大话：写诗修正着我的言行，或者哪怕是生活态度，但并非高达信仰的位置，就是一种个人适应了这种语言表达方式吧——现实里的我非常口拙，总是词不达意。好在诗歌写作不要求周到地叙述或说理，所以写诗对于我如同一晌贪欢，也是逃避。没有什么得失概念，就是这种表达（游戏）适合自己。为什么写诗？哈，我怕这个问题，因为我烦自己用先知或“女王朔”的语气作答。本不想当诗人，我擅长并且热爱的事情很多。

李以亮：通过写诗修正自己，而不是以诗误己或者以己误诗——我坚定地站在你一边。现在，诗歌不仅是一个小众艺术的问题，不时还会出现宣告诗歌死亡的讣告、诊断书，或者判决。如果请你来为诗歌辩护，你最想说的是什么？

白　玛：诗歌怎么会由人来判断存亡呢？它和鸟儿鸣叫一样不受人为约束。我曾经说过，人世间有两种奢侈品：爱情和诗歌。两者都来历不明、不可强求，都不可描述，都直接作用于心灵。我享受和一首诗歌相遇的时刻，因为可能需要经历为这种相遇所附带的种种成全。诗歌和读者的关系这个话题，没有人能谈得不失偏颇。每个读者都自带雷达，他总能搜索到他所乐于接收的诗歌讯号。写诗这种行为具有天生的、必需的附属成分：孤独。一个以写诗为使命的人时常想着广为人知是多么奇怪的事情。

李以亮：你对诗歌的信念再次让我想到歌德。最后，请你谈谈你当前的与长期的计划和安排，当然包括写作方面的。也请你对诗歌（文学）读者说说，你最发自肺腑的箴言。

白　玛：我住在山村，有一个小的农场，平时忙于种地、放羊、修葺宅院，零星的文学念头大多都在劳作中闪现。作为一个野生的有神论者，譬如有一天我想到：我们所完成的任何一件作品都因为具备了美感而有了神性（或者说是灵魂），就算木匠用心做出一只小板凳，它也有了生命力（我宁愿这样认为）。所以若把一首诗当成一件有生命的作品对待，诗人就会少些敷衍和怠慢。

诗歌或许就是一种从无数日常中提纯的手艺？类似炼金。我不信诗意人生这种说法，人生毫无诗意，充满了瞻前顾后的苦（烦恼）。

如果说计划，我想多读些好书。总觉得自己读书太少而好作品浩如烟海。

若给读者留言，我会说：我们每个人都要力求准确使用汉字并且享受它们，汉字的组合会产生非常美妙的效果，所以产生文学、音乐为生活提供美感等精神营养。我平时避免使用个别网络语言，不会把“没有”写成“木有”，“我们”写成“偶们”，哪怕给网购站的卖家客服发几行对话，我也会留意用词尽可能准确不随意。这习惯也许落伍，但我对使用汉字心有敬畏，仿佛是借了邻居的家什。诗歌不会直接影响生活，但诗歌和其他形式的艺术一道属于美和爱的“燃料”，等于间接作用于一个人的庸俗日常。反之同样成立——当你心中有爱，眼里有美的时候，诗歌就会来找你啦！

最后，好诗不在于由谁写出来，它们本来就在那里。我渴望读到好诗。哈哈，读好诗也是对抗中年油腻的方法之一。

李以亮：我听到了满满的诚意，对诗歌、对语言理解与态度上的一种精神的虔诚。诗人沃尔科特痛感敬畏在这个时代的缺失。作为诗人，你保持着！谢谢你，你独特的感悟、你的来之不易的洞见，的确值得我们好好领会一番的。

白　玛：以亮，十分感谢你关于诗歌的明智提问！请原谅我回答的偏颇走神。

（2020年5月2日）

读白玛诗札记

□ 张万新

最近一段时期，白玛的一些诗，让我读得十分愉快。

白玛的这些诗歌没有标明写作时间，我们不知道这些诗写于何时，我们在读这些诗歌时，也就不需要纠缠诗歌史的问题，不需要知道这些诗在被写出来的那些时间段里具有多少标签价值。我们时代里的众多诗人不光是忙于抢占山头，他们还忙于抢占时间段，很多人误以为诗歌是靠发言的先后次序决定成败的，他们故意不知道一首不好的诗作就算提前五十年写出来也不会变成好诗。白玛显然没有这样的恶习，这很好。

白玛在少数诗篇中，十分恰当地写出了岁月感觉。在这些诗篇中，岁月既是有效的，我们不能阻挡的行为，同时也是命运的基本形式，比如说《姨妈来信》《流浪，流浪》等等。这些诗篇使白玛明显有别于其他多数的女诗人，表明她相信成熟，没有过多地停留在青春期书写中，并且毫无抱怨地认领了自己的命运，站在自己这一边，写出属于自己的诗篇。

当然，白玛这些诗篇中最迷人的是那些以流浪为背景的作品。流浪不是一个新的主题，它在诗歌中，如同某种遗传基因，在每个诗人的身体里都有机会转化成某种精神模式。它非常容易打动人。这些四处游走的句子，总是反复出现在白玛的诗篇里，有点像一些骨架，赋予白玛勇气，支撑她继续写诗。

我承认，我容易被那些书写流浪的诗句吸引。一个诗人，未必真的要四处游走，但她必须有极其自由的心智。自由是诗歌也是诗人的宿命，缺少了对自由的渴望，我不知道诗人是否还能写诗，因为那正是诗歌的乐趣所在。白玛这些汇编成册的诗歌，以她自己独特的气息，书写了一部个人的自由史。

白玛笔下的流浪有她自己的特点，既是叙事的，也是抒情的。她总是心存浪漫，她显然不愿独步天涯，在她的途中有很多人物，多数是欢乐的。有些人物面目清晰，是她乐意结交的朋友。有些人物面目模糊，这样的人有福了，他们享有她的秘密的爱。这样的人也许是某位诗歌前辈所说的内心人物，但这位诗歌前辈似乎认为给内心人物命名是诗歌的重要任务，白玛显然没打算给这样的人命名，她只是记下了自己的情感。

白玛最出色的那些诗篇，有一个十分引人注目的特点，那就是她写出了力量，而且力量在整首诗中的分布非常均匀，没有突兀之处，很棒的整体感觉。这种力量控制是由出色的节奏感来实现的。这么多年来，我读过太多的诗篇了，我坚决认为节奏感和力量控制是诗人的天赋所在，缺少了这种基本天赋，不可能写好诗歌。

在写这些札记之前，我打定主意做个试验，看我能不能在不引用白玛的一句诗的情况下自由地谈谈诗歌。回头看看以上所写的，我发觉我没做到设定的要求，怎么看都是在自言自语，赶快停住吧。看来诗歌本身的价值不能通过他人的旁白体现出来，非常遗憾。

耳语降临的三种方式

——关于白玛的诗

□邢 斌

关于诗，里尔克有一个精准的定义："诗是经验。"这个断语如此有力，部分是因为它惊人的简洁，部分是因为它毫不掩饰的果敢。对于其理想读者——严肃的诗人同行而言，与其说是定义，倒不如说它是锚，将水面上浮游不定的诗情、絮语和咒言牢牢地固定在语言海洋及其风暴的中心。为了降低它被理解的难度，里尔克以他擅长的龙卷风般的排比句式将"经验"所裹挟的种种奇异片段一一竖立（展示给我们）：

> 为了一首诗我们必须观看许多城市，观看人和物，我们必须认识动物，我们必须去感觉鸟怎样飞翔，知道小小的花朵在早晨开放时的姿态。我们必须能够回想——异乡的路途，不期的相遇，逐渐临近的别离；回想那还不清楚的童年的岁月；想到父母，如果他们给我们一种快乐，我们并不理解他们，不得不使他们苦恼；想到儿童的疾病，病状离奇地发作，这么多深沉的变化；想到寂静、沉闷的小屋内的白昼和海滨的早晨；想到海的一般，想到许多的海；想到旅途之夜，在这些夜里万籁齐鸣，群星飞舞——可是这还不够，如果这一切都能想象得到。我们必须回忆许多爱情的夜，一夜与一夜不同，要记住分娩者痛苦的呼喊和轻轻睡眠着、翕止了的白衣产妇。但是我们还要陪伴过临死的人，坐在死者的身边，在窗子开着的小屋里有些突如其来的声息。我们有回忆，也还不够。如果回忆很多，我们必须能够忘记，我们要有大的忍耐力等着它们再来。因为只是回忆还不算数。等到它们成为我们身内的血、我们的目光和姿态、无名地和我们自己再也不能区分，那才能得以实现，在一个很稀有的时刻有一行诗的第一个字在它们的中心形成，脱颖而出。

在这幅龙卷风画面的尖端，我们亲历了一行严肃的诗拢聚、结晶、脱颖而出的全部过程。正是在这重意义上，奥登的话是有效的：今天的作品与两千年前的诗行本质上并无不同，它们只是更加难以提取。诗性经验同样如此，这些罕见的回忆性片段既古老，又惊奇。它们长久地沉降在人类记忆（集体无意识）的幽暗深处，等待另一阵强烈的旋风将其卷起，拢聚在一节诗中：

> 写一首诗给传说中的海妖和她颈间的花环
> 再写一首给贫穷的木匠和他做针线活的哑巴女人
> 再写一首给孩子的伙伴大灰狼和狒狒
> 写一首给丛生的杂草和灌木，给柿子树和榆树
> 如果我活得更久，就写一首诗向某个人示爱
> 再写一首请求某人原谅
> 如果我总是迷路、哭泣、发呆和怀旧
> 那我就不写啦。只想在欢笑和快乐的时候写一首诗
> 给稍纵即逝的美、给向着土地鞠躬的身体
> 写一首给燕子，艳羡它那精心裁剪的晚礼服
> 写一首给乡下的水牛和放牛老汉
> 如果我目光不再短浅
> 就会写一首给激动不已的火车，写一首给出海的水手

必要时我会写一写我的少年

幸福和痛苦穿插其中;我想写一首给众多早逝的人

他们在天上飞来飞去,能否收到我的诗?

他们在天堂里吹着口哨奔跑,含着泪互相拥抱

我想写一首诗说说生命和死亡,还有那捉摸不定的爱情

——白玛《写一首诗》

“写一首诗给……”,这个暗含着命令语气的短语,带来了人称上短暂的含混:究竟是谁在发声?——是诗人白玛面朝阅读者阐释即将展开的工程,还是另一个声音挣脱了“我”的喉咙,宣告此事庄重地降临?这个短暂的含混所带来的距离感沿着10个台阶——“海妖”“花环”“木匠”“哑巴女人”“大灰狼”“狒狒”“杂草”“灌木”“柿子树”“榆树”——逐次减弱,最终消失在我们惯看不惊的日常事物中。“写一首诗给传说中的海妖和她颈间的花环/再写一首给贫穷的木匠和他做针线活的哑巴女人”,拖长的命令,近乎一种祈使。在这个故意拖长的祈使句中,“和”连接着每个单幅画面的背景与其高光的部分:海妖——花环;木匠——女人。一经打开就完成了对世界原始结构的命名:偶数关系。譬如植物对称的叶脉。这个偶数结构首先是不稳定的:花环属于海妖,哑巴女人则部分地隶属于她的木匠丈夫。主仆关系的不稳定状态依赖各自的定语获得平衡:“主”的一方由虚词(“传说中的”“贫穷的”)所界定,而“仆”的一方获得了实词(“颈间的”“做针线活的”)的支持。长句虽然轻柔,但句与句切换的速度却异常迅捷:首两句中主仆形式的偶数关系随即悄然转向为成对事物的平行并置(大灰狼和狒狒,杂草和灌木,柿子树和榆树……)。这个切换之迅捷是历史级的,可能需要以千年为基本单位。“和”,在第一小节中就像一个节拍器,围绕它而建立的中速韵律非常稳定。当命令置换为祈使,诗行的声音随之而愈来愈柔和,近似催眠。

第五句开启的段落降落到一个稍低的音阶——“如果我活得更久……/如果我总是迷路……”,人间之事将入诗。此时,人称关系变得明晰,“我”的声音在试探,尝试着将耳语传递给那些不熟悉它的听众。但这一尝试有着潜在的小小危险:它可能被误读、被搁置,甚至被嘲弄。假如真是这样,“那我就不写啦”,轻盈的口语词“那”与“啦”赋予了这句诗清新的气质,——即使告别,也将毫无焦虑感,不过促使“我”转向另一种方式倾听耳语罢了。这个指向“理想写者”(假如我们给“理想读者”一个对称的称谓)的重大转折,像一个轻微的休止符被诗人羞涩地藏在第八句的中央。它将重新起飞,在飞翔的高度巡视“稍纵即逝的美”,扑入视野的“身体”“燕子”“水牛”和“放牛老汉”,在生命长途中遭逢的“火车”“水手”“我的少年”,以及将在未来等候我们的先行者。这场巡游中间存在两个轻微的迟疑:“如果我目光不再短浅”“能否收到我的诗?”但绝不是停顿,比停顿要轻巧。在解除了事物的主仆结构之后,万物得以死而平等,最终进入天国——假如天国是诗行编织而成的。但这里并非这首诗的终点,在全诗的最后一行,白玛甚至解除了人称——“生命和死亡,还有那捉摸不定的爱情”,三个庄严的名词失去了主语,抒情者奇异地溶解进自己的诗行。犹如叶芝在完成《随时间而来的真理》的同时完成了自己,“现在我可以枯萎而进入真理”,——这首诗的重音最终降落到无法视觉化的“生命和死亡”,这两块被我们昼夜推向山顶的巨石之上。如果全诗在此停下,它将是叶芝式的,沉重而牢固。而白玛的选择,却是《杜伊诺哀歌》式的冷峻:在诗行降落的智慧巨石之上,令人困惑的爱依旧生气勃勃地俯视着我们。它引人注目地居于所有逗号的顶端,拒绝被消化。抵达这里需要一种真正的勇气。

“捉摸不定的爱情”,固然是生命中最尖锐、最难以消化的部分,但也不妨将其扩展为更广大的“爱”,——“诗”的本体。在另一首题名《诗是》的短章中,诗人正是如此表述的:

诗是用来诉说爱的。
字落在白纸上,植物长在大地上
都是无声地在诉说爱呀
一盏灯对一个旅人的爱
一匹马对旧日子的爱
我老家的乡亲们对雨水的爱

我妈妈对远行的孩子的爱
我对春天里一段恋情的蓬勃的爱
诗就是我对爱的爱

——白玛《诗是》

"诗就是我对爱的爱",对感性的感性,对盲目的盲目,对仁慈的仁慈。从未有人像白玛这样,如此果决地展示自己的诗学抱负,如此坚定地将写作的目标锚定诗的本体:《我想写一首这样的诗》《这些都是诗》《一首诗里通常有什么》《我写诗》《有时不是我在写诗》《爱情诗》《致大地之给时间的赞美辞》……近年来她50%的作品都在尝试登上这面孤独的峭壁:"元诗"。

语言是神秘的存在。不是我们"使用"语言,而是语言从我们内部涌出。诗性语言的神秘性,更是日常语言的平方。诗,可以借助描述建立一个局部世界的硬壳。但这个硬壳只是它文学城堡的外墙,重要的是其内部的回声,是事件投出的波纹。这就意味着诗人必须处理两个难题:映现外部世界,同时捕捉回声。解决这个难题的关键,是设置一个独属于诗的人称:既非人类,又非上帝,但同时拥有二者部分的权益。《杜伊诺哀歌》是一个经典的范例:里尔克在诗中将抒情者调整到"天使"的位置——上帝与人的"中介者"。哀歌中丰富的听觉意象覆盖了视觉形象,纷至沓来的物象成为听觉想象的配角,它们被博喻召唤出来,又转瞬即逝,完全脱离了散文体中物象的意义。那是天使的声音,它在飞翔,在飞翔中暗示、呼唤、回应,将我们根本无法接听的上帝之音转译给我们:

不是我,不是我,是故乡那个串走四方的说唱艺人
指挥我写。是从前的小河,从前的香椿树写的
是号令第一声鸡啼的清晨之神写的
是那个脸颊涂着爱情胭脂的女子写的
是赶往乡村集市的一只心事重重的山羊写的
午夜赤脚走在临海小镇石板路上的海妖
也许就是她写的。是久藏的痛楚和掩不住的欢欣
借我之手写的。是你明明爱我,却不说,故意
让我写的

——白玛《有时不是我在写诗》

究竟是我们扭曲了世界,还是世界封闭了我们的感觉?神的启示无处不在,我们还有可能再次收听到它的声音吗?将目光集中于我们周遭的人,在他们身上看到自己的某些部分,这或许是一条可靠的道路。这就意味着我们必须像克尔恺廓尔所说的"中介者"一样,身处上帝与众人之间,等待耳语自天而降,在我们的喉咙里震荡发声。在诗人的现代境遇中,"诗"替代了"上帝","上帝—中介者—众人"被置换为"诗—中介者—我们肉身"的结构。诗人,正是现代版本的天使。

某些时刻(它们可能是多数派),耳语降临之时,抒情者牢固地站在我们中间。诗人如此打量她身处的境地:

鱼市守摊的女人笑得像曙光里一朵黑牡丹
仿佛她从未见识过人世间零碎的悲伤
她不过是动手收拾一堆鱼内脏
却动用操持一个大海的架势
同样是女人
可我没有一个颈间鼓着青筋的出海捕鱼的丈夫
网来湿哒哒的小镇的黄昏
和两个泥鳅一样利索地溜进屋门的儿子
我只能写诗

——白玛《我写诗》

诗人用稳定的凝视开启了这首诗并完成了它8/9的部分。这个"鱼市守摊的女人"像植物一样沉默地存在着,她的诗"已然完成",而"我"的诗尚在途中。"我只能写诗",诗人的舌头在虔敬与自嘲的摇摆中迟疑地寻找着词根。这个倒置的金字塔,将它的全部重量牢牢压在末句的"只"上,使这个悖论具备了针的力量。不妨将这一悖论看作一面镜子,我们就站在诗中,却一无所知。当我们逐步缩小自己,小到与尘埃并肩的高度,很自然的,耳语自天而降。"被连根拔除的野草/是断念之诗,顽强的苦桃树是伶仃诗/墓园是分别诗。光阴写下我:不可诵读之诗"(白玛《这些都是诗》),目光

所及，一切皆是诗的耳语：断念、伶仃、分别……现代天使是它古典原像的微缩版本，昔日它骄傲地飞翔，今朝它必须谦卑地臣服于大地。诗人自信"我"终将被写出：以否定式的严肃句式写就的，一首"不可诵读之诗"。

在较远的另一个阶段，2003年前后，白玛曾尝试着用"唱"置换这个严肃的动词"写"。这些诗章采取了边地谣曲的韵律，有着天然的质朴和雄健：

> 如果白玛措姆家的小羊羔认出主人来
> 那个贪玩的姑娘跑哪去了。
> 如果老鹰不稀罕赞美，唱那些歌有什么用
> 刀睡在脏极了的长靴怀里，呼唤有什么用
> 马蹄亲吻格桑花　哥哥呵
> 白玛措姆整夜未眠有什么用
> ——白玛《带刀疾行》

歌声远比诗行古老。这首诗不仅可读，它还完全可以托付给歌声。在反复地呼唤与应答中，声音被延宕并增强。这个延长的尾音，将情感的鸣响从尾部进行收纳，构成在空谷间反复回响、叠加的效果。诗的最后一行并未有意加强，失去回应的呼唤，像内陆河一样在荒野中穿行。这首诗如此简单质朴，它所激起的巨大情感力量，几乎完全源自原始藏族歌谣赋予我们的"听觉想象力"。这个词的创造者艾略特认为，这种想象力是"对音节和韵律的感觉，远远浸透于有意识的思想水平和感觉水平底下，赋予每个词语以生气；潜入最原始和被遗忘之处，重返本源并带回某些东西，融合最古老和最文明的思维"。韵律，不只是愉悦听觉的装饰品。韵，亦是"气韵"的韵，它是内在的节拍，富于层次感，由近及远地传递意义。即使惯于建构视觉结构的希尼也承认这种"听觉想象力"才是诗最关键的部分，"是词语之间必须保守的秘密，这秘密不只愉悦耳朵，而且愉悦心灵和身体的整个后部与深处"。它是词的源头，其异端感受力建构了人类历史、记忆、依恋之症候的词语之间最初的链接网络。在中国古典诗歌的漫长历史中，韵律绝大多数时间里都被束缚于固定的对称结构中，直到某个陈旧的结构完全失去活力。源自民间的"词"和"曲"，一经固化，随即就失去了活泼的生机。宋元时期的叙事文本勃兴之后，诗体更变成了叙事的附庸。胡适的"白话诗"实验，完全拆除这种虚假的分行和肤浅的不合汉语发音的古典韵律规则，解放了诗的活力也留下了隐患。白话诗发展初期，写作者显然遗忘了听觉问题。徐志摩发现了这个盲点，但新月派的韵律实验浅尝辄止，并未找到诗意的听觉表现模式。商籁体的引进也并不成功，包括冯至的实验。经过层层转译的翻译诗体，又助长了对听觉想象的忽视。废名曾在《谈新诗》中对白话诗与古典诗歌的关系进行过令人耳目一新的阐发，但他关于李商隐和温庭筠的现代主义理解仍然是视觉想象层面的。在他的视界中，听觉想象基本上仅仅被理解为一种装饰。

在诗被口耳传递之前，歌就已存在。歌的韵律远比其文学结晶体（诗行）古老而坚定。原始的听觉想象力孕育了文字，继而生产出复杂多变的语言系统。它在连续的孕育中并未耗尽能量，至今依然在源源不断地释放着潜能：

> 我是那清晨披着朝阳去挤牛奶的姑娘中的一个
> 我有结实的身材和健康的笑容
> 还会唱一首老掉牙的歌，祖母时期就已流传
> 有草原，有牛羊，有远道而来的风，我不是孤独的
> 你就在我眼睛里最亮的光线中站着
> 在我每一道呼吸的深与浅之间
> 这思念由来已久，有时躲藏在梦里
> 有时在我走出帐篷的一刻倏然闪现
> 有时在弯腰洗去脸上灰尘的一刻闪现
> 你会不会爱上大手大脚低声唱歌的我？
> 你会不会爱上穷人家的女儿白玛措姆？
> 所有的星星眨着眼，没有人回答
> 琴声悠扬，我的泪水滚落草丛中
> 眼前只有山谷，羊群，格桑花，你不在，你无处不在
> ——白玛《你无处不在》

诗是辨认的艺术。——接近这首诗最精妙的部分，需要我们越过一系列视觉形象的屏障，对末句音符部分精确地觉察和识别："你不在，你无处不在"经过漫长的酝酿之后，这个果敢的双元音"ai"，终于摆脱了所

有的牵制和束缚，长久地回响在一切物象之上。

视觉想象力主导的隐喻模式几乎垄断了修辞术，而诗并未从中受益。修辞承诺的“戏剧性”是肤浅的，真正的戏剧化瞬间需要我们足够的耐心，等待它毫无预兆地降落在肩上：

中午，吃了五个煮土豆；黄昏，吃了一份腌卷心菜。

两个山居的朋友披着寒气推门进，后面却没有跟着

猎枪和熊。在我们镇上，连镇长也在抱怨

一场梗阻的雪迟迟不落到他土气的灰毡帽上

朋友们吃着面包蘸沙拉说笑着

我明显心神不定

我将一封火一样跳动的远方来信慌忙丢在窗台上！

——白玛《本镇即日》

这首诗从“本镇即日”暗淡的部分起步。“煮土豆”和“腌卷心菜”勉强搪塞了午餐和晚餐，“两个山居的朋友”平淡来访，并未带来能传奇故事里的狠角色“猎枪和熊”。这个庸常的黄昏如此贫乏，“连镇长也在抱怨/一场梗阻的雪迟迟不落到他土气的灰毡帽上”。冗长的句子和它描述的贫乏生活，就像一对儿门当户对的夫妻。正是在它们的映衬下，真正诗意的部分才显得如此嘹亮：“我将一封火一样跳动的远方来信慌忙丢在窗台上！”这个富含谐趣的布局，乃是对“兴”的戏仿和颠覆，一种更具耐心也更具张力的结构。

上天的耳语总是在我们倦怠的时候悄悄地降落在我们中间：

一座城是一张蛛网，零星的伙伴踞伏其上

他们的慢手艺尚在打磨，他们的

杯中物如锚正下沉。

哦，许多年之后又会想起这个秋天：

浓烈、短促，腊庙街有一棵杨树在布施金子

——白玛《晚秋，会友临沂》

当场景切换到城市，音步被拉伸得更为迟缓，——第一个句号在第三行才缓慢地抵达它的座位。“哦”，当这个里尔克式的强音破空而至，诗行立刻恢复了它在荒野中的敏捷。

诗，是秘密的耳语，它的轻捷正如它不约而至的本性：

我染上眼疾，腿脚不太灵便，像一艘远洋轮停泊在二手市场漂来的

旧沙发里。

就这么打发时间：饲鸟、画一头狮子远眺自行车、借黑咖啡吞咽一把盐焗杏仁

他偶尔来探望，面露不屑。不必细打听，此时他就坐在推杯换盏的我们中间

——白玛《和江非说说策兰》

这个奇特的长句式给我们勾勒了一幅格外真实的幻象：天使无处不在。无论它如何变形，甚至慵懒地蜷缩在我们屋檐下的角落，都值得你寄托所有的信任：只要你呼唤。当然，这是有前提的。策兰“偶尔探望”的，只能是“像一艘远洋轮停泊在二手市场漂来的旧沙发里”的理想读者。正如希尼所强调的，诗的理想读者最重要的品质是能写出可靠的诗行。耳语的理想接听者，最重要的品质就是能领会它降临的暗示：

从不理会那些可疑的名词、形容词、妄语

“它来到我们中间寻找耳朵”

——白玛《诗歌是上天的耳语》

注释：

①里尔克著，冯至译：《马尔特·劳利得·布里格随笔》，袁可嘉、董衡巽、郑克鲁选编：《外国现代派作品选》第一册，上海文艺出版社 1980 年版，第 50 ~ 51 页。

［作者单位：临沂大学文学院］

文学史的纵贯与学术精神的融合

——杨义先生访谈录

□ 杨 义 贺仲明

贺仲明(以下简称"贺"):杨老师您好!很高兴采访您,请您畅谈一下您的学术经验和学术思想,或者先从您最近一些年的学术经历谈起?

杨义(以下简称"杨"):社科院文学研究所所长和少数民族文学研究所所长这两个所长我当了十一年,刚刚退下来,就被澳门大学特别聘请了讲座教授这个位置。澳门大学是一个做学问的很好的平台,它思想开放,中外思想在这里交融。另外,校长没有设置太多限制,我可以按照自己研究的观念、基础来设计题目。到澳门之后,我进入了自己学术上的黄金时代。我研究"先秦诸子还原",包括《老子还原》《庄子还原》《墨子还原》和《韩非子还原》。后来还专门在北京开一个发布会,大家觉得这是研究先秦诸子的一个新思路。然后我进一步在做的是《论语还原》,引起广泛的注意,获得了中国社会科学院优秀科研著作的一等奖。之后做《兵家还原》,对春秋战国时期和兵学相关的文献做了梳理,还原了八个兵家,还原的是《孙子兵法》《吴起兵法》《司马穰苴兵法》《孙膑兵法》《太公六韬》《黄石公三略》《尉缭子》《张良素书》,写了一百七十多万字,共六卷,已经获得了国家社科基金后期资助。评审专家对这个研究的评价很高,因为它对建立中国军事科学的体系不但有历史价值,还有当代价值。我们过去的研究往往是用一些战例来说明兵法,这对普及兵法知识有很好的帮助,但这并不是一种还原的研究。在还原的研究中,我研究这些兵家是谁,他们的兵法是怎么产生的,含有哪些家族文化基因,汲取了哪些思潮推涌的因素,因此比以前的研究要更深入,更触及本质。

贺:刚才您谈了近期的研究工作。这种研究从现代文学延伸到古典文学,打通了文史哲,成就非常大。从现代到古代,从文学到历史、哲学,您在研究过程中肯定发现了其中的内在关联,可否分享一下您的经验或体会?

杨:我要探索中国文化的精神,探索它的原本和它后来的血脉。你要做这种研究,若从现代文学开始的话,必须要续上古典文学。我在现代文学领域做了现代小说史研究,当时读了两千多种原始的书刊。接着想对小说内在的规律、文化内涵和思维方式进行探讨,研究小说学。后来我到牛津大学访学,读了西方的叙事学,有许多启发。我做过中国现代小说史和古典小说史论研究,这两个部分读了三千多种中国古今的叙事文献。我再看西方的叙事学,觉得它不能涵盖中国叙事的精髓、核心,所以我形成了一个中西的对话。当时我的思路一是返回中国的原点,从战国、秦汉一直到唐宋的文献中看中国人如何看待叙事;二是参照西方理论,看西方人如何看叙事。通过贯通古今文史来融合创造新的具有中国特色的话语体系、评价体系和学理体系,这就是我做中国叙事学研究的思路和方法。现在《中国叙事学》的国家外译工程已经下来,可能两年之后这本书就翻译到伦敦一个权威的出版社出版。

我研究了小说之后,觉得若要探讨中国文化精神的根本，只有小说是不够的。诗文在我国古代占据了更核心的位置，所以我又做了古代诗学的研究，包括《楚辞诗学》《李杜诗学》。诗文研究之后，我当了社科院两个所的所长，当了十一年，跟大家一起深入学术脉络进行研究。接下来我对少数民族文学，例如对《蒙古秘史》、维吾尔族的《福乐智慧》、藏族的《格萨尔王传》等进行了研究，提出了重绘中国文学地图的问题。从空间的位置上来说，中国文学地图的绘制，如果只讲汉族文学是不够的，必须要把少数民族文学加进去。我发明了一个新的概念——“边缘的活力”。这是一种文学地理学的研究方法。

在当中国社科院学部委员的时候，我认为要探讨中国文化的精神的根本，不能离开先秦、经学和诸子学，所以我转而研究先秦、经学和诸子学，可以说我是逆着时间往上走的。不过后来我又重回鲁迅，研究鲁迅和金石学的关系。我的研究都是采取古今贯通的方法。中国文化精神的原本、血脉的状况如何，必须通过研究来梳理。

在研究过程中，还要着重解决中国思想文化史上的根本问题。我们过去从思潮的角度来看问题，现在我们用现代大国的文化建设这样一个宏大的视野和全球的思想文化进行对话。那么，用这样的视野应该怎样看待古代的问题？所以我在先秦诸子里研究两个问题：一个是老孔会，孔子向老子问礼，这是先秦诸子的开幕式。老孔会之后，老子的道、老子传授给孔子的礼、孔子以仁和孝改造过的礼，成为中国诸子百家争鸣的最基本的核心的问题。老孔会到底何时发生？经过我的考证，《史记 · 老子列传》基本上讲了老孔会和老子著道德五千言。《史记 · 孔子世家》里也有大段记录孔子去见老子的话。过去我们往往否定有老孔会，但实际上这在《史记 · 老子列传》和《史记 · 孔子世家》中都有大段的描述。这是历史公案，是中国文化史上的重大问题，不能不解决。孔子向老子问礼，在《礼记 · 曾子问》里面，孔子反复说：“吾闻诸老聃云。”意思就是我听老聃是这样说的，对礼的问题是这样解释的。我们再根据《礼记 · 曾子问》里的一条史料，即孔子向老子问礼的时候，他跟老子一起到洛阳出殡，途中遇到日食，老子告诉孔子，出殡遇到日食的时候应该停下来等日食过去再走。那么，根据日食发生时间的诸多考证，我们确定应该是在孔子 41 岁的时候，即鲁昭公三十一年，公元前 511 年。当时周历是十二月初一，公元新历是 11 月 16 日。而且根据现代天文学来重现那次日食，可以证明发生时间是上午 9 点 56 分。按照礼俗，周人上午出殡，把尸体埋下去之后，还要把灵魂迎回宗庙，日中而虞。所以那时是在上午遇日食之时，10 点左右，不然赶不回来举行把灵魂迎回宗庙的虞礼。这是根据《周礼》，以史解经，以礼解经，以生命来解经。经过这样的解读跟考证，我们可以得知孔子向老子问礼是在公元前 511 年冬。老子向孔子传授礼仪，孔子接受之后又用仁和孝的基本观念来解释礼仪，这成为春秋战国三百年诸子百家争鸣的源头。

诸子百家争鸣的闭幕式应该是荀子、韩非、李斯三个人的师徒会。在以往的思想史研究中，我们都知道荀子收了韩非、李斯两个徒弟，但是他什么时候收的徒弟，收徒弟的时候是个什么情况，我们不清楚。我就对这个进行研究。有一条材料，就是荀子到齐国稷下学宫，“三为祭酒”，“最为老师”。荀子观察天下，发现秦统一中国用的是一种法家的思想，缺乏儒家的东西。他去见应侯，但是后来应侯被穰侯取代，所以荀子没有实现他的目的。他到秦国去见应侯，秦国跟齐国是敌国，所以他在稷下待不住了。后来春申君就把他招去当兰陵令。当兰陵令的时候荀子有个理论，就是商汤王、周文王有七十里地，如果他们整个思想正确的话，就会得到全国的政权。当时有人不认同这种理论，说荀子坏话。于是春申君把荀子解雇，荀子回到了赵国。后来有人在春申君面前为荀子说好话，说有才能的人还是得把他招回来，于是春申君重新招回荀子。荀子在回去的路上写了一篇文章，叫《疠怜王》，文章大意是说生麻风病的人都可怜国王，国王比生麻风病的人更不好受。同时我们发现在《韩非子》里面也有《疠怜王》这篇文章。过去的老先生在考察这件事情时，肯定《韩非子》的《疠怜王》是真的，而认为《战国策》的《疠怜王》安在荀子头上是错的。实际上,有三种可能。一,二者一真一假。二,韩非子是荀子的学生,他把老师的文章抄了作为自己的学习材料。三,荀子让韩非子给他起草,荀子修改之后寄出。我把这两个文本进行考察,提出了五条理由,认为《战国策》的《疠怜王》是荀子让韩非子起草,荀子加以修改之后记存的。它们都是真的,是过程中的真,不同层面上的真。实际上,在编《战国策》的一百多年前有一个《韩诗外传》。《韩诗外传》把这个专利权给了荀子。如果"荀子让韩非子给他起草,荀子修改之后寄出"这个考证是对的话,那么韩非子回到赵国时,从韩国的首都经过,韩非子就在他的门下。

这是公元前 231 年,韩非四十多岁。他是韩国诸公子之一,是一个非常敏感的人,所以他四十多岁的时候不可能整天跟着他的老师,必须国家首都待着,谋求进入政权的中枢。李斯这时二十多岁,正好是学习的时候,他经常在荀子身边,在荀子的书中就有两段荀子和李斯的对话。李斯于公元前 247 年告别荀子入秦。荀子、韩非、李斯的师徒会,共有七年。这就是诸子百家争鸣的闭幕式。这时的荀子是儒家大师,但他的儒家和孟子的儒家不一样。荀子是赵国人,我们知道赵国的王霸思想很浓,所以他是黄老道的思想。韩非是法家,但黄老道的思想使韩非的法家思想更深邃。《史记》说韩非是法家,但是归本黄老。过去都问什么是归本黄老,其实我们把整个战国时期的思想史都贯通起来就可以知道,黄老思想就是老子思想与法家思想的整合。法家思想后来成为秦始皇统一中国的思想武器。

中国思想最后的奠定,到了汉武帝的时候。刘邦入关之后,萧何把秦国的地图、韩非子的著作搜罗起来。汉承秦制,它是带着法家思想进来的。同时它又是楚人北上,是楚国思想的北上。后来曹参入朝,以黄老治国。最后是儒学,董仲舒独尊儒术。所以到汉武帝时期,中国的国家意识形态变成了综合的意识形态,这使汉代国力大增,成为世界上的一流强国。我就是这样去追踪中国思想的源头。

贺:您的思想研究已经超越了文学进入大文化的层面,非常恢宏、深刻,具有很大的价值意义。您年轻时写的《中国现代小说史》,我们当时都买来看了,觉得写得非常好。这套书在学界的影响也很大。不知您如何看待您当年的中国现代文学研究?

杨:《中国现代小说史》奠定了我做学问的方法和基本思路。方法就是从文献入手,阅读大量文献。我在社科院的图书馆读文献,发现郑振铎、何其芳把民国时期的小说搜集得很全,比国家图书馆还全。各个图书馆的功能是不一样的。我们能够做出中国现代小说史,和能利用社科院图书馆把现代小说都过一遍有关系。当时有个学者问我:说中国现代小说可读的不多,怎么你都要把它读一遍呢?我说,这么大的国家,总要有一两个人把它都读一遍,才能发现其中的精神脉络和奥秘。我深入文献,从文献中浮出思想。写小说史必须分章节,我按照读书时对问题的感受进行划分,出现了文学地理学的维度,比如京派和海派、东北流亡作家群、四川乡土作家群、华南作家群,这是用了人文地理学的角度。这些基本的思路,形成了学术研究的能力。我再去研究古代、先秦诸子的维度时,这些思路都在不断地发生作用。另外,我当了十一年文学研究所所长和少数民族文学研究所所长。学者晋级或学者著作评奖,都需要通过学术委员会讨论。学者在评奖时会把他研究中最精彩的思想和方法讲出来,让大家来投票。通过这个评奖过程,我吸收了很多不同的思想方法。所以,我现在处理文献的时候能够运用各种思想方法来进入它的脉络。还有就是自己积累下来的材料。到澳门后我进入了自己学术的黄金时代,因为这时的我具备了文献、材料、跨学科的视域和解决问题的各种思想方法。

贺:这是因为您具备了非常好的学术视野,才可能广采博取,不断深化和强化自己。而且,您在《中国现代小说史》写作过程中付出了过人的努力,很让人敬佩。当您在今天回顾自己的治学经验,您觉得一个学者的成功,"智慧""勤奋""机遇"哪一个最重要?或者还有其他您觉得很重要的因素?

杨:人文学术的创新,中国文化精神的锲而不舍的探寻,成为我的生命的一个重要部分。在这里,有一个学者的历史担当,有一个学者的生命智慧的投入,也有现代大国学术文化的时代要求。但是对于一个没有家学渊源,不会察言观色的人而言,无疑也是一种挑战。我在1998—2009年由一个普通的研究员出任中国社会科学院文学研究所、少数民族文学研究所两所所长十一年,2006年以全票晋升中国社会科学院首批学部委员,2010年应聘为澳门大学讲座教授,著述各类学术著作60多种,论文600多篇,著作量达到近2 000万字,被美国、新加坡、日本、韩国和中国台湾"中央研究院"的著名学者称为"治中国文学之第一人""中国文学研究的领先人物"。我出任中国社会科学院文学研究所、少数民族文学研究所的所长,不是我这个连研究室主任都没有当过的普通研究员有多么高明的管理和操作能力,而是胡绳、李铁映院长想通过一个学术造诣、学术成就较高的学者,来拉动和推升整个研究所的学术风气和学术档次。当时流行一句话:"狮子引领着狗,狗就变成狮子;狗引领着狮子,狮子也就变成狗。"这说明选好领军人物的重要性。重要性蕴含着责任感。

在学术研究中,要开一代学术,不是前辈怎么说,你就怎么说,而是要采取一个更高的更新的视角来进入。进去之后还要看你能不能提出自己的研究角度和深度。你不是给前人的一百部著作增加了一部变成第一百零一部,而是你另开一个体系,成为第一部。

贺:您提到做中国现代小说史研究的方法,就是在大量的材料中发现、综合,形成自己新的见解。近年来您对古代文学关注更多,不知道您的现代文学研究对您的古代文学研究有没有什么帮助?您有什么心得跟体会?

杨:在《中国现代小说史》之后,我重回鲁迅研究,研究鲁迅跟金石学的关系。民国初年的鲁迅是个独特的存在,如果没有鲁迅对中国传统文化的研究,就没有"五四"时期的鲁迅。我们讲鲁迅往往是说他接受西方思潮影响,但其实鲁迅的中国传统文化底子很深。通过对鲁迅的研究,我对古代文学的了解更丰富也更深入,也进一步增加了对古代文学的兴趣。就是从那个时候起,我初步形成了向古代文学研究转向的想法。

贺:您是卓有成就的资深现代文学研究学者,能否谈谈您对今天从事现代文学研究的年轻学者的期望,以及有什么经验?

杨:肯下功夫是第一位的。特别是在基础文献的阅读方面。比如说你研究鲁迅,必须要对鲁迅的整个知识结构、鲁迅的素质有充分理解。鲁迅在研究小说史时从文献入手,下了很大的功夫,才写出《中国小说史略》。鲁迅通过对每个朝代思想文化的观察,尤其是对民俗信仰的观察来证明特定的小说必然产生于特定的时代,例如志怪、传奇、明代四大奇书等。这些观察都是他深刻地研究了文献后用史实来点亮文献。没有文献的史实是空的,没有史实的文献是材料的堆积。鲁迅比当时很多研究小说戏曲的人要高明,因为其他人是在整理材料,而鲁迅是点亮了这些材料。我们要把文献、史实和各种思想方法融会贯通,研究者的这种素质和能力非常重要。有了这个能力后,再去开拓新的领域。运用这种方法,我在我的中国叙事学研究中建立了和西方叙事学不同的体系,我认为西方叙事学的世界性是一个有缺陷的世界性,让东方的叙事学和它进行平等对话。

贺:您认为在一个学者成长中,导师的指导具有什么样的意义?一个好导师应该起到什么样的作用?应该如何做到?

杨:我的许多研究都是立足中国文化的根本,参照西方现代理论,贯通古今文史,融合以创造具有中国特色的学理体系、评价体系和话语体系的。在创造新的学理体系中,导师起的作用是告诉你文献功夫和创新能力应该从哪里入手,导师引进门,创造在个人,一代又一代的学术,必须锲而不舍地迎难而上,一步一个脚印地往前走。怎么走呢?还是要靠自己努力,自己的韧性和坚持。年轻学者不能过于依赖导师,要敢于超越自己的老师。学术是无止境,也没有绝对权威的。

真正的学者要有不断突破的精神。

贺:您的《中国叙事学》认为中国古典文学有着与西方文学不一样的叙事传统,并进行了充分阐释。您如何看待中国文学与西方文学的关系?

杨:文史哲是相互贯通的,不要画地为牢,不要顾虑自己是什么文学学者、文化学者的身份,而是不断地挑战自己的身份,追寻思想学术的新空间、新境界。治学,重要的是要“开窍”,创造性的孔窍开通了,选择好一个最有生长可能性的创新立足点、出发点,把学术逻辑与历史逻辑融通起来,打开一扇扇前人浅尝辄止或未曾涉足的门户,在新的文化空间中尽情地施展你的十八般武艺。即使是面对西方新的学术人物、学术思潮,也要进行分析,看出他们大吹大擂的“世界性”,由于对东方文化的隔膜和空疏,依然是一种“有缺陷的世界性”,需要底气丰沛的中国学者与之进行平等的深度对话,才能引进源头活水,才能共构一个坚实而活泼的文化创新空间。中国学术应该具有中国的风度、中国的特质、中国的本原和血脉。如鲁迅所说:“从水管里流出来的是水,从血管里流出来的是血。”我们要用生命的血,染红我们的学术,这种学术才有沉甸甸的分量,才能震撼人心。人文社会科学在现代国家发展中的地位举足轻重,属于国家发展的软实力,文化自信的大厦全靠它来支撑,这应该成为全民族的共识。

贺:您刚刚讲的这些话让我很受启发。学者需要自信,中国文化也需要自信。这是学术创新和文化创新的重要前提。另外,这么多年来,您带过很多博士研究生和硕士研究生。请问您在指导学生和教学方面有什么成功的经验?

杨:我个人觉得最重要的一个是给学生选题。比如说赵稀方,我给他选的题是做香港台湾文学,因为这个领域有很大的潜力,同时要用新的思想方法研究香港文学。再比如说李琳,一开始想做小说思想性、艺术性的研究。我认为这是一般人都可以做的,就让他做地域文化研究,去研究一批流放云贵地区的作家。还有一个题目,是鲁迅的杂文和杂学。其实有些时候鲁迅看的野史透露出的社会实际情况比正史还要重要,非常值得深入研究。另外,研究的思想方法是可以贯通的。无论研究现代文学还是古代文学,都有贯通的思想方法,能融会贯通才能做出大的成果。例如,研究现代文学的时候,可以融入文学地理学,让历史的、审美的、文化的维度都参与进来。真正善于研究的学者,掌握了融会贯通的思想方法,在哪个领域都可以出新。

贺:所以说带学生的时候也要让他们有这种融会贯通的意识。

杨:对,在研究鲁迅杂学的时候就要把它研究透了。为什么鲁迅把眼光放在杂学上,而不是放在四书五经或正统的文献上?这是他文明批评、思想批评的维度。他认为在这个地方才能发现文明、思想和社会的真正意义。

贺:所以您在指导学生方面很有成就。刚才您说先秦诸子的还原工作,又回溯了鲁迅的现代文学研究,请问您下一阶段的工作计划是怎样的?

杨:我曾经给七个博士生上课,上课时我提出理想的文学史的发生学应该怎么写、有什么原则的问题。比如说取材,你所选择的材料代表了你的眼光,哪些材料放在中心位置、哪些材料放在侧边位置,代表了你的文学史观。再者,还有文学和思想文化。文学史是由经典来构成,我们既要把握经典,又要打破经典。例如苏东坡最好的作品是他流放黄州时写的,有《前赤壁赋》《后赤壁赋》及《念奴娇·大江东去》。这些经典作品为什么在这时产生?苏东坡在乌台诗案中差点丧生,后来流放黄州。这时他的人生观、世界观受到了很大冲击。这时他用江水和明月来祭奠千古英雄,也祭奠自己。根据我的猜测,因为高太后说先帝给你留了一个宰相,所以流放黄州时的苏东坡还没有灭掉另一个心——他可能还想回去朝廷。到了儋州的时候他就接地气了,跟他在黄州时不一样了,把世间的事情看破了。另外,苏东坡的蜀学和王安石的新学、程颐的理学都是当时的显学。他的蜀学既有经学,又有纵横气。他的学术体系、思想不是很纯粹的理学思想,政论也带有纵横家那种指点江山的气息。

贺:您的学术研究关注了从古到今的广阔时代,从研究空间来说,您也涉及民族文学等多个领域。您是广东人,近年又主要在澳门生活,应该能够感受到正在兴起的大湾区文化建设。您对粤文化、广东文学肯定也会有自己的想法。不知您如何看待粤文化和广东文学的发展问题?

杨:岭南文化在上古时期,甚至唐宋以前都是边缘的文化。唐到北宋,流放到岭南是一个很大的问题。但是到了南宋就不同了,南宋的经济、文化发展应该说是超越了北宋,同时开发了岭南。南宋以后,贬谪不贬到岭南,而是贬到云贵川那边去了。明清之后,岭南社会经济的发展发生了重大的变化。随着西学东渐的深入,岭南的思想从边缘走向前沿。例如,万历年间利玛窦带来的天主教和科学技术跟中国古老文明发生了碰撞。在今天,香港仍然保留了和西方接触、交流的许多渠道。所以岭南的开放走了好几步,南宋是很关键的一步。

贺:现在广东的商业文化比较发达。

杨:当时中原还是重农抑商。现在广东打开了另一个东西——商业文化。司马迁那时觉得农不如工、工不如商,但是他的思想没有被正统王朝所接受。只有到南宋以后岭南文化才逐渐产生了较大的影响。

贺:杨老师,访谈已经进行了一个多小时,您也辛苦了。或者我们的访谈就到这里?听了您的访谈,收获很大,也相信它肯定能给更多的年轻学者以裨益,帮助他们在学术和人生上的成长。谢谢您!

杨:今天通过跟你的对话,使我的思想也活跃起来了。

[作者单位:中国社会科学院;暨南大学文学院]

主持人语

□陈子善　王　贺

近现代文学与文献研究，可谓近现代文学研究界的“常规动作”，尤其近年来随着现代文学研究的“文献学转向”的发生，其进展更为迅速、引人关注，但也不无可议之处。如近代、现代文学研究沟通不够，许多研究缺少一种通观的视野、一种整体性的眼光，不免给人划地自限之感；许多文献整理、研究成果的学术思想深度，容或有待提升；新的现象、问题与新的理论、方法，较少引起这一方面研究者的注意……为了促进这些问题的解决，沟通近代、现代文学研究，使文学研究与文献学走向互动、深入，自本期开始，《新文学评论》决定长期开设“近现代文学与文献”专栏。作为这个栏目的主持人，我们既倍感荣幸，也深感责任重大，至期广大同行能予大力支持，不吝批评指教。

本专栏首期发表的四篇论文，或在文献开掘上富有“考索之功”，或不限于文献开掘，而是以鲜明的问题意识作为出发点，结合新旧资料，以图展开较为深入的讨论，各有其贡献。其中，刘宏辉博士的《新发现的一篇胡适英文佚文》，整理了胡适为英国汉学家克拉拉·凯德琳（Clara M. Candlin）的《风信：宋代的诗词歌谣选译》（*The Herald Wind: Translations of Sung Dynasty Poems, Lyrics and Songs*）所作英文序言。该文是1930年代初胡适对其词学观的一次集中阐述，也是其词学活动的总结，内中探讨了词的起源、词体（与旧体诗的不同）及从词到曲的演变等问题，颇值得注意。

陈建军教授的《〈大国民报〉刊沈从文佚文及其他》则发掘了数篇《沈从文全集》之外的新文献。这些新的文献，初刊于抗战时期昆明出版的《大国民报》这一地方性报纸。其中的《美与爱》一文，更是迄今研究者发现的沈从文唯一一篇署名“窄而霉斋主人”的作品；其他如《杜甫成仙》《迎接五四》《饭桶》等篇什，最早也发表于该报，但同样为《沈从文全集》漏收。文章还指出，该集所收《大国民报》刊沈从文数文亦未注明出处，使人不明所以。这些新发掘的文献，对沈从文研究及《沈从文全集》再度修订，应有一定之助益。

坂井洋史教授的《关于王实味对郭沫若译〈异端〉中“译错”的质疑》，看似着力解决于一个小问题、一个具体的问题，但实际上却再一次地提出了如何构筑更生动、更丰满的“王实味像”的问题。正如此文所言，“因为王实味后来不幸遭遇的印象太强烈之故，他的‘牺牲者’形象往往会影响甚至支配后世对他人生道路上一切行为的客观评价，产生某种‘误导’”。而该文通过质疑王实味对郭沫若译〈异端〉中“译错”的质疑，不仅说明郭沫若首译德国作家霍普特曼（Gerhart Johann Robert Hauptmann）所著中篇小说《异端》（*Der Ketzer von Soana*，王实味重译时改题为《珊拿的邪教徒》）并无王实味所批评之问题，更呈现出被“牺牲者”形象遮蔽的王实味的另一面，一个初登文坛的文学青年“王实味像”。

陈越博士的《“若有其事”：卞之琳爱情诗考释》将此前研究者较少关注的卞之琳爱情诗写作作为一个问题提出，指出卞之琳虽以不写情诗著称于世，但其广为人知的《无题》系列诗乃是爱情诗无疑。其中，《无题》诗前四首曾以《若有其事四章》（署名“薛大惜”）为题发表于《文丛》第1卷第3号（1937年5月15日上海出版），该文根据诗题修改所蕴含的意味和提供的线索，结合卞之琳本人的相关文字，对该诗的题记和诗作内容进行考释，并对围绕着卞之琳情事的某些流行说法作出了辨正，从一个特定的方面推进了卞之琳生平著述研究，也为现代作家爱情书写的研究提供了一个饶有意味的个案。

［作者单位：华东师范大学中文系；上海师范大学中文系］

新发现的一篇胡适英文佚文

□ 刘宏辉

1933 年,英国伦敦出版了汉学家克拉拉·凯德琳[①]的《风信:宋代的诗词歌谣选译》[②](以下简称《风信》)。书前有英文序言一篇,署名"HU SHIH"。结合施赖奥克"胡适序言对'词'进行了解说"[③]以及该书的日语转译本的后记中"书前胡适序文"[④]等信息,可以断定作者"HU SHIH"即为胡适。查阅《胡适未刊英文遗稿》《胡适英文文存》《胡适全集》[④]等书,序文均未见收录,可视为胡适集外佚文。序文信息含量较大,是 20 世纪 30 年代初胡适对其词学观的一次集中阐述,也是其词学活动的总结。因未见学界引录或论及此序文,本文将其译出,并作释读,以供参考。

《风信》收录于约翰·默里(John Murray)出版公司出版的"东方智慧丛书",内封印有"胡适作序"的宣传标签。目录之后先是克拉麦-宾(L. Cranmer-Byng)关于中国文化艺术史的介绍,然后即为胡适的序言。译文如下:

序

这本集子收录的约六十首词都是词的典范。词是依音乐旋律而作的歌曲,它起源于无名氏为公众艺人和舞者所作的流行歌曲。偶然地,一些诗人被这些流行乐曲的旋律所吸引,配合心爱的歌妓演唱的乐曲,创作了新的歌词。从公元 800 年起,这种流行又自由的新歌曲创作方式开始吸引更多诗人的注意,词很快成为文学世界的新潮流。

词与旧体诗在多个方面不同。首先,与旧体诗常常是五言或七言的规则诗行相比,词句的长短是不规则的,在一字到十一字之间变化。这种变化让词句更好地适应了语言的自然停顿。

其次,尽管词句不规则,但每首词都是依特定的词调而作,因此必须受到音乐旋律的限制。词调有几千种,但是所有为特定词调所作的歌曲都必须符合这特定的词调。

再次,词本质上是抒情诗,在形式上非常简短,因此不能表达史实叙述或教诲沉思的宏大主题。一般来说,一首词不会超过两片,很少有词调会超过一百个字或音节。宋代的一些诗人尝试用这种新的诗体形式表达抒情以外的用途,他们中的少部分实际上成功地按照词的严格形式创作了一些知名的教诲作品。但是一般来说,词只适合表现爱情和简短的生活感想。那个时代伟大的诗人,如苏轼和陆游,虽然都是词作者,却仍然用旧体诗创作宏大的诗篇。因为旧体诗尽管在诗句字数上是规则的,但在诗行和诗节数量上却是无限制的。

十二世纪以后,词发展成为曲,曲也是为流行乐曲创作的词。曲在句子长短上更为不规则、韵律上更为自由。对词或者更自由的曲而言,在讲史以及戏剧表演时仍有形式上的局限,那些巧妙的歌唱者又将若干流行曲调组合成套数,用以歌唱史事。当故事以第三人称讲述,就有了讲史;当叙述采用两个角色直接对话的方式呈现,它就可能在舞台上表演出来,因此就有了戏剧。元代和明代戏剧中所有演唱的部分,都是依已经存在的流行曲调而创作的,因此,戏剧是从词演变而来的。[⑥]

《风信》中并没有载明序文写作的时间,但此书初版于 1933 年 10 月,因此胡适的序文写于此之前。结合胡适此前的词学研究可以断定,这篇序文是胡适词学活动在海外的延伸。1923 年,胡适开始编选《词选》;1926 年,他在英国伦敦给即将在商务印书馆出版的《词选》作序。《词选》出版以后,大受欢迎,影响深远,龙榆生即指出:"自胡适之先生《词选》出,而中等学校学生，始稍稍注意于词，学校中之教授词学者，亦几全奉此书为圭臬，其权威之大，殆驾任何词选而上之。”[7]《词选》不仅在国内风行，因胡适在国际上的声望，此书很快也得到海外的关注，《风信》一书就是对胡适《词选》的选译。

《风信》共选录有82首诗词歌谣作品，词作数量60余首。胡适序文称“六十余首词都是词的典范”，可见他作序之时所见或为《风信》一书的稿本，只录有词的部分。此书的副标题是“宋代的诗词歌谣选译”，实际上全书是以词为主的[8]。很可能是克拉拉从胡适《词选》中选译60余首词之后，请胡适作序，而后又添入13首宋代绝句和8首民间歌谣。

序文的主要内容是对词进行解说，观点与胡适的词学主张是一脉相承的。结合胡适的填词创作实践及其相关词论，可以从三方面对序文内容进行释读。

首先，序文探讨了词的起源问题，胡适认为词起源于民间，在西元800年以后逐步在文人中流行起来。胡适在《词的起原》中认为：“依曲拍作长短句的歌词，这个风气是起于民间，起于乐工歌妓。文人是守旧的，他们仍旧作五七言诗。而乐工歌妓只要乐歌好唱好听，遂有长短句之作。刘禹锡、白居易、温庭筠一班人都是和倡(娼)妓往来的；他们嫌倡(娼)家的歌词不雅……于是也依样改作长短句的新词。”[9]序文中的“一些诗人”其实就是指刘禹锡、白居易、温庭筠诸人，因考虑到海外读者的接受水平，故将具体的诗人名字略去。《〈词选〉自序》中胡适再次确认了这一观点：“词起于民间，流传于娼女歌伶之口，后来才渐渐被文人学士采用。”[10]文人填词是胡适判断词的起源的重要依据，因此刘禹锡、白居易等诗人依乐曲填词的中唐，即公元800年被认为是一个分水岭。

其次，胡适比较了词与旧体诗在三个方面的不同。一是句子字数有规则与不规则的差别。旧体诗常为五、七言诗，而词句的字数不定，可以从一字句到十一字句，因此更适合语言的自然停顿。在胡适看来，整齐的诗句不利于自由表达，他指出：“诗句之长短韵之变化不出数途。又每句必顿住，故甚不能达曲折之意，传宛转顿挫之理。至词则不然。”[11]而词的字数变化，是适应白话发展的需要，“白话是极不宜于那极不自然的律诗的，绝句比较的适宜多了，但说话不是一定成七个字一句或五个字一句的，故绝句究竟不是白话的最适宜的体裁。白话韵文的自然趋势应该是朝着长短句的方向走的。这个趋势在中晚唐已渐渐的有了一个起点，这个起点就是词体的产出”[12]。胡适对词体的白话体认，是基于白话文学革命立场的，“语言的自然停顿”与胡适在新诗革命中提倡的“自然的音节”若合符节。“若用白话写诗，则必须采用长短不齐的自然节奏，不能再用过去那种旧诗的固定、整齐的体式”[13]，这一观点与词体的长短句式相一致，也就不难理解胡适为何对词情有独钟了。二是词依调而作，每首词都要符合词牌的乐调要求。这一点，胡适并未多作解释。对于外国读者来说，由于词乐消失，要理解词调代表不同乐调是非常困难的。《风信》一书干脆将词牌删掉，而以词的内容为题，如李清照的《声声慢》《武陵春》，题目都译为“孀妇”[14]，这正说明译者并未意识到词牌的功用。三是词的缺陷在于不能表达宏大的叙事主题，而旧体诗虽然有每句的字数限定，却无行数的规定，因此可以用来长篇叙事。“诗之变为词”“词之变为曲”[15]，这是胡适文学革命观的重要内容之一。然而与诗、曲相比，词在长篇叙事方面的不足却凸显出来。胡适认为，诗可以不受篇幅的限制，像《孔雀东南飞》这样的故事诗就是白话文学史中的杰作；曲虽然短小，却可以连成套数，用于长篇纪事；而篇幅短小的词适合用于抒写爱情、表达简短的生活感想[16]。

再次，胡适论述了从词到曲的演变，认为12世纪以后是词发展成曲的关键时期，此后曲又发展成套数，衍生出讲史、戏剧。在论述南宋到金元时期词曲在文学史上的演变时，胡适曾指出：“此时代还有一个缺点，如词是有一定的格式和平仄声，不能改变，所以到了元朝时便渐渐变成曲、小令了。……由小令变为套数，格式更比较的放宽了。但是还觉得不满意，因为仍要守着韵文的格式，所以后来又加上了说白。宋朝的词和元朝的曲，都是先有调子谱上去的。”[17]可以看出，韵文朝着格式更为自由的方向发展是胡适词曲演变观的核心。

胡适序言中的观点与他以往的论述多有相合之处，从这篇佚文可以看出胡适对其词学观的自信。他始终坚持从白话文学史观的角度对词体的发生、发展与演变展开论述。白话文学史观的核心就是语言的自然演变，这一点决定了从诗到词、从词到曲的演变。从胡适文学研究的历程来看，这篇序言是较晚的一篇词论,此后他的学术研究重心逐步转移到“《水经注》案”上。因此可以说,这篇序文是胡适对其词学观的一次集中概括。众所周知,“词起于民间说”与“词史三期说”是胡适词学观的两个重点,序言以简短的文字融合了二者:第一部分论述词起于无名氏即是“词起于民间”的表述,第二部分论述从词到曲的演变,这是“词史三期说”中的“词的‘替身’的历史”[18]。

早在留学期间,胡适已从事填词创作,之后倡导文学革命,尝试“以依声填词的方法写作新体诗”[19],词成为诗体革命的重要武器。在白话诗创作和理论都有了一定成就之后,胡适又转到词学研究上,20年代是其词学活动最为活跃的时期。《词选》出版以后,胡适的词学研究告一段落。《风信》一书是《词选》在海外流播的产物,胡适给《风信》作序,也是他有意给自己的词学研究作一个总结。

本文系“教育部人文社会科学研究青年基金项目”研究成果,项目编号19YJC751017

注释:

①克拉拉·凯德琳(Clara M. Candlin)是英国著名汉学家,翻译出版有《民间音乐——中国流行歌谣选集》(*Songs of Cathay:An Anthology of Songs Current in Various Parts of China among Her People*)、《陆游的剑——中国爱国诗人陆游诗选》(*The Rapier of Lu, Patriot Poet of China*)等。其父乔治·凯德琳为英国传教士,也是著名汉学家,1898年出版《中国小说》(*Chinese Fiction*)。《风信》扉页中有献词:“致我的父亲。我没有跟从他的脚步,直到他逝世。”

②《风信:宋代的诗词歌谣选译》(*The Herald Wind:Translations of Sung Dynasty Poems,Lyrics and Songs*)一书在英语世界流播广泛,1933年在伦敦出版以后,1934年又在美国纽约达顿(Dutton)公司出版,此后又分别在1947年、1955年、1982年重印,可见影响广泛。

③施赖奥克(J. K. Shryock)对纽约版写了书评,发表在《美国东方杂志》(*Journal of the American Oriental Society*)1934年第3期第54卷第316页,书评原文有:“The tz'u is explained in a foreword by Hu Shih.”

④《风信》的日语转译本为《宋代の抒情詩詞》(《志延舍文库》其六,油印本,1955年),译者为小林健志。后记中原文为:“The Herald Windには巻首にCranmer-Byngと胡適との序文……”

⑤参见《胡适未刊英文遗稿》(联经出版事业公司2001年版)、《胡适英文文存》(外语教学与研究出版社2012年版)、《胡适全集》(安徽教育出版社2003年版)等。

⑥为行文方便,这里仅呈现译文。克拉拉·凯德琳译:《风信:宋代的诗词歌谣选译》,约翰·默里出版公司1933年版,第27~29页。

⑦龙榆生:《论贺方回词质胡适之先生》,《词学季刊》1936年第3卷第3号,第1页。

⑧施赖奥克指出:“《风信》的副标题一定程度上误导了读者,因为所选译的都是为配合音乐而演唱的词。”《美国东方杂志》1934年第3期第56卷,第316页。

⑨姜义华:《胡适学术文集·中国文学史》,中华书局1998年版,第463页。

⑩姜义华:《胡适学术文集·中国文学史》,中华书局1998年版,第468页。

⑪姜义华:《胡适学术文集·新文学运动》,中华书局1993年版,第328页

⑫姜义华:《胡适学术文集·中国文学史》,中华书局1998年版,第61页。

⑬李章斌:《胡适与新诗节奏问题的再思考》,《中国现代文学研究丛刊》2017年第3期。

⑭为行文方便,这里仅呈现译文。克拉拉·凯德琳译:《风信:宋代的诗词歌谣选译》,约翰·默里出版公司1933年版,第68~69页。

⑮姜义华:《胡适学术文集·新文学运动》,中华书局1993年版,第2页。

⑯此为综合胡适《文学进化观念与戏剧改良》《白话文学史》《元人的曲子》等文观点,参见姜义华主编《胡适学术文集·新文学运动》(中华书局1993年版)、《胡适学术文集·中国文学史》(中华书局1998年版)等。

⑰姜义华:《胡适学术文集·中国文学史》,中华书局1998年版,第440页。

⑱姜义华:《胡适学术文集·中国文学史》,中华书局1998年版,第468页。

⑲《胡适词点评》,中华书局2006年版,前言第3页。

[作者单位:上海大学文学院]

《大国民报》刊沈从文佚文及其他

□ 陈建军

近十年来，不断“出土”的沈从文佚文，既大大丰富了其研究史料，也提供了许多值得深入讨论的话题。沈从文佚文还有可发掘的空间，他在昆明《大国民报》上所发表的几篇文章即不见有人披露。

一

1980年8月10日，沈从文曾在《忆翔鹤》一文中说，1922年，他初到北京，住在某公寓由贮煤间改成的小房子里，并给“这个仅可容膝的安身处，取一个既符合实际又带穷秀才酸味的名称，‘窄而霉小斋’”[①]。这个斋名，沈从文一直用到“文革”后他迁居北京前门东大街三号社科院宿舍楼为止。二三十年代，他在北京、上海、青岛时，所发表的作品，有不少在文末标明写于“窄而霉小斋”，或“窄而霉斋”，或“新窄而霉斋”。沈从文还以“窄而霉斋”为题，发表过两篇作品，一是《窄而霉斋闲话》，载南京《文学月刊》1931年8月15日第2卷第8期；一是《窄而霉斋废邮（新十九）》，载北平《平明日报·星期文艺》1947年9月28日第23期。

1948年5月4日，沈从文在北平《平明日报·五四史料展览特刊》上发表《五四和五四人》，署名“窄霉斋主”。此外，1948年7月25日，他在《华北日报·文学》第30期上发表了一篇《新文旧事——冰心女士的〈寄小读者〉》，也署名“窄霉斋主”。此文未收入北岳文艺出版社2009年9月第2版《沈从文全集》[②]，笔者已撰文作了披露[③]。

邵华强在《沈从文年谱简编》中称，沈从文从事创作后所使用的笔名尚有“窄而霉斋主人”，但他没有具体说明是哪篇作品用了这个笔名[④]。吴世勇编、天津人民出版社2006年6月版《沈从文年谱》没有著录这一笔名，《沈从文全集》附卷之《沈从文笔名和曾用名》（沈虎雏编）中也不见收录。

“窄而霉斋主人”的确是沈从文的笔名，是其发表《美与爱》时所用的。《美与爱》初收重庆国民图书出版社1943年6月版《云南看云集》，已收入《沈从文全集》。《沈从文年谱》称，《云南看云集》“原目中第二组《新废邮存底十六则》中的《美与爱》、《论投资》、《读书人的赌博》等三篇，收入集子前原发表的刊物不详”[⑤]。不知道原发表的刊物，自然也就不清楚具体署名情况。《美与爱》原载昆明《大国民报》1943年4月28日第9期第1版，是迄今为止所发现沈从文唯一一篇署名“窄而霉斋主人”的作品。

二

《大国民报》，1943年3月31日创刊，发行人是陈仲山，每逢星期三、六出版，社址在昆明龙井街二十五号。报头标明“本报已依法向内政部呈请登记，云南邮政管理局执照第四八号，中华邮政登记认证为第一类新闻纸”，但后被军事委员会战时新闻检查局以“未经登记”为由勒令停刊[⑥]。《大国民报》于1943年6月30日停刊，共出27期。关于这份报纸的研究史料极少，据说其主编为1942年毕业于云南大学政治系的熊剑英[⑦]。《大国民报》停刊后，1943年12月1日，陈仲山又创办《观察报》，约请沈从文主编副刊《生活风》和《新希望》。

为什么要取“大国民”这个报名呢？《大国民报》第1期第1版有一篇《释大国民》，可以视为其发刊词。文中说：“一个大国所必备的条件，除了一般物质要素以外，尚有其他属于精神方面的要素……似应于主权之外，还须这一国家的国民具有一种大国民风度”，“即是一种对人和自处的不亢不卑的态度，发乎内而形诸外的一种高尚的行为”，具备“高尚，豁达，刚毅，果敢，公平，正直，慷慨，牺牲，平等，互助等等人类所应有的美德”。为什么要采取“三日刊”的形式呢？编者在第1期第2版《编辑者言——介绍自己》中也作了简单说明——“昆明的周刊很不少，我们以三日刊与读者相见，并没有‘标新立异’的故意，只是感到在昆明还没有以三日为期的刊物”。

《大国民报》每期4版，各版刊载的内容均有所侧重，且设有不少专栏。具体如下：

> 第一版包括“时事述要”和“社评”两项，前者的设立，是因为本刊性质接近日报，同时我们为了一般职业青年，平日忙于工作，没有充分的时间按日阅读时事，所以我们想使读者能在最短的时间内获识三日来的重要新闻。“社评”一项是对当前的时事，作一扼要的解剖，帮助读者对国内国际局势作进一步的体察和认识。
>
> 第二版的文字偏于研究性，多由大学教授及专家执笔。此后，我们打算每逢星期六增设“周末专论”。敦请国内各大学名教授及专家事题撰述。
>
> 第三版的内容比较复杂。“小言”想以泼辣的笔调，针对中华民族传统的文化和生活方式加以批评，以期重建。“旧文新钞”不过是旧话重提，但却希望大家能“鉴古知今”，有所警惕，“大国民信箱”的目的是在暴露社会的黑暗，或为读者解答一些在生活上所遭遇到的问题。不过关于色情一类的问题，则恕不作答。
>
> 第四版定名为“艺苑”，刊登诗歌，小说，散文，戏剧等稿件。[⑧]

为《大国民报》撰稿的作者众多，如沈从文、朱自清、吴晗、李广田、汪曾祺、楚图南、曾昭抡、孙毓棠、蔡枢衡、赵玉良、闻家驷、沈来秋、赵令仪、萧成资、葛亮诸、周翰、丁则良、谷苞、谢浩、许知免、薛理安、李广和、王彦铭、许焿光、萧同文、王道乾、戴子钦、刘北汜、袁方等，大都是西南联大、云南大学等高校的师生。有些作家在《大国民报》上所发表的作品，或未收入其全集，或已收入但未注明原始出处。李广田在《大国民报》上发表了三篇文章，即《谈创作》，载1943年3月31日、4月3日第1期、第2期第4版“艺苑”；《谈新诗》，载1943年4月21日第7期第4版“艺苑”；《〈论语〉的文章——论形式与内容的契合》，载1943年5月19日第15期第4版“艺苑”，署名黎地。后两篇文章都没有收入云南人民出版社2010年7月版《李广田全集》。

三

在《大国民报》上发文最多的是沈从文，除《美与爱》之外，他还在该报第1版、第2版和第3版发表了七篇文章。其中，已收入《沈从文全集》的有四篇，均未注明原始出处。

《谈出路》，载1943年3月31日第1期第2版，署名沈从文。

《明日的文学作家——读奔流散记书后》，载1943年4月14日、17日第5期、第6期第4版“艺苑”，署名沈从文，文末署“三月廿一呈贡”。

《见微斋笔谈——小说上吃人肉记载》，载1943年4月21日、24日第7期、第8期第2版，署名上官碧。

《见微斋笔谈——宋代演剧的讽刺性》，载1943年5月12日、15日、19日、22日、26日、29日第13期、第14期、第15期、第16期、第17期、第18期第2版，署名上官碧。

《谈出路》后改题《找出路——新烛虚二》，载重庆《民族文学》1943年7月7日第1卷第1期。《明日的文学作家——读奔流散记书后》初收《云南看云集》。《见微斋笔谈——小说上吃人肉记载》，又载桂林《文学创作》1943年6月1日第2卷第2期。《见微斋笔谈——宋代演剧的讽刺性》后改题《宋人演剧的讽刺性》，载桂林《新文学》1944年2月3日第1卷第3期，又载上海《论语》1947年6月1日第130期。

未收入《沈从文全集》的文章有以下三篇：

《见微斋笔谈——杜甫成仙》[⑨]，载1943年4月7日第3期第4版“艺苑”，署名上官碧。沈从文认为李白和杜甫，“两人生前命运不同，死后命运也不同”，“李白的事只在剧曲中流传，杜甫却成了仙了”。他还以元代笔记《钩玄》中一则故实作例证，说明后世读书人常“以今会古”，“专有用子不语精神过日子的”。

《迎接五四》，载1943年5月5日第11期第1版，署名沈从文。三四十年代，沈从文写过好几篇纪念“五四”的文章，如：《五四节谈谈报纸副刊》[10]，载昆明《益世报》1939年5月4日《五四廿周纪念特刊》，未收入《沈从文全集》。《“五四”二十一年》，载香港《大公报·文艺》1940年5月4日第830期，又载昆明《中央日报》1940年5月5日《五四青年节特刊》。《五四》，载天津《益世报·文学周刊》1947年5月4日第39期。1948年5月4日，他同时发表了3篇纪念“五四”的文章：一是前面提到的《五四和五四人》；二是《纪念五四》，载天津《益世报·文学周刊》1948年5月4日第90期；三是《“五四”二十九年》，载北平《世界日报》1948年5月4日“世界要闻”版“专论”栏，又载1948年5月5日香港《星岛日报》。此文也未收入《沈从文全集》。

整个20世纪40年代，沈从文对“五四”始终有一种基本看法，认为新文学运动在白话文试验和思想解放、国家重造上，有很大的贡献和成就。但是后来，文学运动却似乎有点萎靡不振的趋势，一切热闹都只是表面装点。作家的“天真”和“勇敢”，几乎全都丧失了。其堕落的原因，在于作家被“商业”与“政治”两种势力所分割、所控制。领导、主持文学运动的，多是学校师生，因此对学校影响特别大，也特别深。文运一旦与学校、教育脱离，那么消沉、变质、萎靡、堕落，都是应有的现象。反过来讲，学校一旦与文运脱离，自然也难免保守、退化、无生气、无朝气。把文运从商场、官场中解放出来，依然要由学校奠基，由学校培养，由学校着手。同时，还要秉持“五四”怀疑否认的精神。“五四”精神的特点是“天真”和“勇敢”，如果疏忽了“五四”之所以为“五四”，那就只不过是“行礼如仪”，如此纪念“五四”，则毫无意义。在文句上，《纪念五四》与《迎接五四》多有雷同，想必前者是在后者的基础上改写而成的。

《见微斋笔谈——饭桶》，分上、中、下，分别载1943年6月2日、5日、9日第19期、第20期、第21期第2版，署名上官碧；又载重庆《大公报·战线》1943年9月24日第991期，署名上官碧，文末署“八月廿呈贡重写”；又载柳州版《广西日报》1949年2月13日第1212号第3版，题为《饭桶考》（系由《大国民报》本上、中两部分合并而成），署名上官碧。这篇文章是沈从文对“饭桶”本事、本意的考证。他说：“近人说‘饭桶’，多用为对于有名位而无才能的官僚，近于滥竽充数的公务员，或泛指社会上无用家伙的嘲笑。‘饭桶’本来意思，其实却与食大量大的‘福气’有关，被人敬重，以为有异常人，事本宋初张齐贤。”文中，大量援引欧阳修《归田录》、周密《癸辛杂识》、钟辂《前定录》、江休复《邻几杂志》、司马光《涑水纪闻》、王明清《玉照新志》、庄季裕《鸡肋编》、罗大经《鹤林玉露》和徐梦莘《三朝北盟会编》等文献中的相关记载作为例证。

附：

杜甫成仙

李白入长安，因贺知章第一次见面时，就称呼为“谪仙人”，一定因此增加了些酒量，也增加了几分狂。一生遭遇，未必不受这个称呼影响。世传捉月落水，说不定倒是件真事，虽不淹死，也作了一回落水鸡！因唐朝既以道教为国教，李家子弟非事实上贵族，也许他自以为是另外一种情绪上贵族。李白的仙才和他的惨死，在心理上都可能由这个贵族情感而来的。然而同时的杜甫，给人印象却是个“正牌诗人”，意即有历史家的感慨又不失赤子之心的诗人。两人生前命运不同，死后命运也不同。元朝是另一重道教的时代，李白的事只在剧曲中流传，杜甫却成仙了。元人笔记《钩玄》说：

“秘书郎乔中山云：至元十年，自以东曹掾出使延安，道出鄜州，土人传有杜少陵骨在石中者，因往观之。石在州市，色青质坚，树于道傍，中有人骨一具趺坐，如自生成者，与石俱化。以佩刀削之，真人骨也。”当时不传说是五代神仙家杜光庭的骨头，却说是杜甫的，大约因杜甫和鄜州关系比较深些。若近人作论，说不定牵强附会，说“杜甫成佛”也未可知。正如孔融因曹操为曹丕纳袁家媳妇，说当时妲己归宿一样，“以今会古”，想当然耳。孔子两千年前即担心到弟子见神说鬼，故《论语》有“子不语怪力乱神”，想不到两千年后读书人，却专有用子不语精神过日子的。

迎接五四

从五四起中国有个新文学运动，二十余年来不仅仅在白话文试验上，有过极大的贡献，即以思想解放国家重造而言，这个运动所有的成就，也是极可观的！然而到近年来，文学运动却似乎有点萎靡不振的趋势，一切热闹都只是表面装点。作家的“天真”和“勇敢”，在二十年新陈代谢中，几乎全丧失了，代替而来的却是一种适宜商场与官场的油滑与敷衍习气。这种印象虽只是局部的，不足以概全体，但部分的堕落，于文运影响是可以想象的。

试分析这个运动堕落原因，实由于作家被“商业”与“政治”两种势力所分割，所控制，产生的结果。作者的创造力一面既得迎合商人，一面又得敷会政策，目的既集中在商业作用与政治效果两件事情上，文运堕落是必然的，无可避免的。作者由信仰真理爱重正谊的素朴雄强五四精神，逐渐变成为发财升官的功利打算；与商人合作或合股，用一个听候调遣的态度来活动，则可以发财；为某种政策帮忙凑趣，用一个佞幸阿谀的态度来活动，则可以做官。因此在社会表面上尽管花样翻新，玩意儿日多，到处见得活泼而热闹。事实上且可说已无文运足言。

五四精神特点是“天真”和“勇敢”，如就文学运动看来，除大无畏的提出“工具重造工具重用”口号理论外，还能用天真热诚的态度去尝试。作品幼稚，无妨；受攻击，无妨；失败，更不在乎。大家都真有个信心，认为国家重造思想解放为必然。鼓励他们信心的是求真，毫无个人功利思想夹杂其间。要出路，要的是真理抬头；要解放，要的是将社会上若干不合理的迷与愚去掉；改革的对象虽抽象，实具体。热情为动，既具有普遍传染性，领导主持这个文学运动的，既多系学校师生，因此对学校影响也就特别大，特别深。文运一与学校脱离，与教育脱离，销沉、变质、萎靡、堕落，都是应有的现象。学校一与文运脱离，自然也难免保守，退化，无生气，无朝气。

所以迎接五四，纪念五四，我们倒值得知道一点点过去情形。想发扬五四精神，得将文学运动重新做起，这是一切有自尊心的作家应有的觉悟，也是一切准备执笔的朋友应有的庄严义务。我们必需努力的第一件事，即从新建设一个观念、一种态度，把文运从商场与官场两者困辱中解放出来，依然由学校奠基，学校培养，学校着手。把文运和“教育”“学术”再度携手，好好联系在一处，争取应有的自由与应有的尊重；一面可防止作品过度商品化与作家纯粹清客化，一面且可防止学校中保守退化腐败现象的扩大。能这么办，方可希望它明日有个更大的发展！第二件事是五四怀疑否认的精神，修正改进的愿望，在文运上都得好好保留它，使用它。天真和勇敢，尤其不可缺少。作者能于作品中浸透人生崇高理想，与求真的勇敢批评精神，自可望将真正的时代变动与历史得失，好好加以表现，并在作品中铸造一种博大坚实富于生气的人格。这种坚贞人格，这时节虽只表现到作家的文学作品中，另一时即可望表现到普遍读者行为中！若疏忽了五四之所以为五四，那就不过“行礼如仪”，与一般场面差不多，倒以忘掉这个日子为得计；因为凡属行礼如仪的事已经够多了，年青朋友这么纪念五四是毫无意义的！

饭　桶[11]

近人说“饭桶”，多用为对于有名位而无才能的官僚，近于滥竽充数的公务员，或泛指社会上无用家伙的嘲笑。“饭桶”本来意思，其实却与食大量大的“福气”有关，被人敬重，以为有异常人，事本宋初张齐贤。欧阳修《归田录》称：

张齐贤仆射，体质丰大，饮啖过人。尤嗜肥猪肉，每食数斤。天寿院风药黑神丸，常所服不过一弹丸，公常以五七两为大剂，夹胡饼而顿食。淳化间罗相知安陆州。安陆山郡，未尝识达官，见公饮啖不类常人，举郡惊骇。尝与宾客会食，厨吏置一金漆大桶于厅侧，窥公所食，如其物投桶内。至暮，酒浆浸渍，涨溢满桶。郡人嗟愕，以为享富贵者必有异于人也。

这种有真本领的饭桶，在当时不仅为乡下人平生少见，即见多识广的帝王，也常常当作一种新奇人物款待。《癸辛杂志》载赵温叔被皇帝请吃“小点心”事，正是一个好例。

赵温叔丞相形体魁梧，进趋甚伟，阜陵甚喜之。且同其饮啖数倍常人，会吏忠惠进玉海，可容酒三升。

一日召对便殿，从容问之曰："闻卿健啖，朕欲作小点心相请，何如？"赵悚然起谢。遂命进至（玉）海赐酒至六七。皆饮釂。继以金拌捧笼炊百枚，遂食其半。上笑曰："卿可尽之。"于是复尽其余。上为之一笑。

不过请吃小点心事近于在官家面前表演本领，机会很少，无从常有，所以这种伟人平时吃喝就相当寂寞。无对手可得，近于孤立。同一笔记即说到这一点。

其后均役荆南，暇日欲求一客伴食不可得。偶以本州兵马监押，某人为荐，遂召之燕饮。自朝至暮，宾主各饮酒三斗，猪羊肉各五斤，蒸糊五十事。公已醉饱摩腹，而监押屹不为动。公笑云："君尚能饮否？"对曰："领钧旨。"于是再饮数杓。复问之，其对如初。凡又饮斗余乃罢。临行，忽闻其人腰腹间砉然有声，公惊曰："是必过饱，肠裂无疑。吾本善意，乃以饮食杀人！"终夕不自安。黎明，亟遣铃下老兵往问，而典客已持谒白"某监押见留客次谢筵"。公愕然。延之，扣以夜来所闻，踧踖对曰："某不幸抱饥疾，小官俸薄，终岁未尝一饱，未免以革带束之。昨蒙赐宴，不觉果然，革条为之迸绝，故有声色。"

这倒真所谓"强中更有强中手"！不过或者因食多量大而做大官，或又因官小俸薄而紧束皮带，从不一饱，照唐宋人说来，就是"命"了。唐兴科举，一生荣辱虽若以考试决定，其实偶然机会转多，钟辂《前定录》说到这件事时，竟似乎与学问才知是不大相关的。

蔡齐的登第，即见出不是与帝王做梦有关，就是与姓寇的宰相乡土成见有关。

谈苑称：

真宗临轩策士，夜梦床下一苗甚盛，与殿基相齐。反折第一卷乃蔡齐，上见其容貌，曰："得人矣。"特诏执金吾七人清道，自齐始。

又《邻几杂志》：

蔡公恶南方轻巧，萧贯当作状元，蔡公进曰："南方下国，不宜冠多士。"遂用蔡齐。出院顾同列曰："又与中原夺得一状元！"

若我们明白佛道二教在那个时代所培养成的浪漫空气，如何浸透了每一个人的心，或每一件事，宋人成见影响到政治方面又如何大，就不至于觉得唐宋人相信命数为可笑了。

自唐有科举，"状头"即成为读书人所梦寐不忘之物，亦成为未嫁女子所韵美之名词。后世戏曲传奇，男主角大部分作状元，正反映这点愿望如何普及人心。唐代状头不尽入相，宋代状元多入相。惟状元之所以为状元，则唐宋无异，非尽以才学为准是也。《涑水纪闻》记王嗣宗作状元，更有趣味，原来是在皇帝面前比武取巧得来的！

王嗣宗汾州人，太祖时举进士，与赵昌言争状元于殿前。太祖乃命二人手搏，约胜者与之。昌言发秃，嗣宗殴其幞头坠地，趋前谢曰："臣胜之！"太祖大笑，即以嗣宗为状元，昌言次之。

虽《至照新志》以为《涑水纪闻》有误，与王嗣宗在开宝八年真状元为陈识齐。惟王嗣宗因角力得状元则系事实。"终南处士"种放之不再起用，也就和这个"手搏状元"一场争吵有关。

饭桶事虽本于张齐贤，惟《归田录》记此事时，却只云"酒浆浸渍，涨溢满桶"，似无饭粒。吃黑神丸实夹在"胡饼"中，情形与我们现在用什么鹿茸精维他命夹在烧饼中大略相似。赵温叔被皇帝请吃小点心，吃的是"笼炊"。兵马监押与赵温叔燕饮，除猪羊肉外是"蒸糊"五十件。胡饼笼炊，蒸糊，顾名思义都使人疑心是面食，必捣烂调和，做法也和米饭不同，实在说就是与米饭无关，语谓"巧妇难为无米炊"在宋人引此谚时却为"巧媳妇做不得没面蒸饼"。面食嗜好在南中国成为习惯，大约在南渡以后。庄季裕《鸡肋》称：

建炎之后，江浙湖湘闽广西北流寓之人偏满。绍兴初，麦一斛至万二千钱，农获其利倍于种稻。而佃户输租，只有秋课，而种麦之利，独归客户。于是竞种，春稼极目，不减淮北。

东西出产一多，不吃他的也只好吃了。帝王请客吃点心事已极奇，还有平民请帝王吃点心而且只吃一个蒸饼，事亦见《鸡肋》。

楚州卖鱼人姓孙，颇知人灾福，时呼"孙卖鱼"。宣和间，上皇闻之，召至京师馆于宝箓宫道院。一日怀蒸饼一枚,坐一小殿中。已而上皇驾至……即出怀中蒸饼,云:“可以点心!”

据说当时徽宗虽觉微馁,亦不肯吃。请客的孙卖鱼就说,这时不吃,将来恐怕想吃也不成功!到后为金人掳去,果然想吃点心也办不到。(未完)

注释:

①沈从文:《忆翔鹤》,《新文学史料》1980 年第 11 期。

②本文所谓《沈从文全集》(修订本)均指北岳文艺出版社 2009 年 9 月第 2 版。

③陈建军:《沈从文的一篇佚文》,《中华读书报》2020 年 2 月 12 日《文化周刊》。

④邵华强:《沈从文年谱简编》,《沈从文研究资料》,花城出版社 1991 年版,第 905 页。

⑤吴世勇:《沈从文年谱》,天津人民出版社 2006 年版,第 252 ~ 253 页。

⑥参见《云南省政府公报》1943 年 8 月 2 日第 15 卷第 30 期。

⑦参见许知免《忆朱自清先生》,《品人术》,内蒙古文化出版社 2003 年版,第 155 ~ 157 页。据许知免讲,《大国民报》主编是熊剑英,他也兼任该报编辑。朱自清刊于《大国民报》1943 年 6 月 2 日第 19 期第 2 版上的《“人话”》,是他约的稿。

⑧《编辑者言——介绍自己》,《大国民报》1943 年 3 月 31 日。

⑨《沈从文全集》第 14 卷《见微斋杂文》内收《见微斋笔谈——小说上吃人肉记载》《宋人演剧的讽刺性》《吃大饼》《应声虫》和《宋人谐趣》等杂文五篇。

⑩《五四节谈谈报纸副刊》文末署“廿八年五月一日写”。蒙树宏在云南人民出版社 2013 年版《云南抗战时期文学史》中提到过这篇文章,但迄今不见有人全文披露。

⑪《大国民报》第 21 期未见,重庆《大公报》本漫漶不清,难以辨识,故《饭桶》下部分无法整理。

[作者单位:武汉大学文学院]

关于王实味对郭沫若译《异端》中“译错”的质疑

□［日］坂井洋史

王实味（1906 — 1947，河南潢川人），1927 年由于经济拮据辍学，离开北京，辗转各地后，于 1929 年 3 月来到上海，居住在法租界上。当时王实味在离党之后，又无固定的工作，希望能够鬻稿卖文为生，翻译了一本《珊拿的邪教徒》，侥幸得以公开出版。《珊拿的邪教徒》系德国著名戏剧家、诗人、小说家霍普特曼（Gerhart Johann Robert Hauptmann，1862—1946。王实味译为“霍布门”）所著中篇小说，原题 *Der Ketzer von Soana*，出版于 1918 年。王译列于徐志摩主编“新文艺丛书”之一，于 1930 年 4 月由上海中华书局出版，版式为 32 开本，竖排，本文 140 页（卷末附有 4 页广告及版权页）。放在该译本卷头的《译者序》末尾具有“1929 年 10 月 7 日”日期，可视为译竣之日。这是王实味生前公开出版的第一本译著。王实味还在这篇序言中有交代，该译从美国 Modern Library 1928 年出版的英译版重译而来。Modern Library 1928 年版为初版本，附有 Harry Salpeter 前言，不具译者名字。

霍布门著、王实味译《珊拿的邪教徒》
中华书局 1930 年 4 月初版本封面及《译者序》第 1 页

王序篇幅不算短，不像一般的译者前言那样形式化，却包含着实质性内容，即对于郭沫若翻译的质疑。关于郭译，王序介绍如下：

> 不幸的是，在已经译了十分之八九的时候，有一个朋友告我说，这书在三年前已经郭沫若先生根据德文原本译过了，书是商务印书馆出版，书名是《异端》。

此书，原来在王实味重译本之前，就有郭沫若根据德文原本翻译的译本，译题为《异端》。郭译初版于 1926 年 5 月由商务印书馆出版，后来似曾重印过几次。据我所目睹“新中学文库”1947 年 3 月第三版版权页所载信息，“新中学文库”版初版是 1933 年 6 月出版的。虽然郭沫若在 1926 年初版本卷头《译者序》末尾表示将来再版时希望能够更正初版的错误，但 1947 年版未见有更正之痕迹，可知后来的版本均非“改版”，而是“重印”。

那么，王实味对于郭译的质疑，针对何处？有何问题？王的指点是否正当？有无充分的论据和说服力？对于这些问题，我想在这篇小文中提出初步的看法，供学者参考。

王实味将郭译（从王《译者序》篇尾的日期看，他参看的应该是郭译初版本）第 109 页第 4 行至第 110 页第 1 行三个段落抄引（第三段落只是开头两行），对存疑的三个地方施加下线，然后将已译所据英文和自己译文出示，供读者判断孰对孰错。他之所以不厌其烦抄引了不少字，似乎是为了让读者看到上下文以便判断郭译之顺不顺与合不合情节和故事的展开情况。以下,我对此略加省略,仅将郭译中王实味施加下线的部分、与下线部分对应的德语原文、王实味所依据英文版原文、王译,四者并列提示:

【第一部分】

[郭译] 他承认了牧师对于这件事体所处的位置。

[德语原文] und nahm in der Sache den Standpunkt des Priesters ein.

[英文版原文] and accepted the priest's point of view in the matter.

[王译] 接受了他对于事体的意见。

【第二部分】

[郭译] 至于村民的所行所为,村正约束着要加以严重的防闲的。

[德语原文] Was aber die Dorfbewohner und ihr Verhalten betraf, so versprach er dagegen strenge Maßregeln.

[英文版原文] But as to this villagers and their conduct, he promised to take stern measures against them.

[王译] 关于村民以及他们的行动,他允许加以严厉的制裁。

【第三部分】

[郭译] 这位年青的牧师他不好直接申禀到僧正那儿,乃至申禀到教皇那里去吗? 我想他一定是清斋,祈祷,熬守通夜,把自己的脑经弄坏了的。

[德语原文] Dieser junge Priester könnte es wohl bis zum Kardinal, ja, zum Papst bringen. Ich glaube, er zehrt sich ab mit Fasten, Beten und Nachtwachen.

[英文版原文] This young priest might easily get to be a cardinal, yes, even a Pope. I think he is eating off fasting, praying and watching the night.

[王译] 这青年牧师怕会极容易就作到僧正甚至教皇的。我觉得他像被斋戒,祈祷,熬夜弄得消瘦不堪了。

王实味对于这三处的看法如下:

第一第二两点,我想只要读者细心把英译郭译和拙译对照看一下,揣摩文清,自然就可明白的。关于第三点,村正妻子所以说那牧师怕容易就会做到僧正甚至教皇,是称赞他的热心为道,看接下去的那句话就可明白,而且依据书中的事实,那牧师原是曾把事体"申禀到僧正那儿去"了的。

据如上理解,王实味判定郭沫若确实译错了。他语气很肯定,说:"好像绝对是郭先生错了。"那么,郭沫若译文的"错"那么明显、那么"绝对"吗? 我未免有点怀疑。

本来关于上列译文的正确度问题,不谙德文的人没有发言权。这一点,王实味也承认:

郭先生的译本是根据德文原著译出,不懂德文的自己,几乎可以说没有批评他的权利。他的译本与英译本出入的地方颇多,但我不敢说一定都是他的错误,因为英译本也许会译错的,虽然英译者因文字相类的关系要易免错误些。不过有些地方,依据常识和上下文情,好像绝对是郭先生错了。

从这一段话,我们可以知道王实味判断郭译译错的依据不外是在理解德文的正确度上,英译者因其语言的类似而胜于郭,以及常识和上下文情,这两点。那么,现在让我去逐一确认王实味判为"译错"的三个地方。

关于第一部分,问题比较单纯,因为郭译与王译的分歧仅在于对德语原文 Standpunkt 及其英文译语 point of view 的译语之选择上,而其他部分包括句子的解释就大同小异。原来,Standpunkt 及 point of view 均可译为"观点""意见""看法""立场"等。对此,郭沫若却充当"位置"一词,而既然用上"位置",作为与此相称的动词,就想到了"处",将整个句子译为"对于这件事体所处的位置”……这是很自然的思路和处理。虽然如此译法稍欠稳当,但不至于到“译错”的程度吧。同时我们还要考虑到,像郭沫若那样留日学生出身的文学家都有一种语言习惯,动辄将日语中汉字词汇直接搬到中文书写中。原来日语中“位置”这个词包含着“立场”的部分意思。今天我们也经常使用“立位置(tachi-ichi)”一词,意为一个人在思想上的倾向、价值取向或对于具体事情所采取的观点、立场。“立场”与“位置”有时候也可以互相通用。郭沫若或有可能在这个意义上使用了“位置”一词。如果是,至少在当时郭的主观意识上,此处不算“译错”也不为过。

接着去看第二部分,我们就可以发现到郭沫若直接挪用日语汉字词汇的更露骨的例子。德语原文 versprach 确如英文译语那样是 promise 之谓,中文应该译为“允诺”“答应”“保证”等,王译所采取“允许”亦可(虽然王译中“他允许加以严厉的制裁”指何人加以制裁,不甚清楚)。很有意思,虽然现代汉语词汇中的“约束”并无此种意思,但日语中“约束(yakusoku)”恰恰是 promise 的意思,而且是极为普通的动词/名词。留日多年,对日文那么烂熟的郭沫若,一不小心(或无意中)就直接使用日语意义的“约束”,也算是在情理之中的事,大有可能。当然,在此使用“约束”作为“允诺”“答应”等意思,不管如何也算是“译错”,但也不是那么严重的错误吧。

即使说第一部分和第二部分有问题,那也不过是译语选择的问题而已。但是第三部分的问题,其性质却与上面两个问题不同。因为它就涉及一个比较完整的句子的解释。

这部分的解释,一看就可以知道,郭译与王译迥然不同。为何产生如此分歧呢?我也可以判断,王实味的译文,作为英译版英文句子的翻译,是正确的。那么,英译到底是否德语原文的忠实翻译呢?因为我也与王实味一样不谙德文,所以就请教于德语专家,就得知原来英译就有“译错”的嫌疑,即“郭对王(英)错”。至于如何正确解释这句德文,我没有发言权,无法确定其究竟,只好搁置在一边。但跟我一样不谙德文的王实味将郭译断为“译错”的理由能否成立,对这个问题,我们可以在此重审一下。

如上所述,王实味认为,英文与德文“文字相类”,故英译更可信。这理由,虽然在原则上可以成立,但本来只是泛论而已,不能据此断言以英文翻译德文绝对没有“译错”。而且王实味也无能在某一句某一词的层面上判断英译的正确度如何。我认为可以不管这第一个理由。

王实味还举了第二个理由,说:“看接下去的那句话就可明白,而且依据书中的事实,那牧师原是曾把事体‘申禀到僧正那儿去’了的。”以此为由而判断郭译是“译错”无疑。这理由能否成立?

第三部分这句话出现在整部小说进入最后高潮之前,发自村正年青妻子之口。原来山上乱伦兄妹之子亚加达听从牧师的嘱咐,下山到教堂找牧师,而进入村里就受到村民的迫害。牧师好不容易将他引入牧师馆内躲避迫害,自己就跑到村正那里去说明情由并请求适当的对应。牧师回馆后,村正之妻对丈夫如是说的。

的确如王实味所说那样,牧师在此以前曾有两次“把事体‘申禀到僧正那儿去’了的”:第一次在牧师向村正了解到珊拿山上“邪教”牧民兄妹的实情之后,第二次在亲自上山访问了兄妹家之后。其实,这两次“申禀”完全是牧师职掌内普通汇报(而且此时牧师心里还没萌生“邪念”),表示自己一定要善诱教化牧民一家的决心,而受到掌管教区的僧正之嘉奖。但如上介绍,村正妻子的感想是在情况发生了戏剧性变化之后发生的。此时她或许觉察出了问题之严重已经超出只管世俗事务的村正所能对付的范围之外,是应该由教会来解决的心灵问题。果然如此的话,她此时也不妨说:“这位年青的牧师他不好直接申禀到僧正那儿,乃至申禀到教皇那里去吗?”像郭沫若所译那样,而可以不管牧师在此前有无“申禀”。

王实味还说,村正妻子的话“是称赞他的热心为道,看接下去的那句话就可明白”。这个理解本身没错,但也并不构成非得将前一句话与后一句话解释为一体的理由。而且,当时牧师面临事体的急变,加上已经明确自觉到对于亚加达的爱慕,内心正展开着灵肉冲突的激烈斗争,一定呈现出狼狈不堪的样子。那么,他之所以“消瘦不堪”,可能是如此心理状态的反映,而不一定只是“热心为道”的表现。我觉得,王实味所举的理由,作为将郭译断为“译错”的理由,还是缺乏决定性的说服力,有待进一步商榷。

指出文坛前辈翻译的“译错”，以炫耀自己的外文能力和翻译态度之严肃认真，这可以说是渴望跻身文坛的无名文学青年惯技之一（当然不是唯一的动机），以创造社对文学研究会的嘲笑为著名例子，在中国现代文学史上颇不乏见。王实味对郭沫若翻译提出质疑也是否出于如此动机？对此，我不敢妄断，也不大感兴趣。我只想指出一点：或许因为王实味后来不幸遭遇的印象太强烈之故，他的“牺牲者”形象往往会影响甚至支配后世对他人生道路上一切行为的客观评价，产生某种“误导”。通过本篇所介绍的例子，我觉得自己似乎看到了王实味这个人的个性之一面，而这“一面”恰恰是被“牺牲者”形象遮蔽的“一面”。如果得以收集更多的“一面”，而将这些面面综合起来，我们或许能够构筑更生动更丰满的“王实味”之立体化形象。我认为，这还是对“人”的多样性和复杂性的承认与尊重，而这承认与尊重，不仅是所谓“作家研究”要靠以建立的基础，而且是以“人”为对象的所有“研究”须臾都不能忘记的伦理底线。

2019 年 1 月 4 日

注释：

①在此据王实味夫人刘莹的回忆文章《沉痛的诉说　无限的思念》（原载温济泽等《王实味冤案平反纪实》，群众出版社 1993 年版），暂取 1929 年 3 月说。朱鸿召《王实味年谱》（收在朱鸿召编选《王实味文存》，上海三联书店 1998 年版）将王来沪之期定为 1929 年底，不知所据。

②对于 1926 年版和 1947 年版进行对照就可以知道，两种版本，除了装帧更换外，还有三处存在着明显的变更：译者名义，后者使用“郭鼎堂”；后者将此书编入“新中学文库”，将丛书名称写在封面上；在扉页及版权页上，将“世界文学名著”字样加在书名前。

③不知道由于什么原因，上海三联书店版《王实味文存》所收《译者序》，从三处取消下线，仅对第一存疑处以着重号替代下线。黄昌勇编《王实味：野百合花》（“野百合花丛书”版，中国青年出版社 1999 年版）所收版本保留三处下线，可据。

④此处德语原文引自 Project Gutenberg 网站所提供电子版（http://www.gutenberg.org/files/20302/20302-h/20302-h.htm，2019 年 1 月 4 日阅览）。据该站说明，电子版根据 S. Fischer Verlag 1922 年版。英译原文重引王实味在《译者序》所引。

⑤毋庸赘言，郭译与王（英）译孰对孰错的问题，最终取决于德语原文的“正确”解释。为了慎重起见，我还参看了以下两种日译本（都是直接译自德文的）：中岛清译《ゾアナの異端者》（金星堂 1923 年版）、奥津彦重译《ソアーナの異教徒》（“岩波文库”版，岩波书店 1928 年版）。其中郭沫若参看过中岛清译本，而利用了其译注多处。饶有兴趣（而令人困惑）的是，这两种日译本对村正妻子这句话有不同解释，中岛清译本与郭译一样，奥津彦重译本与王（英）译一样。

⑥据我管见，董国强《“王实味现象”解析》一文（《书屋》2004 年第 3 期）很早就敏锐指出了世上所传“王实味像”存在着某种偏向。

［作者单位：日本一桥大学言语社会研究科］

"若有其事":卞之琳的爱情诗考释

□陈 越

在同时代的诗人中,卞之琳不写情诗是出了名的,闻一多就曾为此当面夸奖过他①。卞之琳对于自己的诗作要求极严,不仅为数不少的诗作未能入集②,而且很多入集的作品也都经过了修订。

未入集的作品中,比较有代表性的作品有《小诗四首》③《垂死》④《黄昏念志摩先生》。入集作品修改的情况大致可以分为两类,一类是诗句的修改,一类是诗题的修改。前一类占多数,其中又可以分为个别词语的修改和整体的删繁就简:前一种情况较为普遍,涉及众多诗篇,若要比照初刊本和文集本进行分析,势必是一件比较繁复的事情,此处不作讨论。而后一种的典型就是《足迹》。《足迹》初刊本的十四行在收入作者诗集时只保留了最后的四行,并略有文字上的修改,这一修改和取舍的行为也有值得深入分析的空间和必要。正如孙玉石所指出的,"诗的删刈,自然更增强了四行短诗自身的隐藏度与模糊性,更凝练而富于猜想魅力,但如果看了复原之后的诗作全文,前后连起来阅读,对于被删刈的《足迹》内涵的理解,就更有帮助了",《足迹》因截句而变成的这两个版本,"为我们提供了理解进入卞之琳新诗表现方法探索试验的一个典型文本"⑤,从而有助于我们理解其创造与修改过程中艺术上的考量与情感强度上的变迁。

至于后一类,则据笔者所知,似乎仅有《若有其事四章》,即后来的《无题》系列诗的前四首,诗题的修改其实为我们提供了深入探究的线索。这两首诗的写作时间相近,主旨也相同,因为孙玉石对《足迹》一诗已有较为翔实的说明和分析,在此,笔者仅对《若有其事四首》的修订情况略作分析,以求对诗人的诗情诗意有更深的理解。

若有其事四章

一

三日前山中的一道小水,
掠过你一丝笑影而去的,
今朝你重见了,揉揉眼睛看
屋前屋后好一片春潮。

百转千回都不跟你讲,
水有愁,水自哀,水愿意载你。
你的船呢?船呢?下楼去。
南村外一夜里开齐了杏花。

二

窗口专等待嵌你的凭倚。
穿衣镜怅望,将何以慰藉?
一室的沉默正念点金指。
门上一声响你来得合适!

杨柳枝招人,春水面笑人。
鸢飞,鱼跃;青山青,白云白。
衣襟上不断少半条皱纹,
这里还差你右脚——唵,一拍。

三

我在门荐上不忘记细心的踩踩
不带路上的尘土来糟蹋你房间
感谢你必用渗墨纸轻轻的掩一下
叫字泪不玷污你写给我的信面。

门荐有悲哀的印痕,渗黑纸也有,
我明白海水洗得尽人间的烟火。
白手帕至少可以包一些珊瑚吧,
你却更爱它月台上绿旗后的挥舞。

四

隔江泥衔到你梁上,
隔院泉挑到你杯里,
海外的奢侈品舶来你胸前,
我想要研究交通史。

昨夜付一片轻喟,
今朝收两朵微笑,
付一枝镜花,收一轮水月……
我为你记下流水账。

足迹

十年前卖梨的还叫在你门前;
悲哀是谁的?他的还是你的,
你经过了千山万水的?
想想看,哪一所城市里哪一条长街上
哪一面陈列窗抢过你一个面影。
哪一面陈列窗里俏丽的新皮鞋
(多少对眼睛同赞巴黎品?)谁穿了
点过了哪一条清脆的人行道,
哪一条石桥?该有巴黎皮鞋匠在想吧。
想吧,你穿了那双皮鞋的,
你经过了千山万水又回来的。
蜜蜂的细腿已经拔起了多少只果子,
你的足迹呢,沙上一排,雪上一排,
全如水蜘蛛踏在水上的花纹?

《若有其事四章》最初发表于1937年5月15日出刊的《文丛》1卷3号,署名"薛大惜",未署写作时间,而在收入1942年出版的《十年诗草》中的《无题》五首也未署时间,《十年诗草(1930—1939)》(增订本)中则是《无题一》所署时间为1937年3月,《无题二》至《无题四》为4月,《无题五》为5月,据此可以基本断定《若有其事四章》写于1937年3至4月。

《若有其事四章》在诗题下引了瓦雷里(Paul Valéry)的一句法文诗 Douceur d'être et de n'être pas,可视作该诗的题记。这一句出自瓦雷里的《脚步》(Les Pas),全诗译文如下:

你的脚步圣洁,缓慢,
是我的寂静孕育而成;
一步步走向我警醒的床边,
脉脉含情,又冷凝如冰。

纯真的人哪,神圣的影,
你的脚步多么轻柔而拘束!
我能猜想的一切天福
向我走来时,都用这双赤足!

这样,你的芳唇步步移向
我这一腔思绪里的房客,
准备了一个吻作为食粮
以便平息他的饥渴。

不,不必加快这爱的行动——
这生的甜蜜和死的幸福,
因为我只生活在等待之中,
我的心啊,就是你的脚步。

(以上为飞白译文)[⑥]

你的脚步,我沉默的孩子,
神圣而徐徐地
向我警惕的床移动,
无言而又冰冷地向前迈进。

纯粹的人啊,神圣的影,
你那审慎的脚步多么温存!
天呵!……我猜测得出跟着
这赤脚,全部赠礼会来到我的心!

假如，你用伸出的双唇，
为我思想的饥渴
准备着一吻的满足
以便使之趋平静，

请不要把这个温存的举动做得过于匆匆，
无论有它或没它我都感到甜蜜，
因为我活着就是为了等待你，
我的心灵的跳动就是你的脚步。
（以上为葛雷、梁栋译文）[⑦]

而作为题记的这一句飞白译为“这生的甜蜜和死的幸福”，而葛雷、梁栋译为“无论有它或没它我都感到甜蜜”，而从诗句原文来看，直译起来应该是“无论有它或没它我都感到甜蜜”，葛、梁二人的译文较为准确。这一句题诗应该说隐含着卞之琳在恋爱的喜悦中所夹杂的不安之感。在他看来，女方对他的接受纵然是令他喜悦和幸福，即使不爱或不再爱，那也没有关系，他内心的这股爱恋之情就足以令他感到满足，纵然也难免心痛与沮丧。可能是女方尝试着接受了他，他认为这是爱情的表示，于是感到欣喜，同时又难免不安，因为女方的态度并非全然两情相悦式的，所以才会令他有恍惚之感，不知道是否该为这份他所理解的爱情而欢呼，他是拘谨的，小心翼翼的，不愿否定自己，又不能自我确认，于是只能以“若有其事”的态度来抒发自己内心的激动之情。颇有点他的老师徐志摩那种“得之我幸不得我命”的态度。

以“你”为对象的诗，如《无题一》《无题二》与《足迹》，都拟想或设置了一个等待的场景，而主题思想，则正是《无题五》中所谓的“世界是空的，因为是有用的，因为它容了你的款步”，这些诗基本都是在有与无的辩证中，浓缩了时空，将千山万水走遍的人生羁旅之感与雪泥鸿爪的悲欢离合之情、镜花水月的色空观念以诗化的形式表现出来。而就《足迹》而言，你曾走遍大街小巷，看尽万水千山，人生际遇无穷，行踪在刹那间即是永恒，而小水掠过笑影，正对应着陈列窗抢过面影，皮鞋踩过人行道与石桥，巴黎皮鞋匠所做的皮鞋也许销往全世界，穿着他所做皮鞋的人行迹可能踏遍天下，这又是足以引起他遐想与沉思的事情。穿了那双皮鞋的人，经过千山万水又回来，已在沙上雪上踏过无数足迹，正如同那小水百转千回，那蜜蜂的细腿拔起多少只果子，水蜘蛛在水上踏出无数花纹，说的无非是刹那与永恒，流动与静止的禅机与哲理。

“无论有它或没它我都感到甜蜜”，这是令卞之琳深有感触的诗句，而“当毕”（Tant pis）则是令他感慨系之的短语，吴心海发现的卞之琳集外文《“当毕”》[⑧]与《若有其事四章》构成了一个饶有意味的对照，可谓具有很强的互文性。

《“当毕”》写于1936年12月2日。1936年卞之琳经历了丧母之痛，在感情生活上也不顺利，《当毕》就是写于这一背景之下。在这篇少有的情感直切的散文中，卞之琳直言“我最近受遭了人力所不能挽救的打击，人力所自召的折磨”，此处“人力所不能挽救的打击”当是指其母亲去世，而“人力所自召的折磨”则是指他为情所困而饱受煎熬。深感焦虑无奈与疲惫心痛，但卞之琳毕竟是一个喜好哲理思辨、拘谨内敛的人，他又不会任由自己的情感倾泻，正因为喜好哲理思辨，他才会对Tant pis的多重含义加以申说：

作“活该”讲：既然自取了，Tant pis，工作啊！作“管他”讲：笑骂由他笑骂，Tant pis，工作啊！作“算了”讲：到头来都是一场空，Tant pis，工作啊！

才会采取一种辩证法式的自我暗示和自我安抚：

Tant pis！是消极的顶点，积极的起点。这是否定到肯定，破坏到建设的桥梁。这是革命的，前进的。这好比跳远的时候，脚向地一蹬——Tant，pis——人就冲出去了。这是塞翁的失马。这是蝉蜕。你要出外，你得离家。旧的不好，Tant pis，来新的！失败了，Tant pis，重起头！“残冬已至”，Tant pis，“阳春宁尚迢遥”！

强作醒悟与解脱，其实只是自己的一种幻觉，实际上依然痛彻心扉。

再来看《若有其事四章》，诗题是一首诗的重要内容,隐含或暗示了作者诗情的主脉,而诗题从"若有其事"改为"无题",其中颇有值得思考的地方。"无题"的意思自然无须多说,无以名之,无声胜有声,不多说不可说。"若有其事"则明白说的是自己的一种感受,对于爱情怀有美好憧憬的诗人觉得这一次幸福似乎来临了,情感基调是欢快和愉悦的,这一点不同于《"当毕"》那种苦恼焦虑的心情。

据张曼仪编《卞之琳生平著译年表》,1936 年 10 月卞之琳在母亲丧礼结束后去往苏州探访张充和,留住张家数日[⑨],月底经上海回青岛,一直留在青岛译纪德的《赝币制造者》,张家留存有二人合影,其中一张卞之琳左臂上还戴着黑纱[⑩],应该是说明他仍在服母孝。卞之琳在《〈雕虫纪历〉自序》中曾将自己 20 世纪 30 年代诗歌创作的过程分为三个阶段:第一阶段是 1930—1932 年,即进入大学到大学毕业前;第二阶段是 1933—1935 年;第三阶段主要就是在江浙游转的 1937 年春天的几个月,《若有其事四章》即写于这个阶段。1942 年出版的《十年诗草》中"装饰集"这一部分收录了他 1935—1937 年的诗作,特意注明"1937 年夏曾手抄一册",他自己总结这个阶段诗作的特点是"形式上偏于试用格律体(这到后期以至解放后都是如此);风格上较多融汇了江南风味;意境和情调上,哀愁中含了一点喜气",为何会有这一点喜气的出现呢?他自己给出的一个原因是,"年前在青岛海滨欣闻'西安事变'后的希望不知不觉中多少影响了我的心情",这里"西安事变"应该是指"西安事变"的和平解决[⑪],而他接下来又说道"同时,私生活中的一个隐秘因素也使我在这个阶段里写诗另外有了一个具体特点:写了像《无题》等我以前和以后从不写的这样几首诗"。

可以说,《若有其事四章》是他这一阶段以至整个写诗生涯中极为独特的创作成果,何以独特?原因不在诗的形式与情感,而在这"私生活中的一个隐秘因素",作者虽然没有明说这个隐秘因素是什么,但可以肯定是与张充和有关,他的《装饰集》(单行本因故未能出版,后收入《十年诗草》,于 1943 年出版)的题词就是"给张充和",且是由张充和为他抄写一遍。据他的回忆,1933 年初秋与张充和有了"异乎寻常的初次结识,显然彼此有相通的'一点'",而"事隔三年多,我们彼此有缘重逢,就发现这竟是彼此无心或有意共同栽培的一粒种子,突然萌发,甚至含苞了",这里所说的三年多以后的重逢,应该是指 1936 年 10 月苏州之行,以及 1937 年"开春即南下逍遥,出入宁沪苏杭,会友写诗译文"期间与张充和的交往。此时"我开始做起了好梦,开始私下深切感受这方面的悲欢。隐隐中我又在希望中预感到无望,预感到这还是不会开花结果。仿佛作为雪泥鸿爪,留个纪念,就写了《无题》等这种诗"[⑫]。

应该说,作者本人对于后来以"无题"为名的这五首诗的主导情感所做的说明基本上是可以与诗作本身对应得上的,但需要指出的是,上引的这篇自序写于 1978 年,已是四十多年后的一种总结与反思,并不能完全代表他当年写作的真实心情,也不能完全说明他的主导诗意,而在 1988 年底至 1989 年初所写的《话旧成独白:追念师陀》中,他将 1937 年居住杭州陶社期间因隔壁禅寺的礼忏声而受到"无端的触动",从而写下"晓梦后看明窗净几,待我来把你们吹空,像风扫满阶的落红",以示"把这一个悲欢交错都较轻松自在的写诗阶段划了一道终止线,结束了一度迎合朋友当中的特殊一位的柔情与矫情交织的妙趣",这表现在诗作上,则是"不免在语言表层上故弄禅悟,几乎弄假成真,实际上像玩捉迷藏游戏的作风"[⑬]。而在《人尚性灵,诗通神韵:追忆周煦良》中,卞之琳在文末谈及周煦良解读姜白石两首七绝的文字时,又说到"他当年虽不知底蕴而为我 1937 年春末所写的意图(实为故弄禅悟以迎合当时我那位女友的矫情)表示结束铅华的《灯虫》一诗的最后三行那样伤感,应为有过类似的'少年情事'的过来人所能道"[⑭],这两段文字中都用到了"迎合",这应该是卞之琳事后的一种反思,而两相对照,则不难看到,前一段说到"柔情与矫情交织","柔情"应该是指自己,而"矫情"应该是指对方,可惜柔情总被矫情误。

对于自己的这几首诗,卞之琳晚年好几次曾谈到,一次是在《追忆邵洵美和一场文学小论争》中,是在正文之外表示附带说明的一段文字,"在我那一路寥寥几首诗里,正如悲喜都可以颠来倒去讲,因为都是托古托人托物托景来写自己和一位不平凡的当年同辈女友之间不值为外人道的若干年平凡交往的缘故,'你''我'也可以颠来倒去变位称呼的"[15]。在《难忘的尘缘——序秋吉久纪夫编译日本版〈卞之琳诗集〉》中则明确说到自己创作《无题》诗"首先是明白写给谁的,论者也多能肯定诗中有大于文本的意义"[16]。

应该说,卞之琳与张充和的交往经历了一个比较复杂的过程,卞之琳是1933年秋在沈从文处认识的张充和,于是心生爱慕,但觉得自己是一介穷书生,未必中对方的意,所以有《断章》(1935年)那样"你装饰了别人的梦"的梦中暗恋和自觉无缘的感叹。而1936年到1937年则是两人关系的一个临界点。他们的交往经历了一个比较复杂的过程,卞之琳因情不自禁而苦恼,开始正面追求,但是又是一种绅士式的矜持,既怕失自尊,也怕难为对方;而从张充和那一面说,她则正当青春年华,一时也没有别的选择,卞之琳对她也算是慰情聊胜于无了,所以两人关系渐趋亲近。1936年的探访与结伴同游(卞之琳去张家拜访,张充和也为卞之琳抄写诗稿),令他们之间的感情有所增进。可以这么说,卞之琳被张充和吸引已经很久,但因对方态度暧昧和矫情,他一直逡巡不前,不敢直接表白,大概直到1936—1937年间,他才正式展开追求并获得了对方某种似有若无的回应,双方的情侣关系于是变得"若有其事"——至少是被熟人公认正在谈恋爱的一对男女朋友了。这在卞之琳来说自然是欣慰的进展,而张充和似乎也没拒绝,倒是很享受卞之琳的追求。陷入情网的卞之琳在欣慰的同时仍感到不安,变得为情所困而激动苦恼起来,于是才有了《"当毕"》的出现。这并不一定是他个人的单相思,也不大可能是完全自作多情,会错了意,也并非张充和后来所说的"无中生有的爱情",她在这段交往中应该也是有所表示和回应的,不然他不会如此误会。而目前笔者尚未看到史料说明1937年卞之琳在宁沪苏杭游访期间见过张充和,但他1937年集中创作的诗作基本上都是起源于这份感情。而从《若有其事四章》中,我们可以看到,此时诗人的情绪已非1936年年底写作《"当毕"》时的那种焦虑与懊恼,而多了一点"开朗以至喜悦的苗头"。

等到抗战全面爆发以后,卞之琳和张充和的关系也发生了变化:张充和已是成熟有主见的名媛了,热衷于与高官显宦、名流名士相交往[17],而对卞之琳再无兴趣。而卞之琳仍然苦苦追求,"当年春天(按:指1938年——引者)我好不容易把在避乱退隐又即将成为沦陷区的老家乡下的女友催劝'出山'到成都来"[18]。在成都期间,卞之琳动员一切力量追求张充和,张充和非常生气,以至离家出走[19]。绝望而又不甘绝望的卞之琳于是奔赴西北和北方战区,目的是让张充和看看自己也有勇武的一面。而对于此次出行的前因后果,卞之琳自己的回忆中是这么说的:

> 煦良以为我与女友就此分手,私下对我说,想起我1937年春末写的那首十四行体诗(按:指《灯虫》——引者)的最后三行,不胜伤感。其实他不知道他这番出行,并非好像部分为了私生活上的什么挫折,而是多少相反,倒是女友当时见我会再沉湎于感情生活,几乎淡忘了邦家大事,不甘见我竟渐转消沉,虽不以直接的方式,给了我出去走走的启发。方向则是我自己选择的:投身到前方为国家存亡、社会兴衰的现实问题而出生入死的千百万群众中一行,以利于我当时和日后较能起点积极作用,同时也就是接受考验和锻炼,居然能成行,自然会给我引起振奋,而并非给我标志了一种出家式的悲凉。[20]

从上述引文看来,卞之琳去延安等地并非因为感情受挫,而恰好是因为和女友感情深挚,为避免儿女情长英雄气短才有这番出行;但他并未说明为何他又"竟转消沉"。因此,这番追述自然不能不视为一种事后的掩饰和回护。而较为接近事实的情况可能是,卞之琳努力了仍遭拒绝,在感应到时代大潮冲击的同时,为了有所改变,也半是为了证明自己并非文弱,半是为了排遣内心苦闷,才前往延安并随军生活。卞之琳回到西南后,仍然放不下张充和,可张充和已然无意。抗战胜利之初,卞之琳应邀去英国访学,仍为此委决不下,求计于沈从文,沈从文鼓励他放下儿女私情去英国,卞之琳万万没有想到的是,当他1949年回国后,张充和已经嫁给了傅汉思,并且传闻与沈从文有关,这才有了方令孺致张充和信中所说的卞之琳"很恨从文,说从文对不起他"的说法[21]。总归一句话，卞之琳一生痴心不改，晚年的张充和则极力撇清自己与他的关系。

这里顺带说一句，当事人张充和曾称所谓的卞张情事是"无中生有的爱情故事"，这是她自己的一种认知，自无不可。但更符合实情的情况可能是，张充和很喜欢或"享受"这种被追求的感觉，也乐得逢场作戏，内心也许略有所动，但终究还是认为卞之琳不是她所中意的类型，因此，两人的相处与交往应该不会是她晚年所极力撇清的那样，是卞之琳极力纠缠，她却从未"惹"过他，两人的交往，也应当不是她用比喻所解释的那样，"他没有说'请客'，我怎么能说'不来'，他从来没有认真和我表白过"[22]。据她的家人回忆，卞之琳也并非没有说过"请客"：

> 周孝华（张充和弟弟张寰和的妻子——引者注）奶奶在解放前后见过卞之琳多次，知道他对四姐充和是真心真意的，夸张的表白她也见过，曾有报纸将此刊登，周孝华奶奶不愿提起，心里同情归同情，但也很无奈。[23]

> 周孝华老人告诉记者，其实卞之琳还是有过"攻势"的，"每次来，都会给我们带礼物，多少也说过一些让我们帮他劝劝充和的话"。但他的迂回策略显然没有奏效，"毕竟家里人都觉得不合适，而且总是以充和想法为重的"。至于礼物，"是那种亚麻布料的香港衫，每次都一样"。即便心存感激，且与卞的私人感情与日俱增，但在周看来，"连买礼物都不会变通"应该也算是木讷和不够灵活通达的表现吧。
>
> …………
>
> 周孝华老人还曾亲眼目睹过一次卞之琳情难自已之后的大胆表白。"那一天我在自己屋子里，充和突然进门来喊我跟她上楼。"透过楼上充和的房门缝隙，周孝华看到卞之琳竟双膝跪在地板上。"充和又可气又可笑地告诉我，说卞之琳跟她求婚，声称如果不答应他就不起来。"但显然，卞的"威胁"并未有作用，"过了没多久，也不知道充和用什么法子，就让卞之琳又站起来了……"[24]

张充和还说卞之琳"他自己也老对别人说，我对他有意思。——其实完全没有，说良心话，一点意思都没有，从来没有惹过他"。其实据笔者所见，卞之琳除了在少数几篇文章中不点名地提到自己的女友外，并未多谈这段感情经历，仅有巫宁坤在回忆文章中写到20世纪80年代他去拜望卞之琳时，后者告诉他说"有人认为，他和充和的关系是他自作多情，其实当年他俩之间的感情是很热烈的"[25]。"热烈"与否，自然是个人感受，但从上述《若有其事四章》的诗题及诗文不难看出，这里的情感远非那种单相思的苦闷与焦灼，分明有着两情相悦的那种"哀愁中含了一点喜气"和惆怅中含有喜悦的诗意。

笔者非常认同蔡登山激于《合肥四姐妹》中"充和不仅善讽，还有很强的思辨力，这种女人岂能轻易放过卞之琳这种男人！卞之琳自称诗人，把瓦雷里、魏尔仑挂在嘴边，同时又是充和的裙下之臣，要充和不揶揄他也难"这种不仅有失公允而且是刻薄过分的言论，而依据史实所作出的钩沉与辩误。诚如蔡先生所言：

> 前尘往事，对张充和而言，或许已是云淡风清，但对卞之琳而言，却是情深一往！尤其是卞之琳诗句中所吐露出的真情，可说是"情到深处无怨尤"！而这在金安平的书中却简单地一笔带过。秉笔直书，不为亲者讳，为治史者的基本要求。当历历往事已化为动人的诗篇，似乎不能简单地视为诗人的自我多情，而对卞诗"缺乏深度"的揶揄，更是有失公允。[26]

所以，尽管当事人一个轻描淡写但却痴心不改，一个极力撇清同时有意无意贬低，感情的事本来就复杂得难以说清，外人也不好妄加评判，好在诗人虽已远去，但诗作还在，仍有读者。

注释：

①卞之琳：《完成与开端：纪念诗人闻一多八十生辰》，《卞之琳文集》（中卷），安徽教育出版社2002年版，第

152 页。

②除了张曼仪《卞之琳新诗系年》(《卞之琳著译研究》附录三,香港大学中文系1989年版)中所提到的之外,还有《小诗四首》《垂死》《若有其事四章》《黄昏念志摩先生》等。

③可参见拙著《卞之琳的新诗处女作及其他》,《现代中文学刊》2011年第1期。

④该诗原载《文艺月刊》(南京)2卷4期,1931年4月30日出版,为"诗二首"之一,另一首题为《傍晚》。陈丙莹在其所著《卞之琳评传》(重庆出版社1998年版)中提到这是"各诗集皆未收入的早期佚诗",并在注释中附上了全文,详见该书第111页。

⑤孙玉石有关《足迹》的修改情况和诗歌主旨所作的说明和分析,详见孙晓娅、徐玥《慧心灵工说不尽——纪念卞之琳百年诞辰清华座谈会录音整理》,载《中国诗歌研究动态》新诗卷第八辑,学苑出版社2011年版。

⑥飞白主编:《世界诗库》(第3卷),花城出版社1994年版,第407~408页。

⑦瓦雷里(Paul Valery)著,葛雷、梁栋译:《瓦雷里诗歌全集》,中国文学出版社1996年版,第88页。

⑧详见吴心海整理的卞之琳集外文《"当毕"》,《现代中文学刊》2014年第6期,同期还刊有吴心海所著《人力所自招的折磨——关于卞之琳集外文〈"当毕"〉》,可参阅。

⑨张曼仪:《卞之琳著译研究》,香港大学中文系1989年版,第203页。

⑩张充和著,王道编注:《小园即事——张充和雅文小集》,广西师范大学出版社2014年版,第301~302页。

⑪卞之琳在《李广田散文选序》中写到他与何其芳年终小聚"共同迎接西安事变和平解决,全国抗日已经势在必行的新的一年"。

⑫卞之琳:《〈雕虫纪历〉自序》,《卞之琳文集》(中卷),安徽教育出版社2002年版,第447~450页。

⑬卞之琳:《话旧成独白:追念师陀》,《卞之琳文集》(中卷),安徽教育出版社2002年版,第261页。

⑭卞之琳:《人尚性灵,诗通神韵:追忆周煦良》,《卞之琳文集》(中卷),安徽教育出版社2002年版,第220页。

⑮卞之琳:《追忆邵洵美和一场文学小论争》,《卞之琳文集》(中卷),安徽教育出版社2002年版,第239页。

⑯卞之琳:《难忘的尘缘——序秋吉久纪夫编译日本版〈卞之琳诗集〉》,《卞之琳文集》(中卷),安徽教育出版社2002年版,第560页。

⑰金安平在《合肥四姐妹》中说张充和"她的朋友圈很广,包括商人、工程师、音乐家和小说家、职业官员和兼任官职的学者"(金安平著,凌云岚、杨早译:《合肥四姐妹》,生活·读书·新知三联书店2007年版)。确实如此,《梅贻琦西南联大日记》中记载有梅贻琦在重庆、成都等地期间,多次与张充和宴饮交谈的情形,可略窥张充和的名媛风范。如"清早田淑媛、刘节、张充和女士来访,因余尚未醒,均未得见……九点余至萳庐五号访张女士久谈……中午张女士约在中苏文化协会内餐室食西餐"(5月23日),"晚饭后至张充和处稍坐,伊于上午拔牙两枚,嘱令早休息"(5月24日),"随出至萳庐访张充和女士(住章乃器家)未遇……六点余再至中央饭店,适舒舍予在座。稍待,张女士亦来,为舒君约至附近之乐露春小吃"(5月29日),"将七点张充和来,系为约余等出外晚饭者"(5月31日),"晚六点至中央饭店与郑、罗、舒、何及张女士在一心饭店便酌,为张女士作东道"(6月1日),"街上无电灯,送张女士返萳庐"(6月2日),"与罗往益庐访张充和女士……张女士屡称吾所写字甚好,自觉惊异,不知何以答之"(8月7日),"9:30出,再至民众馆饮茶,张女士与郑妇父女已在"(8月8日),"九点月上,皎洁可爱。听张女士与罗唱昆曲"(8月10日),"5:30至小可食馆……客为余等三(?)人:杨仲子、任东伯、张女士"(8月11日),"7:00起床尚无不适。张女士与颖孙来望……10:00解除后,张、郑别去"(8月12日),"3:00解除后即至益庐,张女士犹未归,在门外立候时遇Hoover及他美国男女三人将往峨眉者。张女士归后为做梅汤、稀饭飨客"(8月13日),"8:30饭罢再赶至益庐张、钱二女士之约","十一点归来,作信致张充和女士,劝其勿留艺专,不知有效否"(11月3日),以上为1941年;"午饭在顾(一樵)家……张充和女士后至,盖饭后始得消息者……后张唱《游园》一大段,佐之以舞,第恐其太累耳……充和送至车站,有'如有需要可来昆明'之语,惜未得多谈"(1月9日),以上为1943年。

⑱卞之琳:《人尚性灵,诗通神韵:追忆周煦良》,《卞之琳文集》(中卷),安徽教育出版社2002年版,第212页。

⑲据张充和弟弟张宇和的回忆,“当年在成都,四川大学的几位热心教授,给诗人帮腔,定期设宴,邀四姐出席。四姐讨厌这些,一气之下悄悄离家出走,一周后家人从报纸上才知道。原来她独自一人上了青城山”,见张昌华:《最后的闺秀——张充和先生剪影》,《江淮文史》2007 年第 5 期。

⑳卞之琳:《人尚性灵,诗通神韵:追忆周煦良》,《卞之琳文集》(中卷),安徽教育出版社 2002 年版,第 212 ~ 213 页。

㉑有关沈从文致卞之琳的信《给一个出国的朋友》及其前因后果,详见解志熙:《爱欲抒写的“诗与真”——沈从文现代时期的文学行为叙论》《沈从文佚文废邮再拾》,《文学史的“诗与真”:中国现代文学文献校读论集》,北京大学出版社 2013 年版。

㉒苏炜:《“你装饰了别人的梦”——张充和谈卞之琳与“卞、张罗曼史”》,《书屋》2010 年第 6 期。

㉓张充和著,王道编注:《小园即事——张充和雅文小集》,广西师范大学出版社 2014 年版,第 301 页。

㉔江苏省档案局嵇梅袁光、苏州市档案馆林忠华、《扬子晚报》记者张磊:《诗人卞之琳苦恋才女张充和 20 年:张充和五弟向扬子晚报记者“揭秘”80 多年前两人的“世纪情缘”》,http://www.dajs.gov.cn/art/2012/6/25/art_65_36125.html。此文后收入谢波、刘守华编:《档案穿越 2012》,南京师范大学出版社 2013 年版,第 66 ~ 70 页。

㉕巫宁坤:《缅怀卞之琳老师》,《东方早报》2014 年 3 月 16 日。

㉖蔡登山:《记忆中永远的甜蜜——记卞之琳与张充和的一段情》,《名士风流》,吉林出版集团有限责任公司 2011 年版,第 246 页。

[作者单位:中国艺术研究院马克思主义文艺理论研究所]

王康与梁实秋笔下的闻一多

□王　立

一

1947年7月,闻一多先生殉难周年,上海生活书店出版了史靖所撰《闻一多的道路》。两个月后,1947年9月,天津《益世报》发表了梁实秋的回忆文章《闻一多在珂泉》。

其时,一书一文的两位作者都在北平。前书的作者是清华大学研究生院社会学部研究生王康,"史靖"是其在云南大学社会学系任助教期间,担任《时代评论》周刊发行人时所用的笔名。后文的作者梁实秋时为北平师范大学教授,是闻一多清华留美预备学校的同学。就此而言,两位作者及传主可说是清华校友,不过王康是晚辈。1919年10月王康出生之时,在清华园读书的闻一多、梁实秋已是热血澎湃的五四青年。闻、梁二人放洋美国期间,王康尚在南京实验幼稚园中发蒙。

梁实秋是闻一多青壮年时期的挚友,清华、美国、青岛等地的同窗、同事,大江、新月的同仁。从梁实秋考入清华,至闻一多离开青岛大学的十几年间,两人志趣相投,真情相交。闻一多离开青岛后,回清华园中执教;两年后,梁实秋也离开了青岛,应胡适之邀赴北京大学任研究教授兼外文系主任。抗战军兴,闻一多由长沙临时大学而昆明西南联大继续任教,梁实秋则经汉口而重庆,在国民参政会、中小学教科用书编写委员会、国立编译馆等处任职。

王康是一多先生的学生、晚辈,1940年考入西南联大,1944年由联大社会学系毕业后,进入云南大学社会系担任助教,直至1946年秋回到北平。在昆明,王康和一多先生"过从甚密,思想亦极相投"[①],吴晗在为《闻一多的道路》撰写的序中说:"一多先生住在昆明西仓坡联大宿舍的几年,经常来往的客人中,作者是其中之一。昆明每次有一多先生出席的演讲会、座谈会、讨论会,作者无不在场。"

因着梁实秋、王康与闻一多的亲密接触,在众多书写闻一多的作者中,此两作者可谓是当之无愧"最有资格"来写一多先生的人了。由这样两位作者来写闻一多,相得益彰,正好还原一多先生的一生。

闻一多先生殉难后的三四十年间,王康、梁实秋陆续发表和出版了若干回忆纪念闻一多的作品。由于两位作者与闻一多交往的时期不同、两人所处的阵营不同,因而两人的落笔各有侧重,但都在社会上和学术界产生了广泛的影响。

二

闻一多殉难后两小时,美国驻昆明领事馆负责文教的副领事 Roser 开车将王康、费孝通、张奚若、潘光旦、尚钺等民主人士接到领事馆避难。进入领事馆避难的第4天,王康的未婚妻禄厚坤来到美国领事馆找到王康。王康换上禄厚坤带来的长衫,两人一同回到云南大学。几天后,王康携禄厚坤离开昆明,途经武昌家中小住。9月,王康接到清华大学联络处通知,与禄厚坤同赴北平。王康在清华研究院社会学部师从潘光旦先生,禄厚坤就读北京大学。

清华研究院学习期间,王康在社会学研究之余,继续参加民主运动,同时倾注满腔激情为一多先生立传。1947年清明节,清华大学新斋,《闻一多的道路》完稿。此时的王康是一个二十七八岁的血气方刚的激进的理想主义的青年知识分子,他要为自己认定的正义事业和为正义事业献身的英雄呼喊,诚如王康在书前所说"这些文字,实在不足以表现一个崇高圣洁的灵魂,除了表示一个青年对于一多先生的纪念和敬意之外，但愿能把这种纪念和敬意展延到每一个有正义感的人的心里，展延到民族永恒的纪念里"。

该书选取传主一生中几个重要时期、几个关键事件，将一多先生一生所走的道路，一多先生自由与民主之思想、独立精神与人格，生动地展现在大众面前。作者的爱和憎、敬和痛，从笔端喷泄而出。

抗战胜利后，梁实秋于1946年秋回到北平，任北平师范大学教授，同时也为天津《益世报》编辑副刊。1947年9月，梁实秋的《闻一多在珂泉》在《益世报》副刊上发表，该文笔触细腻地记述了他和闻一多留美期间在珂泉朝夕相处的一年。只因梁实秋寄去的12张珂泉风景片，"没想到，没过一个星期的工夫，一多提着一只小箱子来了"。他们在宿舍里炒木樨肉、煮饺子，被人发现，他俩居然以一碗饺子打动了管理员，使得管理员准许他们烧东西吃。两人一同上西洋文学课，一门是"近代诗"，另一门是"丁尼孙与伯朗宁"。"我和一多在这两门功课上感到极大兴趣，上课听讲，下课自己阅读讨论。"一多参加画展，还缺一张风景画，梁实秋主动开车送他上山写生，不幸车被两颗松树夹住了，他们求助当地一名西班牙人，才将车子拖了出来。这一件件细小的往事，映衬出两人的深厚友情。

《闻一多在珂泉》写作时，距闻一多被刺已一年多，虽然梁实秋在重庆北碚家中听到闻一多被刺的消息十分悲痛，然全文无一字提到闻一多的死。作为闻一多的挚友，梁实秋对一多惨遭暗杀未发一声，对国民党当局使用这么卑劣的手段杀害一位杰出的诗人、学者、民主斗士的行径竟然没有一丝谴责之意，实在令人欷歔。

同样是闻一多留美时的好友熊佛西，悼念闻一多却十分动情："我以为，你真正伟大不朽的，而永远存念在中国人民心里，而为世世代代子孙歌颂的，不是你以文字写的《红烛》与《死水》，而是你这一次因争取民主而流的血写成的诗篇。你的'行动'才是真正的不朽的诗篇啊！"[②]

三

1948年夏，王康离开清华大学赴武昌中华大学任社会学系讲师、教授。新中国成立后，王康先后在武汉、北京从事青年工作，工作之余，仍继续他的闻一多研究。为纪念一多先生殉难12周年，1958年6月，王康所撰《闻一多》一书，由湖北人民出版社出版，作者署名仍是史靖。

《闻一多》主要介绍抗战期间闻一多在昆明西南联大的生活和工作，"以及在党的教育帮助下，如何由一个不问政治脱离群众的知识分子，终于成了一个坚强不屈的民主战士的始末"[③]。该书对闻一多的出身、求学、抗战以前的教学等经历以及新诗创作及学术研究等的叙述较为简要。书后附录长文《忆昆明》，回忆西南联大的生活及昆明的学生运动。

1948年冬，北平解放前夕，梁实秋离开北平，辗转南下广州，在中山大学英语系任教。半年后抵达台湾，执教台湾师范大学，后任文学院院长兼英语系主任。其间主持编撰多种英汉辞典和英语教科书，并继续他的莎士比亚作品翻译。

自1949年6月赴台后，梁实秋再也没有回到故乡北京。年岁渐增，思乡怀旧之情日浓，他写下了多篇回忆故旧老友的文章，并出版了《谈徐志摩》[④]。

在台湾生活了十多年，梁实秋深感，台湾的"年轻一些的人对于死去不过刚二十年的闻一多往往一无所知。在美国，研究近代文学的人士对于闻一多却是相当注意的"。因此，梁实秋要向台湾青年介绍他的老友闻一多。闻一多殉难二十周年，梁实秋写了《谈闻一多》，梁先生申明，本书谈的是"抗战以前的闻一多，亦即是诗人学者的闻一多"。

1967年1月1日《谈闻一多》在台北出版，书中有这么一段话：

> 我看过一本小册子（史靖：闻一多），有这样的记述，闻一多"随着许多达官贵人和豪门望族的子弟一道，走进了美帝国主义者用中国人民的血汗钱——庚子赔款堆砌起来的清华留美学校"。这真是左派八股！清华有多少"达官贵人和豪门望族的子弟"？这真是胡说霸道！至于说清华是用中国人民的血汗钱庚子赔款堆砌起来的，可以说是对的，不过有一事实不容否认，八国联军只有这么一个帝国主义者退还庚子赔款堆砌这么一个学校，其余的帝国主义者包括俄国在内都把中国人民的血汗钱囊括去了，也不知他们拿去堆砌成什么东西了。[⑤]

此处梁实秋对王康书中所说的那些清华的“达官贵人和豪门望族的子弟”耿耿于怀。所谓“达官贵人和豪门望族的子弟”，就一般读者的理解，是那些家长有一定社会地位，家境殷实，其家族有较高社会声望的家庭中的子弟，与梁实秋同期考入清华留美预备学校的梅贻宝、顾毓琇、梁思成、吴景超等，以及不同级的吴国仪、孙立人等大概都可入此之列。

梁实秋生于北京一个仕宦之家，祖父通过科举走上仕途，在广东做了十几年的地方官，官至清朝四品，返京后购房置业。梁实秋父亲是前清秀才，京师同文馆一期生，供职于京师警察厅。梁家亦投资经商，是“厚德福”饭店的大股东。梁家内务府街20号人称“高台阶”，民国开元梁家即安装有电灯、电话、电扇[⑥]，绝非一般市民家庭所能享用的，十足的高门宅第富贵之家。

闻一多出身书香门第，“相传浠水闻氏为南宋抗金名相信国公文天祥后裔”[⑦]。闻氏一门耕读传家，家族中有人做生意，开货铺，亦当地豪门望族矣。闻一多父亲是清末秀才，早年参加过一些维新变革活动，后退隐家园教读儿孙。闻氏族人较早接受新思潮，清末，闻氏几房共同出资在武昌租房（后置得房产），供闻家子孙在省城各个新式学堂读书。闻一多与其五六位堂兄入读两湖师范学堂附属高等小学校，民国元年（1912年），闻一多“复晋省，入民国公校，旋去而之实修学校”[⑧]。这在当时只是少数大户人家子弟才能享有的“福份”。

清华学生中，即使是“达官贵人和豪门望族的子弟”，每个人的表现却也不同，他们之中有许多优秀人才，也有许多纨绔子弟。当年闻一多即对他身边的各式同学做过比较分析。1920年闻一多发表在《清华周刊》上的《旅客式的学生》[⑨]，对“旅客式的少爷学生”即“除了打球，唱戏，‘雅座’，售品所以外，不知道别的”的贵胄子弟进行了抨击；对“旅客式的书虫学生”则提出了忠告，“鼓励他们，劝他们，把读书底勇气，分一点到书本外头来”。对那些还要带着听差来替他们铺床叠被、收检衣服，请高等科的学生当他们的“指导员”的“旅客式的孩子学生”，则建议他们“最好是不要来”。

从这里尽数的各式同学看，无怪时人称清华为“贵族学校”。尽管清华是官费，但凡能够考上的，都是各省前几名。清末民初，教育远未普及，能够接受良好教育的，非一般平民百姓子弟。史靖书中说闻一多“随着许多达官贵人和豪门望族的子弟一道”走进清华，“许多”“一些”“不少”等只不过是表示概数的常用词语，梁先生指斥史靖：“这真是左派八股！清华有多少‘达官贵人和豪门望族的子弟’？这真是胡说霸道！”似无多少道理，实则醉翁之意。

至于梁实秋所说包括俄国在内的其余“帝国主义者”没有用庚款堆砌这么一个学校，实属弦外之音，特别提出俄国不过是一种对“左派八股”的情绪宣泄，况且梁先生说这句话是有前提的，“至于说清华是用中国人民的血汗钱庚子赔款堆砌起来的，可以说是对的”。

然而，有学者据梁先生此说批评史靖：

> 这个说法，现在的人们已经不大相信了，因为这不符合历史。梁实秋在他回忆闻一多的文章中就曾对此说有过批评，他的意思是，八国联军中只有美国一家在中国办了清华学校，而其他的帝国主义，包括俄国，却什么也没做。[⑩]

历史是怎么的？难道清华留美学校不是“美帝国主义”用庚子赔款堆砌起来的？难道清华留美学校没有许多达官贵人和豪门望族的子弟？

至于其他帝国主义用庚款做了什么，实不属王康此书要做的考证。而梁先生应当清楚包括俄国在内的这些帝国主义用庚款做了些什么。其他不论，抗战期间，“管理中英庚款董事会”用英庚款在抗战后方的几所大学设立讲座，资助科研，选派中国留英学生之举动，梁实秋自当心知肚明。然而《谈闻一多》的某些表述过于含蓄，语焉不详，致使有些读者、学者很难咀嚼出其中的深意和味道。

四

梁实秋与闻一多的交往是从清华园开始的，新诗是两人共同的兴趣爱好，两人的友谊肇始于“清华文学社”。《谈闻一多》字里行间寄托着梁实秋对好友的深深眷念。

五四运动之际，闻一多埋头苦干，拟通电、写宣言、制标语，做的是文书的工作。“至于在墙上写岳飞的《满江红》，则不是什么有特殊意义的事。”[⑪]而在王康看来，闻一多此举意在“用那深印在中国人民心中的爱国诗篇激励着自己的同学”[12]。

“五四”之后,“一多最活跃的是在文学方面,尤其是新诗。在清华园里,他是大家公认的文艺方面老大哥。一九二〇年,我的同班的几位朋友包括顾一樵、翟毅夫、齐学启、李涤静、吴锦铨和我共六个人,组织了一个‘小说研究社’……后来我们接受了闻一多的建议,扩充为‘清华文学社’,增添了闻一多、时昭瀛、吴景超、谢文炳、朱湘、饶孟侃、孙大雨、杨世恩等人为会员”。

梁实秋赞赏闻一多的新诗创作及新诗理论研究之成就。“一多对于新诗的爱好几近于狂热的地步。《女神》《冬夜》《草儿》《湖畔》《雪潮》……几乎没有一部不加以详细的研究批判。”[13]闻一多的《冬夜评论》是他学生时代最有代表性的论文,闻一多早年的文学思想在这篇文章中显露无遗。同样,梁实秋对新诗也很有兴趣,他立即写了一篇《草儿评论》,二稿合刊为《冬夜草儿评论》[14],列为“清华文学社丛书第一种”,由梁实秋父亲资助印制。

梁实秋说闻一多的诗歌,饱含着爱国之情,特别是留美期间的亲身感受融进了他的新诗之中,表达了他对祖国炽烈的爱。“他的作品发表在《大江季刊》上的,我记得就有《我是中国人》《长城下之哀歌》《醒呀》《七子之歌》《洗衣曲》《南海之神》等等。”[15]

诗歌理论方面,梁实秋赞叹,闻一多强调新诗的形式不可长久留在“自由诗”的阶段,必须注重音节,而音节须在整齐中有变化,在变化中有整齐,这“确是新诗进展的一大步”,并认为“一多的《死水》远胜他的《红烛》,就因为《死水》一集的诗都有谨严的格律”。

《死水》出版后,闻一多与新月社同仁创办《新月》月刊,闻一多在《新月》上发表不少译诗和诗论,在研究英国近代诗的同时开始中国古典文学研究。

到武汉大学之后,闻一多开始专攻中国文学,梁实秋认为,这是一多一生中由诗人到学者的一大转变。到青岛大学后,闻一多开始研究《诗经》,“他的研究的初步成绩便是后来发表的《匡斋尺牍》。在《诗经》研究上,这是一个划时代的作品,他用现代的科学的方法解释《诗经》。他自己从来没有夸述过他对《诗经》研究的贡献,但是作品俱在,其价值是大家公认的”[16]。在清华大学,闻一多的研究范围扩大到《诗经》、楚辞、唐诗、乐府、中国古代神话乃至古文字等方面,其独到的见解引起学术界重视。

从梁实秋讲述的闻一多中,可以窥见他们的友情,其对闻一多学术成就的评价是中肯的。但是由于梁实秋作《谈闻一多》时,与他和闻一多相处的时代去日已多,两人早已不属同一营垒,梁实秋赞赏的是诗人学者的闻一多,而不是“斗士”的闻一多。

同样是怀念闻一多,谈闻一多的诗作和学术成就,朱自清先生的态度极其明朗:“闻一多先生在昆明惨遭暗杀,激起全国的悲愤。这是民主运动的大损失,又是中国学术界的大损失。关于后一方面,作者知道的比较多,现在且说个大概,来追悼这一位多年敬佩的老朋友。”[17]佩弦先生的刚正不阿与高风亮节真真使人敬佩。

五

爱国,和新诗一样,原本是梁实秋和闻一多的共同志趣。当年放洋美国,他们二三十位清华同学组成“大江会”,凝聚起他们的核心精神便是国家至上,“我一向觉得国家至上,国不但高于党,而且还高于什么‘国际’之类的东西。我爱我的祖国,我的祖国是中国”[18]。这本是梁实秋闻一多他们这些“大江会”成员共同的理想和追求。但是,身处国共斗争的漩涡中,这些中国优秀知识分子的个人处境和思想意识,促使他们做出倾向完全不同的选择。

抗战全面爆发后,闻梁两位挚友分离,闻一多在昆明执教,梁实秋赴重庆任职,其时两人在思想上政治上已渐行渐远,分属两个阵营。

1937 年 6 月,梁实秋得到由北平市长秦德纯转来的蒋汪请柬,应邀出席由蒋介石、汪兆铭联名召开的庐山谈话会。与会者 300 余人,皆为文化、教育、学术界名流。

1938 年 7 月,“由民社党主席张君劢推荐,梁实秋被膺选为国民参政会参政员,出席 7 月 6 日至 15 日在汉口两仪街 20 号上海大剧院举行的第一届第一次参政会,从此,参加了该会每一届每一次会议,直到抗战胜利,参政会解散。从遴选为参政员起,便‘一直支领参议会一份公费’,相当卖力地工作”[19]。到重庆后,梁实秋出任教育部中小学教科用书编辑委员会主任,“他那时是国民党的国民参政员,又是国社党领导人之一,主编《再生》月刊,社会活动很多,每周只来办公处一次”[20]。

梁实秋是国家社会党执行委员,《再生》系国社党机关刊物,抗战全面爆发后,该刊由北平迁往汉口,再迁至重庆,由月刊改为周刊,梁实秋主持编辑工作,每期周刊均有梁实秋发表的时评、时论及论文、译文,甚或一期发表多篇梁实秋用本名或笔名撰写的文章。

1944 年抗日战争由战略相持转入战略反攻,9 月,国民参政会三届三次会议在重庆举行,国共之间的矛盾更加尖锐。一些报刊纷纷发表社论、评论,希望并支持国共合作,一致对外,争取抗日战争的最后胜利。岁末年初,梁实秋在重庆《华声》半月刊上连续发表了《我对于中共问题的一个看法》[21]和《再谈中共问题——公开答复一封匿名信》[22]两篇长文。他站在国民党一边,认为国共两党的矛盾完全是由共产党制造的:

> 如果共产党有诚意接受行政院领导,使边区成为“中华民国一个组成部分”,何以边区之内自发钞票,自成教育系统,一切都特殊独立?所以“陕甘宁边区”之存在,老实讲,中央既未承认,共产党亦未真心求其承认。

显然,此时梁实秋的立场与闻一多已是大相径庭,两人政见各异。

1937 年 7 月,北平沦陷前十天,闻一多离开了清华园,带着家眷回到故乡。不久收到清华大学梅贻琦校长请他前往长沙临时大学任教的来信,闻一多立即动身去长沙临时大学报到,11 月开始上课。1938 年初,长沙临时大学改为西南联合大学,学校迁往昆明之前,闻一多先行回家看看。在武汉,他遇到了老友顾毓琇。顾毓琇当时已从长沙临时大学征调到汉口国民政府教育部担任次长,欲请闻一多到正在组建的战时教育问题研究委员会工作,但闻一多拒绝了。闻一多说今生不愿做官,也不愿离开清华,随后即赴长沙加入“湘黔滇旅行团”,步行至昆明。其间,闻一多组织旅行团的学生们一起对沿途兄弟民族的风俗习惯、服饰用品、语言、民谣情歌、神话传说等分门别类进行调查研究,一路上看到、听到、感受到沿途民众生活的辛酸困苦,对贫苦百姓寄予深深同情。

1938 年 4 月 28 日,“湘黔滇旅行团”平安抵达昆明。初到春城,闻一多依然埋首故纸堆中,在蒙自时,甚至得了一个“何妨一下楼主人”的雅号。他教书治学勤奋严谨,得到青年学生的尊敬与热爱。战时生活艰辛,为补贴家用,闻一多除到中学兼课,还捉刀治印。对于国民党的腐败和压制民主,闻一多表现出极大的愤慨。他接触到一些民主人士和中共地下党员,看到了《新民主主义论》《新华日报》《群众》等书籍报刊,对解放区怀着憧憬,得知两个侄儿去了延安,便期望到“那边”看看。1944 年闻一多加入中国民主同盟,满腔热情地投入他所认定的为自由民主而斗争的正义的事业中去,由诗人学者转变成为民主自由“做狮子吼”的“斗士”。

六

梁实秋怀念故旧老友,但他的政治立场十分坚定。为了他所信仰、所认同的“道”,可以和故旧好友“不相为谋”,亦各从其志也。

梁实秋、闻一多发轫于“清华文学社”的文学活动,一开始便与郭沫若及创造社诸君结下了难解之缘。在“五四”时期涌出的大量白话新诗中,两人最为推崇的是郭沫若的《女神》。闻、梁合著的《〈冬夜〉〈草儿〉评论》刊行后,第一个写信给梁实秋盛赞这一处女作的,是他俩佩服得五体投地的郭沫若,这给闻、梁两人之后的文学道路以巨大的鼓舞。

多少年后,梁实秋仍念念不忘“这一小册子的出版引起两个反响,一个是《努力周报》署名‘哈’的一段短评,当然是冷嘲热骂,一个是创造社《女神》作者的来信赞美。由于此一契机,我认识了创造社诸君”[23]。梁实秋还记得“我的第一首情诗,题为《荷花池畔》,发表在《创造》季刊,记得是第四期,成仿吾还不客气的改了几个字”[24]。1922 年夏和 1923 年春,梁实秋两次路过上海均去拜晤了创造社的郭沫若、成仿吾、郁达夫诸君,他们之间时常还有信件往来。在对文学的看法上,他们的见解十分一致,且郭沫若对梁实秋的身体小恙也十分关心。

尽管梁实秋与郭沫若及创造社的成仿吾、郁达夫等曾有往来,且也念及郭沫若在他离沪赴美时抱着孩子到船边送行,以及在珂泉收到郭沫若给他和闻一多的回信,郭沫若关切地问及他“你的病曾就医否”,但最终因政见不同分道扬镳。

> 抗战期间，沫若任政治部第三厅厅长，主管宣传。这时候他已经不复是创造社时代的他，他参加了左翼的阵营。道不同不相为谋，所以在抗战时期，同在重庆，我竟没有和他有过一面之缘[25]。

尽管也是“道不同不相为谋”，但梁实秋对曾经的好友，才华横溢的一多仍是惺惺相惜：

> 文人不得已鬻印，亦可慨已！然而一多的脊背弯了，手指破了，内心闷积一股怨气，再加上各种各样的环境的因素，以至于成了“千古文章未尽才”，这怪谁？[26]

梁实秋实在难以理解这位曾经和他同是大江、新月挚友的闻一多如何转变为坚定的“民主斗士”，他们曾是一个阵营的同人，他如何想象得到闻一多将对祖国对人民的深沉的爱转变为民主自由奋斗的行动，他以为闻一多的爱国热情仅仅表现在浪漫的诗作中。他哪里体会得到闻一多目睹统治集团的腐败无能，目睹“皖南事变”后西南联大一片死寂，目睹滇缅公路上发国难财者的车队，目睹路边倒下的“病兵”和“瘦丁”时对政府的失望和愤怒，又怎能有闻一多“国家糟蹋到这步田地、人民痛苦到最后一滴血都要被榨光，自己再不站出来说公正的话，便是无耻的自私”的勇气和胸怀。他宁愿相信“闻一多肚子饿慌了才变得这么偏激”的流言。他心底为这位挚友惋惜，惋惜他的老友受到“环境”的影响，走错了路，站到民主阵营中去，以至招来杀身之祸，却不对他那一阵营中杀害他挚友的法西斯分子发出质疑和谴责。

闻一多遇刺之后，作为老友的梁实秋对此一言不发，闻一多殉难二十年后，当年的好友梁实秋却不知“这怪谁”，更表示“闻一多如何成为‘斗士’，如何斗，和谁斗，斗到何种程度，斗出什么名堂，我一概不知”[27]。

毕竟闻梁两人友谊太深，梁实秋在短文《再谈闻一多》中，说到他对好友一多的遇害似有预感：“一多遇害是在三十五年七月十五日。那一天是云南大学礼堂开李公朴追悼会。自从李公朴一死，我在四川北碚就为一多担忧，在他遇害的前一天就好像有预感，恐一多将有不测。果然遇害的消息来了。”可知梁实秋对闻一多“如何斗，和谁斗，斗到何种程度”不仅知晓，而且担心，且对国民党杀害民主人士的法西斯行径心知肚明。

至于闻一多如何成为“斗士”，梁实秋说：

> 杨今甫从昆明到重庆来，告诉我说闻一多已经完全变了一个人。据告，一多非常热心政治，好像是和民盟一帮人关系密切。他的这一变化，我能了解。因为我知道他是性情中人，激烈刚肠，喜作不平之鸣，好几位同学都是民盟中坚分子，如罗努生、潘光旦，他曾受他们的影响；同时，抗战期间生活艰苦，尤以薪水阶层为然，一多一家六口，其困难可以想见。[28]

梁实秋还真是了解闻一多，短短几句话，即把闻一多如何转变为“斗士”的缘由道清了。梁实秋说的这些倒也是实话，但是他把闻一多的被害归结为“他未能认清当前的局势，以至于一时激奋而终于未能免于杀身之祸！”作为老友，梁实秋到底没能完全了解闻一多，而是自始至终站在他那个营垒中固守己见，不肯承认国民党的法西斯行径，反而为闻一多没有同他一样站到国民党现有政权一边而痛惜。

七

闻一多殉难后，回忆、纪念、研究闻一多的众多亲友、同学、同事、学生中，从20世纪40年代书写到70年代的作者要数一多先生的朋辈梁实秋和晚辈王康了。恰是这两位作者，呈现给世人闻一多多姿多彩的一生。

梁实秋说：“闻一多是我清华同学，在美国又同学一年，在青岛又同事两年，我们有过深厚的友谊。抗战开始，我去重庆，他去昆明，彼此遂无来往，通讯也很少。”[29]“所以，闻一多如何成为‘斗士’，如何斗，和谁斗，斗到何种程度，斗出什么名堂，我一概不知。我所知道的闻一多是抗战前的闻一多，亦即是诗人学者之闻一多。我现在所要谈的亦以此为限。‘闻一多在昆明’那精采的一段，应该由更有资格的人来写。”[30]

的确，有资格写闻一多的人很多。闻一多殉难后，很多他曾经的学生、同事、友人，共产党人甚或国民党人都在怀念他，悼念闻一多的诗文铺天盖地，以至梁实秋感叹闻一多的死“轰动中外”。

然而，不知是历史选择了王康，还是王康选择了历史，这位在闻一多已是“五四”青年时才出生的晚辈，有幸在昆明西南联大这座民主堡垒中与一多先生密切接触，以他的亲身经历和感受来写“‘闻一多在昆明’那精采的一段”。

王康没有辜负时代赋予的使命，继《闻一多的道路》《闻一多》之后，1964 年写成 30 余万言的《闻一多传》初稿。“文革”结束后，1978 年，《闻一多颂》先行出版。1979 年闻一多先生 80 周年诞辰之际，《闻一多传》由湖北人民出版社出版。此时作者已是年届六旬的花甲之人。

如果说王康写的前三部传记落笔多在闻一多“斗士”方面，《闻一多传》则是一部着笔闻一多一生经历的传记。闻一多在昆明那部分，细致地记叙了梁实秋所不知的“斗士”闻一多。

《闻一多传》触及一多先生从童年到殉难所经历的各个时期：辛亥革命、五四运动、五卅运动、“三·一八”惨案、北伐战争、“四·一二”政变、“一二·九”救亡运动、抗日战争、“一二·一”惨案、李公朴遇刺，由此展示一多先生由“五四”时期的热血青年到“作狮子吼”的民主战士的思想基础，展现一多先生从诗人、学者到斗士的光辉一生。

王康笔下的诗人闻一多，“五四”前后开始“用新诗的形式来表白自己要求民主进步的思想”，五四运动之际，闻一多拟宣言、写传单、制标语，在闻一多看来，清华是洋人控制的学校，清华的学生更要显出中国人的骨气。

闻一多写新诗，留美期间在郭沫若协助下，第一部诗集《红烛》由上海泰东图书局出版。闻一多写诗论，他在《创造》季刊上发表《〈女神〉的时代精神》，高度评价《女神》的成就。《〈女神〉的地方色彩》，则对当时流行的欧化倾向提出了恳切的批评。闻一多注重新诗的格式和节奏，是中国近代新诗坛最早倡导格律的诗人，他的“格律论”是对新诗建设的重要贡献。

闻一多在《大江》季刊和《新月》杂志上发表过诗作和诗论。他的诗作，从爱国主义出发，努力实践他的新诗格律化的主张。他的第二部诗集《死水》中的诗，格律严谨，艺术上显示出深厚的造诣，内容上表现了诗人对祖国命运和人民疾苦的关心。

对于学者的闻一多，王康细致地梳理了一多先生学术发展的脉络及其成就。他以社会学家的独到眼光，注意到闻一多学术视野的广阔。闻一多由中国文学而将人类学、社会学、民族学、文化史学等多学科联系起来，进行跨领域的考察研究。他和一些研究社会学的教授往还甚密，了解到社会学研究的内容和方法，思考如何解决社会上存在的许多实际问题，其思想由书斋逐渐延展至社会。诗人、学者的闻一多渐渐站到了民主阵营一边。

于是，从 1944 年的“五四”到 1946 年 7 月 15 日闻一多殉难，王康浓墨重笔将“‘闻一多在昆明’那精采的一段”，一个为民主献身的“斗士闻一多”展示给世人。

1944 年的“五四”纪念活动，成为昆明学生运动、民主运动的新起点。西南联大学生举办的每场座谈会、文艺晚会、讲演报告会闻一多都出席了，并且都做了鼓舞志气的演讲。

不久，闻一多正式加入中国民主同盟，同潘光旦、费孝通、吴晗等民盟盟友一起成为“民主堡垒”的中坚，民主活动的范围已由联大扩展到整个昆明。

闻一多坚定执着，只要是他认定的事情，便会义无反顾地去做。他顶着别有用心的人的造谣中伤，不顾威胁恐吓，冒着“解聘”风险，参与筹备民主运动的各项活动，起草或修改各种会议或重大事件的宣言、声明，就连约人开会、找人签名、刻钢板、送通知这样的事都亲自为之，写文章、办刊物就更是他分内的事了。

1945 年 8 月，中国人民艰苦卓绝的抗日战争终于取得了胜利，闻一多刚剃掉了与抗战相伴的美髯，内战的消息就传来了。来不及沉醉在胜利的喜悦之中，闻一多又投入到反对内战、争取和平的群众运动中去。

闻一多任民盟中央执行委员、民盟云南支部宣传委员，兼任民盟机关刊物民主周刊社社长，为开展反内战宣传，扩大民主力量，10 月 2 日晚，在云南大学社会学系办公室，闻一多邀请了张奚若、楚图南、闻家驷、费孝通、尚钺、费青、向达、吴富恒、吴晗等教授和几位青年教师开会，商议组成《时代评论》周刊编委会，由费孝通任主编、史靖（王康）任发行人。正是这个《时代评论》，为高级知识分子参与民主运动提供了论坛，且在昆明“一二·一”血案后冲破国民党新闻封锁，公开报道事实真相。

“一二·一”惨案发生后，罢联提出严惩凶手，撤办李宗黄的严正要求。闻一多、潘光旦、费孝通、吴晗等教授站在学生一边,支持学生的罢课行动。

为平息事态,时为西南联大常委兼北大代理校长的傅斯年奉命从重庆飞到昆明处理罢课事件。12 月 7 日蒋介石的《告昆明教育界人士书》一发表,闻一多连夜赶写了一篇题为《人・兽・鬼》的短文,控诉反动派杀害学生的罪行,并形象地描绘出各色人等对待学生遭遇的不同态度。

在讨论解决学生罢课问题的教授会上,围绕"先惩凶还是先复课"问题,闻一多据理力争,与傅斯年争得面红耳赤,毫不让步。在这空前的学生运动中,闻一多始终和学生站在一起。复课后,应学生之请,闻一多撰写了《"一二一"运动始末记》,记述了这次斗争的经过。

"一二・一"运动后,昆明一些特务小报四处散布谣言,对闻一多进行谩骂、污蔑,甚至风传悬赏四十万元暗杀闻一多。学生们、同事们为他愤愤不平,也为他的安全担心。倒是闻一多反过来安慰大家:"至于那些恐吓,就让他们恐吓吧,除非躲起来不干民主,要干民主就得准备挨打挨骂。"[31]闻一多坚持"我还是走自己的路,让人家去说吧!"

1946 年 5 月 4 日,西南联大在新校舍图书馆前举行结业典礼,由闻一多书额的"国立西南联合大学纪念碑"在全体师生的欢呼声中竖立起来,西南联大正式宣告结束,三校师生开始分批北返。尽管闻一多也快要离开昆明,却始终没有放松承担的工作。他说:"我留在昆明一天,就要战斗一天!"

日益严峻的国内局势,使得昆明的形势越发紧张。6 月 27—29 日,民盟连续召开了三场座谈会。潘光旦、费孝通、闻一多、楚图南、李公朴等多位先生的讲话,得到了到会许多人士的赞同,也使好些人打消了顾虑,在《和平宣言》上签了名。国民党反动派看到这么多人签名的《和平宣言》,恼羞成怒,叫嚣要对昆明的民主运动进行"整肃",一场蓄谋已久的暗杀李公朴、闻一多等民主人士的阴谋启动了。

7 月 11 日晚,李公朴先生被刺身亡。闻一多怀着无比的愤恨,不顾自己已成为国民党下一个暗杀目标的极度危险,12 日一早即来到民主周刊社,召开民盟紧急会议,发电通告全国,向云南警备司令部送交抗议书,组成"李公朴先生治丧委员会",主持追悼及善后事宜,并为《学生报》号外题词:"反动派!你看见一个倒下去,也可看得见千百个继起的!"

7 月 15 日,又有牵挂闻一多安全的人士劝告他千万小心,不要外出。闻一多略作深思,随手从桌上拿起几天来接连收到的一堆匿名恐吓信,说道:

> 我只要一息尚存,就一定要和反动派拼到底。如果因为反动派放了一枪,就吓得畏缩不前,以后叫谁还愿意参加民主运动?叫谁还信赖为民主工作的人?[32]

闻一多昂首跨出了家门,来到会场。本不准备讲话的闻一多,看到台上报告的李夫人泣不成声,台下一千多听众愤然泪下,而混入会场的特务大声说笑、无理取闹,纠察队一再制止也无济于事,闻一多再也压制不住满腔的愤怒,拍案而起,横眉怒对,大声痛斥:

> 争取民主和平是要付出代价的,我们决不怕牺牲!我们每个人都要像李先生一样的,跨出了门,就不准备再跨回来![33]

下午,还有一个记者招待会要开。闻太太担心他的安全,他安慰道,不要紧,这个会就在民主周刊社开,不过百十步远,一会儿就走到了。

下午两点,楚图南先生来了,两人说了一会儿话,便一同朝民主周刊社走去。

记者招待会上,闻一多义正词严地回答了各路记者的提问。招待会结束,送走了客人,闻一多又和社里的同人谈了会儿工作。五点半,闻一多走出民主周刊社,在门口和几个朋友告别,叮嘱大家提高警惕注意安全,便和前来接他的长子闻立鹤一同往家走去。可就是这短短的百十步路,特务们在光天化日之下,用美制冲锋枪向闻一多头部射击,长子立鹤也多处中弹。

梅贻琦校长闻此凶讯,在当天日记中写道:"而查其当时情形,以多人围击,必欲致之于死,此何等仇恨,何等阴谋,殊使人痛惜而更为来日惧尔。"[34]

闻一多惨遭杀害,海内外为之震惊,中共中央和其他各政治团体与各界人士,闻一多生前友好,美国哈佛大学、哥伦比亚大学等校的教授以及《新教杂志》均发来唁电,同时通电抗议国民党的暴行。闻一多的死确如梁实秋所说"轰动中外"。

八

王康的《闻一多传》,一方面从历史发展的角度,叙写了闻一多先生的一生,将闻一多丰富的内心世界和曲折的心路历程清晰地呈现在读者眼前。另一方面,该传从传主所处的时代背景,阐释了闻一多由诗人学者转变为"民主斗士"的外在因素。闻一多身边有一批志同道合的民主教授,他们是西南联大这个"民主堡垒"的中坚;闻一多身边有众多热血激情的青年学生,他们是昆明学生运动的主力;闻一多身边还有共产党人,他们虽处地下,但一直关注着闻一多,并适时引导着闻一多。

该传对闻一多在昆明几年中所参加的民主运动的详细描写,正是对梁实秋关于"闻一多如何成为'斗士',如何斗,和谁斗,斗到何种程度,斗出什么名堂"的正面回答。

日本学者楠原俊代教授在其书评《王康〈闻一多传〉》[35]中谈到王康书中未提及梁实秋1967年出版的《谈闻一多》,楠原俊代教授推测王康可能没有读到这本书。

楠原俊代教授还谈道,王康在本书中极其细致地描写了闻一多所经历的各个时期,特别是昆明的最后几年。然而,书中一次也没有出现过王康本人,楠原俊代教授认为这大概是作者出于公正客观地记录事实的缘故。

是的,《闻一多传》采用第三人称叙写,其中许多当事人,包括作者自己的名字都未出现。读过此传的人,只要稍微了解一点儿当时的情况,便大致可知所书其人其事。书中出现的许多场景,都是作者亲身经历的。许多活动,作者不仅参加了,经常还是主持人或大会主席。书中写到的"那位学生""一位青年教师"就是作者本人。

"春天的一个正午,一群青年学生来到了司家营,敦请闻先生做'联大新诗社'的导师。"[36]何达就是这群学生的领头人。

"去年'社会学会'请来李公朴先生讲了一次话,因为介绍的是解放区的情况,去请的那个同学就受到了警告。"[37]那个"受到警告的同学"就是王康。

"同学们在秘密的条件下,在学校附近文林街的一间小阁楼上,经过连续20多个小时的紧张突击,把一张约高二丈宽四丈英文壁报编成了。"[38]这里的"一间小阁楼",便是王康的住处。

"当时正巧社会学系有两位从国外归来不久的年轻教授,一个是搞社区研究的,一个是搞体质人类学的"[39],这个"搞社区研究的"年轻教授是费孝通,"搞体质人类学的"年轻教授是陶云逵。

1945年10月2日晚,由闻一多主持,在云南大学社会学系办公室召开《自由评论》周刊编委会会议,出席的几位青年教师是张之毅、袁方、胡庆钧、王康。

1946年2月17日下午,在联大新校舍联合召开的"庆祝政治协商会议成功、抗议重庆二一〇惨案、坚持严惩一二·一惨案祸首大会",大会主席闻一多宣读的《大会宣言》,便是当日上午一多先生嘱王康在民主周刊社内赶写,先生亲自润色的。

这样的事情很多很多,王康的西南联大同学何达在为王康的港版《闻一多传》所写序言中说:

> 记得我们在一起的时候,我们做了许多事。这一部《闻一多传》,实际上,也是我们的历史,是我们在历史中的一个片段。
>
> 闻一多先生、王康、我……我们,千千万万在世界各地的人民都决心与世界任何地方的法西斯战斗。我们要民主!
>
> 我们走的,也就是闻一多先生的道路![40]

《闻一多传》是王康留在世间的一笔财富。

同样,梁实秋的《谈闻一多》也记录了一个时代,记录了他们那代人读书、留学、工作的经历,也是留给世人的一笔财富。

只是由于王康、梁实秋两位作者的年龄、经历、情感和立场的差异,其作品所表现的方面各有侧重。这样两位曾经与闻一多先生有过亲密接触的作者的作品,在社会上和学术界都曾产生广泛的影响,为读者、学者和书者关注和借鉴,从不同侧面影响着人们对闻一多先生及那段历史的解读。

注释:

①闻黎明、侯菊坤:《闻一多年谱长编》,上海交通大学出版社2014年版,第860页。

②熊佛西:《悼闻一多先生——诗人、学者、民主的鼓手》,

《文艺复兴》1946年第2卷第1期。

③史靖:《闻一多》,湖北人民出版社1958年版,“内容介绍”。

④梁实秋:《谈徐志摩》,远东图书公司1958年版。

⑤梁实秋:《谈闻一多》,传记文学出版社1967年版,第4~5页。

⑥宋益乔:《梁实秋传》,百花文艺出版社2005年版,第6页。

⑦闻立树、闻立欣编撰:《拍案颂:闻一多纪念与研究图文录》,北京图书馆出版社2007年版,第20页。

⑧闻一多:《闻多》(自传),《辛酉镜》清华辛酉级级刊。

⑨闻一多:《旅客式的学生》,《清华周刊》1920年第185期。

⑩谢泳:《不能承受之变:闻一多》,陕西人民出版社2015年版,第10~11页。

⑪梁实秋:《谈闻一多》,传记文学出版社1967年版,第8页。

⑫史靖:《闻一多》,湖北人民出版社1958年版,第4页。

⑬梁实秋:《谈闻一多》,传记文学出版社1967年版,第8页。

⑭闻一多、梁实秋:《冬夜草儿评论》,清华文学社1922年版。

⑮梁实秋:《谈闻一多》,传记文学出版社1967年版,第61页。

⑯梁实秋:《谈闻一多》,传记文学出版社1967年版,第86页。

⑰朱自清:《中国学术的大损失——悼闻一多先生》,《文艺复兴》1946年第2卷第1期。

⑱梁实秋:《再谈中共问题——公开答复一封匿名信》,《华声》半月刊1945年第1卷第5-6期。

⑲王锦厚:《梁实秋抗战时期几件史实》,《新文学史料》2014年第2期。

⑳李清悚:《忆梁实秋杂谈往事》,北京《团结报》1984年7月7日。

㉑梁实秋:《我对于中共问题的一个看法》,《华声》半月刊1944年第1卷第2期。

㉒梁实秋:《再谈中共问题——公开答复一封匿名信》,《华声》半月刊1945年第1卷第5-6期。

㉓梁实秋:《清华八年》,重光出版社1962年版。

㉔梁实秋:《槐园梦忆》,远东图书公司1974年版。

㉕梁实秋:《旧笺拾零》,《看云集》,志文出版社1974年版。

㉖梁实秋:《谈闻一多》,传记文学出版社1967年版,第111页。

㉗梁实秋:《谈闻一多》,传记文学出版社1967年版,第2页。

㉘梁实秋:《再谈闻一多》,《看云集》,志文出版社1974年版。

㉙梁实秋:《再谈闻一多》,《看云集》,志文出版社1974年版。

⑳梁实秋:《谈闻一多》,传记文学出版社1967年版,第2页。

㉛王康:《闻一多传》,湖北人民出版社1979年版,第388页。

㉜王康:《闻一多传》,湖北人民出版社1979年版,第433页。

㉝王康:《闻一多传》,湖北人民出版社1979年版,第437页。

㉞梅贻琦:《梅贻琦日记》,清华大学出版社2001年版。

㉟楠原俊代:《王康〈闻一多传〉》,《中国文学报》1981年第10期。

㊱王康:《闻一多传》,湖北人民出版社1979年版,第238页。

㊲王康:《闻一多传》,湖北人民出版社1979年版,第267页。

㊳王康:《闻一多传》,湖北人民出版社1979年版,第301页。

㊴王康:《闻一多传》,湖北人民出版社1979年版,第218页。

㊵何达:《当我们在一起的时候——王康〈闻一多传〉港版代序》,香港《新晚报》1980年2月5日。

[作者单位:江汉大学人文学院]

主持人语

□ 岳凯华

在《长沙晚报》文体部就职的作家朋友奉荣梅，几个月前给我的微信推送了她访谈当代著名作家唐浩明的一篇文章《全方位破译曾氏家族崛起的密码》。我读了觉得很有意思，便发到了自己的微信朋友圈，一时引发了诸多朋友的点赞，尤其引起了李遇春教授的注意，因为没隔多久他就给我打来了电话，希望我在湖南邀约一些专家撰文对毕业于华中师范大学的校友、湖南省作家协会名誉主席唐浩明的文学创作在《新文学评论》上予以专题评论。

我知道，作为一个有自警意识和历史担当的作家，唐浩明自20世纪90年代以来，就在历史真实的基础之上，以惊世骇俗的笔触，陆续创作了《曾国藩》《张之洞》《旷代逸才——杨度》《彭玉麟》等长篇历史小说以及随笔集《唐浩明评点曾国藩家书》《唐浩明评点曾国藩奏折》，并整理出版了30大册、1500万字的《曾国藩全集》等，从而恢复了近代以来曾国藩、张之洞、杨度、彭玉麟等重要历史人物的复杂面目，将这些一度“被定性为汉奸、卖国贼、刽子手”的历史人物翻新为“中国传统文化的精英和近代史上的悲剧人物”，从而有了一副“迥异于传统的‘圣君贤相’的新面目”①，体现了高度的文化自觉和文化反省精神。然而，由于本人的研究兴趣主要集中于“五四”文学和外籍汉译与中国现代文学的发生以及百年中国影视的文学改编，使得我至今为止不敢也没有对唐浩明的文学创作写过评论文章。

其实，我与唐浩明老师的交往颇早。记得1995年6月左右先师黄曼君来长沙，我代表湖南师范大学中国现当代文学学科陪同他参观岳麓书院，他以为供职于岳麓书社的唐浩明在这里工作，便跟我说你把唐浩明喊来一起聚聚，他是华中师范大学的校友，1979级的研究生，学的是古典文学。我晓得当时的唐浩明可是一名红人，他于1990—1992年间发表的《血祭》《野焚》《黑雨》在内的《曾国藩》三部曲一时红遍了华人世界，与二月河的清帝系列共同掀起了中国20世纪90年代的历史小说热，这样一个“红人”岂是我能随便喊得动的？黄老师说，唐浩明为人很随和，行事颇低调，对老师很尊重，对晚辈很爱护，只要说是母校的老师来了，他肯定会跟我们见面的。事实证明，黄老师的话是对的。当天晚上，唐浩明老师就在离他上班、住家很近的溁湾镇，现在早已拆除多年的玉楼东二楼宴请了我们。我们三人聚餐的具体情景虽然在记忆的世界里已很模糊，但唐浩明老师作风朴素、话语温和、做事谦卑的长者风范和君子风度，却在我的脑海中留下了深刻印象。事实上，这一印象在我后来与唐浩明老师的多次交往中更加得以定型，即使他做了湖南省作家协会主席也是一个谦谦君子的模样，并不让人敬而远之，照样和蔼可亲平易近人。因此，对于李遇春在《新文学评论》上开设唐浩明专题研究的邀约，现在的我不得不从。

我晓得，唐浩明由整理古籍为主的出版社资深编辑，跨界成为一名卓有成效的历史小说作家，这一个人物专题研究需要我们从多个视角来审视，因为他的历史小说兼顾历史性与艺术性、严谨性与可读性，他的小说世界充满温情和人文关怀，他的身上有“湖南蛮人”的一种文化担当，他的《曾国藩》至今仍然是洛阳纸贵，我不得不慎重邀约能够参与进来评说唐浩明及其创作的人员。从目前提交的4篇文章来看，我的这个目标还是如愿以偿地实现了。

奉荣梅是一位资深副刊编辑，这一身份让她的写作与唐浩明一样有感同身受、惺惺相惜的情怀，何况她还是湖南省作协会员，时不时与唐浩明有近距离的接触，因此她所写的访谈文章就散发出不一样的味道，传递了不一样的资讯。聂茂现为中南大学文学院教授，主要从事现当代文学、新闻传播学研究，长期且密切追踪当代湖南本土作家，一套7本的“中国经验与文学湘军发展研究”丛书的出版[②]，足以证明专注文学湘军创新发展研究的他有资格深度走进唐浩明的文学世界。湖南大学中国语言文学学院的杨建华，长期从事中国新时期历史小说文化传统、民间情怀、生命意识、发展前景等方面的研究，由他主笔研讨唐浩明历史小说的价值就有了重新审视和定位的意思。周洪斌则是正在学术世界中吸取滋养在慢慢成长的在读硕士研究生，她主笔的这篇论文虽然是听我“将令”的一篇文章，不免稚嫩，但却彰显了别样的眼光，散发着清新的气息，足以见出唐浩明历史小说的研究后继有人。

总而言之，唐浩明及其历史小说研究是一项宏大的学术工程，需要无数的学人继续贡献自己的汗水、心血和智慧，我们期待着！

注释：

①吴秀明：《中国当代长篇历史小说的文化阐释》，文化艺术出版社2007年版，第118页。

②聂茂所著的“中国经验与文学湘军发展研究”丛书，包括《人民文学：道路选择与价值承载》《家国情怀：个人言说与集体记忆》《民族作家：文化认同与生命寻根》《湘军点将：世界视野与湖湘气派》《政治叙事：灵魂拷问与精神重建》《70后写作：意境闳阔与韵味悠长》《诗性解蔽：此岸烛照与彼岸原乡》等7卷，由中南大学出版社2019年出版。

［作者单位：湖南师范大学文学院］

全方位破译曾氏家族崛起的密码

——唐浩明访谈录

□ 奉荣梅　唐浩明

三十多年来,唐浩明先生对曾国藩的研究可以说是立体的、全方位的。从主编《曾国藩全集》,到创作长篇历史小说《曾国藩》三部曲,再到推出《唐浩明评点曾国藩家书》(以下简称《家书》)、《唐浩明评点曾国藩奏折》(以下简称《奏折》)和《唐浩明评点曾国藩嘉言钞》(以下简称《嘉言钞》)。近年来,年过七旬的他,又重新修订《曾国藩全集》,出版《唐浩明评点曾国藩日记》等。

笔者曾数次对岳麓书社编审、原湖南省作协主席唐浩明先生进行访谈。此文采写于2007年,最近有所修订。

一、《奏折》成了公务员的"范文"

奉荣梅:从主编《曾国藩全集》,到创作长篇小说《曾国藩》三部曲,再到推出评点曾国藩三部曲,这三个阶段各自有什么关联和独自的编辑创作目的?它们的读者对象有重叠或者什么不同?

唐浩明:分别完成了对曾国藩的文献研究、文学塑造和文化解读。我从1984年开始研究曾国藩,这是一个逐步深化的过程,也是与时俱进的过程。这对知识分子、文化人来说,应该是在专业领域里不断深化的、比较好的一个进程,因为你的专业要与社会期望吻合。

最初我对曾国藩文献资料的整理,是出版社给我的工作安排,在整理文献的过程中,觉得其承载量很大,发觉曾国藩有很深厚的文化含量,应该让这个血肉丰满的历史人物有更多的人来读他,这样就有了一个自觉的转化,我开始创作长篇历史小说。而当《曾国藩》三部曲推出以后,更多的读者提出要了解曾国藩更多的思想、为人、做事等需求,我从方方面面听到了读者的迫切期待。觉得社会对自己有要求,也出于一个知识分子的社会责任感,还应该去写一些东西。也可以写余秋雨式的大文化散文、随笔,也许将来会写吧。

《曾国藩三部曲》小说的阅读对象是大众读者,《曾国藩全集》的阅读对象是研究者,而"评点"这三本书则是大众读者与研究者之间的读者群体,因为他们都对曾国藩感兴趣。

奉荣梅:评点曾国藩三部曲先后推出,是事先就计划拟定的选题,还是出了第一本之后再有打算出下两部的?在当时有什么样的写作出版意图和背景?

唐浩明:完成小说后,我接着选择的是评点系列。因为喜爱曾国藩系列作品的读者都是忙人,有不少是党政机关、企业高级管理人员痴迷曾国藩。我曾动过念头编辑《曾国藩文集》的"选集"六本,最后还是选择以这三种评点本形式陆续推出。选择最精彩的、最有代表性的部分,是对他们这些东西有很深刻的理解,比如背景里蕴涵的东西、外延的东西等。

评点"家书"时最初我没有做翻译,我认为那些"家书"很容易懂。但是后来很多读者反映,认为这本书很好,但是能够翻译一下就好了。我当时没有想到,因为我在读的时候觉得太容易懂,我以为那些"家书"是口语,很易懂。但是,曾国藩时代的口语和现在毕竟还是有些区别,所以在做第二部、第三部评点的时候我就加上了翻译,这也是读者的要求。

奉荣梅:从形式上来讲,评点曾国藩系列三本书基本一致,那么它们在评点的风格上是一致的吗?

唐浩明:评点三部曲每一部书的风格都不同。第一部书只是评点,就是选了一篇家书以后来评点,是写信里信外的东西,试图从他个人的家书中破译出曾氏家族崛起的密码，并希望探索中国文化的底蕴。做了第一本书后，很受读者的欢迎，我就着手评点第二本。很多人读了后，对曾国藩的理解就更多了一点，而且还增加了对中国传统文化的了解。作为作者，我也借评点表达了我对曾国藩的一些领悟，我对于文化的领悟，对于社会的领悟，结合自己的阅历和认识……

因为我考虑到我的读者，有很多政界人士、公务员，就选择了对曾国藩奏折的评点。奏折就是报告，最高的报告。我们每一个人都要写报告，每个人写的层次、阅读的对象不一样。我认为曾国藩作品中第一精彩的是家书，第二精彩的是奏折。其中有反映时代的东西，还有很多传统的写作技巧和表述的方式。评点奏折时，增加了几个新内容，除了译文外，后面还附有“写作简析”和“要言妙道”。“要言妙道”，就是警句，就是出彩的几句话。

我希望读者在读奏折时不只是对当时历史和文化有所了解，我还希望这些奏折能够给他们写报告作“范文”，帮助今天的公务员提高报告写作水平，给今天大大小小的写报告的人提出了一个“范文”。很多人开始认为《奏折》的读者面不会很广，一般来说，都认为《家书》是曾国藩作品的代表，现在看来，《奏折》的读者也非常多，不亚于《家书》。

奉荣梅：*那么看来，评点家书与奏折这两本书读者对象也有不同了？其中也有交叉吗？*

唐浩明：两本书的读者对象既有不同，也有交叉的。比如说《奏折》的读者更多的是公务员、政界人士，还包括实业界。在《奏折》一书出来后，很多人说，公务员的公文写作水平都提高了。中央很多部长都读了《奏折》这本书，要机关工作人员读。2005 年 2 月底，国务院、文化部、中国社科院等组织给部长讲课，“红墙内外”两个班，邀请我去讲课，内讲法律、经济、哲学，外讲历史、文学和艺术。

奏折评点完了之后，我觉得应该再努力还搞一部评点。但是，不能无限制地搞下去，否则读者会厌烦。曾国藩还有很多东西值得评点，像他的大量的诗文、日记、书信都可以评点。但这样评点下去会太多，我觉得只能搞三本为止，一而再，再而三，超过三部读者就会厌烦了。那么我就想要搞一个综合的评点，从《曾国藩全集》中挑选一些好的句子，像“语录”“名言”一样，这样综合的、方方面面的都有。

我就想到了梁启超以前做了这样一件事情，1916 年他编辑了一本《曾文正公嘉言钞》，于 1917 年由上海商务印书馆出版，没有评点，只有固定的几句话，有很简短的按语，仅情不自禁的十几个字，只选录了 200 多句话。1934 年上海大达图书供应社又出版了一本《曾文正公嘉言类钞》，无编者署名，大约上千条。

1993 年，岳麓书社重印此书时以梁启超作为选编者。梁启超是否此书的选编者虽是疑点，但所选的语句却的确都出自《曾文正公全集》，我作附录放在书后，分为治身、治学、治家、治世、治政、治军几个方面。评点时，我综合了这两本书，收录的条数具体没统计，大概有一千多条，有点类似《曾国藩全集》的节选本，是更短的节选，能够满足社会上对曾国藩感兴趣而又没有很多的时间来读曾国藩的全集的人。

关于读者对象来说，“评点家书”的读者对象更广泛一点，“评点奏折”的读者是公务员、政界人士，“评点嘉言钞”也是对曾氏有兴趣的人。

二、曾氏家族崛起的原因有四个

奉荣梅：*曾氏家书在清末民国初乃士大夫必读之书，您从千余封家书中精选了 300 多封作评述议论，可以说，您是深入了曾氏的心灵世界，从家书中破译曾氏家族崛起的密码，并借此来触摸中华民族文化的深层积淀。您破译的曾氏家族崛起的密码，简而言之是什么？*

唐浩明：曾氏家族崛起的基础是，曾氏家族到了曾国藩这一代，都受了良好的正规的社会教育。此外，家庭有一种好的家风影响。曾国藩总是提到他祖父的教育，当然也讲到他的父亲，他的祖父奠定了良好的家风。然后，家里还有一个非常出色的领袖人物，曾氏家族后来兄弟们的功名，与曾国藩的引领分不开。这样的一个家庭，就在一般情况下都可以出人才，如果遇到非常时机就有可能出现非常人才。

一个家族崛起的密码有三个特点：第一，比较良好的社会教育；第二，比较优秀的家风；第三，家里有一个首先冲出来的引领。另外还有就是恰逢一个机遇。若没有这样的机遇，这样的家庭也会很好，但是就没有曾氏家族这样的光彩、灿烂。（**奉荣梅**：*也可以说是时势*

造英雄,造大英雄。他们恰逢晚清那样动荡的年代。)曾氏家族有非常典型的意义,中国式的家庭崛起就是由这三种因素促成,像李鸿章的家族也是这样兴盛的。

家风对他个人的性格、心性方面的影响,当然也包括基因的遗传,外部的教育不可能改变。社会的正规教育给他系统的知识、学力、智力方面的开启。家庭的教育甚过学校的教育。你看现在社会上很多走向犯罪道路的年轻人,70%到80%是家庭不好,离异的、非常贫穷的家庭,或者父母的性格非常怪异,是比较复杂的家庭。一个人是个好人还是不好的人,基础是家庭因素,家风是最重要的。当然,中国家庭就是这样,外国家庭不一定是这样。而机遇也要有一个好的引导人物。

奉荣梅:从曾国藩存世的两千余道奏折中精选47道折片,并对它们产生的时代背景、折里折外的相关事情,以及它们在当时的作用、历史上的影响来加以评点,撩开了晚清复杂微妙的官场文化一角。这些奏折之所以被誉为"天下第一奏折",一是曾国藩自己乃望重士林的一代文章宗师,另一方面还是因为他的幕府里聚集了两三百名才隽之士。像著名的《参翁同书片》,据说就是出自李鸿章的手笔,还以此引发了"李翁"的世代仇怨?"奏折"里面蕴涵着怎么样的密码?您是怎样破译的?

唐浩明:还是一个观点,领袖人物最重要,那些奏折都是他的幕僚起草的初稿。像现在的领导那样先给出一个指导思想,秘书起草,然后首长最后修改。我在曾国藩的老家富厚堂藏书楼看到过档案材料,曾国藩在幕僚起草的奏折上修改了很多,有些改得面目全非。他不像我们现在有些领导,对秘书写的东西照着念。

奉荣梅:是有些领导对秘书写的东西照着念,念错了也都搞不清。看来曾国藩还是亲力亲为的啊。但还是有人有疑问,认为这么多的奏折不一定都是他写的!

唐浩明:早期的奏折内容全部都是他自己写的,虽然他的官已经做得很大了,但在部里做官时都是他自己写的。这可以看出他一贯的作风,像一直坚持写"家书"一样。他勤于笔墨,还勤于思考。即便到后来,他那样忙时,有时一天要发十几份奏稿,他哪里有那么多的时间来写,但是其中的思想一定是他的。

幕僚要得到长官的认可,就要揣摩他的文风,后来的这些奏稿的风格也是曾国藩的。那些幕僚要使奏稿得到长官的通过、喜欢,当然就要迎合他的胃口,用词、表述的方式,慢慢趋于一致,就形成了曾氏风格。所以每个衙门出来的奏折风格不同,就是因为长官的风格不同。

奉荣梅:我们今天可以说是把三本评点的"密码"破解了一番,那么可以说这本"奏折"就是曾国藩做事的"密码"了?

唐浩明:可以说,曾国藩做事的"密码"就来源于那些"奏折",而他做人的"密码"就是他的"家书"。做人在"家书",做事在"奏折"。我们现在社会上最看重曾国藩的一是做人,再就是做事。

奉荣梅:有些人只会做人不会做事,而有些人只会做事不会做人,他是把做人做事两方面结合得很好。

唐浩明:是的,他做人做事都结合得很好。所以曾国藩依然能够受到今天人们的重视,是因为他不但人做得好,而且事也做得好。而《嘉言钞》是这两个方面的融合,有很多做人也有很多做事方面的妙语格言。

奉荣梅:第三部《奏折》据说是压轴之作,是说您不再搞评点系列了,这是一个小结?评点三部曲中,您比较偏爱哪一部呢?

唐浩明:我比较喜欢的是《奏折》。

奉荣梅:相对来讲,《奏折》难做些,从文字上来看也还薄些,只有一本,而《家书》和《嘉言钞》都有上下册。虽然只选了47道折片,但您最欣赏的是其中的思想内涵,折射的清朝社会背景更多一点。

唐浩明:《嘉言钞》也涵盖了做事做人两个方面,选的内容比较多。

三、梁启超第一推崇曾国藩的做人

奉荣梅:《嘉言钞》是从曾国藩丰富而深刻的人生思想方面入手的,追索他的灵魂深处对生命价值的真正取向。一个是保守,一个是维新,在政治上是对立的。而梁启超将曾国藩引为人生的榜样,那么他最推崇曾国藩什么呢?或者说,您追索到他们的灵魂深处对生命价值的真正取向有哪些共通呢?

唐浩明:他们的共同之处是,梁启超非常认同曾国藩这个人的道德品性,曾氏这么大的一个社会公众人物有这样好的道德品性,而且他希望以道德品性去移风易俗改造世界，是以这种道德品性去认同。梁启超不是把曾国藩的做事摆在第一位，而是把他的做人放在第一位。所以我在评点时还谈了很多资料，梁启超在晚年都在赞赏曾氏的以德化人的理念。

而且曾氏影响了一班人，包括左宗棠、胡林翼在内，一班子书生居然做成了大事业，就是过去被认为的那种书呆子的迂腐不化，他们居然办成了大事，而且他们坚定执着地要用他们迂腐书呆子的东西，来推动社会的进步，让大家都像他们这样做。梁启超最佩服他的就是这一点。其实这就是以德治国、以圣贤作榜样，要酿成一个很纯良的社会风气。

奉荣梅：对于曾国藩做事方面，梁启超也应该是推崇的吧？曾国藩是近代湖湘文化的典型代表，而湖湘文化最突出的特色是注重经世致用，比如曾国藩倡导的洋务运动。

唐浩明：曾氏是彻底的大清王朝的保皇派，而梁启超则是维新和共和派，但是政治上和客观上那是两回事。那是时代面临的不同，梁启超比曾氏晚了好多年。而且，人类文化中的精粹是从来不受政治观念和时空限制的。曾国藩是那个时代数一数二的大政治家，是要做事的。梁启超对曾国藩的做人和做事都是认同的，但最认同的还是曾国藩的做人。

奉荣梅：《嘉言钞》选择的是做人的语录比较多，做事方面的语录多吗？主要有哪些重要评点？

唐浩明：里面也有不少关于做事的评点。梁启超推崇曾国藩做事的顽强坚韧，把事情坚持做下去的毅力。然后，他很欣赏曾国藩从小事做起，实实在在地从日常琐事做起。但是他早期做事不强硬……

奉荣梅：还比如，“一生得力在立志自拔于流俗”“内圣外王”“经世致用”“以德化人”。

四、不认为曾国藩是圣贤

奉荣梅：世人公认您是曾国藩的异代知己。但也有人说，您过高推崇和赞美了曾国藩；也有评价，认为您跳出“三立完人”和“汉奸卖国贼刽子手”的传统习见，成功塑造了有着复杂多重人格、集功罪于一身的晚清重臣的文学形象。也缘于您对曾国藩几十年的研究，渗入了您自己的情感，对他有偏爱吗？对此您自己如何评价呢？

唐浩明：不是的。在对曾国藩研究和以他为题材创作时，我尽量避免个人的情感因素。主要是过去人们在对曾国藩的认识上，就认为他是个反面人物，这种认识很强烈。而现在有一个人把曾国藩真实的历史面目推介出来，跟过去的认识反差很大，就难以接受。

有的人研究曾国藩还是用过去的观点来研究。有的人说，曾的品性不好，做了翰林之后，到处去拜访人，收了很多钱财。其实这有当时的背景因素，曾氏家族五六百年来从未有人与功名打交道，破天荒出了个翰林，在当时是很了不起的一件大事，而他主动去拜访别人，就使得别人不说他摆架子，他是很讲究做人的，这也是那时的风气。

还有，后来曾国藩就这事自己做了检讨，他去拜访别人的时候，没坚决拒收别人的礼。道光二十四年(1844 年)，他在做京官的时候，做了中层官员，在家书中做了检讨，他说，当时那些人送钱给我就是为了“钓鱼”。所以后来他再到北京就一概不收礼。他当时在出道之初对这些认识还不是很深刻。

过去有很多人认为他是圣贤(说他是立德、立功、立言三不朽的“三立完人”)，但从我的主观来说，我不认为曾国藩是圣贤。在我的评点中，我提到他也有些做得不对的地方，或者他也有虚伪的地方，他毕竟不是圣人，世界上也不存在圣人。但是不可否认，曾国藩相对来讲是一个比较优秀的人，他拥有很多好的东西，具有穿越时空的意义，不能以某个阶级和集团、阶层来界定。

再就是他对社会起了很多推动作用，别的不说，近代的开办洋务，发起者就是他。他创建了“湘军”，“湘军”本身对中国的军事作出了很大的贡献，中国后来的军队组建很大程度上是按照“湘军”建制的，废除了清代的那种农民的军事方式，使中国近代的军事发生了质的变化。这些都不能否认，是客观存在的。

奉荣梅：《嘉言钞》是评点三部曲的最后一部，堪称压卷之作。也是 21 世纪的您、20 世纪的梁启超、19 世纪的曾国藩——三位文化超人跨越时空的对话。从这部书中，我们可以看出你们三位关于立志、恒常、勤勉、顽强、坚毅的共鸣，以及关于如何做好家庭日用上的大学问的共同关注，都是以德化人的倡导者，也是以德化人的实践者。你们都注重自我道德的完善，自拔于流俗，才取得引人注目的成就。从这本书中，可以看到中国传统文化真正宝贵的东西在哪里，人类文化的精粹，从来不受政治观念和时空的限制。这本书的出版，对我们建设和谐社会与和谐家庭，有什么现实意义？

唐浩明：我们不是讲要继承中华民族优秀的传统吗？曾国藩的身上就体现了很多优秀的文化传统。优秀的就是和谐的。比如说他对家庭有那么大的责任心，他是一个孝子、一个慈父，而且也是一个很尽责的丈夫，作为一个男人来说，他是一个优秀的男人，他是好儿子、好丈夫、好父亲，对家人有那么深厚的爱。我们是很难做到他那样的，他写了那么多的家书，留存的有一千多封，实际上不止，还有好多散失了。

在战争年代随时都有全军覆没的可能，随时都有生命危险。他打仗的时候，打败仗多，打胜仗少，屡败屡战，痛苦的时间多，快乐的时间少。但是那样的环境下，他能写那么多的家书，娓娓道来，教导子弟做人。这就是出于一种很深厚的爱，一般人是做不到的。而且他给子弟们讲的东西百分之八九十都是好东西。你看他在生命最后，在《嘉言钞》里有留给他家人的遗嘱一样的四句话：一，慎独则心安；二，主敬则身强；三，求仁则人悦；四，日习劳则身钦。

奉荣梅：有人说“唐浩明的研究推动了曾国藩热，而曾国藩热也成就了唐浩明热”。您还会将对曾国藩的研究进行到底吗？譬如说，您是否为自己多年来致力研究曾国藩，写一本或者几本“曾国藩背后的故事”，破译一下那个漫长而寂寞时期的密码？就像您2003年为我主编的《长沙晚报》“橘洲湖湘文苑”撰写的随笔专栏一样，其中《〈曾国藩〉的三个抄稿人》和《政敌与亲家》等，反响很大，被转载，获得省里和全国的大奖。

唐浩明：我要看看，现在还很难说。因为我近几年要集中精力做一件大事，就是计划修订《曾国藩全集》，正在开始做了，正在制定方案，估计在两年内补充整理完毕。主要有这么两大任务：一是要把原来出的全集通读一遍，改正差错；二就是增补十多年来发现的一些佚文。原来出了30册，大概会增新内容一册。关于写散文随笔，就要摆在以后了。我会不会写还很难说，而且，我觉得文章和书不太被人重视，读书的人越来越少，我的写作动力也小了。

［作者单位：《长沙晚报》文体副刊部；岳麓书社］

文化反思语境下历史小说的守望与担当

——唐浩明历史小说创作论

□聂 茂

唐浩明是一个有着自警意识和历史担当的作家。从《曾国藩》《张之洞》到《杨度》,他有强烈的心灵冲动,试图恢复历史人物的复杂面目,以文化先锋的胆识和魄力积极承担历史的责任,体现了作者高度的文化自觉和文化反省精神。唐浩明的历史小说兼顾历史性与艺术性、严谨性与可读性,他敬畏历史,对书中的历史人物充满温情和人文关怀,他的辛勤努力不仅给湖湘文化及其湖湘精神注入了新的血液,也使得他的创作对中国传统价值的回归和民族文化的自觉等方面都超出一般学者书写和小说创作的价值。

一、修复历史与重塑文化

唐浩明是一个具有文化骑士精神的作家,作为一名以古籍为主的出版社的资深编辑跨界成为一名卓有成效的历史小说作家,他的身上有一种"湖南蛮人"的文化担当,敢于承担历史责任。面对着丰厚的历史和浩瀚的时间,他以极致精细的工匠精神和考古学家的严谨,数十年如一日,辛劳地耕耘其中,发现、打磨、萃取,并自得其乐。在新时期文学的历史大潮中,他秉持难能可贵的文化自警和个性觉醒,以独特的小说艺术形式将历史和历史人物从堆满灰垢的故纸书中推到大众面前。与其说他是在创作小说,毋宁说他是在修复历史、复兴文化。

如果说,《曾国藩》还让人们狭隘地以为他是作为一个湖南人在为曾国藩"平反昭雪"的话,那么,之后的《张之洞》则让人们看到他思想的宏大与精神的高贵。当然,也有人说他写的是历史学意义的官场小说,但是《杨度》的横空出世异常鲜明地告诉我们,历史的反省和文化传承才是作者的根本所在。即便是小说《曾国藩》,只要我们细细品读,之后也会发现,他书写的绝非仅仅是官场,而是家与国、族与民以及文人和文化。曾国藩、张之洞和杨度是他聚焦和书写的主体,也是他的思想媒介和精神坐标。

侵略、战争、"文革"、天灾、人祸,整个20世纪前四分之三几乎就是中国社会的变革史和政治生活的动荡史,更是中国传统文化的灾难史和苦难史。刀锋割断了古老的文化脐带,文化母体破碎一地,后人则选择闭目或遗忘。而唐浩明则以学者的良知和作家的勇气,用小说创作的个性化语言,复活和再创造湮没于历史灰尘中的"灰色"人物,更复活了这些人物所信奉与践行的作为中国几千年历史文化核心的士人精神。他让我们走进这些历史人物的生命和生活,呼吸历史的空气,触摸文明的肌理,感受思想的激荡。他试图寻找民族失落的精神家园,拾起湖湘文化的碎片,勾连我们生生不息的中华血脉。他的作品洋溢着思想之美,高蹈着精神情怀,包容着天人合一的价值伦理,揭示出日常生活和现实历史的种种奇迹。他的创作在几十年间持续不断地影响着读者,也影响了大批的作家和学者,他的先知先觉正慢慢形成共识。

从艺术审美上,他重塑了历史和文化,也重塑了历史小说。小说从来没有像在他那里一样温文尔雅、器宇不凡和波澜壮阔,历史也从来没有像在他那里一样栩栩如生、惟妙惟肖和熠熠生辉。他的努力和诉求正成为主流文学不可忽视和不可或缺的正义力量。在追求湖湘文化的灵魂时,他发现了传统道德与文明之间的价值冲突并将这种冲突真实地呈现在当代人面前,其作品的震撼力、思想性、普遍意义和语言的丰富机智都达到了令人惊叹的高度。他重新定义了历史小说，赋予了历史小说新的场域、纹理、血脉、精神、气质和生命，而从他的作品的传播度和影响力来讲，他对传统价值的回归和民族文化的自觉等方面都超出一般学者书写和小说创作的价值。

二、从“遇见”到“发现”

“故纸堆中三十年，拉近古人与今人。”这是人们对唐浩明辛勤耕耘的由衷赞美。人生有多少三十年？要在故纸堆中忍受寂寞孤苦，抖落历史的尘埃，还原一个人的真容，谈何容易！但生命的意义与人生的价值也许正在于孤独中守望着一炷烛光，潜入历史深处，与心仪的过往者“对话”，并与之成为穿越时空的知己。而这样的例子，在漫长的文学史中其实是有不少的，比如布罗茨基对于俄罗斯白银时代的诸君的深情回望。1919 年，茨维塔耶娃写下了“一百年以后，亲爱的，您是否还能认出我，在旧世纪的群星中，总也不肯坠落的那一颗，那时候，您是否还能分辨出我的光泽，然后呼唤我越过银河系，飞临您的星座”。当布罗茨基站在诺贝尔文学奖的领奖台上深情地追溯俄罗斯的诸君时，那些过往者应该会感到欣慰。这是血脉的传承、文化的传承、历史的传承，也是写作者责任的传承。

曾文正公并非纯粹的文学家，他的声望和影响更多来自他的政治生命和军事才能。但是，在我看来，唐浩明之于曾文正公与布罗茨基之于俄罗斯的诸君来说本质应该是一样的。与其说唐浩明“碰到”曾国藩是唐浩明的幸运，不如说曾国藩“遇见”唐浩明是曾国藩的幸运。通过持续不断的开掘、整理和“发现”，唐浩明用如椽之笔塑造了一个活灵活现的不同于教科书里记录的曾国藩，从历史遮蔽处中还原了一个有血有肉、有着深刻自身矛盾斗争的多重性格的人物形象：为母亲千里奔丧，痛哭流涕，守护灵前，让人动容，这是“大孝”的曾国藩；国家危难，毅然奔赴前线，在困难重重之下，将脑袋拴在裤腰带上，组织湘军，迎难而进，这是“大忠”的曾国藩；对康福乐善好施，仗义相助，对荆七伯乐识马，知人善用，这是“礼智信”的曾国藩；在长毛手下倍感羞辱，宁死不屈也要保留气节，这是“侠义”的曾国藩；治军严谨，按时作息，讲究规则，时刻反省，这是“自警”的曾国藩……可以说，唐浩明笔下的曾国藩是中国传统文化的集大成者。

与此同时，我们也可以从唐浩明的小说文本中获得另一种意义的解读：守丧期间，曾国藩用“孝”的借口与皇帝“讨价还价”，他用“忠”的盾牌保全自己；当被长毛捕获觉得失了面子时，演苦肉戏想去“撞柱”却没真撞，用自己的生命底线去试探对方的仁慈底线，从而见出其“虚伪”和“狡诈”的一面；知人善用的背后又有很高超的御人之术，湘军崛起之路上，他彰显的大智慧实际上也是权术的胜利，湘军崛起的过程既有时代大潮的客观背景，也有他为蹬青云、名垂青史之内在欲望的主观努力；剿灭太平天国之后，他解散湘军体现出淡泊名利、不作非分之想的同时，也是因为担心自己权倾朝野遭人嫉恨，怕一不小心落得个兔死狗烹而展开的自警与自保……总之，一千个读者可能会有一千个曾国藩。

值得注意的是，布罗茨基年轻的时候就开始跟随阿赫玛托娃和茨维塔耶娃等，他见证过那一代人的生命历程与苦难际遇，聆听过他们的声音，触摸过他们的精神，所以有了后来的故事。但是，唐浩明和曾国藩素未谋面，前者仅仅因为整理后者的资料，阅读后者的文字，感觉到这个人被严重误读了，从而产生了强烈的心灵冲动。唐浩明要为曾国藩讨个公道，或者还历史以真相，也许这就是唐浩明创作长篇历史小说《曾国藩》的原动力吧。

从 1986 年到 1992 年，在长达六年的时间里，唐浩明“白天编全集，晚上写小说，工作时间做曾氏文字的责任编辑，业余时间做曾氏文学形象的创造者。就这样，120 万字的《曾国藩》写了出来”。笔者大致计算了一下：整整六年间，唐浩明平均每天差不多要编辑文字 7000 字、创作 600 字，日复一日地用脑，这种令人难以置信的工作强度是一般人难以承受得了的。尤其难以承受的是，唐浩明在创作的时候还有许多不确定因素，例如，如何评价曾国藩的问题等。据说毛泽东和蒋介石都很佩服曾国藩。毛泽东曾说：“愚于近人，独服曾文正。”而蒋介石更是以曾国藩自命，用以说明自己的正统，而把共产党及其领导的红军视为太平军一流。

也正因为此，为了反对蒋介石，从延安时期开始，有人写了《汉奸刽子手曾国藩的一生》之类的文章，全盘否定曾国藩。中华人民共和国成立后，崇洪（秀全）贬曾（国藩）的状况一直未变。

1980 年代后，尽管学界有人主张实事求是，重评曾国藩和太平天国，但一直未为主流话语所接受。换句话说，在 20 世纪 80 年代的特殊语境中，曾国藩还是一个比较负面的历史人物，聚焦这样的一个人物，对他进行“拨乱反正”，是有较大风险的。在此背景下，唐浩明称自己的写作是“戴着镣铐在跳舞”，既要服从“镣铐”式的条条框框，又要争取“跳舞”式的书写自由，这样的创作状况带来的心灵上的折磨和精神上的“疲惫”比体力和智力上的付出所带来的无形压力更大，更遑论创作的激情和愉悦了。特别是唐浩明有着清醒的意识，认为那些公认的非常规范的、正统的、纯粹又纯粹的历史小说是没有人去读的，因此，唐浩明必须突破，从表现手法到人物评价都要有自己的独到之处。唐浩明敬畏历史，希望自己的创作站在文化和人文的立场上，给历史人物以温情，恢复历史的本来面目。唐浩明十分推崇姚雪垠先生，坦承《李自成》对自己的创作有着深刻的影响，认为这些历史小说大师十分尊重历史的本真状态，既有史家的品德与胆识，又有艺术家的眼光与良知。可是，姚雪垠先生写好《李自成》第二卷两年后也没法出版，后来还是请毛主席出面批示这第二卷才得以出版。

幸运的是，《曾国藩》这部皇皇巨著分为三册，以《血祭》《野焚》《黑雨》为名，于 1990 年、1991 年、1992 年相继推出。唐浩明以自己的学识和勇气，承担了历史的责任，第一个以正面文学形象表现了复杂多变的曾国藩，使冷清蒙尘、严人律己的曾国藩一下子成了家喻户晓的历史人物。有学者甚至认为《曾国藩》很可能与《三国演义》一样，成为千百年间广大中国人了解有关历史和人物的重要读本。

三、断裂的传统与西化的先锋

20 世纪八九十年代，历史解冻，大地回春，改革开放的中国让国人重新放眼世界，重新审视自我。伴随着政治风潮的起起伏伏，各种文艺思潮兴起，思想启蒙浪潮席卷文化领域，特别是在文学领域。“伤痕文学”“寻根文学”“先锋文学”等等，你方唱罢我登场，好不热闹，这种激荡的文学思潮一直持续并影响了整个 90 年代的文学，形成了中国当代文学独特的精神品质。

今天，回首那个时代，当时的许多作家都不约而同地将目光投射到人的主体性上来，文学创作开始关注人的存在和生存本身，人的自由与个性解放，对文化的反思和探索成为一些作家的审美诉求。尽管每个创作者的经历不一样，所走的道路也许不同，关注的主体对象也不一律，但是，其中很大一部分作品都把目光锁定在“历史”，这里的“历史”是广义的“历史”，即过往的一切。纵观中国文学和世界文学，大部分的作品都是展现作者的真实体验和感受，或者是对过往历史进行追溯和重构。作品中的人物名称可能是杜撰，地点可能是杜撰，故事也可能是杜撰，但是，其整体结构、逻辑性、合理性必然会符合历史背景决定的事实，这样的文本才能“成立”和“合法”，才能具有梁启超所说的“诗歌的正义”，它要求创作者“对笔下那段历史时空的方方面面都要有实实在在的了解”。《百年孤独》《喧哗与骚动》是这样的，《尤利西斯》《追忆逝水年华》是这样的，《红高粱》《废都》《芙蓉镇》也是这样的。它们都是作者基于所处时代的现代性而对历史进行的发掘与再造。

显然，《曾国藩》也在上述经典之列。无论从思想性，还是从创作风格和写作手法上，唐浩明所进行的文学，都具有文化先锋（更多的是思想或精神上而不仅仅是艺术手法上）的意味，是现代性的史诗书写。唐浩明以一种独特的身份和视角参与到那一场轰轰烈烈的文化复兴和思想解放的浪潮中，与新时期文学的创作主体一起，引领了 90 年代的历史小说创作潮流。

“文革”十年在文化领域制造了两个断裂：一个是中国与世界的断裂，一个是现代与传统的断裂。前者关乎中国与世界的对接，断裂了，影响中国走向世界的进程；后者关乎中国文化的传承，断裂了，影响中国自身的传统血脉和精神气质。这两者对中国社会的发展都十分重要。

新时期以来，中国文学一直在呼唤和寻找通往现代化的道路，现代性也成为文学最重要的价值追求之一,创作主体通过世界性和现代性的语境方向来探寻和审视本民族生生不息的优秀基因。从曾国藩到杨度,再到张之洞,唐浩明一直致力于从现代性的角度连接起文化母体的脐带,宣扬传统文化之美。

首先,在内容上唐浩明写的是历史故事和历史人物,他用的方式是类似传统的“章回体”模式——至少目录的编排形式是这样的,他的语言也带有深厚的古文风韵,文白相杂,据说是为了与所写时代的语境相吻合。

其次,在思想上,唐浩明毫不掩饰对曾国藩的喜爱与敬仰,认为这是中国近代最后一个集传统文化于一身的典型人物,无论从哪个角度来看,他都有值得后人学习和借鉴之处。唐浩明特别推崇曾国藩的自律,即克己,也就是修身。曾国藩对自己的一言一行、一举一动十分在意,他立下日课,严守主敬、静坐、早起、读书不二、读史、写日记、记茶余偶谈、日作诗文数首、谨言、保身、早起临摹字帖、夜不出门等“自律十二条”,他还作《立志箴》《居敬箴》《主敬箴》《谨言箴》《有恒箴》各一首,高悬于书房内,这种严于律己的品质委实值得今人学习。当下社会灯红酒绿,人心浮躁,物质越丰富,精神越贫瘠,权力越大,诱惑越多。很少有人能做到孔子所言的“吾日三省吾身”,更不用说曾国藩的自醒、自警和自律意识了。这种状况其实就是一种短视,是文化断裂所造成的一种价值错乱。

作为曾国藩的“发现者”(至少是“发掘者”)和历史人物的塑造者,近朱者赤,唐浩明身体力行,有意无意成了曾氏的“转世者”,即唐浩明写曾国藩,也争做当代的“曾国藩”。唐浩明儒雅、内敛、从容、大气,生活中,唐浩明是十分节俭的人,他坚持用传统修身,以诗书养性,具有很高的品格和情操。所有这一切,都是唐浩明为人处世的修为所致,这种修为,既有经年累月写作《曾国藩》所自发形成的一些因素,更有传统优秀文化长期的浸淫和润化的结果。

四、探寻中国发展的精神脉络

今天的中国,是求新求变的中国,社会转型期,中国的发展之路需要所有中国人来思考与参与,这其中知识分子尤其担负着重要的责任和使命。同时,全球化语境下,世界的竞争和发展越来越表现为文明的冲突与世界秩序的重建,文化的责任比以前任何时候都更加重要。我们可以看到,唐浩明对此有着深刻的意识,在写作过程中十分重视探索与表现知识分子、文化精英在变革之中的挣扎、追求与作为,在彷徨与迷茫之中试图指出未来发展之路的精神脉络。

唐浩明自己曾说:“我曾经在十五六年的时间里沉浸在历史时空中,既是在创作历史小说,更是在了解研究中国传统知识分子,希望能走进他们的心灵。”又说:“晚清的士人与他们的先辈相比,经历了更多的冲突与苦难,也有着更多的迷茫与探求,一批具有现代意识的士人即将从他们中间诞生。从整体来说,他们肩负着承前启后的时代责任。我认为写好他们的命运,对于今天的知识分子,应有一定的昭示意义。”

我想,这是唐浩明的作品对当今社会最大的贡献。曾国藩是一位高度担当家国责任的名臣,严格恪守传统文化的真义,说到底就是“修身齐家治国平天下”;杨度则是一位名士,世间曾国藩不常有,杨度却有很多。可以说,杨度是中国知识分子在社会变革进程中的一个代表,真诚、纯洁、勇敢,才华横溢,敢于求新,了解世间疾苦,立志求变,一生坎坷,命运不济,为了国家和民族,也为了自己的前途,他做了一些后人认为是蠢事但在当时被他认为是“正义”之大事。杨度的悲剧,可以视为中国近代艰难崛起之路的一个缩影。张之洞则是介于曾国藩与杨度之间的名臣,有才气,有勇气,有霸气,更有能力,他所言的“中体西学”,在今天也是十分有价值的。对上,他是国家的栋梁,要向天子和国家尽忠;对下,他是一方“诸侯”,他要向地方社会和百姓负责。唐浩明曾多次指出,他写的不仅是名臣,更是士人。

应该说,曾国藩、张之洞和杨度几乎囊括了传统概念上知识分子精英的精神谱系,形成了知识分子的完整形象,勾勒了中国知识分子的统一世界。唐浩明书写历史小说的另一个重要意义,可以表述为对传统人文理想的重构或再造,以及中国人精神特质的诠释。唐浩明的历史小说,用宏大的笔触和巨细的雕琢,通过对主要人物的描写和刻画,勾勒出一幅中国传统社会的浮世绘。曾国藩、张之洞和杨度串联起的是从皇帝、太后、大臣，到地方官吏、百姓、士兵等在内的传统中国架构和几千年不变的农耕文化所制造的中国人特质。

这里体现的不仅仅是传统文化的精髓，也挖出了封建文化的劣根性。比如上层统治阶级的昏庸无能，故步自封，利欲熏心；比如人治思想的种种弊端，官本位思想对社会的影响；等等。笔者特别喜欢书中涉及的关于中国人的思维模式的书写。比如太平天国攻打长沙之时，守城将领居然搬出城隍庙的菩萨，以及洪秀全言必称天父庇佑等，这是农耕社会遗传下来的愚昧和未开化；比如封建体制内的农民运动，太平天国并没有摆脱皇权这个核心，这是他们集体的历史局限性，起义胜利后，他们成了另一个"皇权集团"。这一点，唐浩明在小说中有过充分的阐释，如"忽然，一道严厉冷酷的命令传过来：'全体原地跪下，不得走动，低头看地，不准仰视，违者斩首！'十万百姓颤颤抖抖地遵命跪下来，两眼直勾勾地看着膝前的那块小黑土。年长体弱的后悔不该来，但已迟了，来了就不能走，'违者斩首'"，这是皇权意识对普通百姓强暴的典型。

笔者尤其欣赏唐浩明对湘军或者湘勇精神世界的描写，曾国藩是精明的，他深刻地抓住了中国农民的精神特质："钱"和"活命"。湘勇愿意卖命打仗正是因为有钱发，这些钱比他们种地要来得快、来得多，这样他们的妻儿老小就可以更好地活着，为此，他们真的可以连命都不要，这极其深刻地描绘出中国农民的精神性格。联想到改革开放后中国社会的农民工运动，无数的农民背井离乡，一年甚至几年都见不到家人一面，他们无怨无悔，因为，这比他们在地里劳作可以赚到的钱更多，家人的生活也就可以更好一点。

可以说，唐浩明成功地雕刻了各个阶层中国人的精神群像，以及中国社会的性格肌理，笔者甚至认为，与高扬和承续优秀传统文化的创作诉求相比，这样的精神群像更是您认真书写的价值所在。换句话说，唐浩明在创作这些历史小说的时候，他已经有过这一方面的深邃思考，即努力把个人的书写从历史小说的创作带入更深层次的剖析和更广阔的视域中，从而实现历史意义的现场生成，大大拓展小说本身的文本空间和社会学价值。

五、小说的逻辑与作者的观念

熟读历史文献，充分占有资料，认真把握历史的来龙去脉，甚至人物的思想，微笑的细节，通过对文献资料的引用、加工、打磨，再佐以唐浩明擅长的艺术手法和叙事传统，布置故事的架构、脉络和发展，从而再现历史的真实和小说繁复的世界。这是唐浩明对长篇历史小说创作提供的一种有效的方法，这种方法既有高度的严谨性和严肃性，又有很强的艺术性和可读性。

比如有些故事背景是对史料的简要整理，如"长沙激战，城隍菩萨守南门"的开始第一段，整体介绍了太平天国运动的来龙去脉；有些是对历史文献的合理引用，特别是一些公文和告示；更多的则是将史料事件和时代背景融合进入故事中，进行合理的加工，结合人物基本性格，通过语言、行为和思想等细节性和具体化的创作，历史人物及其相关事件就跃然纸上。例如，唐浩明对曾国藩在岳阳楼上的心情进行了细致的描写："散馆进京的二十九岁翰林曾国藩，反复吟诵着'先天下之忧而忧，后天下之乐而乐'的警句，豪情满怀，壮志凌云：此生定要以范文正公为榜样，干一番轰轰烈烈、名垂青史的大事业！而眼下的岳阳楼油漆剥落、檐角生草，暗淡无光，人客稀少，全没有昔日那种繁华兴旺的景象。"短短的一段文字，刻画出主人公的内心痛苦：热血犹在，物是人非，英雄报国，无路无门。这种苍凉和悲壮令人震撼。

又如将湖南人吃辣椒的习惯用在曾国藩的身上："小家伙出去后不久，便端来两碗饭，又从口袋里掏出十几只青辣椒，说：'老先生，饭我弄来两碗，菜却实在找不到。听说湖南人爱吃辣椒，我特地从菜园子里摘了这些，给你们下饭。'曾国藩看着这些连把都未去掉的青辣椒，哭笑不得。"通过幽默的方式，体现了湖南人的特质，而生活化的语言也让曾国藩更加真实。

再如对洪秀全称王之后的描写："自进入天王宫后，东王、北王又相继送来十二名美女，全是江南娇娃。天王大喜，都封为王娘。自此天天锦衣玉食，夜夜洞房花烛，耳中笙歌如天上仙乐，眼前姬舞似杨柳曳枝。天王对这种生活已十分满足了，他脚步再也不迈出天王宫一步，怕刺客暗杀；昔日铁马金戈的岁月，已成为十分遥远的记忆了。”这样的描写,是暗喻,更是彰显,让人看到太平天国运动必然失败的可悲命运。

虽然曾国藩、张之洞和杨度本身都有各自的不足,但是,他们在整体上都体现出湖湘文化的精髓,形成了湖湘文化近现代人物的脊梁,实现了湖湘文化的复兴和传承。写作的过程中,唐浩明通过曾国藩、杨度和张之洞这三根主线,用故事串起有名或者无名的近现代湖南人的集体群像,包括左宗棠等名臣,齐白石等文化大师,还有更多的像康福、唐鉴等名气较小或者历史上根本没有留名的人物,塑造了一幅“惟楚有才,文人雅士,名流清仕,卓尔不群,于斯为盛”的宏伟画卷。由于历史的特殊原因,湖湘文化曾有一段时间是相当沉寂的,而随着唐浩明的小说的广为传播,湖湘文化再次获得社会的广泛关注,并形成热潮,可以说湖湘文化的再领风骚,唐浩明功不可没。

阅读唐浩明的小说,笔者也有一个不成熟的看法:基于小说故事的发展,很多人物或者情节的设置,似乎不是十分必要,加上之后也没有形成应有的逻辑性和贯穿性,使叙事显得突兀、臃肿,一定程度上影响了叙事的整体性和流畅性。比如,《曾国藩》第一章第四节“康家围棋子的不凡来历”,完全没有必要把康家在前朝的故事搬到小说中来,因为,如果要突出“围棋子”的不同凡响,像一个命运隐喻的话,那么,这“围棋子”的意象就应该贯穿于故事中,成为一种神秘的象征。但实际上,唐浩明用考古般的努力发现的只是康家的身世显赫,这个细节没有从文化上形成张力,反而使叙事显得拖沓、生硬。也许,唐浩明想把众多湖湘名士的“光荣史”一一道尽,即便是一枚有点沧桑的“围棋子”也不放过,从而塑造出“湖湘风流、遍地英雄”的景象。与此相对应,非湖湘人士,往往充当了“陪衬角色”,比如太平天国,比如李鸿章,比如慈禧等,阅读之后,给人的感觉就是:作者要为传统正名,为湖湘文化正名!

任何一种创作,如果存在诠释理念嫌疑(或所谓主题先行)的话,那么,这种创作就容易在艺术品质上大打折扣或落下败笔。更何况,湖湘文化也有许多不尽人意的地方。龚曙光就认为,湖湘文化是一个反技术文化,是一个乱世文化,不是一个治世文化。他一针见血地指出,湖湘文化教人不讲规矩,而是破坏规矩;湖湘文化教人不去遵从技术,而是怎么用政治去替代技术。

六、艺术的立场与书写的正义

唐浩明对小说主人公的塑造竭尽全力,浓墨重彩,还原了历史的真实,甚至在情感上尽可能“保护”人物的高大完整,不去苛求历史人物的种种缺陷。作者曾在很多场合说过,曾国藩是传统文化的最后一个圣人,他很少去批评他,即便有人批评,他也会自觉进行辩护。

比如,曾国藩回家奔丧,在母亲棺材前,有这样的描写:“今天,儿子特意回来看母亲了,母亲却已不能睁开双眼,看一看做了大官的儿子。老天爷啊!你怎么这么狠心,竟不能让老母再延长三四个月的寿命?!”“一刹那间,曾国藩似乎觉得位列卿贰的尊贵、京城九室的繁华,都如尘土灰烟一般,一钱不值,人生天地间,唯有这骨肉之间的至亲至爱,才真正永远值得珍惜。”显然,唐浩明直接参与进去,似乎他也在哭,由此可以看出他对曾国藩的情感。但是,作者对其他人物,比如太平天国的主要人物、李鸿章等就失去了这种情感色彩,因而,笔者觉得作者对历史人物的书写有着价值预判或者情感投射的不对等性。

换句话说,唐浩明带着对书中人物强烈的感情色彩来写作,是失之偏颇,甚至会伤害到作品的生命。不妨以洪秀全为例,在阅读过程中,笔者感觉到,唐浩明笔触的锋芒似乎对准了洪秀全,要对历史上的洪秀全发难。首先,唐浩明在能力上、领导才能上否定了洪秀全,比如“杨秀清和洪秀全不同。他的心灵深处,从来就没有天父天兄的位置。他不相信真的有什么天父天兄,也不相信洪秀全是天父天兄的次子,自己是天父的四子这一类无稽之谈。他参加拜上帝会,信仰天父上帝,只不过是利用他们而已。……他也知道,诸王中,除冯云山以外,萧朝贵、韦昌辉、石达开也和自己差不多,都明白神道设教的作用。不过,他也从不点破。杨秀清表面上显得比天王的信仰还要虔诚,以至于天父对他的宠爱,似乎超过了天王。他几次装扮成天父下凡的附身,居然使天王完全相信。想到这里,他不禁冷笑起来”。又比如,“洪秀全心里不大高兴,慢慢地说:

‘北征已经决定由林凤祥、李开芳带一万人马，阵营已不弱了。当年我们在金田起义时，才不过几千人。有天父天兄的庇佑，不用我亲自出马也会胜利的’”。唐浩明甚至对杨秀清等人都有一定的“赞颂情怀”，赞颂他们的反思能力和顾全大局的能力，而洪秀全则是一个盲从于上帝说的迷信的庸才。其次，唐浩明在人格上也否定了洪秀全，书中特地写到洪秀全科举上的失败所带来的愤怒：“一提起考试，天王就有一股冲天怨气，有时这种怒气发作起来，他恨不得杀尽天下考官。偶尔夜半静思，他想起自己为何扯旗造反，走上与大清王朝做对这条路，说到底就是因为考场上屡屡受挫的缘故吧！”又说：“倘若那时府试、乡试、会试节节顺利，可能就没有今天的天王了。即使做了万民之主的天王，洪秀全一旦想起那些伤心失意的往事，心里仍然会浮起一种因为被人瞧不起而产生的悲哀。”还有：“‘今日成功了，六人共坐江山的誓言可以不必兑现，但开科取士，则非实行不可！’天王在心里狠狠地说。”

从上述描述中给人的感觉就是：太平天国运动的发生仅仅是因为洪秀全没有在那个“传统体制”内平步青云，于是，为了一己私利而报复他所在的那个社会的“闹剧”或者“悲剧”。这样一个昏庸无能的农民运动的领导者与饱读诗书、满腹经纶的曾国藩对阵，其失败的结局几乎是命中注定的。

笔者认为，洪秀全作为一场农民起义的最高领导者、拜上帝教的发起者，杨秀清等人的“绝对核心”，肯定有其独特才能和人格魅力的，否则，他也降服不了野心勃勃的杨秀清等一干强人。同时，洪秀全对上帝的理解绝非仅仅是迷信，他发动农民运动的初衷也绝非仅仅是对科考的不满，其深层原因无须我们来讨论。诚然，太平天国后期内部是有斗争，洪秀全还杀掉了杨秀清，因此，唐浩明通过洪秀全第一人称的心理描写，将太平天国设定为一个在“传统体制”内没能发达的“愤青”对“传统体制”进行报复的一场行动，这样的观点，作为个人的一种认识，无可厚非。

但是，唐浩明把他放到对整个历史事件的解读当中，这样做是否妥当？书中的这类描写，将唐浩明的倾向进一步表达为：作者不仅完全否定洪秀全，更完全否定太平天国运动。而站在历史的角度看，太平天国有其时代的局限性，洪秀全也有其自身的局限性，甚至其才能也并不高，能力也并不强，性格上有种种缺陷，等等，但太平天国失败的根源毕竟不在于上帝的有无，洪秀全的悲剧也毕竟不是一个“愤青”所能概括得了的。小说中，洪秀全是曾国藩的对立面，唐浩明要树立曾国藩的高大形象，其实也无须矮化甚至是丑化洪秀全。相反，洪秀全越是老奸巨猾，越是精于算计、难以对付，岂不越能衬托出曾国藩的足智多谋，越能映衬出他的勇于担当和舍我其谁吗？

有评论家指出：唐浩明书写了一个真实的曾国藩，他是传统文化下的一个圣人，又是封建思想下的杀人恶徒。但是，笔者的阅读感受是：曾国藩的一切都具有合法性，而太平天国运动完全失去正义性。笔者一直在思考为什么会有这样的阅读感受。在此，唐浩明似乎缺失了当代的视角，或者说现代性的视角。虽然作者的书写具有相对的客观性，但切入角度似乎还不够现代，当下的书写应该以现代来解读传统，在方法上可能没必要一定追求现代性，但在历史观上应该具有现代性视野。如果仅仅以“传统体制”的目光来解读历史，就有可能会伤害到对历史人物的价值判断和作品应有的现代性。

比如，曾国藩对着太平天国的告示“……衣食者，上帝之衣食，非胡虏之衣食也；子女民人者，上帝之子女民人，非胡虏之子女民人也……”大骂“胡说八道”；对着“予兴义兵，上为上帝报瞒天之仇，下为中国解下首之苦，务期肃清胡氛，同享太平之乐”，也大骂“这些天诛地灭的贼长毛！”再比如，“罗大纲拍着桌子喝道：‘你的老娘死了，你晓得悲痛。你知不知道，天下多少人的父母妻儿，死在你们这班贪官污吏之手?!’‘本部堂为官十余年，未曾害死过别人的父母妻儿。’曾国藩分辨。”“‘曾妖头，’罗大纲继续他的审问，‘不管你本人害未害人，我来问你，全国每年成千上万的人死于饥饿灾荒，不由你们这班人负责，老百姓找谁去！’曾国藩不敢再称‘本部堂’，也便不再分辨了。他心里自我安慰：不回话是对的，一个堂堂二品大员，岂能跟造反逆贼对答！”

从这些描写可以看出，唐浩明是以曾国藩的视角进行写作的，这正是“传统体制”的视角，是官本位的思维,是权术和手段的正统表达,甚至曾国藩后来纵容曾国荃杀降、屠城在这种"传统体制"内也有其合理性。相反,在这种"传统体制"内,太平天国运动完全丧失了其合法性。

如果以同一种现代性视角,来对待太平天国的书写,就应该对其来龙去脉有一个客观的描述,即便没有客观的描述,也不应该让太平天国的合法性/正义性淹没在传统体制的思维中,这种单向度的传播容易造成读者的误读。而以曾国藩的视角进行书写原本无可厚非,但是,唐浩明由于太过偏爱曾国藩而没有警惕到对该人物保持应有的"冷"的距离,抽离出个人情感,使之更加客观真实。

比如"他(曾国藩)和南五舅谈年景,知道荷叶塘种田人这些年来日子过得艰难,田里出产不多……南五舅还偷偷告诉国藩,荷叶塘还有人希望长毛成事,好改朝换代,新天子大赦天下,过几天好日子。这些都使国藩大为吃惊",这里虽然是南五舅"说"的内容,却是作者以第三人称的视角出发称呼"太平天国"为"长毛",出现作者和曾国藩的价值判断重叠,导致现代与传统的冲突,容易引导读者产生认识上的误读,以及价值判断的偏离。

七、警醒意识与知识分子的内心冲动

在当代文学作品中,《李自成》是对唐浩明的创作启迪最大的一部书,这种启迪首先表现在作者对历史小说写作的严肃态度和自我担当的社会责任。其次表现在小说的语言上。唐浩明说他读《李自成》,感觉一切都顺理成章,真实可信,明知有不少虚构,但觉察不出来,"在没有任何障碍的状态中,被不知不觉地引入作者所创造的文学世界"。为了达到这种效果,唐浩明认为"历史小说的语言应该文白相杂、雅俗兼备,才较为得体。写上层,写士人,宜用较为文雅的语言。这符合作品中人物的身份,也可以营造出很好的历史氛围"。显然,唐浩明的晚清三部曲就是用这种文白相杂的语言写的,也的确营造了很好的历史氛围。

但另一方面,这种历史氛围由于小说中的人物在不同场合出现、人物与人物之间称呼的转变或作者对人物称谓的变化而使得小说产生一种突然而来的陌生感或阅读上的不适感,使原本"不知不觉地引入作者所创造的文学世界"的情感立刻游离出来,甚至产生某种程度上的"惊悚"或不真实感。由于生活习惯和文化差异的原因,外国作品中的主人公一般都直呼其名,比如"安娜",比如"保尔",读者对此不会产生任何的陌生感或不适感。但是,与安娜·卡列尼娜、保尔·柯察金等外国作品中出现的主人公不同,中国传统文化对先辈/长辈(特别是大人物)的称谓很少直呼其名,中国作家在其作品的叙事中也很少对所塑造的主人公直呼其名。除非故事中的人物相互之间十分熟悉,是朋友或者家人等才会舍去姓氏,直呼其名。也就是说,这种称谓既有前提条件,又有情感归属。不同的场合,不同的称谓,不仅见出人物之间的性格特点,也彰显作者对人物的好恶倾向。唐浩明的小说,大部分的时候都用的是人物全名,是客观的、冷静的,但是,也有一些地方只称呼名,而不带姓氏,比如"国荃""国葆""国蕙",甚至还有"达开",更甚至还有"秀全"出现的,等等,这究竟代表了作者怎样的情感表达?每一处称谓的不同是否有其特殊用意还是任意为之?这种带有倾向性的情感投射是否暗示了作者自觉地参与了对历史的追溯,抑或这只是作者行文时的一种习惯,甚至是说没有在意前后文的统一而形成的某种疏忽?不知别人在阅读时有没有这种感受?

关于《曾国藩》的畅销,唐浩明坦承要归功于中国官场文化的实用性,曾国藩作为中国官场中一个较为完美的成功者,具有很强的示范性。不少人买这本书,是试图从中学到一些如何做官的技巧。但饶有意味的是,唐浩明在很多次采访中强调,他要写的是士,而非官;对于有评论家把唐浩明的创作归于官场文学,他也颇不以为然。于是,我们可以看到,在唐浩明的创作意图和读者感受(包括评论家的判断)之间出现了错位。

为什么会有这种错位?文学最重要的功能,可能未必是赞扬,而更应该是批判;可能未必是让读者学习到了什么,而更应该是引起了读者什么样的思考。笔者在阅读当中,深深体会到,对于历史人物和传统文化,作者要赞扬什么,必有所指;但对于要批判的东西,却感觉有些模糊。这可能与作者创作时的政治气候或时代背景有关。深层次的问题,可能还在于不少国人对于士和官的概念混淆。传统中,我们讲的是士官文化,这是科举制度和儒家文化留下的产物:学而优则仕。这里的“仕”与“士”不是同一:士未必是官,但官一定是士,且士一定想为官才可为士,即“出人头地”“升官发财”“蒙宠皇恩”。

在唐浩明的小说中,我们可以看到浓重的“安身立命”“平步青云”的思维,例如:“当年郭子仪缰绳那天,他的祖父也是梦见了一条大蟒蛇金门,日后郭子仪果然成了大富大贵的将帅。今夜蟒蛇精进了我们曾家的门,伢崽子又恰好此时生下。我们曾氏门第或许从此儿身上要发达了。你们一定要好生抚养他。”又比如:“到了外婆家,母亲将这段险情一说,大家都说母亲讲得有道理,并恭贺她今后一定会得到皇上的诰封。”等等,小说中还有许多言必称“天下”的地方,传统知识分子的安身立命是值得人们学习的,但是,传统的“天下观”则是值得商榷的。

知识分子意味着什么?在托尔斯泰看来,知识分子意味着自由、独立、人格的完整,这是知识分子最大的精神属性。所以,很多西方知识分子认为,知识分子的精神应该与政治保持一定的距离,即便是从事政治哲学研究,如卢梭、伏尔泰等人,也不会直接参与政治,甚至马克思也没有直接参与政治。在文学领域同样如此,一旦参与政治,知识分子的自由精神必然受到政治属性的约束。

那么,透过《曾国藩》等作品,我们应当反省的是:中国知识分子的精神属性是什么?官的精神属性又是什么?当代知识分子阅读唐浩明的小说,大多都是在学习——学习官场文化的钩心斗角,而非思考——思考传统文化的糟粕与精华,更遑论批判——批判中国的“官本位”文化对人性的扼杀,当读人们津津乐道于曾国藩的“狡诈”与“狠毒”而漠视于曾国藩的隐忍与自律时,这种“尴尬”难道不悖于作者的创作初衷吗?唐浩明虽然无法控制读者有选择性地汲取作品的养分,但作为一个有良知的作家,他是否可以给予这样的读者一种警示,至少是某种忠告呢?

[作者单位:中南大学文学与新闻传播学院]

文化的二元依存

——唐浩明小说创作的文化思考

□ 周洪斌　岳凯华

唐浩明的历史小说中渗透了他理性思辨的文化观，这一文化观与寻根文学基本相同，都展现出了“文化的二元依存”这一观念。在具体文本中，这种“文化的二元依存”观念通过人物的内心矛盾和阶级的对立融合展现。对传统文化的理性思考加深了作品的文化底蕴，也为历史小说创作如何更好地展现文化提供了一个优秀的典范。

20 世纪 80 年代中期由韩少功等人发起的寻根文学掀起了一股对中国传统文化进行理性审视的热潮，成为“当代文学史上一个巨大的无法逾越的神话”①。文化根植于历史，并在历史长河的流淌中渗入民族精神，因此文化与历史的关系难以割裂。而在文学创作中，作者的文化观和历史观也难以割裂。张清华在考察寻根小说家的历史观念时，指出“道德的二元对立变成了文化的二元依存”是其主要特征之一②，“文化的二元依存”指的是传统文化本身是集精华与糟粕于一体的，传统文化的优势中包含着劣势，劣势里也展现出优势。

“文化寻根”的母题生成为新时期的历史小说创作提供了新思路，“文化的二元依存”也进入作家的创作视野，使得新时期的历史小说创作由传统历史小说对历史人物的简单重塑、历史故事的单纯复述转入更深层次的文化解读层面，从而小说中的历史人物展现出复杂多样的性格特征。其中唐浩明的作品可以说是这一类小说的代表。在《我写〈曾国藩〉》一文中，唐浩明曾提道：“我写《曾国藩》立足于中国的传统文化，曾国藩是中国传统文化在清末社会中的一位集大成者。我们可以从曾国藩身上的优长劣短，正面与负面透见中国传统文化积极与消极，精粹与糟粕的两重性。”③可见这种对于“文化的二元依存”的思考在唐浩明的小说创作中是自发的，这既是唐浩明小说的创作特色，也是其魅力所在。

在唐浩明的历史小说中，这种“文化的二元依存”观念不仅包含了对传统文化优劣势的理性思辨，还体现了中国传统文化中的庙堂文化和民间文化对立统一的思考。结合具体文本，本文认为唐浩明小说中的这种文化思考主要集中在人物内在矛盾和阶级对立融合的书写中。

一、文化的二元依存和人物的内在矛盾

在谈及寻根文学中历史叙事的审美特征时，张清华提到一种与“积淀说”理论相关联的历史意识，它同时也和西方集体无意识理论有某些内在关系，即相信历史与文化并不在遥远的古代时空，而就积淀在当代人的心理之中④。因而探析人的心理就是在探寻历史和文化，书写人的性格特征就是在展现历史和文化特征。

“历史小说写的是历史人物的故事”⑤，塑造历史人物形象是唐浩明小说创作的核心，也是他小说创作的一个重要贡献。唐浩明的“晚清三部曲”选取了曾国藩、张之洞、杨度三位传统知识分子作为写作对象，在中国，知识分子是传统文化知识的直接接受者和弘扬者，从他们的心理特征和行为选择上可以明显看到传统文化影响的痕迹。中国传统文化中影响最深远的是儒家文化，知识分子们在这一思想的影响下形成了“内圣外王”的人格模式。“内圣，是说他的内心致力于心灵的修养；外王，是说他在社会活动中好似君王。”⑥唐浩明小说创作中的主人公都符合这一人格模式，他们

在日常生活中修身养性,不断磨炼心性,以达到"圣人"的高度;在政治生活中则励精图治,以天下为己任,企图挽救晚清衰颓的国势。从理论角度看,"内圣外王"的人格模式并无可批驳之处,但回归到历史语境中,曾国藩、张之洞、杨度面对的是"三千年未有之大变局"(李鸿章语),此时的种种社会问题绝非单靠个人"内圣外王"的人格追求能解决,这一积淀了儒家思想精华的人格模式在现实面前不堪一击。政治黑暗、经济凋敝的晚清已经走到了穷途末路,仅个人的德行出众并不能改变现实的困境,而以天下为己任的抱负也在传统忠君思想的阴影下多少带点保守主义色彩,这也使得原本正面的"内圣外王"品格一方面不得不屈从现实,做出一些违心之举,另一方面则暴露出了这一品格虚伪性和保守性的弱点。

唐浩明的小说创作十分注意"内圣外王"的人格模式对知识分子产生的双面影响。尤其对于曾国藩,唐浩明"发现他的个性无比复杂:既魄力宏大,又胆气薄弱;既冷酷残忍,又温情脉脉;既老谋深算,又轻信人言;既敢于斗争,又忧谗畏讥;既自强自立,又相信命运;既严肃端谨,又诙谐风趣"[⑦],他在小说创作中,将这种矛盾性通过细节描写和情节叙述复现。

唐浩明特别突出曾国藩在传统思想影响下形成的诸多优良品质。小说对曾国藩的为人清廉多有着笔,他从不受贿,至死只留下相当于他一年的俸禄两万两白银,申名标向他进献玛瑙珍宝却惹怒了他,反被撤职,即便是一幅很喜欢的字画他也不肯收取,这样的洁身自好恰是其磨炼心性、恪守品德的结果。

曾国藩带领的湘军战功赫赫,稳定了当时动荡的社会局势,这与他从严治军分不开。曾国藩的治军方法主要来自法家强调"法""术""势"三者统一的思想,他一方面建立严格的奖罚制度,另一方面通过杀鸡儆猴的谋略为自己树立军威,这些手段有效提高了军队的规范性和战斗力,湘军也不负众望地平定了太平天国的农民起义。

在生活中,曾国藩对兄弟、儿子言传身教,与人交谈中也多见金玉良言,唐浩明在小说创作里将曾国藩的多封家书改写成与亲友的直接交谈,从而增强了情境感,也对在政治生活外的家庭生活中的曾国藩形象作了补充,更突显了"内圣外王"人格追求对其影响之深。在唐浩明的小说中对曾国藩的一生进行了详尽描写,将曾国藩塑造成了一个中国传统观念中"立德、立功、立言"俱全的"三立完人"形象。

但人是复杂的矛盾体,好的文学形象也不会只展示单一的思想性格。正如唐浩明所认识到的那样,在小说创作中,他也将曾国藩的复杂多面性展现了出来。"完人"的背后有很多的性格弱点,在他的生命里也有许多不那么光彩的时刻。有一些是违心之举,例如对受贿深恶痛绝的曾国藩为筹措军饷,不得不为贪官奏请入乡贤祠;为树立军威,痛斩与己有恩的金松龄;迫于情势,面对天津教会被烧一案,曾国藩忍辱负重严惩地方官员并杀百姓与洋人抵命,这让曾国藩背上"卖国贼"的骂名,他自己也发出"外惭清议,内疚神明"的感慨。这些违心之举都是曾国藩迫于现实压力做出的选择,作者在小说中用了大量的心理描写展现出曾国藩内心世界的复杂和矛盾,也体现出传统文化积淀下的"三立完人"面对满目疮痍的社会现实,仅靠"内圣外王"的人格模式既不能救人,也无法自救。

唐浩明不仅看到具体历史语境中传统文化暴露出的不合时宜性,对于传统文化本身存在的问题他也并不回避。以曾国藩为例,小说在刻画出一个清正廉洁、修身克己的正面形象的同时,也没有放弃对其弱点的挖掘。其中着墨最多的有三:

其一是他的为人残暴。曾国藩在历史上被称作"刽子手""曾剃头"也是源自他的"霹雳手段",唐浩明在细细考察历史后,并未替曾国藩加以掩饰,反而写了不少事件来刻画曾国藩的这一面:例如,曾国藩明知林明光案是诬陷案,但还是将其砍头;他面对对手更是不留情面,下令"凡胆敢抵抗的长毛,抓到后,不分男女老少,一律剜目凌迟"[⑧];对于降俘出尔反尔,蓄意谋杀韦俊以立军威,这不仅体现了他的残忍自私,也造成了他与挚友康福的隔阂。曾国藩性格里残暴的一面受到法家影响颇多,法家强硬的态度与他性格中偏狭的一面相结合,使他走向了极端。法家是绝对的利己主义,主张"不但不排斥而且正是要运用各种阴谋诡计残忍狠毒的手段,才能保持自己的势位权力"[⑨]。曾国藩就是这样一个绝对的利己主义者,为达目的他几乎无所不用其极。

其二是他的虚伪。在小说中,唐浩明借他人之口多次指出曾国藩这一弱点。首先是左宗棠痛斥曾国藩虚伪,对好友这一指责他觉得委屈,“他一生中最恨别人虚伪,想不到这个最招他厌恨的字眼,竟然由相交二十多年的老友加于自己的头上”[⑩]。其后是奕譞与慈禧讨论裁撤湘军一事时说:“曾国藩是个最虚伪的人。打下安庆时,曾国荃把伪英王府的全部财产都运回他的湖南老家,用这笔钱给他的每个兄弟都买了田起了屋。正因为这样,曾国藩明明知道,却不做声。……怪不得别人都说曾国藩是伪君子。”[⑪]奕譞的上奏虽因站在裁撤湘军的立场而带有个人情绪,但从中也可以看出批曾国藩“虚伪”并非一家之言。与康福故友重逢时,他对杀韦俊一事做出的回应并未使康福满意,康福也在心里说:“怪不得世人都说他虚伪。”[⑫]曾国藩的虚伪实则是由儒家文化塑造的,关于儒家文化的“虚伪”木心就曾有过批判,他的矛头直指儒家的创始人孔丘,说他“虚伪”,说他的理论“不近人情”,“他想塑造人,却把人扭曲的不是人”[⑬]。木心认为,儒家对人的道德提出的高要求实际上就是对人的天性的扼制,内心欲望与儒家的道德要求是相矛盾的,并且在现实中人追求道德的完满并非听从内心所愿而是为了外在的名声,曾国藩也是如此。左宗棠的痛斥是源自他弃国难不顾,奕譞的上陈和康福的质问也都是实情,但曾国藩却为维护名声不敢直面自己的弱点,逃离战场用的是回家奔丧的理由,对杀韦俊一事的辩驳也是从国家大局出发,十分空泛无力。

其三是他的愚忠思想。“忠”是中国传统文化中最为重要的品德,也是维护封建统治屹立不倒的坚固城墙。出生在封建社会中,深受传统文化影响的曾国藩自然也将忠心耿耿地维护清朝统治作为自己的毕生使命。在小说中,唐浩明为曾国藩安排了五次试炼,先后由王闿运、左宗棠、彭玉麟、王韬、曾国荃等人出面试探曾国藩是否有问鼎天下的野心,曾国藩的态度很明确——鼎之轻重,不可问焉。但曾国藩的忠心反遭到不少人诟病,小说中借托陈广敷之口指出曾国藩的忠心之举不过是“囿于忠君敬上之小节,无视拯国救民之大义”。其时清王朝已经奄奄待毙,统治者也毫无作为,若是曾国藩“少考虑些一己之得失,多想些国家长远利益”,中国的历史会完全改写也未可知。听了陈广敷的惊世之言曾国藩目瞪口呆,心中产生了疑惑:“难道说,读书千万卷,竟没有读通么?”[⑭]事实上,并非书没读通。李泽厚曾指出,“君主专制主义、禁欲主义、等级主义的孔子,是封建上层建筑和意识形态的人格化的总符号”[⑮],书里记录的圣人之言本是为维护封建统治而作,自然不会教人反封建。曾国藩是深受儒家文化熏陶的中国文人,儒家文化构筑了他身上诸多美好品质,但同时儒家文化的封建性也侵害了他的思想,以致到最后他都只是质疑自己“书没读通”,而丝毫不怀疑书本身的错误。

曾国藩这一人物形象在唐浩明笔下是一个复杂的矛盾综合体,而这一矛盾就是传统文化的精华和糟粕在个体接受者身上的投射。传统文化的“内圣外王”人格模式追求养成了曾国藩在生活中修身克己的作风,也是他得以成功的重要原因,故而唐浩明将其称为“中国传统主流文化培育出来的最为优秀的成功者”[⑯]。但同时,传统文化的人格追求在面对动荡社会现实时的软弱性和虚无性,以及其本身的封建性也在曾国藩性格的弱点中暴露。

二、文化的二元依存与阶级的对立融合

“历史的阶级性品质,决定了历史叙事的终极指向是阶级关怀;它所顾及的只能是共同利益的实现和维护。”[⑰]书写历史,尤其是立于危难之际国家集体意识空前高涨的中国近代史,阶级关怀是必须面对的一个问题。不同的时代语境给我们提供了多角度的历史视野,从不同的阶级立场出发也会获得不同的评价标准。例如,对于曾国藩这个人,1944 年范文澜站在无产阶级革命立场指出曾国藩是“满清统治者压迫屠杀人民的急先锋”[⑱],但“与他同时的人以及后世不少名人又都盛赞他,有的甚至说他德追周孔,功比李郭,掌近朱张,文如韩欧,是一代完人,千古楷模”[⑲]。在传统历史小说的创作中,一般是采取一种视角和评价标准,以获得小说主题的鲜明。但在唐浩明的历史小说创作中却打破了这一传统,他采用多元评价标准,用宏大手笔勾勒出内忧外患的中国近代社会全貌。

这种多元评价标准的使用并没有导致小说主题的模糊不清,反而可以从中更为清晰地看到唐浩明“二元依存”的文化观念。阶级的对垒背后是更广阔的文化差异背景,中国近代社会又恰是一个多种思想碰撞、多

种文化交融的乱世,在唐浩明的小说中主要涉及的一组文化对立来自庙堂文化和民间文化。这两种文化壁垒分明,在差异中确定了各自的特性,同时又互为参照,甚至在个体身上呈现出交融之象。面向每一种具体的文化,作者也不是单一地肯定或否定,而是采取"二元依存"的态度对各种文化进行理性审思。

在小说中,庙堂文化的文化载体是清政府,按照中国传统历史观,清政府所代表的是"正统",清政府的立场才是唯一正义的立场。与这种立场相关联的便是"忠君爱民"思想,在这一思想的统摄下出现了一批于危难之际担起大任、救国救民的忠臣形象。"三立完人"的曾国藩、廉介刚方的左宗棠、经世致用的罗泽南、正直英勇的胡林翼,这群忠臣在乱世里大展拳脚,尽显英雄本色。

但封建势力气数已尽,以慈禧为核心的权利中枢罔顾社稷,贪图享乐,作威作福,更是加速了清王朝的毁灭。居庙堂之高的大臣也并不都是有志之士,更多的是一些贪官污吏或酒囊饭袋,例如小说中的官文便是这样一个典型。官文的特点是"贪名贪利,无定识,无风骨,你给他点好处,他就会站在你这边"[20],这种人没有坚定的立场,哪里有利可图他就倒向哪里,但又恰是因为他这一特点,才使得曾国藩托他之名的"长江水师"改制得以顺利推行。由此可见清政府官僚腐败到何种地步,哪怕是做一件利国利民的大好事,也会遇到各种掣肘,不得不依靠这些贪官污吏的帮持。上行下效,整个清政府系统中充斥着官僚主义作风,这一座表面风光的大厦实则早已长满蛀虫。

对于腐败无能的清政府,作者的态度无疑是批判的,但他也看到这个系统中不乏英雄才俊,对于他们的匡扶正义之举毫不保留地褒扬,虽然陈广敷的"小节"、"大义"之说对曾国藩产生了剧烈的思想震动,但仔细思索后他还是认为"即使从国家兆民的大义出发,他也觉得不能做赵匡胤式的人物","劫后余生的百姓第一需要的便是和平。为了改朝换代,再次把他们推入战乱兵火之中,不正是对他们犯下滔天之罪吗?……怕不成功声名全毁的怯弱之心固然有,不忍背叛皇家的忠贞之心诚然很重,而一个孔孟信徒对天下苍生的责任感,也不能说完全没有"[21]。曾国藩的这番自我剖白让我们看到一个儒士"为生民立命"的责任感,也不难看出作者多少对曾国藩有点维护之心。这种维护之心实则就是对庙堂文化关注社稷民生一面的肯定。

民间文化的代表是太平天国。与庙堂文化的"忠"思想地位相同,"义"是民间文化的核心。在唐浩明的描写中突出了太平天国的"义",这与主流历史对太平天国运动的评价一致。早在对苏区五次围剿期间,国民党便将红军称为"粤匪——太平军",国民党宣传部部长叶青还曾经发表文章,称"毛泽东主义"是"太平天国洪秀全的再版"[22]。在这一政治思想的影响下,与封建势力作斗争的农民起义团体无疑是正义之师,它象征着底层人民的觉醒,是代表革命的进步力量。

太平军的这种正义性一方面通过侧面描写清王朝的腐朽落后来表现,另一方面则集中体现在太平军中一些英雄豪杰的形象塑造上。太平天国运动虽是农民起义,但太平军中不乏能人志士,尤其对石达开、李秀成和康禄三个形象的刻画,更是展现了起义团体的英勇无畏、胆略过人。石达开的智勇无双令死对头曾国藩都不禁叹服,李秀成沦为败寇后面对拷问而面不改色,康禄更是武功超绝、大义凛然。尤其是康禄从容就义、慷慨自焚一幕,作者用抒情性极强的文字描摹出这场起义运动的悲壮结局:"它是雄伟的。这把火将人类执着的追求、崇高的理想送上了真正的天上圣殿,它必将令万众敬仰,子孙膜拜。它是悲壮的。这把火将人类的精英、宇宙的脊梁无情地吞噬了,它必将激起更强烈的反抗,更勇敢的斗争。它是深沉的。这把火本应焚毁腐朽与黑暗,却为何转了向?美好与光明如何才能获得?它必将留下深刻的教训、深沉的思索。它是永恒的。这把火将五千忠骨化为最纯洁的灰烬,让它们洒向蓝天,飘落在山川湖泊之上,安卧在苍茫厚实的大地之中。它必将与山河同在,与日月永存!"[23]在唐浩明的小说中很少看到对事件和人物做出直接判断,这里却一连用了四个排比段落讴歌了太平军的正义和壮烈。

但在对太平军的英勇行为表示赞叹的同时,作者也没有回避农民阶级的局限性,以及这种局限性必然导致革命失败的历史走向。小说中吴南屏就直言:"其实,长毛是自生自灭。倘若没有内讧,这天下洪杨坐定多年了。"太平天国运动的反封建性是他们的进步性,但革命后企图建立的不过是又一个封建王朝,以洪秀全为代表的统治阶级在打下南京后就开始贪图享乐，弃革命事业于不顾。没有先进思想引导的农民阶级革命的不彻底性最终只会导致革命失败。

在小说中，庙堂文化和民间文化是“清妖”和“长毛”两股互不相容的敌对势力，太平天国运动以推翻清政府的统治为旨归，而曾国藩率领的湘军则誓要剿灭太平军。这种矛盾对立实则也体现了庙堂文化对民间文化的排挤和民间文化对庙堂文化的挑战，但由于两者都统摄于中国传统文化这一大的文化背景中，这种对立又并非不可调和。

小说并没有一味地突出两种文化矛盾的一面，关于两种文化的相互依存也多有体现。首先体现在塑造了康福、康禄这一对持不同立场的兄弟形象，康福感念曾国藩的知遇之恩而选择加入湘军，康禄则始终坚持底层立场成为太平军的一员。两兄弟虽在不同的阵营，但他们的理想目标并没有很大的分歧，他们都渴望建功立业，也渴望为百姓创造一个理想的太平盛世。立场的不同让他们无法携手，他们都不认同对方的立场，并极力想要劝说对方加入自己，但都没有成功，最后只能分道扬镳。不过在康禄自焚之后，康福又通过韦俊被杀等一系列事件认识到曾国藩的虚伪无情和清政府的腐朽黑暗，最终他认可了弟弟康禄反抗朝廷的立场。其次这种由阶级对立走向融合也突出地表现在李臣章和瞿荣光身上，他们一个是前湘军哨长，一个是太平军师帅，但在战争结束后居然结成了异姓兄弟。

湘军与太平军这一对宿敌由对立走向融合，在曾国藩看来这是“泯灭了大是大非的界限”，但实际上，这种界限在当时复杂的社会环境中并没有那么明确。儒家文化的核心思想是“仁”，仁者爱人，所以其最终目的是要关爱人民。民间文化本站在人民立场，自然心怀苍生；而庙堂文化虽然为统治者服务，但中国传统文化中的民本思想仍镌刻在知识分子心中。从这一点看，湘军与太平军的隔阂并非不可弥缝。由对立走向融合的发生是建立在庙堂文化和民间文化在民本思想观念的统一之上的，这种统一也是两种文化相互依存的关键。

三、结语

文化是在历史的长河中形成的，因而历史小说是最适合展现和剖析文化的文学载体。可纵览中国文学中的历史小说，对于文化的自觉意识并不突出。儒家的“入世”思想促使中国文学更加关注政治、伦理等问题，对于文化的关切却十分之少。相对“以往论者多习惯从政治和道德上给曾国藩定位”，唐浩明“从文化层面上来研究曾国藩，塑造曾国藩的文艺形象”就很好地展现了他的历史小说与传统历史小说的区别。

唐浩明的历史小说创作中“文化”是不可忽视的要素，他对于文化的书写和剖析也的确非常成功。马克思曾经说过：“文化并不简单是意识观念和思想方法问题，它像血脉一样，熔铸在总体性文明的各个层面以及人的内在规定性之中，自发地左右着人的各种生存活动”，因而我们必须“要以实践的基础理解文化”[㉔]。由于人类的实践活动是复杂的，所以我们所面对的文化问题也应该是复杂的，我们对文化问题的探析也必须从多个角度出发。在唐浩明的小说中我们可以看到他对于文化就是持这样一种态度，既看到了传统文化的精华，也不回避传统文化的糟粕，从而进入一种理性审思的层面。我们沿用张清华应用描述在寻根文学特征上的概念——文化的二元依存，并在此基础上进行扩充，文化的二元依存在唐浩明小说中不仅表现为对传统文化两面的剖析，也表现不同文化的对立与融合。通过解读唐浩明的文本，可以清晰地看到他对文化的思辨理解，他始终站在多维的历史空间中对中国传统文化进行反思，这为历史小说中的文化书写提供了一个优良典范。

注释：

①陈晓明：《个人记忆与历史布景——关于韩少功与寻根的断想》，《文艺争鸣》1994 年第 5 期。

②张清华：《中国当代文学中的历史叙事》，北京大学出版社 2012 年版，第 39 页。

③唐浩明：《我写〈曾国藩〉》，《战略与管理》1994 年第 3 期。

④张清华：《中国当代文学中的历史叙事》，北京大学出版社 2012 年版，第 41 页。

⑤唐浩明：《历史人物的文学形象塑造》，《文学评论》1995 年第 6 期。

⑥冯友兰：《中国哲学简史》，生活·读书·新知三联书店

2009年版,第9页。
⑦唐浩明:《〈曾国藩〉创作琐谈》,《文学评论》1993年第6期。
⑧唐浩明:《曾国藩》(上卷),北京出版社2011年版,第233页。
⑨李泽厚:《中国古代思想史论》,生活·读书·新知三联书店2017年版,第92页。
⑩唐浩明:《曾国藩》(中卷),北京出版社2011年版,第16页。
⑪唐浩明:《曾国藩》(下卷),北京出版社2011年版,第9页。
⑫唐浩明:《曾国藩》(下卷),北京出版社2011年版,第353页。
⑬木心讲述、陈丹青笔录:《文学回忆录》,广西师范大学出版社2013年版,第190~194页。
⑭唐浩明:《曾国藩》(下卷),北京出版社2011年版,第373页。
⑮李泽厚:《中国古代思想史论》,生活·读书·新知三联书店2017年版,第28页。
⑯唐浩明:《曾国藩的成功之道》,《安徽决策咨询》2003年第1期。
⑰陆文彬:《历史想象的现实诉求》,百花洲文艺出版社2003年版,第127页。
⑱罗湖社区家园网,http://bbs1.luoohu.com/thread-1327218-1-1.html。
⑲唐浩明:《〈曾国藩〉创作琐谈》,《文学评论》1993年第6期。
⑳唐浩明:《曾国藩》(下卷),北京出版社2011年版,第103页。
㉑唐浩明:《曾国藩》(下卷),北京出版社2011年版,第375页。
㉒周昂:《曾国藩是如何热起来的》,《领导文萃》2011年第15期。
㉓唐浩明:《曾国藩》(中卷),北京出版社2011年版,第251页。
㉔伊梓钰:《从〈扶桑〉看马克思主义哲学中的文化观》,《林区教学》2019年第2期。

[作者单位:湖南师范大学文学院]

唐浩明历史小说价值再解读

□ 杨建华　黄金萍

历史小说作为融合历史真实和文学虚构的特有文体类型,因其独特的思想追求与古典的审美蕴含,在中国文学史上留下了厚重的一笔。自从姚雪垠的《李自成》第一卷于1963年出版以来,当代长篇历史小说已经走过了半个多世纪的发展历程。既出现了以姚雪垠、唐浩明、凌力、二月河、刘斯奋、熊召政、孙皓晖等为代表的优秀历史小说家,也诞生了以《李自成》《曾国藩》《少年天子》《雍正皇帝》《张居正》《大秦帝国》等为代表的经典历史小说。这些经典作品视野开阔,思想厚重,人物丰满,成为当代文学史无法绕开的独特存在。这其中,唐浩明的晚清题材历史小说家三部曲——《曾国藩》《旷代逸才・杨度》《张之洞》,无疑是占据了重要的位置。可以说,唐浩明小说所表现出来的敬畏历史的求真态度、立足全球化的文化自信以及开放包容的创作视野,对于今天的历史小说创作而言仍有着无可替代的启迪意义。

一、敬畏历史真实,纠正了新历史主义小说戏说历史的倾向

"敬畏历史,感悟智慧"是唐浩明一以贯之的创作核心线索,其中"敬畏历史"是其小说创作的出发点,"感悟智慧"则是其小说创作的目的。这里所说的"敬畏历史",在唐浩明自己看来,包括了"历史小说"概念本身的两方面应有之义:一是要尊重"历史真实",要有史学家的史德与史识,写作态度严肃,尊重史实材料;二是要遵循"小说自由",意即要有小说家的敏锐眼光和艺术才华,在不违背大方向的历史真实的前提下,大胆想象,合理虚构,尤其要掘进人物内心深处,准确捕捉与生动描绘历史生命最细微处的颤动①。下面本文将具体阐述第一个方面的内容。

在尊重历史真实方面,唐浩明对自己的创作提出了近乎严苛的要求。作为新时期的历史小说创作名家,唐浩明跟刘斯奋、凌力、熊召政等人一样,对历史真实都有着发自内心的主动追求。事实上,新时期大多数历史小说家都非常重视历史真实性的自觉追求,几乎都经历了一个由专业的历史研究者向历史小说创作者身份的转变。作为学者型作家,这些作家在创作之前,都做了长时间的史料收集和探究,如凌力本身便是清史研究所的专家,刘斯奋更是致力于晚明史爬梳求索多年。

与上述学者型历史小说家相比,唐浩明在历史真实的追求方面也是近乎苛刻,自从华中师范大学研究生毕业分配到岳麓书社工作以来,他专注晚清历史研究前后长达二十余年。而他为完成三部历史小说的写作,也前后花费十五年的功夫。对于唐浩明提倡的对于历史要"心存敬畏"的主张,学者胡明表示深深的认同,同时也做了一定的补充与阐发,他认为,历史真实是历史小说创作首先必须坚守的一道生命线,"我们要拥抱历史首先要敬畏历史"②。创作历史小说必须要有正确的历史观,同时还要有科学的历史哲学与历史逻辑。

应该说,对于历史真实的自觉追求,是唐浩明"晚清三部曲"一贯的写作风格。不过仔细阅读三部小说,认真分析唐浩明在不同时期发表的创作感言,我们还是不难找寻到唐浩明在不同阶段的作品对于历史真实表现的不同程度。如果说唐浩明在20世纪80年代后期至90年代初期创作《曾国藩》时,这种历史真实追求还处于未成体系的探索阶段,那么在90年代中期创作《旷代逸才・杨度》时,这种历史真实的追求又有了新的变化,而90年代后期直到新世纪初创作《张之洞》

时，这种对历史真实的敬畏与追求已经上升到了来自写作主体内心的真正自觉。下面，我们就结合三部作品的创作历程来具体考察一下这种“历史求真”过程的某些变化。

早在1993年，唐浩明谈及创作《曾国藩》的写作动机时曾提到，自己在20世纪80年代中期编撰《曾国藩全集》时内心始终有一大困惑。他在整理曾国藩留下的曾氏档案典籍时，发现一种巨大的反差：当代的历史学家更多地将曾国藩定位为“汉奸、卖国贼和刽子手”，贴上了反动地主阶级文人的标签，而与他同时的人以及后世不少名人又都盛赞他是修身齐家治国平天下的“三立完人”。这是为什么呢？为解开这个内心的谜团，唐浩明一头扎入了晚清历史的钻研之中。也就是依靠了这种求真务实的功夫，唐浩明对于曾国藩的真实情况，已经有了自己的全新的真切认识。

唐浩明认为，对曾国藩这个历史人物，过去的误解必须加以消除。“因为曾国藩这个人既不是圣贤完人，也不是十恶不赦的罪人，他是中国近代史上一个充满了深刻悲剧内涵的人物。……他的信仰又是那样的坚定，为之付出的心血又是那样的多，因而他的悲剧色彩也就愈加显得浓重。”[③]正是从这一源自历史材料本身得出的历史观出发，唐浩明创作历史小说就自觉舍弃了其他作家惯用的阶级分析方法，一切以历史人物本真生命体验为中心，坚持以传统文化与传统知识分子命运关系为线索，从而将曾国藩等晚清士人都还原成一个个血肉丰满、个性鲜明的有生命的个体的人。这才有了我们今天看到的真实而感染力极强的历史小说《曾国藩》。

同样，在创作《旷代逸才·杨度》时，唐浩明在真实还原历史人物方面也是付出了大量心血。对于杨度，唐浩明始终抓住了一点，那就是这位处于晚清社会转型时期的湖南士子，尽管身前身后都遭受了诸多不公正的对待，既背负着“帝制余孽”的骂名和“帝制祸首”的罪名，又在“文革”时期被红卫兵骂为汉奸，但其拳拳报国志向却是始终未改，救国救民的理想也始终不见动摇。因此，作者能站在今天的时代高度，真切地还原了一位近代爱国知识分子的本来面目。

而在第三部历史小说《张之洞》创作上，唐浩明对历史真实的态度更为谨严，写作速度更加缓慢。在该小说由期刊到书本的修改订正过程中，作者删去了不少晚清稗史和民间流传下来的风流韵事，而将大量书信奏章合理地插入字里行间，这使得文本的真实性更强。这一切无不都体现唐浩明对于历史求真态度的近乎严苛的追求。

当《张之洞》出版后，学界毫不留情地指出了该小说太拘泥史实的问题，并建议其在修改阶段向二月河的大众化创作风格靠拢，迎合读者与市场化。但唐浩明不为所动，坚守历史真实这一创作底线不妥协。唐浩明的一位老朋友这样评价：“2001年在历史小说《张之洞》面世时，据传媒报道，是唐浩明的最后一部历史小说，因为他写得太辛苦了。就我亲眼目睹的情况也是如此，从《曾国藩》到《杨度》再到《张之洞》，唐浩明也由年轻俊逸而到了‘不知明镜里，何日添秋霜’的年纪，十五年光阴就这样倏忽而逝。”[④]笔者也认为，不管后来者对唐浩明的“晚清三部曲”的文学史地位做怎样的评价，就历史真实追求与写作态度而言，唐浩明的创作应该是无可挑剔的，一股钦佩之情也会在我们内心油然升起。可以说，在以唐浩明为代表的当代知识分子历史小说家身上，这种敬畏历史真实的背后其实包含了深切的历史使命感和社会责任感，体现了当代作家自觉的文化担当精神，也表现出了对于五千年中华历史文明的文化自信态度。这一切都是新世纪历史小说创作最为宝贵的经验，值得好好记取。

也正是这种严谨务实的求真态度，在一定程度上有力纠正了20世纪80年代中期以来新历史主义小说带来的蔑视历史真实的种种流弊。众所周知，新历史小说往往以颠覆权威、戏谑崇高、解构真实、戏说英雄等为其创作旨归，与西方新历史主义思潮一脉相承，其特点在于将历史文本化与文本历史化，以小历史叙事取代宏大历史叙事，将欲望作为推动历史前进的动力。这种写作历史的方法固然在一定程度上给文坛带来了一股清新之风，但其根本的危险在于，过分沉迷于解构历史真实，势必会将历史事实化为虚幻，历史真实因此而被连根拔起，历史书写最终陷入历史虚无主义的泥淖而无法自救，长此以往，中华五千年文明将无所归依，中华优秀传统文化也终将会失去其应有的光泽。也正是在这个意义上，唐浩明的晚清题材历史小说高举敬畏历史、坚守真实、崇尚传统的大旗，以严谨务实的求真态度，几十年如一日，终于完成皇皇巨著“晚清历史三部曲”，有力纠正了新历史小说误读历史、戏说真实的误区，给广大读者留下了一笔宝贵的精神财富。

二、立足全球化背景，增强了民族文化自觉与文化自信

与晚明题材、盛唐题材以及春秋诸子题材相比，晚清题材在当代历史小说中似乎一直不是创作的主流。这一方面是由于时间距离的接近，导致小说家在历史人物与历史事件的处理上游移不定，创作上难以施展拳脚，总显得有些拘束；另一方面则是因为民族国家话语与政治敏感性的存在，作品多化为意识形态合法性的文学演绎，缺乏应有的超越姿态与高远境界，也缺乏必要的人性深度与哲理深度。比如，冯骥才的《义和拳》就重在展现中国民众与西方洋人的民族矛盾对立，却对义和团运动的深层次问题缺少必要的反思；凌力的《星星草》同样重在表现捻军与洋人的对抗冲突，政治视角单一直白；鲍昌的《庚子风云》重点表现了庚子年间八国联军与清朝政权的对立冲突问题，同样只是一些历史政治大事件的简单记述；巴人的《莽秀才造反记》角度有所创新，但写作重心依然是中外民族矛盾与对立，凸显江浙地区民众“反洋教平洋人”的抗暴斗争，缺乏包容心态和冷静客观的视野。

相比之下，唐浩明的晚清题材历史小说，一个重大的突破就在于创作视野更为宏阔，对西方世界的考量保持了更为开放也更为包容的姿态：一方面，小说对晚清以来中西文化的冲突与融合局面的全面书写与整体把握可谓高屋建瓴，相较那些吹捧康乾盛世、嘉庆中兴的历史小说，唐浩明的晚清历史小说无疑在思想认识层面高了一个层次；另一方面，作者自觉引入了“西方他者”视角作为参照，成功摆脱了过去的民族国家话语二元对立话语模式，而代之以徐图自强、中体西用的全新视野，我们姑且将之称为“全球视野”。

以史为鉴，借古喻今，是历史小说创作的重要宗旨。全球化对于中国传统文化的全方位冲击，在不同阶段有着不同的表现，这种差异背后当然也有着某种历史的相似性。至于晚清中国全球化对于今天中国全球化的启迪意义，唐浩明有着自己的认识：“曾国藩、杨度、张之洞都生活在社会大变革的特殊年代。其时内忧外患，危难重重，他们本身也深具影响力，都在深刻思考国家和民族的命运，并且试图改变这命运。……我选择的历史背景和我们现在的历史背景也有某些相近——‘洋务运动’本身也是试图使中国与世界接轨，其中心目的是富国强民，与当今的改革开放也有类似之处。”⑤

众所周知，晚清（1840—1911）是清朝统治的晚期，既见证中国近代史的开端，又目睹近代中国半殖民地半封建社会的形成，晚清中国在各种外力的裹挟下不自觉地卷入全球化进程之中。全球化让古老的中国既遇到了自身发展的机遇，也面临着三千年未有之大变局的挑战。当此之时，洋务运动、维新运动、清末新政相继推行，从器物到制度再到思想，中国学习西方也经历了一个由浅入深的发展阶段，同时中西文化真正正面对撞，其中有太多的经验与教训需要汲取，有太多的精神创伤事件与文化交流案例需要文学形式来加以复现与反思。而唐浩明之所以执着于重释近代历史、反思文化传统，就是因为意识到了历史文化传统对于今天社会的借鉴意义。

唐浩明的三部小说显然都是以民族/国家为故事背景，以文化护卫与文化突围为叙事主线，作品中始终“涌动着一股屈原式的爱国主义激情”。但作者显然又不满足于这种外在爱国主义表征方式，而是巧妙地将笔下人物的爱国情怀与文化自觉、文化自信紧密结合起来展现，三部小说的字里行间都洋溢着一种中华传统文化的自信心与自豪感。比如《张之洞》中就紧密围绕“中体西用”展开故事情节，张之洞从文化决定论出发的，牢牢坚持将“西”严格限定在一个“用”的维度，作者借张之洞的学生之口说道：“‘中体西用’的设想，不仅解决了中学西学之间的关系如何处理的难题，而且为调和中西碰撞揭示了一条万世不易的原则，那就是中国本土所产生的经过千百代所验证的好的传统永远是体，外来的被彼国所证实有用的东西，永远只能是为我所用。其目标，则是卫我邦本，固我国体。”而在《旷代逸才·杨度》中，杨度留学日本时，女弟子千惠子也是始终仰慕中华文化的博大精深，并深深折服于杨度诗词歌赋中所包含的文化优越感与文化自信心。

三、促进思想解放，改变了历史小说题材单一化的格局

正所谓"时势造英雄"，当我们今天回顾当代历史小说的创作历程，不难发现这样一个事实：一旦离开了较为宽容的政治环境和自由包容的社会环境，要想写出真正体现作家主体艺术个性的历史文学作品无疑是一件极难的事情。从20世纪50年代中期的短篇历史小说创作热，到80年代初的农民起义题材创作热，再到90年代前后的文化历史小说热，皆是如此。以唐浩明为例，他在回忆起自己1984年由接受编辑《曾国藩全集》再到1986年拿起笔写作小说《曾国藩》的艰辛历程时，不由得感叹改革开放潮流对于史学界与文艺界的巨大引导作用。也正是因为受到《曾国藩全集》顺利出版与发行的鼓励，唐浩明才下定决心写一部关于曾国藩的历史小说。由此可见，社会思想解放程度对于一个作家来说是多么的重要。

与此同时，"英雄亦可造时势"，一些优秀的历史小说，总是能引领一个时期的思想解放运动，进而带来该类题材历史小说的普遍繁荣。以农民起义题材历史小说为例，当姚雪垠的《李自成》第一卷修订本与第二卷在1977年出版时，迅速引发了当时的农民起义小说创作热，凌力的《星星草》、杨书案的《九月菊》、顾汶光的《天国恨》、李晴的《天国兴亡录》等都是这一类型的代表作品。同样，在任光椿的《戊戌喋血记》出版之后，一大批改革题材的历史小说也相继出现，周熙的《一百零三天》、凌力的《少年天子》、颜廷瑞的《汴京风骚》等皆是如此。

而在文化历史小说创作方面，唐浩明的《曾国藩》无疑是开风气之先。毕竟，在《曾国藩》出版之前，已经有不少作品描写晚清太平天国运动，如《天国恨》《星星草》《天国兴亡录》等等，这些小说的观照视角都是阶级斗争以及民族矛盾。如顾汶光的历史小说《大渡魂》，该书扉页就明确指出是"以洪秀全为首的拜上帝会和以清王朝为代表的封建地主之间的矛盾为主线，以清朝和帝国主义之间的矛盾、拜上帝会和天地会之间的斗争等为副线"。而在石达开就义之后，顾汶光在小说结尾借老人之口喊出："水中的英魂，你瞑目吧！如今，孙中山先生完成了天王未尽之志，天国和你们的血海深仇已经昭雪，看吧！这就是当年陷你们于死地的仇人之头。我们将张遂谋的首级保留至今，正为了告慰你在天之灵啊！"这种"光明"尾巴的阶级矛盾处理方式与现实政治意图都是那个时代共有的写作模式。

相形之下，唐浩明在创作《曾国藩》的过程中，尽管已是20世纪80年代中期，社会思潮已经有大的松动，文坛风气也已有所转向，但近代题材创作仍然存在一定的禁忌。毕竟，在当时的社会背景下，在义和团、太平天国、曾国藩、李鸿章等历史题材的处理上，政治正确性无疑是重要的标准，义和团是纯粹的爱国主义反帝运动，太平天国是正义的农民起义运动，曾国藩是杀人不眨眼的反对势力刽子手，李鸿章是卖国求荣的汉奸走狗，几乎是不容置疑的历史结论。在这种情况下，作为镇压太平天国农民起义运动的"罪魁祸首"，曾国藩这一历史人物要光明正大地进入80年代后期历史小说家的法眼，必须经过无数道难关，比如正统的主流话语对于这类题材写作上的种种限定，比如学界对于这类历史人物的巨大分歧，比如广大读者对于这类题材的反感排斥……一言以蔽之，唐浩明敢写曾国藩，就跟其他历史小说家敢歌颂隋炀帝，敢赞美王莽，敢同情李鸿章一样陷入了"历史反面人物"题材的雷区，其中的挑战与难度可想而知。

在今天看来，这部历史小说当时如果把洪秀全当成正面英雄人物，把曾国藩当成反面人物来写，套用敌方与我方、好人与坏人、革命者与反革命者、无产阶级与反动阶级、革命路线与反革命路线等绝对化对立的创作成规，无论是从出版审查上还是从读者接受上，都可以减少很多不必要的麻烦。因为该小说第一部于1990年写成之后在湖南文艺出版社申报出版选题时，曾多次被刷下来。倒是唐浩明委托家人在台湾联系的出版商在出版流程上简化了很多，出书时间比大陆还早了三个月。

到1992年，历史小说《曾国藩》三部曲终于由湖南文艺出版社全部出齐，广大读者对于作品的热衷程度远远超过唐浩明的预期，新华书店出现了多年未见的排队买此书的热闹场面，该书短短五年时间就重印了十几次，销量最后达到了一百多万册，重现了1963年历史小说《李自成》第一卷出版发行时的万人空巷场

面。其中尽管也有不少人就小说美化曾国藩的内容提出了尖锐的批评，但所处时代毕竟已是社会包容度更大的20世纪90年代，这些批评声音很快被肯定褒奖的洪流所淹没，毕竟在更多的读者看来，这是当代历史小说领域不可多得的厚重之作。

从文学史的角度考察，唐浩明的历史小说可以说是自觉疏远了文坛惯有的历史人物解读方式，特别注重还原历史人物在特定时代的历史进步性与历史局限性，这正如吴秀明所说："唐浩明这三部作品首先在历史层面上打破过去陈旧僵化的道德认知标准而另辟蹊径，努力对长期被'误解'的守旧或反面人物，达成体谅和理解的'同情'。"[⑥]这种对历史人物的"理解之同情"，也使得唐浩明历史小说超越了当时流行的政治层面解读方式，而代之以文化的、人性的解读方式。对这一写法的价值与意义，张炯先生也给予了高度评价，他认为，唐浩明的晚清题材历史小说的最大优势在于"以改革开放的眼光，现代生活的启示和豁达大度的历史胸怀，客观地面对过去的历史和曾国藩这一类历史人物，作出公正而真实的反映和评价"[⑦]。

也正是在《曾国藩》之后，一大批旨在"翻案"的历史小说纷纷出现，从秦始皇到隋炀帝，从唐明皇到雍正皇帝，从陈廷敬到李鸿章，过去被钉在历史耻辱柱上的"反面人物"纷纷抖落身上的历史尘埃，以饱满立体的真实形象出现在广大读者面前。从此，历史小说彻底走出了阶级斗争模式一枝独秀的单一局面，各类题材纷纷面世，成为20世纪90年代文坛最为亮丽的风景之一。

注释：

①唐浩明：《冷月孤灯——静远楼读史》，广东人民出版社2016年版，第317页。

②胡明：《历史·历史观·历史题材的文艺创作》，《文学评论》2004年第3期。

③唐浩明：《〈曾国藩〉创作琐谈》，《文学评论》1993年第6期。

④崔述炜：《我与名人没有约》，湖南人民出版社2005年版，第25页。

⑤唐浩明：《打开尘封〈张之洞〉》，《中国青年报》2001年12月12日。

⑥吴秀明：《长篇历史小说的文化阐释》，文化艺术出版社2007年版，第249页。

⑦张炯：《张炯文存》第6卷，湖南大学出版社2011年版，第245页。

［作者单位：湖南大学文学院；长沙师范学院］

“台港澳文学”不妨正名为“澳台港文学”

——以郑炜明和朱寿桐的澳门文学史研究为例

□ 古远清

通常说台港澳文学，其实这三地文学不甚相同。拿文学史研究来说，台湾地区有本土学者写的本土文学史，但没有编年史。香港地区无论是本土学者写的本地文学史或本土文学编年史，均严重缺席，而文学人口远远比不上台港的澳门，堪称后来居上。这里不仅有本地学者写的《澳门文学史》，还出版过多卷本的《澳门文学编年史》。以这种成绩单，“台港澳文学”不妨正名为“澳台港文学”。

郑炜明，1958 年生于上海，常用笔名苇鸣，现任香港大学饶宗颐学术馆副馆长、高级研究员，已出版学术著作《从清华简〈楚居〉看中国上古外科医学》《香港与澳门之道教》《况周颐年谱》《澳门文学史》《澳门考古学史略》等四十余部，主编《戴密微教授与饶宗颐教授往来书信集》等十余部。

长期生活和工作在澳门的郑炜明，在他所有著作中最重要的是《澳门文学史》。它对澳门文学的历史作了清晰的梳理，对其性质和特征也作了客观科学的界定，其理论价值和开创意义学术界均给予充分肯定。

该书目录如下：“绪论”“第一章 澳门文学的界定”“第二章 16 世纪末至 1949 年澳门的华文旧体文学概述”“第三章 澳门现当代华文文学概述”“第四章 澳门的汉语戏剧活动与作品”“第五章 澳门的土生文学、葡语文学与外语文学创作”“第六章 澳门的民间文学”。另有“附录一 澳门文学研究史略(至 2000 年止)”“附录二 本书正文所提及的人物生平简介”。

研究澳门文学，首先要界定澳门文学。通常认为，凡在澳门这个小城发生的文学，是为澳门文学。郑炜明显然不同意这个过于笼统的定义，如澳门媒体上发表的外地人所写，且内容与澳门无关的作品，显然不能认为是澳门文学。那称为澳门文学的作品，一定要在澳门出生的作者所写吗？郑炜明认为，不能完全以法律身份做标准。那些不是澳门出生，但其作品内容只要与澳门有关，就应纳入澳门文学的范畴，如在澳门住过“一段时日”的作者屈大均、汪兆镛所写的许多重要文学作品，理应在澳门文学史上占一席地位。至于澳门文学是否一定要用华语，郑炜明也认为不能一概而论：“澳门文学应可以向所有文字开放。”[①]

所谓开放，就是澳门文学作品除了用华语书写外，还可以用日文、葡萄牙文、英文、西班牙文或荷兰文写成。事实上，用异国文字写的作品，澳门文坛经常出现。当然澳门作家用得最多的是中文。郑炜明“坚定地认为澳门文学应该包括用任何语言文学来创作的作品”[②]。

澳门文学与香港文学有相似之处，这表现在作家队伍流动性大。香港刘以鬯认为不是香港出生的作家，其居住时间必须在 7 年以上，写的作品才能纳入香港文学的范畴。郑炜明定义澳门文学时，没有照搬刘以鬯的说法，而只说“经过一段时日”，这就显得弹性大。在他看来，居住时间的长短不是最重要的，主要是看他有无写出与澳门有关的作品。如果在澳门住的时间再长，写的仍是以中国内地或外国为题材的作品，这只能看作旅居澳门作者写的文学，而非真正意义上的澳门文学。至于澳门人写的与澳门无关的作品，这理所当然应视其为澳门文学，这是由作者身份所决定的。还有关于出版与发表问题，郑炜明认为：“发表和出版于澳门的不一定就是澳门文学。如现居外地的作者，投稿澳门刊物得于发表，不能简单地说就是澳门文学……相反，不在澳门发表和出版仍算是澳门文学的，多有实例：懿灵的《流动岛》在香港诗坊出版；笔者另外一些土生土长的学生刚在文坛亮相的时候，绝少在澳门发表作品，其作品却在香港、台湾的刊物上刊登。因此说，我们看澳门文学的定义这个问题，总不能太死板。"③

研究澳门文学，还牵涉到如何看待澳门作者在外地发表的"离岸文学"问题。这个观点是编辑《澳门离岸文学拾遗》的凌钝提出的。郑炜明认为："该学者对离岸文学的界定，只着重于某地区的作家在该地区以外的地方所发表的作品这一点上，似乎并没有注意作家身份的区域认属中时效判断的问题。"④郑炜明举例说："某作家未踏足乙地之前是自甲地生活和发表作品的，那么他在甲地居住时所发表的作品，能不能说成是若干年后当他移居乙地居住后的乙地的离岸作品呢？答案显然应该是否定的。原因很简单，该作家在甲地居住时的作品因为人未到过乙地，所以受过乙地文化影响或反映乙地精神和物质面貌的可能性相当低，故此在与乙地并未产生任何关系的情况下，不能算是乙地的离岸文学。"⑤总之，"离岸文学"的界定除了不能违反澳门文学的定义外，还要看其作品在不在澳门发表。郑炜明这种观点，既注意原则性又不忽略灵活性，自成一家之言。

郑炜明的《澳门文学史》，毕竟不是以理论探讨为主，而是以勾画澳门文学发展轮廓为宗旨。该书写得最有价值的是第二章"16世纪末至1949年澳门的华文旧体文学概述"。这是别人没有做过的工作，全凭作者挖掘史料写成。《澳门文学史》的拓荒意义，充分表现在这章里。哪怕"明末""清末"没有出现过澳门文学一词，但这时有过大批外地人写澳门的作品。虽然不是用白话写成，但仍应将其纳入澳门文学的范畴。这就是说，《澳门文学史》不是澳门新文学史，而是新旧文学结合的文学史，这也是该书的一大特色。就是别人论述过的澳门现当代文学，作者也有许多新的发现。此外，第五章"澳门的土生文学、葡语文学与外语文学创作"，对土生文学的界定、土生文学中的诗歌及戏剧、散文、小说，还有澳门的葡语文学，澳门的其他外语文学作品，也有详尽的论述，不少处发人之未发。书后附录的"本书正文所提及的人物生平简介"，具有《澳门作家小传》的雏形，坊间至今还没有出过这样的书。著者如能进一步加工和充实内容，一定会为澳门文学带来福音。

朱寿桐，1958年生于江苏盐城，澳门大学中文系教授、澳门文艺评论家协会主席。出版《情绪：创造社的诗学宇宙》《中国现代文学范畴论》《中国现代社团文学史论》《朱寿桐论戏剧》《汉语新文学与澳门文学》，《澳门新移民文学与文化散论》等，并主编五卷本《澳门文学编年史》。

《澳门新移民文学与文化散论》论述了作为中西文明近代交流的第一回廊的澳门，为什么是近代以来移民文化高度发达的特殊地域。在朱寿桐看来，澳门绝大部分的文化遗存都残存着移民文化的痕迹。1949年以降，一波又一波新移民通过各种方式来到这个"赌城"，为澳门带来了多元的文化，而且也开拓了移民文学和新的发展模式。此书用文化视角观照澳门新移民文学，在同类研究著作中脱颖而出。

作为"澳门文化丛书"之一种的《汉语新文学与澳门文学》，由汉语新文学与澳门文学的重新认知、汉语新文学视阈中的澳门意象、澳门文学对汉语新文学的贡献、汉语新文学格局中的澳门文学事业等四编组成。此书牵涉面广，作者重点阐释了澳门文学与汉语新文学的关系，以及澳门文学在中华文学发展语境下的发展历程与处境，每一部分均在掌握丰厚的史料基础上提出新见解。与别的论著不同的是，该书从整个汉语文学世界的宏观角度审视澳门文学，重新发掘出澳门文学在华文文学的地位和价值，具有开拓性的意义。此书视野宽广，不局限于澳门文学，或者说通过澳门文学提出了健康的文学生态理论，以此刷新了经典文学理论。

朱寿桐在南京大学等地工作时已蜚声论坛，他于2007年聘为澳门大学教授后，逐渐融入本土。他这时把精力放在港澳文学研究上，其中他对澳门文学的重要贡献是主持编撰了五卷本《澳门文学编年史》。

中国本有悠久的修史传统，撰史则有纪事体、纪传体、编年体等，《澳门文学编年史》属最后一种，它涵盖了文化事业的兴衰、文学制度的变迁、新旧文学的发展、各种文体沿革、文学社团沉浮等项。各卷重点不同，如第二卷历史记载简短明晰，就事论事，第一卷则兼容并包，在编年的同时辑录重要作品。这部皇皇巨著,由细小的历史片断甚或每日发生的历史事件,连缀而成宏观的历史叙事,以编年体方式对澳门60余年来特殊而又复杂多元的文学创作轨迹进行了细致的勾勒,其中牵涉到政治、经济、文化、社会、宗教以及中葡关系诸方面。在史观、史料、内容方面,该书极大地超越了前人的研究成果,丰富和完善了"澳门学"研究的内容。

《澳门文学编年史》以崭新的体例重回1920—1984年澳门文学现场,它重考据、重实证,用传统的"朴学"精神,通过对文学史的原始资料的发掘、整理、钩沉、甄别、对照和胪列,深入剖析澳门文学的来龙去脉,逐日逐条书写了不同于香港文学的澳门文学的发展轮廓,形塑出一部"用史料说话"的文学史,从而全面展现出作为中国文学一部分的澳门文学的独特文学景象、发展规模及其寄生于报刊的文学生产方式,尤其是《总序》再加上各卷内容,使其成为迄今为止对澳门文学资料整理和论述最为全面和系统的著作,填补了华文文学这一领域学术上的空白。

《澳门文学编年史》的编撰和出版,本是为了进一步丰富澳门文学的形象。编撰者充分体现了澳门特色,在华文文学世界中形塑出自己的影响力,但又没有停留在澳门文学自身特色的定位,更没有在独具特色的形象中画地为牢。朱寿桐强调:"倘若作为一种凛然、严正的概念加以过于严肃的应用,甚至作为一种文化招摇的标签加以不无炫耀地对待,或者作为一种自甘边缘的借口以做不思进取的固守,最后可能导致严重的自我设限,导致澳门文学总体创作力趋减。"⑥这种论述,并非主观臆造,而是因为现实中确有论者没有把澳门文学放在整个"澳门学"的整体思考把握中,致使澳门文学在狭窄的逻辑关系里构成对澳门文学理论的牵绊,造成了负面影响。

《澳门文学编年史》的另一特色是不局限于文学,常渗入澳门丰富的历史文化,注意澳门不同于台湾文学,更不同于香港文学的复杂文化构成。该书从富于魅力的文化层面诠释了澳门文学发展的历史。朱寿桐领头的团队,面对澳门文学原始资料大量丧失的困难,始终重视文献构成乃至文学历史构成的不同阶段出现的差异,因而没有要求整齐划一的体例,具体说来,第一卷将重要的文化教育活动和文言诗词容纳进去,这非常符合澳门新文学起步时期的实际,以让文学融入文化教育等历史环节中,让新旧文学处于互补的状态中。这种状态到了20世纪50年代以后,澳门文坛的秩序重新洗牌,尤其是随着现代化传媒的出现,澳门文学开始进入独立发展的轨道,编年史的内容也就不再包罗万象。

《澳门文学编年史》还有一个特色是用"汉语新文学"概念贯穿全书,将其处理成一部澳门汉语文学编年史。当然,在适当的地方也容纳非汉语写的作品。这是朱寿桐研究境外及海外华文文学即汉语文学的一大特色,这次他又在《澳门文学编年史》中进一步阐明了华文文学其实已正名为现代汉语文学这一事实。

在香港,新时期南来的评论家有黄子平、许子东。他们到港的时间虽然比朱寿桐长,但仍以研究内地文学为主;虽然也写过香港文学研究的文章,但他们毕竟是旅港评论家,而非严格意义上的香港文学评论家。而朱寿桐不同,他虽然主编有《汉语新文学通史》等专著,但他去澳门后,最引人瞩目的成果是研究澳门文学的著作。他不是一般意义上的旅澳文学评论家,而是名副其实的澳门文学研究家。当然,他不光是研究澳门文学,还客串研究香港文学,他这方面的重要成果是他任执行主编的《香港新诗发展史》,这里不再论述。

注释:

①郑炜明:《澳门文学史》,齐鲁书社2012年版,第10页。
②郑炜明:《澳门文学史》,齐鲁书社2012年版,第10页。
③郑炜明:《澳门文学史》,齐鲁书社2012年版,第12页。
④郑炜明:《澳门文学史》,齐鲁书社2012年版,第13页。
⑤郑炜明:《澳门文学史》,齐鲁书社2012年版,第15页。
⑥朱寿桐:《澳门文学编年史》总序,花城出版社2019年版,第2页。

[作者单位:中南财经政法大学新闻与文化传播学院]

重构中国当代文学的图景

——关于李遇春《中国文学传统的复兴》

□ 王春林

顷接武汉李遇春兄馈赠大著《中国文学传统的复兴》,遂即细细翻检阅读。其中的一些篇章,其实早在报纸杂志上刊载时,我就曾经认真阅读过,还受益匪浅。但尽管如此,这一次结集后的再次集中阅读,却还是让我生出了很多新的更真切的感受与体悟。依我愚见,李遇春此作是中国当代文学研究界一部并不多见的有绝大"野心"潜藏于其中的学术著作。这一点,在李遇春多少显得有点隐约其辞的"后记"中即有着明确的表露。"后记"中,李遇春明确强调对自己的研究产生过影响的两部学术著作,一部是海外汉学家林毓生那部曾经在1990年代名噪一时的《中国传统的创造性转化》,另一部则是学界大儒钱钟书先生的父亲钱基博的《现代中国文学史》。如果说负笈珞珈山期间对于林毓生的接触,最早促使李遇春关注思考中国文学传统的创造性转化问题的话,那么,钱基博的这部著作则"恰恰是从古今延续维度来书写的现代中国文学史,与多年来流行的古今断裂的现代中国文学史截然不同,这就进一步坚定了我继续从事中国文学传统的创造性转化研究的信心"①。正因为很早就明确了自己的学术努力方向,这些年来,李遇春一直心无旁骛、专心致志于中国文学传统创造性转化的研究,他孜孜不倦探索的结果就是这本《中国文学传统的复兴》的正式出版。按照李遇春的自述,这本集子"主要收录了我在2012年以后写就的大小文章,有的长文迟至今年初才得以发表。这些文章大都是在比较明确的学术理念支配下完成的,无论是宏观的数万字长文,还是微观的作家作品论,我在构思和写作中都在努力探究中国文学传统在中国现当代文学中的创造性转化问题。准确地说,我的探究还是偏重于中国文体传统在中国现当代文学中的创造性转化,而姑且搁置了中国文化传统在中国现当代文学中的创造性转化,因为后者其实也就是探究中国现当代文学与传统文化的关系,而这种研究在学界并不鲜见,加之传统文化的概念常常过于宽泛和含混,所以我就只好避重就轻地选择了文体传统的创化问题进行专门探究"(第385页)。在这里,李遇春的表述,个别地方稍显含混或者缠绕。一方面,他强调关于中国现当代文学与传统文化之间关系的研究"在学界并不鲜见",意谓这种研究因其繁多而颇难出新,很可能会陷入人云亦云的境地;但在另一方面,他却又说自己对于文体问题的探究选择是一种"避重就轻"的行为。二者连缀在一起,多多少少会显得有些自相矛盾。实际上,能够有效地避开所谓传统文化与中国现当代文学之间的关系这个学术泥淖,而径取中国文体传统的创造性转化这一核心问题,非常类同于"百万军中直取上将首级",所充分体现出的,正是李遇春某种超乎寻常的学术睿智所在。质而言之,李遇春这本《中国文学传统的复兴》最主要的学术原创性就体现在,他紧紧地抓住了中国文体传统在中国现当代文学中的创造性转化这一命题,进而对学界长期盛行的中国现当代文学的西方文化源流论(这一方面,胡风关于中国现代文学"正是市民社会突起了以后的、累积了几百年的、世界进步文艺传统底一个新拓的支流"②的那种观点,可谓极具代表性)这一主流观点有所颠覆与解构,并在此基础上,进一步指认中国现当代文学实际上是一场现代语境中的中国文学传统复兴运动。

然而,在具体展开对李遇春著作的分析之前,首先无法回避的一个问题就是,我们到底应该将其放置在中国现当代文学的范围之内,还是放置在中国当代文学的范围之内加以讨论？之所以提出这一问题，是因为他的这部著作共由三部分内容组成，这三部分的具体研究对象各不相同。第一编“在革命与传统之间”充分体现出了宏观研究的阔大视野，其中所反复提及的“现代中国文学”这一概念的具体实指，很显然就是我们通常把现代文学与当代文学统合在一起后的所谓中国现当代文学。但需要明确指出的一点是，这一部分一共收入四篇文章，其中后两篇的研究视野已经明确收缩到了寻常所谓中国当代文学的范围之中。第二编“经典的延传与重构”一共收入六篇文章，这六篇文章的研究对象，不仅全部属于中国当代文学的范围，而且很明显地集中在了新时期乃至21世纪以来中国小说的范围之内。第三编“旧体诗词新视野”，将研究目光集中在了旧体诗词这一特定的文学文体之上。到了这一部分，李遇春的研究视野再次扩大到了中国现当代文学的范围。综合以上三编的具体情况，可以得出的一个结论就是，一方面，李遇春的研究视野无论如何都算不得狭窄，但在另一方面，李遇春的研究重心更多地落脚在了中国当代文学尤其是中国当代小说的范围之内，却又是毫无疑问的一种事实。倘若说学术界的确存在着中国现代文学研究与中国当代文学研究的分野，那么，李遇春在很大程度上将会被看作一位以中国当代文学尤其是中国当代小说的研究知名于世的学者。虽然说近些年来，他的确在旧体诗词这一文体的研究上用力甚勤，也取得了不小的成绩，但在一般意义上，李遇春的学术名声，更多地恐怕还是与他的中国当代文学尤其是中国当代小说的研究紧密相关。依照常理，如果要从根本上完成中国现当代文学实际上乃是一场现代语境中的中国文学传统复兴命题的考察与判断，他这本著作的第二编就不能够仅仅只是关注研究韩少功、贾平凹、朱山坡以及乔叶这几位新时期作家，最起码还应该包括“十七年”乃至于更其遥远的现代文学那个时段的文学研究。但很显然，关于现代文学那个时段的研究，最起码到现在为止，也仍然还算得上是李遇春一个明显的弱项。也因此，虽然说这部《中国文学传统的复兴》的具体论述范围的确涉及所谓中国现当代文学的总体范围，但就其实质性研究内涵而言，其中的学术精华部分，恐怕还是更多地体现在了中国当代文学这一部分。本文的标题之所以是“重构中国当代文学的图景”，而不是“重构中国现当代文学的图景”，其根本原因正在于此。虽然说，在我们关于李遇春著作的分析过程中，也同样不可避免地会存在“中国现当代文学”与“中国当代文学”两种表述混用的状况。

此外值得注意的一个问题是，究竟应该如何评判学术专著与专题论文集价值高低的问题。之所以要专门提出这个问题，是因为当下的学术界似乎流行着某种不成文的评判标准，那就是，只要是学术专著，其价值就一定高于专题论文集。尽管至今尚无明确的规定，但在一种约定俗成的意义上，同样是对于某一个学术问题的研究和探讨，学术专著较之于专题论文集的一个根本区别在于，前者更注重于体系性的精心营构和结撰，而后者显然谈不上什么体系性。所谓“体系”，按照《现代汉语词典》的解释，意指“若干有关事物或某些意识互相联系而构成的一个整体”。倘若以这个标准来要求李遇春的这部著作，那么，它只能被看作专题论文集。因为要想体系性地完成“中国现当代文学是现代语境中中国文学传统的复兴”这一学术命题的论述，如同李遇春这样仅仅通过若干新时期乃至21世纪以来的若干小说家以及“旧体诗词”的剖析，很显然是相当不完备的。倘要完成这样一种体系性的完备论述，就要求李遇春在精通中国当代文学研究的同时，也必须同样精通中国现代文学研究，然则倘若以此而揆诸现实，无论是从研究储备，还是时间精力的角度来要求李遇春教授，都是不现实的。再进一步说，正所谓“金无足赤，人无完人”，如此一种高度理想化的体系完备的著作，或者本身就是不存在的。一定要坚持以所谓体系性的学术专著的方式来完成相关论题的探讨的结果，很可能就是李遇春如此一种极具原创性的学术命题的胎死腹中。事实上，放眼当下的现当代文学研究界，所谓体系完整的学术专著可谓比比皆是。别的且不说，但只是高等学校领域，每年就要生成很多部符合体系完备要求的博士论文也即学术专著，但这些学术专著的学术价值究竟如何，其实是非常值得怀疑的一件事情。即如李遇春自己，博士毕业时也曾经完成过《权力·主体·话语——20世纪40—70年代中国文学研究》的博士论文，自然符合所谓学术专著的标准，但最起码在我看来，他那部博士论文的学术价值较之于这部以专题论文集形式完成的《中国文学传统的复兴》还是要逊色不少。至此,学术专著与专题论文集二者之间学术价值到底孰高孰低的问题,结论自然也就水落石出了。那就是,无论是学术专著,还是系列论文集,我们都不应该存有门户之见,不能简单地以合不合乎学术专著的体系性要求而做出简单粗暴的评判,关键还是要看是否有明确的问题意识,是否有原创性的学术发现。

依照这样的评判立场来看李遇春的这部《中国文学传统的复兴》,其突出的学术原创性,自然无可置疑。正如同我们在前面已经指出过的,李遇春此著的根本价值在于,尝试着对于学术界所一贯流行的中国现当代文学的西方文化源流论有所颠覆与解构。唯其如此,他才会在《中国文学传统的创造性转化》一文的开头处开宗明义地强调指出:"毋庸讳言,中国学界长期以来习惯于从中西维度研究现代中国文学如何受到外国文学(主要是西方文学)的显在影响而发生所谓现代化转型,而相应地忽视了从古今维度探究中国古代文学传统在这场百年中国文学现代化转型中所发生的潜在影响。"(第22页)正因为已经明确意识到中国学界长期存在着这样的一种学术误区,所以,李遇春在他这部专题论文集中的根本主旨,就是要通过大量文学史史实以及作家作品的解读分析,最终确证中国现当代文学其实"是现代语境中中国文学传统的复兴"这一学术论题的成立。那篇被列为全书第一篇的《文学革命与文学游戏》,看似在梳理讨论文学与游戏之间的内在关联,其实质却在于强调中国传统叙事资源对于中国现当代文学的重要。首先,李遇春概括提出了中国现当代文学发展过程中曾经先后出现过三次所谓大规模的文学革命运动,并进一步分析指认,这三次大规模的文学革命运动,竟然都具备突出的游戏性质。第一次文学革命运动,是五四新文学运动的发生:"我们的现代文学史总是喜欢站在胜利者的立场上对胡适和陈独秀等人的文学革命壮举津津乐道,把他们塑造成了新文学革命的巨人而供后人瞻仰,而相应地忽视了这场文学革命的游戏性质与色彩,甚至近乎有意地忽略了这些新文学革命巨人游戏冲动。"(第7页),然后,李遇春罗列大量的史实,充分证明着这一次文学革命运动突出的游戏性质。紧接着,就是第二次文学革命运动,这就是众所周知的从"文学革命"到"革命文学",也即中国左翼革命文学运动。在这一部分,李遇春通过不怎么丰富的举证分析,指认这次文学革命运动也同样有着不容忽视的游戏性质。多少带有一点逾越常规色彩的是,李遇春把中国当代文学史习惯上所说的"寻根文学"和"先锋文学"运动理解成为第三次文学革命运动。无论如何都不应该忽略的一点是,关于这次文学革命运动的游戏性质,李遇春所展开的讨论,同样显得不够充分。但李遇春的论述重心却很显然意不在此,而是要强调说明这次文学革命运动与中国古典传统之间的内在关联。也因此,李遇春才会不惜篇幅地引述格非的相关论述:"现代小说革命固然受到西方文化价值的冲击,受到西方小说叙事技法的重要影响,但同时,它也是对中国古典小说传统的又一次再确认。这种再确认无疑是对中国传统叙事资源一次整理、扬弃、择取、借鉴的过程,一般来说,其痕迹不难辨认:比如鲁迅对于古代神话、废名对于六朝散文和古代诗歌、张爱玲对于《红楼梦》、沈从文对于唐宋传奇、汪曾祺对于晚明小品的借鉴或改写,但在所谓'现代性'话语的背景之中,这一过程的重要性往往被众多文学史的研究者所忽略。"引述了格非的启示性论述后,李遇春亮出了自己的底牌:"这意味着,五四新文学革命之所以后来取得硕果,离不开现代新文学家对中国叙事传统资源的暗中承继,同理,作为现代中国第二次文学革命的左翼革命文学之所以也曾取得硕果,也与那一代红色经典作家对中国传统叙事资源的借鉴密不可分,于是,第三次文学革命要取得成功也就顺理成章了,它同样需要这一代文学革命家'回到种子',对中国传统叙事资源来一次再确认。只有这样,新时期中国先锋文学革命运动才能自己为自己立法,自己为自己制定文学话语游戏规则,而不是仰西人鼻息,沦为国人鄙弃的没有规则的文学游戏。"(第20~21页)就这样,正所谓"明修栈道,暗度陈仓",李遇春借助于对三次文学革命运动所具游戏性质的讨论,其着眼点最终落脚到中国现当代文学与中国传统叙事资源关系的揭示上。

说到核心学术命题的确立,这部著作中论述最为全面充分的一篇纲领性文章,其实是《中国文学传统的创造性转化》这篇高屋建瓴、纵横捭阖的长文。在这篇文章中,李遇春首先交代了自己核心观点的形成过程中所先后接受过的分别来自林毓生、李泽厚、陈平原、普实克他们的影响与启迪。正是在这些先驱者学术观点的影响下,李遇春耐心细致地爬梳史实,最终生成了自己的核心命题。紧接着,他又依照小说、散文、诗歌这样的一种文体排列顺序,以三十年为一个时间单位,分别讨论这三种最具代表性的文体形态,在这三个三十年里,究竟怎样体现了与中国文学传统之间的紧密关系。比如,关于现代中国小说的第一个三十年,李遇春得出的结论是:"正是前一种'言志派'文学传统在现代中国小说第一个三十年中发生了积极的创造性转化,与西方现代人道主义或个人主义文学传统互补融合,遂成就了现代中国小说的第一个艺术高峰。"(第35页)"除了'抒情'或'言志'传统之外,'史传'传统也在现代中国小说第一个三十年中明显得到了创造性转化。"(第35页)中国现当代小说研究这一方面,李遇春最富原创性的一种发现,就是所谓"闲聊体"的提出与阐释。"闲聊体"是李遇春对于中国古代小说传统的一种概括。在他看来,如果说《三国演义》《水浒传》《封神演义》可以被看作"评书体"的话,那么,《金瓶梅》《儒林外史》《红楼梦》很显然就是"闲聊体"。"而闲聊式说话由于面对的是居家读者,《红楼梦》一类长篇明显是不适宜说书而适宜阅读的,所以这类说话就不再以情节性或故事性为主要叙事追求,叙事结构也由评书式说话注重时间化结构而转变为注重空间化结构,由此说话人有更多的余闲或闲笔去客观精细地描摹日常生活和社会生活,所以闲聊式说话的长篇小说的节奏都比较缓慢,明显不适宜热闹的书场但适宜静夜的书房。这种闲聊式的长篇小说同样继承了中国古典文人文学的'史传'和'抒情'或'言志'的传统,它们在很大程度上代表了中国古典小说的最高水平,同时也开启了中国古代长篇小说向现代中国长篇小说转换的艺术关捩。"(第40页)关键处还在于,李遇春在当代小说创作中发现了诸多"闲聊体"创造性转化的实例。比如,莫言。尽管从表象上看,莫言的名作《檀香刑》似乎依旧继承的是中国传统通俗说书人的评书体,但这一切在李遇春看来却都是假象。他认为:"对于《檀香刑》的内部文本结构而言,莫言对各色人物日常生活细节包括内心生活细节的叙写和描摹无不是精细入微的,这和贾平凹所追求的密实叙写并无本质不同,而且《檀香刑》显然是不适宜说书而适宜阅读的,它打破了传统通俗评书体小说的时间线性结构而借用了西方现代派小说中常见的多人物第一人称叙事空间组合结构,凡此种种,意味着莫言其实骨子里继承的还是明清精英文人的闲聊式说话传统。"(第41页)实际上,在李遇春看来,并不仅仅是莫言,进入1990年代以来包括贾平凹、王安忆、刘震云以及金宇澄、乔叶等在内的一批中国作家,也都在其小说创作的过程中表现出了突出的"闲聊体"特色。小说文体之外,在论及散文这一文体时,无论是将第一个三十年期间的周作人一派视为公安派小品,将鲁迅一派视为竟陵派小品,还是将第二个三十年秦牧、刘白羽他们的散文创作归之于载道派辞赋体散文传统的创造性转化,抑或将新时期三十年余秋雨、周涛、马丽华他们的散文创作认定为当代辞赋体言志派散文,皆道前人之未道,突出地体现出了李遇春精辟的学术见解。至于诗歌这一文体,除了关于旧体诗词在第三编有专门的论述,李遇春在这篇文章里,集中讨论的是三个三十年期间的中国现代新诗与中国古代诗歌传统之间的内在关联。具体的论述过程中,李遇春也多有精辟的发现与洞见。这一方面很有代表性的一点,就是他关于诗人于坚的一种论断。因为一贯旗帜鲜明地提倡"口语写作",所以诗歌界和学界一般都会把他归之于"民间写作"的阵营之中。但李遇春通过深入的分析,却明确地指认出了他的诗歌写作与中国古代文人传统之间的关系:"如此看来,提倡'口语写作'和'民间写作'的于坚其实一直在清醒地、有选择地继承着中国古代白话文学传统和早期五四白话诗歌传统,他并未真正地传承中国古代民间通俗诗歌传统,他传承的只不过是中国文人诗歌传统中相对另类或边缘的白话传统,而不是文言传统或者'新文言'传统,后者正是朦胧诗或'知识分子写作'诗人所暗中接续的中国正统文人诗歌传统。"(第70~71页)既然旗帜鲜明地提倡"口语写作"和"民间写作",那于坚的诗歌写作就很容易被误解为与中国古代的通俗传统之间存在内在关联。李遇春的相关论述,在要言不烦地纠正这种误解的同时,也切中肯綮地道出了于坚诗歌写作与中国古代文人传统之间的内在关联。

两篇综合性的文章之外,这部系列论文集中的其他文章，都属于或者对某一单一文体，或某几位具体作家作品的研究分析。这其中，充分凸显李遇春学术原创性的一篇文章，当属《“传奇”与中国当代小说文体演变态势》。李遇春的原创性贡献，首先在于“传奇”这一概念的整合提出：“此处所说的‘传奇’是一个广义上的中国小说文体概念，它得名于唐传奇，但又不限于唐传奇，而是一种纵贯于整个中国古代小说史的文体传统。”（第75页）在李遇春看来，宋人赵彦卫称唐传奇“文备众体，可以见史才、诗笔、议论”：“这就准确地道出了唐传奇作为小说文体的‘复调’特征。即将体现史才的史传传统、体现诗笔的诗骚传统与体现议论的诸子散文传统这三种传统文体形态综合起来，实现了中国古代小说的跨文体写作。”（第76页）由此，李遇春不仅得出了唐传奇是中国古代小说的文体典范形态的结论，而且还进一步指称此前的汉魏六朝志怪、志人的“古小说”为“前传奇”，此后的宋元明清话本小说为“后传奇”。更关键的问题还在于，李遇春通过大量的小说文本细读，充分详实地论述了“传奇”这一小说文体形态在中国当代小说创作中的具体体现，进而无可辩驳地说明一部中国当代小说史完全可以被看作是中国古代“传奇”小说传统复兴的结果。具体的论述过程中，李遇春也多有精彩的学术发现。比如，关于赵树理：“赵树理的成名作《小二黑结婚》就深受‘传奇’文体的影响，中国传奇以史传为宗，而赵树理的这部杰作不妨被看作二诸葛传、三仙姑传、小二黑小芹合传、金旺兴旺兄弟别传之间的艺术编排与组合，可惜这部中篇小说有史家别才而乏诗家笔墨，且议论略显直白，欠缺春秋笔法，故而尚未抵达唐人传奇艺境，而终于落入了世俗化的‘后传奇’路数。”“他的这些中长篇小说往往为了追求故事情节而忽视了人物性格塑造，也就是过于强调故事性而削弱了史传性，这正是中国古代‘后传奇’小说逐步陷入衰微的艺术征兆。”（第78页）一方面，李遇春准确地指出了赵树理小说与中国古代“传奇”之间自觉或不自觉的传承关系，另一方面他也不无遗憾地道出了赵树理小说的艺术缺憾之所在。联系赵树理的小说创作实际，李遇春的分析论断，可谓入情入理、深中肯綮。再比如，关于“新写实”小说：“这几位‘新写实’小说家虽然没有像‘寻根’小说家那样走向‘文化寻根’，他们不想在远古文化中讨生活，而是直接瞄准了生活现场，但在‘文体寻根’上二者之间却有暗合之处，这就是回归以野史杂传为宗的传奇文体传统。只不过野史杂传的传主已经由‘寻根’小说中仿佛不食人间烟火的奇人畸人置换成了‘新写实’小说中陷身于平庸日常生活的凡夫俗子。在这个意义上，‘新写实’小说实际上是以‘反传奇’的面目实现了对‘传奇’的创造性转化。他反的是‘传奇’的‘奇’而不是‘传’，反的是离奇的故事情节的虚构，而不是卓异的野史杂传及其人物形象塑造，所以‘新写实’小说往往通过日常平缓的‘生活流’叙事形态取代离奇曲折的‘情节流’叙事模式，在看似平淡的日常叙事中为民间原生态小人物立传，以此臻达‘传奇’之境。”（第94～95页）或许是因为“新写实”过于强调对于现实生活原生态忠实摹写的缘故，一般的研究者都不会把“新写实”与所谓的“传奇”联系在一起。李遇春的创造性，就体现在他独辟蹊径，极富说服力地完成了“新写实”小说的“传奇”化论述。

当然，作为以中国当代小说研究知名于世的学者，李遇春最拿手的看家本领，还是关于中国当代作家尤其是21世纪以来的代表性作家，在复活中国古代小说传统方面所做努力的敏感发现与深度分析。这一方面，最典型不过的例证，就是韩少功与贾平凹。关于韩少功，借助于作家本人的创作谈，李遇春提出了一个“进步的回退”的重要命题。所谓“进步的回退”，按照韩少功在《进步的回退》[③]一文的说法：“不断的物质进步与不断的精神回退是两个并行不悖的过程，可靠的进步必须也同时是回退。”“文学永远像是一个回归者，一个逆行者，一个反动者。”由此，韩少功进一步断定：“一个真正成熟的现代主义者，同时也必定是一个古典主义者。”韩少功的上述说法，实际上是一种夫子自道。他自己的小说创作历程，就鲜明不过地体现了“进步的回退”的基本原则。这一点，在韩少功21世纪以来的小说创作上体现得非常明显。“从叙事文体上看，韩少功新世纪以来的小说创作虽然也借鉴了西方现代或后现代的文体资源，如《山南水北》对佩索阿‘长卷散文’《惶然录》的借镜，《日夜书》对昆德拉《生命中不能承受之轻》‘四重奏’或‘多重奏’形式的效法，还有《801室故事》的‘反小说’文体试验之类，但他这时期的整体叙事艺术趋势则是向中国传统的小说叙事模式回归与新变。”(第 173 页)倘若说《山南水北》走的是笔记体道路,那么,《日夜书》走的就很显然是传奇体路线:“整部作品可以视为关于姚大甲、陶小布、郭又军、马涛、贺亦民、小安子、秀鸭婆、吴天保等几个主要传奇人物的传记组合,拆解开来每篇传奇或传记既有相对独立性又有整体关联性。”(第 174 页)

而关于贾平凹,李遇春则先后分别提出了闲聊式说话体、生活细节流、空间化、块茎结构等一系列重要的文体概念,并以此而充分凸显贾平凹 21 世纪以来的小说创作与中国古代小说传统之间无法剥离的内在关联。首先是闲聊式说话体。长篇小说《白夜》,一般并不为研究者所特别注意,但李遇春却格外敏锐地注意到《白夜》在贾平凹小说创作中的重要地位。《白夜》的重要性,主要体现在贾平凹一种全新小说观的就此确立。这一点,突出体现在《白夜・后记》[④]中。在这篇后记中,贾平凹第一次明确区分了几种不同的小说说话方法。其一,是说书人式的说话,典型特征是“哗众取宠,插科打诨,渲染气氛,制造悬念,善于煽情”;其二,是领导人式的说话,典型特征是“慢慢地抿茶,变换眼镜,拿腔捏调,作大的手势,慷慨陈词”;其三,是“现代洋人”式说话,这种说话在五四文学革命之后登堂入室成为现代中国小说的主流说话方式,也可以称之为文化人或知识分子式的说话。贾平凹对以上三种说话方式都有所不满,他自己最终决定尝试的是一种闲聊式的说话体小说:“给家人和亲朋好友说话,不需要任何技巧了,平平常常才是真。而在这平平常常只是真的说话的晚上,我们可以说得很久,开始的时候或许是在说米面,天亮之前说话该结束了,或许已说到了二爷的那个毡帽。过后想一想,怎么从米面就说到了二爷的毡帽?这其中是怎样过渡和转换的?一切都是自然而然地过来的呀。禅是不能说出的,说出的都已不是禅了。小说让人看出在做,做的就是技巧,这便坏了。”看似平平常常的一段话,道出的却是贾平凹一种全新小说观的生成。其闲聊式说话体的最终成形,正是建立在这种新的小说理念之上。从 1990 年代的《废都》起始,中经《白夜》《高老庄》,一直到《秦腔》《古炉》以及《带灯》在新世纪的相继问世,贾平凹的闲聊式说话体正式形成。需要特别强调的一点是,因为闲聊式的说话体小说正是对以说书人、领导人或文化人为讲述主体的一种专制性小说说话体制的艺术反动,所以它本身才应该被看作一种民主性的小说说话体制。

然后,是生活细节流。生活细节流的形成,与闲聊式说话体小说紧密相关:“如果说评书式的说话体小说长期以来形成的是一种以情节为中心的说话结构模式,那么闲聊式说话体小说开创的则是一种以细节为主体的说话结构模式。”(第 212 页)《秦腔》《古炉》可以说是此种模式的典型体现者:“虽然《秦腔》也有基本情节,如清风街两代支书之间为农村发展道路而产生的冲突,但这种基本情节完全被淹没在夏家三代人的日常生活冲突的漩涡之中,主要是夏家的天字辈和庆字辈以及两代妯娌之间的日常生活流年中。这也就意味着小说中情节流被生活流乃至细节流所淹没,就如同《红楼梦》中的政治情节冲突完全隐没在荣宁二府的日常生活流年之中,公子小姐丫鬟们的泼烦琐碎日子成了小说叙事的主干,读者被卷入了日常生活细节流,而差不多把隐含其间的政治情节流给遗忘了。”(第 214 ~ 215 页)也因此,所谓的生活细节流,就是在一个相对狭小的艺术空间内,一下子就会有很多个细节簇拥在一起。是这些如同河流一般簇拥流动着的生活细节,从根本上支撑着贾平凹所创造的那个瑰丽神奇的艺术世界。更进一步地,套用法国当代思想家德勒兹的所谓“褶子”理论,李遇春认为:“贾平凹在《秦腔》《高兴》和《古炉》中正在竭力打开日常生活的细微褶皱,让日常生活中不易为人察觉的各种生活细节的褶痕敞开,生活在打褶,而作家的使命就是解褶,不仅要揭开外褶,即物质之褶,而且要解开内褶,即灵魂之褶。”(第 215 页)意指贾平凹的这一系列长篇小说对于现实生活的透视表现,并未停留在表象层面,而是明显突入生活的内里深层,触及了生活的灵魂层面。

与此同时,从绘画理论对贾平凹小说创作的影响出发,李遇春进而发现了贾平凹小说创作一种显而易见的空间化艺术倾向。“除去色彩和线条之类的不谈,诸如大面积地团块渲染,看似无序地胡堆乱摊、胡涂乱抹之类,正是贾平凹长篇小说文体美学的一大特色。而且,只有在闲聊式而不是评书式的说话体小说中,只有在说话人称和视角不断变化的日常生活细节流的密实叙写中,才便于实现这种小说叙事的空间化艺术战略。摒弃情节流也就是排斥小说的时间化,转向生活流和细节流也就是走向小说的空间化。毋宁说,贾平凹的闲聊式说话体小说及其日常生活细节流写作,是一种反时间的空间化写作,在《秦腔》《古炉》这样的长篇大作中读者仿佛陷入了时间停滞后的静态或循环空间中,以至于有些读者和批评家因此而丧失了深度阅读的耐心,而忽视了贾平凹的这种小说说话姿态恰恰就是对我们这个高速发展、流行快餐式阅读的时代的一种艺术抵抗。"(第216页)我们都知道,贾平凹包括《秦腔》《古炉》《高老庄》《带灯》在内的很多部长篇小说,虽然小说的篇幅动辄数十万字,但故事从发生到结束所占有的时间却往往不过只有一年左右。那么多的人与事全部簇拥在一年的时间里,所造成的一种必然结果,就是叙事密度的空前加大。伴随着叙事密度的加大,出现在贾平凹笔端的乡村生活因此而变得更为立体化形象化。一方面是叙事时间的近乎停滞不前,另一方面则是生活的立体化,二者有机结合的结果,自然也就是一种空间化叙事效果的取得。

还有一点,就是对于块茎结构的恰切使用。所谓"块茎结构",是相对于"树状结构"而言的,二者同样出于法国思想家德勒兹的原创:"法国思想家德勒兹曾提出'树状思维'与'块茎状思维'以及'树状文本'与'块茎文本'的概念,并指出'树状思维'的实质是'国家式思维',而'块茎状思维'的实质是'游牧式思维'。"(第221页)在李遇春看来,类似于贾平凹《秦腔》《古炉》这样的一种人物群像结构:"正是一种块茎文本结构,它强调人物的差异性和多元性,反对人物塑造中的中心主义思维和二元对立思维,而小说中的中心人物结构模式则是一种树状文本结构,也可以叫做根茎文本结构,因为埋藏在地下的根茎及其派生的根须,与生长在地上的树干及其派生的树枝树叶一样,都具有鲜明的中心主义特性。""而块茎结构就不同了,它在理论上是严格的反中心的多元结构,因为生活就是一个巨大的块茎,块茎最大的特点就是它上面与生俱来的许多生长点,在适当的情况下就能多处发芽,自由生长。在这个意义上,中国古代说话体长篇小说中的群像结构其实应该成为现代中国长篇小说创作的重要资源,中国当代作家有责任对这种群像块茎结构艺术传统进行创造性的转化,而贾平凹正在自觉地进行着这种中国小说传统的现代转化实践。"(第221页)不容忽视处在于,这虽然看似只是一种表现技巧的问题,但实质上却事关所谓的民主与专制:"人物群像结构究竟是根茎结构派生的网状结构,还是块茎结构,不在于人物数量多寡,关键是看在特定的人物形象群体中多数艺术生命个体是否拥有独立地位,是否有少数艺术生命个体成为文本结构的绝对中心,而其他人物则沦为了对中心人物形象的艺术陪衬。所以人物群像块茎结构是一种民主型的文本结构,而人物形象根茎结构是一种专制型的文本结构。"(第225页)说实在话,能够把一种艺术表现技巧提升到民主抑或专制的高度上来加以认识,还真是有强烈的别开生面之感。

以上种种,无论是闲聊式说话体与生活细节流,抑或是空间化与块茎结构,都是李遇春在细读贾平凹小说文本的过程中,敏锐发现并提炼概括出来的一系列具有学术原创色彩的文体概念。能够提出这一系列文体概念,已经充分体现出了李遇春某种突出的学术原创能力,但难能可贵处还在于,李遇春通过这一系列概念的提炼与概括,最终证明的不仅仅是贾平凹个人,而且也更是中国当代小说创作与中国古代小说传统之间的内在关联。当然,也不只是贾平凹或者中国当代小说,李遇春这些年来在旧体诗词研究上所取得的学术成绩,也是有目共睹的。由于旧体诗词在中国现当代文学史上长期处于被排斥的状态,所以李遇春的关注与研究本身,就意味着他颠覆与重构文学史秩序的一种积极努力。这一方面的一个关键在于,李遇春通过大量的文学史实令人信服地证明了所谓旧体诗词的成就在很多时候其实不仅并不弱于新诗,而且还明显强于新诗。比如"五四"时期,这一时期,尽管新诗的确处于异军突起的状态,但旧体诗词的创作势头却并不稍减。"主要史证有:(1)以严复、林纾、王国维、章太炎、刘师培、章士钊、黄侃、黄节、吴梅等为代表的一批知名学人进入民国后不仅继续创作旧体诗词,而且还创办了《国故》月刊、《甲寅》周刊等杂志为传统文化、文言文和旧体诗词辩护。""(2)以吴宓等主编的《学衡》杂志为首,包括梅光迪、胡先啸、邵祖平、吴芳吉等在内的一批捍卫古典诗词传统的学人与'新诗'阵营展开了激烈而持久的学术论战。""(3)晚清的'同光体'诗人群体进入民国后一直坚持旧体诗词创作。""(4)以王闿运、陈锐、曾广钧、杨度等为代表的晚清'汉魏诗派'传统入民国后依然不绝如缕。”“(5)以梁鼎芬、樊增祥、易顺鼎等为代表的晚清‘中晚唐诗派’入民国后依旧拥趸甚众。”“(6)以康有为、梁启超、夏曾佑、金松岑等为代表的晚清‘诗界革命派’进入民国后的晚年创作同样不容忽视。”“(7)以柳亚子、陈去病、高旭、高燮、苏曼殊、姚鹓雏、徐自华、林庚白等为代表的一批‘南社’诗人词客入民国后继续在诗界发挥巨大影响力……苏曼殊和林庚白的诗词水准极佳。”“(8)以陈独秀、胡适、鲁迅、沈尹默、郁达夫、周作人、闻一多、刘大白、刘半农、康白情、王统照、俞平伯、田汉、赖和等为代表的一大批新文学家在五四前后同样创作了大量的旧体诗词,而且达到了很高的思想和艺术水平。”“(9)以于右任、黄兴、廖仲恺、胡汉民、谭延闿、马君武、叶楚伧等为代表的国民党人在本期创作了大量的旧体诗词,于右任和马君武堪称其中翘楚。”“(10)以李大钊、邓中夏、恽代英、瞿秋白、毛泽东、周恩来等为代表的共产党人在本期也创作了大量的旧体诗词。”(第311~312页)真的是不细致梳理不知道,一梳理便会吓一跳。就以上所罗列出的这些创作实绩来看,平心而论,“五四”时期的旧体诗词创作的成就,实际上很明显是要高过同时的新诗创作的。所以,李遇春才会不无感慨地写道:“总之,从‘五四’前夕,到‘抗战’前夕,民国旧体诗词创作成绩斐然,不容小觑。这些民国早期涌现的旧体诗词名家名作绝对不比中国新诗草创时期的‘白话诗’逊色,甚至随着时过境迁,如今再来平议这个时期的新旧诗坛,我以为除了徐志摩、闻一多、戴望舒、林徽因等少数早期诗人的诗歌创造成就尚能传世之外,其实这个时期的旧诗成就是高于新诗的!”(第312页)实际上,也正是因为如此,所以,李遇春多年来才会把不小的精力付诸中国现当代旧体诗词的整理与研究上。他的终极目标,当然是希望通过积极的努力,最终促使旧体诗词不仅堂而皇之地入史,而且也还应该在文学史上占有相应的位置。正如同张恨水这样的言情小说大家已然入史一样,我想,经过李遇春以及其他一些研究者的共同努力,旧体诗词入史这一终极目标还是肯定会实现的。当然,旧体诗词的显赫存在本身,所充分证明的,就是中国现当代文学与中国古代文学传统之间的一种紧密关联。

我们注意到,在《中国文学传统的复兴》这部系列论文集中,有一篇文章显得非常特别,那就是被收入第一编的《如何“强制”,怎样“阐释”?》。这是集中唯一一篇讨论文学批评自身的文章。自然,明眼人一言可以看出,这也是一篇回应张江所提出的“强制阐释论”的文章。在其中,李遇春特别强调,一种理想的文学批评,既要设法避免“过度阐释”,也要设法避免“不及阐释”:“中国古人说‘过犹不及’,‘过度阐释’与‘不及阐释’都不是‘科学’(‘客观’)和‘道德’(‘公正’)的阐释。当批评家无中生有的时候,他是在‘过度阐释’;当批评家视而不见的时候,他又在‘不及阐释’,因为此时他囿于主观理论预设,故而对不符合其理论诉求的文本意图视而不见,由此导致人为的对文本的意义损耗。”“真正意义上的文学阐释应该是客观而公正的阐释,它通过合理的方式挖掘文本的意蕴,在作品意图和读者意图之间保持良性的辩证关系,由此带来文本的意义增殖,而‘过度诠释’带来的是意义的膨胀,‘不及诠释’带来的是文本的意义贬值或削减。”(第126页)联系当下的文学批评现实,的确应该承认,如李遇春所说的“过度阐释”与“不及阐释”的状况,虽然不能说非常普遍,但也还是一种无法被否认的客观事实。这一点,理应引起我们从业者的高度警醒。但遗憾之处在于,或许是由于为中国现当代文学正名之心情过于迫切的缘故,即使是在这部系列论文集《中国文学传统的复兴》中,也还是会多多少少存在一些或许可以归之于“过度阐释”或者“不及阐释”的问题。我在这里写出来,与李遇春兄略作商榷。

其一,针对学术界长期以来过于强调中国现当代文学与西方文化以及西方文学之间的渊源关系,而明显忽视中国现当代文学中所普遍存在的对于中国古代文学传统的创造性转化这一现象,李遇春征引大量的文学史史实,来充分证明中国现当代文学实际上是一场现代语境中的中国文学传统复兴运动,不仅合情合理,而且也有着极其鲜明的学术原创性。一方面,我固然承认李遇春的学术发现有着相当的真理性,但在另一方面,我不知道李遇春是否认真思考过中国现当代文学的发生学问题。在我看来,要想彻底澄清中国现当代文学与中西文学之间的关系问题,这个开端的问题无论如何都不容忽略。以我愚见,具有全新本质的中国现当代文学之所以会在19世纪末20世纪初发生，与来自西方文化或西方文学的外来影响存在着直接关系。唯其因为五四新文化运动为我们带来了全新的西方文化与西方文学，我们的文学方才酝酿生成了这一场数千年未有的大变局，并因此而生成了一种面貌全新的文学。试问，如果说中国文学本身就具有能够自发生成一种现代性的文学的能力，哪又何须来自西方文化的强势刺激呢?！正因为中国文学自身无法完成这种现代性转换，所以才需要西方文化或西方文学出演如此重要的角色，承担如此重要的作用。也因此，我便常常会由此而联想到哲学上所谓“内因是关键，外因是条件”的基本命题。倘若套用这一基本原理来看待中国现当代文学的发生学问题，你就多多少少会感觉到这一普适性真理的解释无效。如果说内因是关键，那中国文学自身又为何无法完成现代性转换呢?如果说外因只是条件，那为什么只有在西方文化或西方文学大规模进入中国之后，才会有中国现当代文学的发生呢?总之，在我自己，一种真切的感受就是，在中国现当代文学的发生学这一问题上，或许的确要换一种说法，的确是“外因是关键，内因是条件”呢。我深深知道，如此一种说法，很可能会对我们很多人的民族情感造成伤害，尤其是在当下这样一个民族主义情绪空前高涨的时候，我的这种说法很可能是“冒天下之大不韪”的。尽管如此，我却如鲠在喉，不能不说，正好借谈论李遇春著作的机会一吐为快，并以此就教于李遇春兄以及其他朋友。

另外一点需要提出的是，长期以来，我们的中国现当代文学研究界一直笼罩在所谓的西方文论话语体系之下。虽然很早就已经有人认识到了这一问题，并试图有所改变，试图对中国的古代文论进行现代转换，以充分有效地解释分析中国现当代文学，但却至今鲜见有取得成功者。即如李遇春自己，在这部旨在颠覆解构长期以来形成的中国现当代文学西方文化源流论，以重构中国当代文学图景的系列论文集中，虽然也在努力地提出一些中国化的文学概念，比如闲聊式说话体、传奇等等，但在更多时候，你却不难发现，他所使用的理论武器还是来自西方文论话语体系的。事实充分证明，一旦离开西方文论话语体系，我们在中国现当代文学的阐释方面，马上就会陷入非常尴尬的失语状态。这种情况的出现，再一次说明西方文论话语体系与中国现当代文学之间的某种高度契合。为什么会高度契合，很显然是因为二者“同种同源”的缘故。而这，也就从另一个侧面印证了我此前关于中国现当代文学发生学的那种判断的合理性。因此，能够如李遇春这样对于中国现当代文学与中国文学传统之间的内在关联有敏锐的发现，并因之而得出中国现当代文学乃是现代语境中的中国文学传统的复兴这一重要命题，固然是一种非常有价值的学术原创，但与此同时，如果矫枉过正地干脆忽视中国现当代文学与西方文化或者西方文学之间更为密切的内在关联，恐怕也还是会步入某种学术误区。

其二，或许是为了更充分地凸显中国现当代文学乃是现代语境中中国文学传统的复兴这样一个基本命题的重要性，在涉及一些文学现象或者作家作品的具体阐释分析时，李遇春的论述或多或少存在着强为之说的问题。这一点，在论及曾经在新时期产生过很大影响的先锋文学时，表现最为突出。先锋文学，毫无疑问是西方现代主义文学影响的结果。或许正因为如此，所以在分析论述先锋文学的时候，我们就不难发现，李遇春在充分肯定转型后的先锋作家写作倾向的同时，也总是在自觉不自觉地贬低着转型前的先锋作家。比如:“而当时年轻的‘先锋’作家群体则反其道而行之，他们彻底排斥传统(包括中国古典传统和西方现实主义传统)，以为西洋新潮手法是万应灵丹，可以包治中西百病。事实上，1980年代中后期在中国文坛勃兴的‘先锋’小说潮流很快衰竭，到了1990年代历史语境发生转换，全球化时代的到来激发了文学民族化的反弹，‘寻根’作家继续沿着文化和文体双重寻根路径行进，‘先锋’作家则面临着民族化艺术转型问题。马原、洪峰之流拒绝转型，故而创作上陷入停滞，而余华、苏童、叶兆言、格非等人则顺应民族文学的时代召唤，他们开始祛除西洋现代派或后现代派叙事技法的生硬移植痕迹，在淡化西方文学烙印的同时开始强化民族文学特色，二者主要表现为或显或隐地创造性转化中国古代‘传奇’文体的传统资源，并且各自取得了不同程度的成功。”(第99～100页)这里，李遇春一个显在的问题，是陷入了某种“非此即彼”的二元对立思维状态之中。他的论述前提，很显然是凡是民族的，就是优秀的，值得肯定的;凡是西方的，不管它是现代派，还是后现代派，统统是存在问题的，必须有所怀疑和否定。既然先锋作家前期深受西方文学尤其是现代派或后现代派的影响，那他们的创作就颇值怀疑。既然他们后来已经回归到了民族文学的传统上，那他们就一定会取得很好的写作成绩。且不说这样的论断未必符合文学史的史实，但只是这种过分偏颇的思维方式，就值得引起包括李遇春在内的学术研究者的高度警醒。

其三，在一些具体的论述过程中，李遇春或多或少存在着论述偷懒或者判断失误的问题。比如，在《“传奇”与中国当代小说文体演变态势》这篇文章中，李遇春经常会采用如此一种立论判断方式，那就是动辄会做出某一部小说作品是某一人物传的判断。赵树理的《小二黑结婚》是二诸葛传、三仙姑传、小二黑小芹合传、金旺兴旺兄弟别传之间的艺术编排与组合；柳青的《创业史》是“梁生宝传”；浩然的《艳阳天》是“萧长春传”；刘震云的《一句顶一万句》是老杨、老李、老马、老裴等一系列日常化的中国人的合传；等等。将这些思想艺术风格殊异的不同作家的小说作品笼统地以所谓某一人物传的方式来加以阐释，在我看来，正是李遇春论述偷懒的一种体现。依照他的学术能力，本可以对相关问题做更细致深入的剖析。与此相关的另外一个问题是，当李遇春总是习惯性地将某部小说称之为某一人物传的时候，我不知道他是否也思考过这样的问题，比如，我们可不可以把托尔斯泰的《安娜·卡列尼娜》称之为安娜传与列文传的合传，把《战争与和平》称之为安德烈传、皮埃尔传与娜塔莎传的合传。如果答案是肯定的，那么，随之而来的一个问题，也就是，难道说托尔斯泰也接受过司马迁《史记》的影响吗？由此可见，在李遇春的具体论述过程中，可能还是存在着一些过于简单武断的问题。

尽管存在着某些瑕疵，但总体来看，李遇春的这部《中国文学传统的复兴》，的确是中国现当代文学研究领域里近期难得一见的具有突出学术原创性的优秀著作。我坚信，李遇春的学术努力，将会更加理性清晰地重构一幅中国当代文学的图景，将会对后来者的相关命题的学术研究产生长远的有益的影响。

本文系“2013 年国家社科基金重大招标项目 13&ZD122 世界性与本土性交汇：莫言文学道路与中国文学的变革研究”的阶段性成果

注释：

①李遇春：《中国文学传统的复兴》，商务印书馆 2016 年版，第 384 页。此后凡引用自此书者只标明页数，不再单独注出。

②胡风：《论民族形式问题》，《胡风选集》（第一卷），四川人民出版社 1996 年版，第 321～322 页。

③韩少功：《进步的回退》，《进步的回退·韩少功作品系列》，上海文艺出版社 2012 年版，第 7～8 页。

④贾平凹：《白夜》，华夏出版社 1995 年版，第 385～386 页。

［作者单位：山西大学文学院］

生命哲学的诗境探寻

——评缪克构《盐的家族》

□ 褚水敖

诗主情，但也十分重思

品质优秀的诗篇，总是通过诗语的巧妙铺排，诗境的精心营造，实现诗人对外物的真切韵致和透彻感悟。于是，诗篇不仅涌动浓冽的艺术况味，并且蕴涵深广的感发空间。由此可知，诗主情，但也十分重思。

阅读缪克构的新著《盐的家族》，我为诗集不断翻腾的情绪波流而时时感奋，又被内里经常闪耀的思想光辉而深深打动。

作者高扬想象的旗帜，腾挪独特的诗语，激情洋溢地指点意象，匠心独运地构筑意境，努力使诗章臻于上乘。引人入胜的诗境，酿出了种种情感的意味。这种种情感意味，酣畅淋漓地体现在诗集第一辑"大海与盐"里，也在"城市密码""日月诗篇""羿的传说"各辑中得到充分的展示。读者可以从中感受到，当诗人将抒情传统卓越发扬，同时又使抒情精神通过新的途径推进之后，缤纷地凸显的诗的现代性抒情力量会产生多么强烈的情境生机与美感效应。

然而上述的情绪波流，并没有令我讶异。令我讶异的是，诗集众多篇章，或隐或显地存在着层出不穷的哲理思维。这在诗集"大海与盐"的这一部分最为鲜明。在一处处扣人心弦的诗境里，不时地涌现的是与盐相亲相融的家族的历史、盐的历史、大海与故乡等等的历史；就总体说，即天地与人物不断演进的历史。而演绎历史的文学蕴藏着哲学。这种历史的演绎过程，无声无息地渗透着的，是必然勾起读者深思的唯物主义生命哲学。

生命哲学在这里具有自己的特色。当激情在诗境里沉湎的时候，同时发生着作者对生活实践的追问和对世界的思考。此时此地，诗歌独特的魅力在于：到处显示着的岂止是用情感构建的美学意向与审美结果，也许，其中由理性赋予的思想铸造与哲学建树，更富有特殊的价值。诗篇正在通过形象的诸种变化向读者表明：盐本身及其相关的人生家族，书写的是生命的历史，活跃着的乃是历史的生命；而作者真正探究的则是人生的意义，生命的终极。就哲思而言，诗篇含蓄地散发的是生命的哲学，同时，随着生命情感的抒发和生命哲学的运行，彰显了以诗境作为媒介的哲学的生命。

思想是生活的一种方式，也是诗歌建设的一种方式，而哲学是思想的最高方式。其实，亚里士多德在《诗学》第九章里早已指出："写诗这种活动比写历史更富于哲学意味，更被严肃地对待……"另外，诗又是生命的一种存在方式。一位资深文学评论家曾经这样强调："从生命本体上突出以审美的方式掌握世界，从形而上层面瞩目对人的终极关怀，有利于诗美蕴涵的凝重与深广。"通过对《盐的家族》的诗境探寻，我们可以发现：在这部诗集里，生命哲学这种最高方式，在什么意义以及在什么程度上，使诗的品质得到了鲜亮的提升。

生命秘密的特殊透露

大海边的家族，在缪克构的笔下是生命集体。作者以情感深挚、哲思饱含的诗笔，生动传神地勾勒了祖父和祖母、父亲和母亲、姨父和堂弟以及作者自身等人的家族群像。

家族群像的生命流动，书写成一部与盐的存在密切相关的生命史。在这里，作者所运用的是以营构诗境为表现手段的特殊书写。所谓特殊书写，指的是书写内容的独特性与丰富性。这种书写方式的特征是“笔墨未到意先到”，旨在“言有尽而意无穷”。在“先到”与“无穷”的情意里融入人生哲理，包括生命秘密的特殊透露。

诗人不惜以浓墨重彩进行描绘的，主要是“祖父”。在《祖父小史》《名字》《盐的家族》等诗篇里，祖父的形象鲜活生动。祖父性格鲜明：“他发怒时，力量大得像一场飓风，软弱时，见一片微风也会哇哇乱哭。”（引诗新的标点，均为笔者所加，下同。）祖父业绩卓著：“每个夏天，都会拦截一段海，在太阳底下蒸发，凝结成一种称为‘盐’的晶体”，“他身上有太多的汗，太多的泪，都熬成了不朽的骨，像钢铁一般，不会弯曲和断裂了”。祖父命途多舛：“从此，他不敢占据黑夜，对傍晚的一点微光，也苦苦求乞。他得活着，就被活着这个魔鬼，追得到处乱跑。”祖父心地善良：“风暴的前身是闪电，它被祖父藏进了大海，我吃到的盐里有光。”“在不屈的灵魂里，隐忍，在潮汐间起伏不安，泪水如大海的波涛般不竭，又如浪尖上的阳光翻涌。”祖父对生命十分敬畏：“我的祖父，年轻时争分夺秒，老来发现，时间怎么也用不完，他被长寿逼得走投无路，又被死亡驱逐得无家可归。”

祖母的生命特征，主要见于《祖母小史》和《寂静》两首短诗。短诗诗语简洁明快，意象和意境则相当活跃，形象栩栩如生。这位祖母是默默无闻的，不然不至于“费了好些时日，终于弄清，祖母原来姓余，缪余氏”。与她平生的安静一脉相承，她甚至“不大愿意在太阳底下，而是钟情那幽暗的角落”。她内心的宁静，更无与伦比：“她想着什么，没有人知道，甚至她自己。她一定什么都没想，直至夜幕把她淹没，小小的盒子把她盛放，她都没有发出哪怕一点点声音。”但就是这样一个平常得不能再平常的祖母，“带着大姑进门，后来又生下五男一女”。而且，“她用手抱着，用背扛着，一连又带大了十个孙子和五个孙女”。由此不难看出，祖母乃是一个一生心地善良、终日辛勤操劳的劳动妇女。祖母也同样敬畏生命，这从一句诗里即可看出：“就这样，她长久地对抗光阴的脚步。”她以对抗来显示自己对逝去的光阴的珍惜，这就分明显示了她对生命的崇敬态度。

对于父亲与母亲，诗人着墨较少，但也以十分精粹的诗句，显现了双亲心地的善良和对生命的敬畏。写父亲，特别突出父亲的背：“他的背粗糙、坚硬，弄疼了我的小手。是这堵背为我们负起了一个家，为风雨中的小船遮风挡雨。”不仅是局部的背，而且，诗人还依据整体写出父亲的生存状态：“父亲则是一个渔民，他在茫茫大海上，一次次撒下渔网，有时候空无所获，有时候捞上来满载的鱼虾和蟹。”写母亲，诗人花样翻新，采用的是现实手法与浪漫手法互为映衬的笔致。用现实手法造成深厚意味的是这样的句子：“没有人知道，儿孙满堂，她为何选择在海边独居，只有远去的孤帆，对应她无言的心事。”以浪漫手法凝聚浓冽色彩的是如此的描摹：“每一个在夜晚归来的渔民，都会从她那里得到一盏渔火，因为有一盏灯在她心中常开不败。”“她十年前就去世了，但依然点亮一盏又一盏渔火，等待父亲从海上归来。”对于父母的抒写，无论是现实运作还是浪漫施展，这渗透在一些鲜明意象与美妙意境里的内在精神，依旧是对珍贵生命的虔诚尊奉，以及对善良心灵的真挚颂扬。

综观描绘祖父与祖母、父亲与母亲这些盐的家族重要成员的诗篇，可以看出，这些成员无不富有自己独特的个性，而他们同时又具备共性。这共性，就是他们面朝大海心系他人的善心，还有人生道上对于所有生命的敬畏之心。

对于这种共性，诗集《简史》一诗中的一段，通过既高度概括又形象逼真的意象组合，作出了生动的显示：“百年人生删繁就简，无非就是将大海浓缩成一粒盐，然后加入阳光，雨水，笑声和泪影，把盐粒养大。”

以大海和盐为形象主体的“简史”，是浓缩了的缪氏家族的生命历史。这一生命历史的具体史实，在《简史》的后半，以奇峻的想象伴随的笔调，被勾勒得既精美简练，又真切动人：“把那些流入大海的血，唤作黄鱼，青蟹，红虾，淡菜和望潮，和子孙一起投入生长，并继续打捞，捞出风景，也捞出风暴，捞出故乡，也捞出异乡，捞出记忆，也捞出遗忘。”这些诗句，铺陈了显现，也设计了蕴藏。那巧妙地蕴藏的，同样是对善心的揄扬，对生命的尊重。

在以上列举的诗篇里，作者对于善意的崇拜和对敬畏生命之心的垂青，表达很是含蓄，十分注重言外之意。而在我认为相当重要的《秘密》这首诗里，作者更是加重了含蓄的分量，以仿佛曲径通幽的妙法，委婉地倾诉了主体形象在道德标准方面的火热肝肠。其途径，先是铺垫，继而深入，最后才是“卒章显其志”。于是，诗篇不仅色彩绚丽鲜活，而且呈现出犹如山峦逶迤之中忽然奇峰突起的艺术效果。最为突出的则是精神渗透，思想的结晶在这里熠熠生辉。

《秘密》一诗以大海作为周旋的对象，主体则是“父亲”“祖父”和“我”子孙三代。周旋的当口，凸显了大海和主体之间惊心动魄而又让人浮想联翩的微妙关系。“父亲把风暴藏进了大海”，结果是“我”听到了雷鸣；祖父把作为风暴前身的闪电“藏进了大海”，结果是“我吃到的盐里有光”；作为第三代的“我”，又把大海藏于胸中。经过一番曲折，“大海里的闪电”“大海里的风暴”造成了一种神秘的东西。这种种神秘的东西，“像一根笛子般，吹一首安魂曲”。安魂曲非同寻常，“连惊涛听了也会翩翩起舞，连乌云听了也会散开阴霾”，而“人世需要这样美妙的声音”。这美妙的声音，诗人运用了喻中之喻：“如同大海的深渊，都有一根定海的神针。”

诗章到了这里，读者一定会有悬念升起：在“这样美妙的声音”里有怎样的奥妙？“定海的神针”，又意味着什么呢？

最后就是这首诗的神来之笔了：“我对世间万物抱有善意，据说，这是一个家族生生不息的秘密。”

“生生不息的秘密”，便是生命的秘密，也是缪氏家族牢守的秘密。这一生命秘密就是善，亦即诗中的“善意”。善在人的心灵生命境界真、善、美三维和合结构中，地位至为重要。它显示了心灵生命境界的完善性和完整度，是人生最高层次的道德标准，昭彰了人类最尖端的知识水平。柏拉图早就指出：“善的理念是最大的知识问题，关于正义等等知识只有从它演绎出来的才是有用和有益的。”《盐的家族》里的生命哲学，正是通过诗境这一特殊手段，首先在善的这一生命秘密里得到了透露。而之所以称为秘密，乃是因善的本质属性不是对外张扬的，不仅不事张扬，而且总是以内敛、隐藏作为主要特征。也就是中国传统美德所一贯颂扬的“善欲人见，不是真善”。这在此前提及的《盐的家族》的多首诗篇里，也得到了完美的体现。

善是对生命的最高的尊重和敬畏，这是生命哲学必须阐明的重要内容。关于善和生命敬畏，以提出“敬畏生命”理论著称于世的德国哲学家阿尔贝特·施韦泽，对此有过充分的阐述。他在《敬畏生命》一文中说到：“善是保持生命、促进生命，使可发展的生命实现其最高的价值。”因此他断言：“这是必然的，普遍的、绝对的伦理原则。”至于为什么要行善，为什么要敬畏一切生命，阿尔贝特·施韦泽认为，这是因为生命之间存在普遍联系。人的存在不是孤立的，他有赖于其他生命和整个世界的和谐。他还同时指出：人在自己的生命中体验到其他一切生命，面对一切生命负责的根本理由是对自己负责。这从盐的家族成员祖父、祖母、父亲、母亲等人之间的关系即可看出。他们之间的生命关系是一种你中有我、我中有你，既自身保持又互相促进的关系，同时对世间万物也是一种须臾不可分离的“普遍联系”的关系。盐的家族能够生生不息，其根本原因就在于这一系列生命和其他生命以及整个世界的和谐相处。而缪克构这部诗集中的许多诗篇，恰巧是通过以突出善意为主的生命关系的形象展示，使蕴含的生命哲学成为鲜丽光辉的存在。

盐的精神内核

盐在这部诗集的“大海与盐”一辑里，处处作为重要的物质或物象出现，然而同时，它又是这辑诗篇里非常特别的精神内核。

马克思在《1844年经济哲学手稿》一书中，有过这样的论述：“历史本身是自然史的一个现实的部分，是自然界生成为人这一过程的一个现实的部分。”什么叫“自然界生成为人”？马克思是这样认为的：人当然是自然界的一个环节，但又可以反过来说，自然界也是人的一个环节。因为自然界本身在人身上得到了完成。所谓“劳动创造了世界”就是这个意思。这是马克思的辩证唯物主义在阐明人与自然界的关系时与旧唯物主义的根本区别。自然界既然是人的一个环节，那么，它的任何物质或物象，也可以具有人所具有的精神。

很有意思的是，盐作为自然界的一员，它的特殊性能在缪克构的笔下，巧妙地通过诗境的展现，暗合了马克思的这一重要哲学观点。

《寻盐》一诗十分简短，但涌现的内容相当丰富，而内含的哲思又异常深刻：“盐是想象，空气、水、土壤、阳光，是边界，也是无边无界。经由人，盐形成闭环：泪水，血和汗，传导复杂的人性，使盐成为情感。溢出的那一部分，让盐成为理智，你甚至不能再上面添加任何一勺。”

这首短诗，题目是“寻盐”。寻找盐的什么呢？寻找的不应该是盐的表面，而是内里，应该是作者在同一组的另一首短诗里所说的：“祖父仅剩的力气，从盐里提炼光。”光是什么？分明是诗人赋予的盐的精神，亦即《寻盐》诗中所强调的“让盐成为情感”“让盐成为理智”。这时候，盐在诗中依然是存在物，但它已不是一般的存在物，是既有“边界”又“无边无界”的特殊的物体。它已经超越了物体。这超越了物体的物体，与人没有什么不同，成为既拥有情感又具备理智的人化了的东西，由此而成了“人的一个环节”。

由于诗境的作用，作为物质的盐生成了生命，拥有了精神。而需要特别指出的是，诗中盐的精神，不是一般的精神。精神的深处布满复杂的状态：人与盐的关系，边界与无边无界的关系，以至情感与理智的关系……。复杂的精神状态构成了复杂的哲学意识。由于哲学意识完全从生命出发，于是呈现了生命哲学。又由于生命哲学潜藏于盐的精神之内，于是成为盐的精神内核。

不仅是《寻盐》，在其他众多诗篇里，诗人也时而直接时而蕴藉地显示了盐的精神态势及其内核状况。

盐作为精神内核，如果在《寻盐》一诗里还表现得比较隐晦，只是含蓄地透露了这种内核的光芒，那么，在另一首《盐》里，作者的诗法运用则是另辟蹊径。《盐》这首诗一开头，即单刀直入，让盐以既是物质更是精神的两相结合的神奇面目出现，痛快淋漓地彰显了盐的特色、个性与功能：“盐是生计，因此，暴晒，煎熬，压榨，都是可以忍受的劳作。盐是生涯，是少年人的一段愁肠，是中年的隐疾和老来的霜与雪；是说亲，盖房，为老人送终；盐是生死，没有盐就没有一个家族的繁衍。”在这里，诗章运用了诸如夸张、隐喻、比兴等修辞手段，同时借鉴了古典诗词“反常合道，无理而妙”的写作方法，将诗写得风生水起，花枝招展，真的是精神抖擞，出奇制胜，不能不令人思绪丛生，想象无限！这种种创作手法，聚焦为一个重要的目的：将盐作为精神身份的一面更加凸现，让这种精神贯串万物，遨游天地。紧接着，作者又令诗思“更上一层楼”，既异军突起而又自然而然地把本诗的宗旨以及精神内核道了出来：“盐如此浓缩，让死得以不朽。很难说，一滴海水熬成盐是生还是死，如同一粒盐融于水，不知是死还是生。不知生，焉知死。死后复生，生死循环，死生契阔。生即是死，死即是生。生生死死，死死生生。不生不死，不死不生。舍生忘死，忘生忘死，无生无死。”

高明的诗，所奉行的手法驱驰，固然时常需要沉潜于委婉曲折，含蓄蕴藉，但有时也不妨显现为一泻千里，直抒胸臆。刚才援引的诗句，所泻“千里”自见，所抒“胸臆”自出。而这“千里”，这“胸臆”，不是别的，正是生命哲学的生动闪现。描绘的是盐的生命，相依相伴的分明是家族的生命，人的生命；而透露的是这些生命的哲学意识。当此时际，盐的具象形态衍变为抽象的生死观念。生生死死变化无穷，最后归结为“无生无死”，不知不觉地进入了中西哲学史时常强调的“无”的境界。这不禁让我联想起冯友兰先生的哲学思想，他的生死观。他在《新原人》一文中说：“对于在天地境界中的人，生是顺化，死亦是顺化。知生死都是顺化者，其身体会虽顺化而生死，但他在精神上是超过死的。”“所谓不死不生及虽死无生，亦是超死生之义。”超越生死，也就是无所谓生，无所谓死，于是相同于缪克构诗中的“无生无死”。盐的精神内核，最终因为导致“无生无死”的非凡境界的归结，达到了生命哲学的极致。

一般地说，诗人凭借诗境探寻生死哲学臻于这般田地，已有了相当功夫。然而颇为可喜甚至令人惊异的是，诗人没有到此终止前行的脚步，而是精益求精，继续向前推进。请看，他在《寻盐》和《盐》的基础上，又翻出新的花样。这就是另一首我认为十分精妙的《回到盐》所攀登的思想高度。

众所周知，“以人为本”是马克思主义哲学的基本观点。以人为出发点，把发扬人生之道、返归本原的终极关怀作为“以人为本”的根本途径。因为人之存在的有限性，导致人对生命的无限渴望，努力追求无限以达到永恒。《回到盐》这首诗难能可贵之处在于，它的意象指向和意境寄托，显而易见地是要在人生的终极关怀上开辟新的天地，让人生对于世界本原的追问回到生活实践。这首诗的“诗眼”在于一个“回”字，诗篇紧密环绕着"回"字大做文章。你看,诗人在驾驭诗句时,采取类似排比的手法,层层递进,步步开拓,把"我还是要回到盐"的本意,铺排得玲珑剔透而又五彩缤纷:"回到盐,就是回到血液,回到爱和温暖。回到盐,就是回到大海,回到宽广和浩渺。回到盐,就是回到太阳,回到光明和激情。回到盐,就是回到汗水,回到勤劳和收获。回到盐,就是回到健康,回到黑头发和古铜色的皮肤。回到盐,就是回到理想的发射塔。回到盐,也是回到宽容和放下,回到家族生生不息的繁衍。"

整首诗形象丰茂,意境鲜活,思想深沉。而关键的关键是九九归一:回到理想,回归本根。这正是终极关怀、终极价值的完美体现。盐的精神内核在诗句里闪耀,生命哲学在诗境里潜行。由此,诗歌实现了扣人心弦的审美效果,达到了至高无上的精神境界。

在这里,有必要就一个相关的哲学命题进行论述。

以上的文字,牵扯到一个较为敏感的哲学命题,盐是精神内核,它进行着与之相联系的一切思维活动,那么,问题来了:物质也能思索吗?

除了已经引用的一些诗句,诗集里还有不少诗句,可以证明盐乃是能够思索而且善于思索的物质。例如"在一缕沉香中,一粒盐在抒情,这让我愁思百结""痛苦会变成盐,欢乐也会抵达同样的终点""只有盐,渡人的灵魂""人间悲苦,终究不过细盐一颗"等。在这些诗句里,能抒情的自然能思索,能成为痛苦和欢乐的应该能思索,会"渡人的灵魂"的,想必能够思索,等同于人间悲苦的,必然也能思索。总之,在缪克构的笔下,物质的盐成为精神的盐,盐成了能思索的物质。问题由此开启:这种物质具备精神性质的变化功能,存在什么理论依据呢?

在马克思的人学现象学宝库里,有着这样一个重要观点:人和整个自然界的关系是一种辩证的关系。人和整个世界的丰富性打交道,人的感性具有一种超越功利的特点。一个人在观察世界的时候,与自然界会有一种社会关系发生。这在人的审美功能方面表现得最为明显。审美能把自然界的一切装备成具有人的特点。这在中国古典诗词里可以举出不少例子,比较明显的有辛弃疾的词"我见青山多妩媚,料青山见我应如是",以及李白的诗"举杯邀明月,对影成三人"。这都显示出物质的思维性能。关于现实世界物质的思维能力,不少哲学家有过深邃的,甚至振聋发聩的探讨,不少伟人也是如此。当哲学界提出"物质能不能思维"这一敏感问题时,马克思的回答是肯定的:物质就能思维,思维是物质的重要属性。马克思的《神圣家族》一书对此有详尽的论述。马克思主义认为,一切物质都潜在地有思维的可能性,整个自然界也是这样。但这种可能性只有在人身上才能得到体现,而自然界也只有在这种时候,显示出它的完整性。这种观点在恩格斯的《自然辩证法·导言》里也有直接的披露。他说,物质在它的一切变化中永远是同一的,它的任何一个属性都永远不会丧失,它必会以铁的必然性,把思维着的精神产出来。他把这种"思维着的精神",称为自然界的"最高花朵"。

于此可见,缪克构在诗篇里,通过诗境多次使物质的盐成为精神的盐,并且使其蕴含丰富的人生哲学,这是有据可依,自然而然,有着牢固而精深的理论支撑。

生命世界及其时空秩序

仔细阅读缪克构的《盐的家族》,就生命哲学的探寻来说,除了前文所述生命秘密的特殊透露,以及盐的精神内核的精心显示,作者还有更为深广的追求。追求的方法,显然是把目光放远,让思想的探针渐次深入,经由总体的把握和深度的开掘,促使诗境所内含的哲学品格向新的高度提升。

不妨关注一下这部诗集总的编辑意向。诗集共分四辑。第一辑的"大海与盐",前文已经分析了内中诗篇生命活动的哲思特征。第二辑的"城市密码",说是"城市密码",其实可以从其中的诗篇里,发现形态各异的生命密码。生命出现密码,是因为多数诗篇都藏有思想奥妙,里面滚动着深深的哲学意识。这在《地铁车站》《带动》《远和近》《发觉》等诗篇中体现得最为明显。第三辑的大部分诗篇,描绘域外风情,突出的是异国的生命状态。这时候,以生命活动的种种为意象投射的诗情,指向了世界,而诗人的哲思也随之前往。第四集"羿的传说"中以《羿》为题的诗,分为"射日""除凶""奔月"三部,均取材于神话传说故事。作者以这首诗作为一辑,用意十分明显,一定是要让诗集的诗篇从大海开始的生命活动乘风起飞,转入宇宙空间,使之成为宇宙生命的象征。

从这四辑诗章的安排，不难发现诗人营构这部诗集的逻辑枢纽：生命从大海出发，经过城市而走向世界，进而飞向整个宇宙。而诗人时时不忘的生命哲学之花，也随着以生命为主体的诗境建造，得以自由自在的绽放。

综观缪克构这四辑诗歌的多数篇什，可以感觉到，作者诗中生命演绎的可贵之处在于：无论是从空间关系看，还是从时间关系看，作者笔下的生命不光是小生命，例如单纯的人的生命；而且还是大生命，亦即除了人的生命之外，尚有自然界的生命，抑或天与地的生命，一起构成了一个宇宙生命共同体。于是，随着生命世界与时空秩序的逐步展现，诗章的整体在境界生成方面能够一一突破，使诗的精神高度与哲学深度的实现成为可能。

我们已从前文了解了盐的若干生命特征。在诗集中，不仅作者最为关注的盐具有生命，而且其他的物，同样具有生命。例如"一张竹椅已经泛黄，磨得发亮，她深陷里面，仿佛二者本身就是一体"。"就这样，她长久地对抗光阴的脚步"等。而《力量》一诗，尤为突出，更能显示物的生命的普遍性存在，而且存在的方式几乎与人的生命雷同："有一种力量在空中操持，让树叶、纸片和沙尘舞蹈，这些上升的精灵们，在强大的法则面前抛弃自我。圈形的前进，藤形的攀升，树叶忆起梦想再次向往远方。沙尘离开大地如同离开死亡，纸片高蹈，重新掌握书本的魔力。神奇的力量回到事物本身，把卑微、琐碎、庸常抛弃，精灵从墙角攀上屋顶，握住新生或重归的情操。"在优美的诗句里，生命以自己的力量，冲云破雾一般地凸显着自己的坚韧与强劲。再如《星空》中的诗句："作为世界的秘境之一，星空，是人类追寻生命意义的通道。星子弹跳，人心便深不可测。星子暗淡，人心便被雾霾笼罩。星子滞留，动与静便暗暗较量。"诗中，星空里星子的生命，与人的生命共同存在，而且相辅相成。至于《羿》，更在浩瀚的宇宙空间的横向与漫长的时间的纵向里，让各种形象鲜明的生命活泼地跃动，浪漫地飞舞，英勇地斗争，把生命的无数动静推向几乎令人惊心动魄的高潮。

从以上所述可知，缪克构在这部诗集里至关重要的思想拓展和主题开掘之一，在于通过诗境的纵横开合，揭示了生命世界的无比广大和时空秩序的无比严整。就生命世界而言，不论是大海与大海边盐的家族，还是城市里的人群与物象，以及国外的风土人情，以至传说中羿的日月遭际和内心搏斗，无不具有生命本性，充满生命故事。就时空秩序来说，诗集中的人和物，不断地活动在大海空间和城市空间，也飞扬在宇宙空间，而时间的长河，把这种种空间紧密地连接在一起。生命和时间还有特殊的联结，诚如《盐》一诗所显示的："在人体内反复出现的，也必将在时间里反复出现。前者，味蕾是唯一的检验师，而后者，是无处不在的镜像，是一触即发的感官。"生命和空间以及时间的关系是，空间是生命的展演，时间是生命的绵延。空间与时间又相互渗透，即空间中有时间，时间里有空间。就这样，随着生命世界的尽情展演与时空秩序的严格坚守，生命本体呈现出真实的却又五彩缤纷的生命本相。

诗集的许多诗篇，在展现生命世界与时空秩序的过程中，以诗的形象揭示了生命活动的内在逻辑，由此将生命哲学引向生命本相能够达到的思想高峰。不少诗篇通过生命存在所遭逢的各种时空境遇，说明人类生活在生命世界的大时空中，天地人是一个和谐共生的生命整体，人和自然界合二为一。我们往常从中国古代哲学的角度提及"天人合一"的观点。这"天人合一"，正是人和自然界共存的意思。缪克构这部集子的好些诗篇，把这种生命哲学不时地诗化为诗境，读者可以从中知晓他在这方面的用心。很明显的是《羿》这首诗的开头部分："时序的更迭，季节的变幻，上苍自有安排。日月的轮换，阴晴的翻转，人间已是释然。自混沌初辟，天顶地立，太阳便是盘古的左眼，月亮便是盘古的右眼。那忽明忽暗，或近或远的星辰，是盘古的头发和胡须……"这首诗里代表天空的日月星辰，完全和传说中的盘古，这位中华民族世代传诵的人紧密地结合了。在"大海与盐"一辑里，也有不少诗，以盐作为自然物，由盐和人的关系昭示"天人合一"的思想。例如"江山之大，盐是最重的压舱物，人间悲苦，终究不过细盐一颗"，"风声骤，涛声急，盐在加固脊背，迎向一堵堵浊浪。河山飘摇，家国离乱，最终靠一粒盐，定风波"。这些诗篇还同时表明，人与天地的交互作用与彼此融通，确实地证明了人自身的主体意识和内在本质，因而使生命价值的永恒性得到了肯定。

思想的闪电一旦射入诗语的行进行列，诗境就有可能呈现哲思效应。而正确的思想作为一种特殊的生活方式,必然具有深刻的精神历史和理论历史的根源。中外经典哲学共同认为,作为自然界一部分的人,是自然界发展的最高表现;从自然界的角度说,天地自然界是人体生命的源泉,同时又是人类创造自身历史、社会组织和人文化成的前提。而人与天地自然的统一或合一,是生命世界和时空秩序必然存在的规律性现象。诗歌当然不能直接地阐发这种哲思,但像《盐的家族》里的诗篇那样,创造出生命哲学蕴含的诗境,使生动的诗语与优美的诗境因为哲理的存在而闪耀深沉的光芒,诗美在整体上就会洋溢非同寻常的意义与意味。

向内追求的果实

缪克构这部诗集无疑相当成功。探究这一作品成功的原因,可以有多方面的思考。择其重要,比如从诗作所体现的诗人的主体风格,所呈现的创作的主要特色和整体面貌,可以清晰地看出作者在诗歌写作上显露的本色。这种本色的突出表现是思想追求和审美探索上的独特性,有如严羽在《沧浪诗话》所注重的“自出己意”,不随人后,独具特色。而就这部诗集通过诗境探索生命哲学所达到的广度与深度来说,诗人以独特性为标志的本色,又凸显为向内的追求,由此激发诗心,结出丰硕的果实。

向内追求的诗篇,总是洋溢独立自主的自我意识,让诗境充满犹如从源头洪波涌起的力量,使内在的精气神升华,形成极大的推动力和感召力。诗篇具体的诗情开合,一般都是心灵的激荡变化,最终导致向内的回归。第一辑“大海与盐”里的多数诗章,无论是对家族的书写,还是对盐的勾描,在具体形象的落笔上头绪多端,繁花满枝,但几乎每一首诗核心的归结,都在内在生命力量的勃发上放出光彩。比如《手足》中写道:“死者比沉默的青山更平静,而生者比飞扬的尘土还要喧嚣。”又如在《老盐民》中写道:“如若,把祖父的骨头拆下来熬汤,毫不夸张的说,可以熬出整个东海的盐。祖父身上的鞭痕,血痂和愤怒的毛孔,都会决堤……。一想到这些,我的眼里就涌出大把大把的盐。是的,作为一个盐民的后代,我有理由这么咸!”这些诗句,在奇特的想象和生动的比喻里,凄美感人的意向鲜活蹦跳。但这不是主要的,主要的是诗的字里行间透露出一种内在的东西,一种来自源头的精神的追求,亦即对劳动中的人的自觉性和目的性的注重。

更能体现向内悉心和精心追求的,应该是另一首诗《海的岸》。“船是海的第二条岸,海的第三条岸,是盐。岸,渡人生存的大地。船,渡人的躯体。只有盐,渡人的灵魂。出海是船。回头是盐。隔了一百年,祖父想清楚了这个道理,盐,从此被解下了绳索,心,也找到了岸。”“心,也找到了岸”这句诗,直如《红楼梦》里香菱读诗的效果,感觉像是“几千斤重的一个橄榄”,让人觉得既很有滋味,而又十分沉重。诗句实际是借助于外部世界的大海与岸,最终回归到人的内心,于是人心有了依仗,有了归宿。“只有盐,渡人的灵魂”,则是仰仗“盐”的神力,改变人的灵魂,亦即改变人的内心世界。

最直接的向内追求,是诗集的开篇之作《名字》。“我的名字,语出《文心雕龙》:景文克构。意为子承父业,并发扬光大。这让我陷入长久的羞愧。”这几句诗貌似平淡无奇,其实却是这部诗集的点睛之笔。仔细掂量,作者的笔端指向自己的内心,张扬的是“认识你自己”的旗帜。明确的目的是,在自我反思和自我批判中,涵养自己的理性精神。透过诗篇,分明诉说着人要求改变自身、改造内心世界的要求与愿望。

诗集向内追求的主旨,自然是诗境的展现过程中特别尊奉的生命哲学。生命哲学的存在,是诗集向内追求最主要也是最突出的内容。生命的有限性与精神的无限性,往往让人产生困惑与虚无感的时候,随同涌起要求解救的欲望。生命哲学就是要通过对生命过程、生命终极价值的拷问和关注,为“解救”这一崇高目的提供正确的答案。这其实正是哲学所要担当的任务。哲学要用纯粹的人类理性去应对种种挑战,当世界乱象丛生不可捉摸的时候,为人类寻找安身立命的价值。《盐的家族》恰恰是生命哲学经由诗境的探寻,显示自身在精神构想方面的高瞻远瞩,表现出一种最高层次的心灵寄寓和思想守望。

这种向内的追求,一直是人文精神关注的焦点,素来为哲学家、思想家和文学家所重视。美国当代著名哲学家拉兹洛,曾经在他的著作里提出一个“整体意识”的概念。所谓整体意识强调的是人与自然的合二为一,人应该进行人类与自然相互统一的整体性思考。

人向内心的追求，即是“整体意识”的关键所在。在这部著作里，拉兹洛还突出了诗歌的独特作用，认为“诗歌能有力地帮助人们，恢复在20世纪同自然和宇宙异化的世界中无心地追逐物质产品和权力而丧失的整体意识”。这无疑把诗歌摆在很重要的地位。拉兹洛又在他的名著《人类的内在限度》里有过一段话，这段话把外部世界与内在限度的关系揭示得异常深刻，会给读者醍醐灌顶的感觉，他强调决定人类存亡的是人的内在限度。他说：“世界上的许多问题是由外部极限引起的，但根子却在内在限度。世界上几乎没有什么问题不是因人而起，几乎没有什么问题不可以通过改善人的行为得到解决。就连物质和生态问题，其最根本的原因也是人的眼光和价值观的内部限制……。我们苦苦思索，想要改变地球上的一切，唯独没有想过改变我们自己。”

《盐的家族》这部诗集十分可贵之处，在于以层出不穷的诗句之美，引导读者改造自己的内心定位。把握好自己的精神尺度，不断朝着向内追求的目标前进。而这种向内追求的具体表现，是许多诗篇所展示的人心对于人与自然之间关系的体悟，以及灵魂的坚守。

生态、生存、生活、生命的意义，已经日益成为当代人的现实关切，自然不许欺凌践踏，只能保护爱戴，生命不能轻视疏忽，必须尊重体恤。生命世界是一个有机整体。我们生存在世界之中，世界也生存在我们之中。缪克构这部诗集的美学追求与思想探索是多方面的，但是就其总体的结构思考而言，既有外在的鲜明突出的以情感为特色的文学结构，又有内在的深沉缜密的以哲理为本色的哲学结构，这分明是这部诗集特别具有魅力的地方。当诗篇不断地以诗境开拓展现诗美，同时又将潜在的生命哲学输送给读者的时候，读者既能得到情愫的感染，又能得到哲学的启迪，于是诗篇绽放的花朵就有了妍丽的色彩和浓郁的芳香。

周涛的老年诗读后

□ 吴平安

比之于这颗星球上的其他物种，人类最大的不同，就在于有自我意识，而自我意识的核心，则在于知晓一切生命的有限性。古人仰观天轮周而复始，俯察大地四季更迭，体验自身生老病死，对冥冥中弥纶天地、主宰万物的大道和度量生命的时间，便不能不心存敬畏，自孔夫子伫立黄河之滨那一声浩叹，“逝者如斯夫，不舍昼夜”起，这种哲学的、宗教的思索，文学的、艺术的表达，就代代相沿，从来没有停止过，只要有人类存在，这种思索和表达，就会永远继续下去。

在百度上输入“《对衰老的回答》”，你会发现诗人周涛写于1982年的这首诗，连同方明老师声情并茂的朗诵，仍然占有很大的点击量，在公众号和微信群中的传播，也煞是热闹。依我浅见，一首诗、一篇散文、一部小说，如果三四十年后仍然广受读者喜爱，甚至于能使人潸然泪下，便足以证明其生命力了，即便还不能称为经典，但大致是行走在通往经典的路上。若问其中的奥秘，那一定是含有某种超越时间的元素，并且使这种元素得以审美的表达使然。

然而仅凭这一笼统的、教科书条文式的言说，还并不足以对这首诗有更深入的了解，比如，既然“青年也没工夫去想老”，那么时年只有36岁的周涛，何以就“想到自己的衰老了”，而且“甚至于在梦中都能感到/生命的船正在下沉”呢？单单用诗人的多愁善感就可以解释吗？弄清这个问题，我们必须回到当年，回到这首诗写作的20世纪80年代初叶，虽然“时代背景”“时代精神”一类的术语，一度被视为陈腐的概念，从文学批评的辞典中删除了。不过这丝毫不会减弱过来人每想起那个年代就激起的心跳。

那是一个冰河解冻大地回春的季节，中国刚刚从梦魇中苏醒，痛惜蹉跎了10年光阴是老中青普遍的社会心态，这种社会情绪必然会借助感觉敏锐的诗人（广义）呼喊出来。1980年，时年同样36岁的诗人杨牧发表了《我是青年》，感叹“青春曾在沙漠里丢失/只有叮咚的驼铃为我催眠/青春曾在烈日下暴晒/只留下一个难以辨清滋味的杏干”；稍晚些时候，谌容的小说《减去十岁》，更是以荒诞的手法向上苍去讨要失去的那段宝贵年华。这些诗文都毫无例外地引起了老老少少强烈的心理共鸣，一时洛阳纸贵。原因无它，杨牧诗中有一句“哈……我们都有了一代人的特点”，模糊地表达了而后陈思和先生提出的“共名”现象。

站在这一历史节点上，回应时代提出的重大而统一的主题，有人舔舐伤痕，有人反思苦难，有人呼唤改革，而大梦初醒时年轻人内心的迷惘及其朦胧的表达，则成就了当代文学史上有里程碑意义的朦胧诗。

周涛，以及以“三剑客”集体发声的另外两位诗人杨牧、章德益，行走的却是另外一条路径。

多年以后，在文学地理学几成显学的今天，我们不再拘囿于以时间为唯一尺度，而以地域为分界线成为研究文学演变的另一视角，回望集合在“新边塞诗”旗下的那一批诗人，如何挟卷一股豪迈刚健之风，振奋了无数浩劫之后迷惘委顿的心灵，加入新时期文学大合唱时，我们对一方水土养一方人这一俗谚彰显的东方智慧，便有了更深切的体会。

这一方水土，是大西北的高天厚土、沙漠瀚海、雪山冰峰，是荒蛮苦寒的生存环境；这一方人，是生于斯长于斯的13个兄弟民族，是王震将军麾下的军垦战士，是口里支边的热血青年，是在政治风暴中如沙尘般吹落到边塞的各界精英，是被饥荒驱赶走西口的盲流……再远一些，还有大汉开拓欧亚孔道的探险家，行走在古丝路上的商旅，在石壁上开凿洞窟描画飞天的画家，出使塞外吟咏边关的诗人……正是这独特的自然地理环境和人文地理环境，滋养了这一方诗人，锻造了他们的文化人格和精神气质，涵养了他们的审美理想和审美趣味，建构了他们的话语方式和语言表达。

遵循这一思路，对周涛做一番简略的传记式扫描，则其诗其文风格的形成，不啻是文学地理学一个经典的个案。

周涛祖籍山西，生于北京，长于乌鲁木齐，大学就读于新疆大学中语系——包括周涛研究的学位论文在内的许多文章，在语涉作者生平时，均无一例外地将“中语系”误作“中文系”，盖因“中文系（汉语言文学系）”开设于几乎所有中国高校，而研究维吾尔语言文学的“中语系”则在中国独此一家——在作为末代大学生扫地出门，赴军垦农场接受“再教育”近两年后，周涛分配至喀什噶尔团委工作，那是南疆一个维吾尔族聚集地，直至1979年特招进入新疆军区创作组。

这一人生轨迹足以告诉我们，周涛何以会以“半个胡儿”自居了，马背民族与伊斯兰文化的雄强精神和阳刚大气，渗透到他的血脉中，他试图借此来祛除“现代病”，强壮中原汉民族为物欲虚脱的精神气脉，无怪乎周涛在文学界以“狂”闻名了（贾平凹就曾书“狂涛”二字以赠），其实这正是一种文化的自觉，在早期的新边塞诗中已见端倪，在后期的散文中更是一种基因性存在，这首《衰老的回答》与之是一脉相承的，它保证了在时代共名覆盖下的文学大合唱中，不至于被众声淹没。

不妨对比一下中国古代诗人“对衰老的回答”。

读王羲之《兰亭集序》，触动人心的是作者情感在喜与悲之间的大幅跳跃。明明是“天朗气清，惠风和畅”的暮春，又是曲水流觞、吟诗作赋的雅会，而由眼前美景的短暂性，想到人生的“修短随化，终期于尽”，竟情不自禁而发出“岂不痛哉”的叹喟，而对“一死生为虚诞，齐彭殇为妄作”的体悟，更是“悲夫”不已，即便是“我本楚狂人，凤歌笑孔丘”的诗仙李白，不也有“君不见高堂明镜悲白发，朝如青丝暮成雪”的伤感之言吗？这不过是人类面对衰老以及生死大限的情感反应罢了。当然，除了喜怒哀乐，人皆有之的普遍性之外，若将生理性的情感情绪审美化，中国古代诗人却格外钟情悲情的抒发，个中诀窍，韩愈一语道破曰：“欢愉之词难工，而穷苦之言易好。”（韩愈《荆潭唱和诗序》）于是，自《诗经》“心之忧矣，我歌且谣”（《诗经·魏风》）起，中国诗人便一路“歌且谣”来，哪怕是“为赋新词强说愁”也好，悲情牌是最容易打动人心的。

周涛对衰老的回答中，是不容许悲伤存在的，或者更准确地说，是不容许这种负面情绪主宰自己的。诚然，他也曾有过“年龄的吃水线已使我颤栗、吃惊”的情绪，如前所述，那不过是分担了枉入红尘若许年的普遍社会情绪罢了，“颤栗、吃惊”不同于“痛哉”“悲夫”，它只是一种短暂的、应激性的情感反应，而细察诗中的情感表达，不难发现其大异于新时期前业已固化的，那种单一的、直线性的抒情模式，而是呈现出复杂的、曲线性状态。午夜梦回的“颤栗、吃惊”陈于前，而“人生就是攀登”，“走上去”的自励随其后，为一跌宕反转；对“自己的老境”“设想”之后，略无萎靡消沉之心，而萌拔剑起舞之志，为又一跌宕反转。如此三翻两抖，全诗遂借抑扬之笔，成摇曳起伏之态。

这种情感的波澜，正对应了、暗合了，从而共鸣了万千读者的痛点和兴奋点。“悟已往之不谏，知来者之可追。实迷途其未远，觉今是而昨非”（陶渊明《归去来兮辞》，翻译成彼时的社会流行语则是：把“四人帮”耽误的时间补回来。这种痛定思痛之后乐观的、积极的、向上的时代精神，也即是“天行健，君子以自强不息”“士不可不弘毅，任重而道远”的民族精神，是中华文明虽历尽劫难而仍得以延续至今的奥秘所在，它作为一种集体无意识存在于民众之中，在特定的历史时刻，必定会借助于诗人的个体呼喊出来，“诗言志，歌永言，声依永，律和声”（《尚书·尧典》），实在是千古不易之言。

2019年，已经告别诗坛多年，举起一面“大散文”旗帜，在散文世界横扫千军，新近又在长篇小说领域一试身手的周涛，忽然转过身来，在新边塞诗的发祥地《西部》（当年的《新疆文学》）上发表了8首总题为《死亡哲学》的组诗，告知了一个诗人的还乡。正是人生易老天难老，37年光阴说过就过去了，此时周涛，已经是一个古稀老人了，而时移世易，此时的中国文学，一元而共名的状态已不复存在了。

我们完全可以将《对衰老的回答》和《死亡哲学》作前后相续的链接，将之视为诗人对同一主题在不同年龄段的回答。大凡走近生命暮年的老人，都不免会像那个忧郁的王子哈姆雷特那样，去思考“to be, or not to be, that is a question”。这个question（问题），伴随着人口老龄化的加速，中国已然步入老龄化社会，人口老龄化问题日益突出，成为新时代面临的重要风险和挑战。爱尔兰诗人叶芝写于1893年的一首小诗《当你老了》，竟穿越时空成为今日中国的流行歌曲，耐人寻味的是，它并非作为情歌被人传唱的，人们忘记了那原本是爱情的真挚表白，其间显然可以窥见接受美学的影子。在时代不再提供统一主题的当下，周涛再一次触摸到了社会的痛点，而且向前一步，由对"衰老"的回答，到对"死亡"的思考。

"回答"与"思考"的差异，一个最直接的标志，就是抒情主体的挪移。不言而喻，包括《对衰老的回答》在内的绝大部分抒情诗，诗人都是或鲜明或隐匿以"我"的面目出现的，而《死亡哲学》则不然，直接言及死亡的几首，都是以"你"展开的，第一首《如果床头悬一柄利剑》总共24行，"你"字竟然多达10个，一种紧迫的、急促的节奏，就借这一高频词为组诗奠定了基调。尼采在《悲剧的诞生》中说过，能把自我对象化是哲学思维的标志（大意）。以此观之，"你""我"的一字之变，其意义就不单纯是节奏的营造了，它带来的变化是全局性的、根本性的。谁对"你"发言呢？自然是"我"，是那个隐匿在诗中的诗人周涛。言语的对象"你"又是谁呢？还是那个诗人周涛。诗人周涛一分为二了，即是说，他把自我对象化了，他者化了。距离的拉开带来的是情感和态度的变化。如果说，《对衰老的回答》中的周涛是热情的、感性的；《死亡哲学》中的周涛则是冷静的、理性的。前者鼓荡的主要是儒家的入世精神，后者则混杂了庄禅的出世思想。前者意在回答特定时代的挑战，属于形而下层面；后者则意在思考人类的终极命题，属于形而上层面。当然，两者都必须以审美的方式、诗的方式来兑现。

自柏拉图提出"哲学是死亡的排练"的论断，将死亡设为哲学研究的终极目标，并且从发生学角度，阐述了死亡的本体论和世界观意义后，死亡哲学在西方哲学史中的探讨一直经久不衰。中国主流文化中缺少彼岸意识，同属于轴心时代的孔子，当弟子季路请教怎样侍奉鬼神时，孔子的回答是："未能事人，焉能事鬼?"再问死亡的道理时，孔子干脆回答："不知生，焉知死。"（《论语· 先进》）此即所谓"六合之外，圣人存而不论"（《庄子· 齐物论》）。周涛的思想资源，也很难突破"存而不论"的边界，所以"你无法想象它/当然，也无法躲开"，这里诉说的是死亡的必然性，而"再机灵的人也将和它/撞个满怀"，强调的则是死亡的偶然性。民谚有"一样生，百样死"之说，所谓寿终正寝得享天年，在古人眼中是一种福气，和瘟疫事故各种天灾人祸"撞个满怀"，则是死亡的非常态，而人生的悲剧性，恰在于非常态即为常态。在新型冠状病毒COVID-19肆虐全球，死亡的阴影在五大洲徘徊不去的当下看来，周涛既是自醒，也是提醒红尘中沉浮，忘记了死亡存在的芸芸众生，"死亡却想得起所有的人"，"它才是你的宗教"，"争执，冲突，傲慢，妒忌"，"只要想到你也会死掉/人世间的诸多屁事/便不值得再烦恼"，这其实就是对"色即是空，空即是色"的了悟，而唯有"放下"，"心无挂碍"，"远离颠倒梦想"，方可"无有恐怖"（《心经》），当"这一天终于来了"之时，才能"如释重负"。总而言之，周涛皈依的显然是中国传统文化的人生智慧，他并没有越出中国历代文人"据于儒，依于道，逃于禅"的窠臼。

当然，这种人生轨迹，并非一条直线走到底，更非冰炭不可同器，在《西北狼》中的反转如灵光一现，印证了周涛生命的底色，仍然是一条西北汉子的强悍人生。西北狼不无悲壮色彩的一生，"饿死也学不会吃草"的倔强，是"掠食者的宿命"，其实正是兑现了周涛37年前的誓言："我愿接受命运之神的一切馈赠/只拒绝一样：平庸"。千年以下，儒道释一直水乳交融于士人一身，在诗人周涛身上又返照出历史的光影来。

熟悉周涛的读者，阅读其新作，当惊异其诗风之大变，一如容颜之大改。唯美是彼时周涛追求的美学理想，意象叠加则是兑现其理想的审美手段。哪怕是对人生晚景的想象性铺展，也是采用宣叙调方式歌唱出来，一股将栏杆拍遍的慷慨激昂之气扑面而来。周涛如此，杨牧也如此，如前所述，这是彼时热烈刚健乐观自信的时代风气使然。

而今周涛新诗，删繁就简，洗尽铅华。即便从最外在的文本呈现，也能直观到长句少了，短句多了；意象少了，直白多了；张扬少了，内敛多了。一句话，唯美喜好，让位于冲淡平和，而激昂慷慨之风，已被沉郁顿挫之气替代了。唐人孙过庭论书法三境界有言："初谓未及，中则过之，后乃通会，通会之际，人书俱老。"（《书谱》）书法如此，诗歌何尝不是如此呢？

［作者单位：武汉市文联］

路文彬长篇小说的伦理主题和创作手法

□ 毋华敏 滕朝军

迄今为止，路文彬共创作了四部长篇小说，分别是《流萤》《天香》《你好，教授》和《水晶》。这四部作品的共同主题是倾向于对人类终极问题的追问，如对爱情和死亡的探讨，对痛苦和命运的叩问，对内心深处现实的书写，等等；创作手法主要表现为塑造典型的人物形象，营造浓厚的悲剧氛围，创造行云流水般的语言，等等。这种与众不同的伦理主题和高超的艺术技巧使路文彬的作品超越了许多同时代作家的作品，在中国文学史上具有鲜明的特色。

一、伦理主题

（一）爱情是存在而不是占有

爱情是路文彬这一生探讨的主要问题，也是他每一部小说的重要主题。他曾在《流萤·后记》中写道："写作《流萤》的过程，其实就是给自己一次恋爱的机会。的确，它也满足了我对于爱情的怀念及渴望。"①《天香》的开头就交代："这是一部以爱和死亡为主题的情感教育小说。"②《你好，教授》主要写的也是大学教授戈德远与妻子江雁容、情人轩辕筱筱的爱情故事。《水晶》很大篇幅上写的也是建筑商水明居、大学生水晶的爱情生活。

与传统爱情观不同的是，路文彬不主张殉情的爱情是最高级的爱情，不认为梁山伯为祝英台而死、杜丽娘为柳梦梅而陨的爱情是值得推崇的爱情。他认为：爱情是两个独立个体的相互支持、相互成就，是给予而不是占有，如果因为得不到对方的爱就无法生活下去，这不是真正的爱，而是一种打着爱的旗号对对方的一种情感勒索，是假借着爱的名义对对方的一种情感的要挟，是一种病态的依赖，是一种疯狂的占有。《你好，教授》里他对此发表评论道："因为遭拒而选择自戕的行为，其实就是把自己的爱变成了一种野蛮的要挟。这已经不是爱，爱是给予，是承担，是让被爱的对方感到幸福，而非要让其为自己的死背负一生的愧疚。"③《天香》里他也借沙瓦之口表达了自己的这种爱情观："虽然齐谷不能属于他，但至少还有他对齐谷的爱是属于他的。爱既然不能给他带来快乐，那他就不要快乐，他不在乎，爱已经给了他超乎快乐之上的幸福。爱就是幸福。"

的确，爱本身就是幸福。一方面，爱情使爱的人在爱的过程中感官更加敏锐，活力更加充沛，精神更加愉悦，内心更加丰富，看待世界也更加富有诗情画意；另一方面，爱情可促使爱的一方心甘情愿地给予对方爱，并在给予的过程中，自己也感受到了奉献的快乐，体验到了被需求的快感。如果被爱的一方能给予相同的回应，那更是一种无与伦比的幸福；但如果被爱的一方不能回馈相同的爱，那也不要怨恨对方，因为爱本身就让你感受到了幸福，就让你体悟到了生命的意义和价值。

路文彬的这种爱情观深受美国哲学家和心理学家埃里希·弗洛姆的影响。埃里希·弗洛姆把人的生存方式分为存在和占有两种，他认为："在重存在的生存方式中，从感情上人们不重视那种个人的占有（私有财产），因为我并不需要占有某物才能去享受或使用它。"④"在重存在的生存方式中，幸福就是爱、分享和奉献。"⑤而"以重占有的生存方式所体验到的爱则是对'爱'的对象的限制、束缚和控制。这种爱情只会扼杀和窒息人以及使人变得麻木，它只会毁灭而不是促进人的生命力"⑥。

爱情就像长在野地里的花，如果你任其在阳光下自由生长，并时不时地给它浇点水施点肥，它就会生长得更茂盛，开放得更艳丽，而如果你把它掐掉放在花瓶里，它很快就会枯萎；爱情也像捧在手里的沙子，你抓得越紧，它就漏掉得越多。当你觉得拥有它的时候，其实它已经在消逝；当你觉得它到达顶峰的时候，其实它已经在走下坡路。路文彬深深懂得爱情的这种脆弱性和矛盾性，因而在《流萤·后记》里感叹：爱情是“最顽强亦最脆弱，最优柔亦最决绝，最持久亦最短暂”的东西。“没有哪一种情感能像爱情这样容易衰老了，它的辉煌不过只是黯淡的刹那过渡，抑或说是留给长久黑夜的光明回忆。当我们把持住了爱情时，实际上也就意味着我们注定把持住了绝望。在爱情的世界里，乐观主义者根本找不到立足之地。倘若说有乐观主义者，那也一定是乐观的悲观主义者。渡边淳一《失乐园》中的男女主人公正是这样一对乐观的悲观主义者，所以他们没有选择承受，而是选择了拒绝。他们认定只有死亡才是躲避爱情衰老的唯一途径，便在彼此爱的最炽烈的时刻，以自戕的方式迫使自己的爱情逃离了时间的魔掌，最终永远搁浅在巅峰的位置。”

是的，爱情是个矛盾体，它集顽固与脆弱为一身、持久和短暂为一体。它顽固起来可以摧枯拉朽、裂山崩石，破除一切阻碍的因素而奋勇前进；它脆弱起来也如肥皂泡一般不堪一击，甚至一点点误解、一星星不忠都可以让它转瞬即逝。

尽管爱情如此脆弱，但人类还是一代又一代地向往爱情痴迷爱情追求爱情，“爱情曾使我们狂喜，亦曾使我们痛苦。但无论怎样，它无法使我们放弃。因为，爱情之于我们的诱惑远远超越了它所施加给我们的伤害”。人类若没有爱情就如同没有了光明，就会永远生活在黑暗之中；人类若没有爱情就没有了活力，就会永远生活在死寂之中。正因为有了爱情，人类才有了希望，有了光明，有了活力。因此，爱情是人类的希望之灯、光明之源、生命之火，无论付出多少代价追求它都不为过，无论为它遭受多少痛苦都值得。“爱情诱使我们动用空前绝后的痛苦，为的就是换取一生中最壮丽的时刻，而这一时刻，可以让地狱也变得辉煌。”⑦是的，爱情焕发出的光彩可以把黑暗的地狱照亮，爱情给我们带来的幸福可以超越一切，为了这一刻的幸福和辉煌，遭受多少痛苦都是值得的！

（二）死亡是对生命的成全

爱情和死亡是人类从古至今面临的两大基本问题。爱情不是人人都有福气可以拥有的，但死亡却是人人都必须经历的。贪生怕死是人的本能，哪怕一个人的一生再不幸，他都不希望死亡，因为死亡就意味着肉体的毁灭，意味着一切的结束，所以，对死亡的恐惧会伴随着每个人的一生。非理性主义哲学家叔本华早就说过：“死亡是威胁人类的最大灾祸，我们最大的恐惧来自对死的忧虑。”⑧古罗马哲学家西塞罗也说：“探究哲理就是为死亡做好准备。”⑨因此，如何面对死亡、克服对死亡的恐惧是我们这一生最重要的课题。

路文彬作为一位富有深厚哲学修养的文学家，其四部长篇小说无一例外地都涉及了死亡问题。《流萤》里有阿郎的死，《天香》里有齐峰、习句和老乡的死，《你好，教授》里有大学生的死，《水晶》里也有王雪涵的自杀、水明居母亲的死亡等等。其中，对死亡探讨最深刻，篇幅最多的无疑是《天香》了。

《天香》主要描写了诗人习句的死亡和登山爱好者齐峰的死亡。习句死于早衰疾病，齐峰死于登山事故。对于习句的死亡，作者没有给予多么沉痛的哀悼；对于齐峰的死亡，作者也没有表示多少惋惜。作者认为习句的死亡是生命的自然衰退，齐峰的死亡是求仁得仁，二人各是死得其所、死得其时。尤其是对于齐峰的死亡，作者甚至给予了强烈的肯定和赞颂。因为作者认为：人生最大的幸福是实现自己的愿望，齐峰虽然付出了生命的代价，但他实现了自己的愿望，成功地拥抱了珠穆朗玛峰，这还有什么好遗憾的呢？齐峰死亡的是肉体，不死的是他追求理想的精神，他追求理想的精神将会永远存活在人们的记忆中，激励着人们向理想挺近。这不就是齐峰死的意义和价值吗？作者一再借习句的诗表达自己的死亡观：“在死亡的悲泣里，我终于看到生命的欢颜。……生不过是为了完成死的梦想，死用它的圆满成全了生的匮缺。”是的，死不是对生的毁灭，而是对生的成全；死不是生的终止，而是生的开始。

《你好，教授》里也多处对死亡进行探讨，莱蒙托夫的诗《我独自一人走在路上》最能表达作者对死亡的看法：“对人生我早已无所期望，也不惋惜往日时光，但愿我能得到自由安宁，朦胧中走进梦乡，朦胧中走进梦乡。那不是墓地里寒冷的梦境,是永生永世的安详……"这种对死向往而不是畏惧,对死拥抱而不是退缩的死亡观,跟《天香》是一致的。

我们一般人都忧虑死亡畏惧死亡,认为死亡是一件让人悲观绝望的事情。殊不知,正是死亡成全了人类。如若不是死亡,人类就感受不到生命的短暂,就不会珍惜有限的时光,也不会争分夺秒去实现自己的梦想、创造自己的伟业;如若不是死亡,新生的力量也不会出现,如果没有了新生,世间也就没有了变化,那么一切将会处于死寂之中,人生将会成为静止之态。这样的人生,再长久又有什么意思?从这个意义上来说,死亡不但不是对生命的毁灭,反而是对生命的成全。

(三)幸福是获得心灵的安宁

人生存的唯一目的便是追求幸福,而幸福是什么?大多数人的回答应该就是价值的实现和欲望的满足。那幸福的感觉又是什么呢?是纯粹的快乐?还是快乐中包含着痛苦?对此,路文彬有自己深刻而独到的认识。他在《流萤》里借阿郎的口说道:"原来幸福并不是我曾经以为的那样,是一种纯粹的快乐和满足。实际上,在幸福的情感里,还有一种忧伤,那是一种甜蜜的忧伤。因为这忧伤,我们对生命便更加珍惜、更加留恋,也更加向往。"《天香》里老乡也说:"幸福的感受里也包含有痛苦……如果没有痛苦,那就不叫幸福而叫快乐啦。……幸福是沉甸甸的,快乐是轻飘飘的。"《水晶》里也有类似的表达,他描写女人享受性爱高潮时发出的声音"是极乐的声音,也是受难的声音"。

无疑,这种描写是极为真实、贴切而深刻的。的确,幸福的感受不像快乐那么纯粹,它在快乐和满足之外还包含着痛苦、担忧甚至恐惧的感受。当我们幸福感到达顶峰的时候,会无端生出一种担忧和恐惧,担忧和恐惧这幸福感会消退;当我们幸福感到达顶点的时候,我们也会不由自主地生发出一些忧虑和伤感,忧虑和伤感这幸福感什么时候能够重温。不过,这种担忧和恐惧不但不会减少我们幸福的程度,反而会让幸福的感觉更加醇厚绵长。否则,正如糖太多了会变得齁一样,幸福太过了也会走向它的反面。

但是,怎么才能获得幸福呢?路文彬认为:幸福是找到自己的定位,是追求自己灵魂最渴求的东西,是获得心灵的宁静与满足。

《你好,教授》里的巴东仁这个人物就代表了路文彬对幸福的诠释与追求。巴东仁是一个有着自己的独立追求、与时俗背道而驰的人物。他学富五车才高八斗但却不愿委屈自己写那些在他看来毫无价值的垃圾论文,他本来有争名夺利的资本但却不愿把时间耗费在这上面,因而年逾退休仍是讲师职称。他的好朋友戈德远深为之不平,甚至想为其讨回公道,但是,巴东仁却对此不以为意,因为这些世俗的名利不是他追求的目标,灵魂的安宁和满足才是他渴望已久的东西。于是,他退休之后主动放弃繁华热闹的大城市生活,奔赴宁夏山区一所极为简陋的小学任教,这里物质尽管比较缺乏,但是他却获得了灵魂的安泰与满足。

巴东仁正是路文彬心目中理想的知识分子形象,他的追求代表了路文彬的追求,他的幸福观某种程度上也是路文彬的幸福观。这种幸福观跟一些先贤哲人的幸福观不谋而合,如古希腊哲学家德谟克利特认为:"幸福不在于占有畜群,也不在于占有黄金,它的居处是在我们的灵魂之中。"[⑩]伊壁鸠鲁也说:"肉体的健康和灵魂的平静乃是幸福生活的目的。"[⑪]可见,幸福不在于拥有多少金钱占有多少物质居于多高的社会地位,而在于自己心灵的安泰、灵魂的满足。只要心灵安宁了,处荒山野岭、食粗茶淡饭、穿粗衣麻布也觉富有无比;而如果灵魂不安宁,居风景名胜、食琼浆玉露、穿绫罗绸缎也觉内心惶惶无所依,这就是苏轼所说的"此心安处是吾乡"的道理。

(四)人类无法抗拒命运

新中国成立以来,由于受革命英雄主义的影响,我国的文学作品里充满着盲目的乐观主义精神,国人普遍认为"人定胜天",认为人的力量超过天的力量,殊不知,这是一种浅薄的表现,是人对自然的无知造成的。人只是自然的一分子,自然才是决定人类命运的主人,人是不可能完全战胜自然的,人也是把握不了自己的命运的。许多时候,人与命运的对抗是徒劳的,人类所能做的只能是在服从命运的大前提下,做些自己力所能及的改变。这样的认知,不但不是人懦弱无能的表现,反而是人能够正确认识自我和富有智慧的表现。

路文彬也是持这个观点,他在小说里一再流露出对命运的敬畏感。如《天香》里齐谷面对屡登珠穆朗玛峰而失败的齐峰时想到:“每一个人都是脆弱的,唯有命运是强大的。”《流萤》里阿郎和哥哥的恋人念红相爱但却不能在一起时想到:“我把那短暂的快乐,看作我们共同对于命运的无奈抵抗。尽管我非常清楚,念红也非常清楚,我们终究不可能是命运的对手,但是,我们同样也非常清楚,命运可以阻止我们彼此相爱,却不能阻止我们相互关心。”

是的,有的时候我们尽管尽了自己最大的努力,但却无法达到心目中理想的目标;有的时候我们双手合十诚愿满满,但命运之神就是不成全。身为自然之子的我们,又有什么办法呢?我们只能敬畏于命运的强大和服膺于命运的安排。

路文彬在《视觉时代的听觉细语·悲剧精神的缺失》一文里也一再重申自己对于命运的敬畏感:“谁也逃不出命运的网捉,在命运之网里,人无法抗争只能挣扎。”[12]古希腊悲剧主人公俄狄浦斯费尽千般心思,用尽万般力量想逃出神的诅咒,避免犯下弑父娶母的罪行,可最后还是没有逃脱命运的网,在命运的强大力量面前乖乖投降。在残酷的命运面前,在强大的自然力量面前,人是渺小如草芥的。古往今来,有谁想求长生不老实现过?有谁想求事事如意满足过?许多时候,人是实现不了自己的愿望的,是战胜不了强大的命运的。在强大的命运面前,在伟大的自然力量面前,人只能喟叹自己的渺小,服膺于命运的强大。人有这种清醒的认知,并不一定是件坏事,它既能让我们意识到自己的局限,避免陷入无所不能的猖狂感觉之中,又能让我们有所节制,知道珍惜,避免陷入不知餍足的贪欲之中。

(五)书写内心深处的现实

许多作家喜欢书写自己亲身经历的生活,喜欢把小说写成自叙传。如托马斯·沃尔夫曾说过:“一切严肃的作品说到底必然都是自传性质的,而且一个人如果想要创造出一件具有真实价值的东西,他便必须使用他自己生活中的素材和经历。”[13]曹文轩也赞成作家要写自己熟悉的生活,他说:“由于强烈的真实性,他的小说对于读者而言就自然获得了一种亲和力——读者的欣赏,始终是很在意小说家的诚实品质的。”[14]

但路文彬的创作理念却与这些作家不同,他在《流萤》里借阿郎的口声明:“我从不喜欢写作自己已经经历过的生活,而只热衷于依借写作来经历自己梦想中的生活。对于我而言,写作是补偿现实的一种最有效的方式,它既能修正我的生活,也能废除我的生活。”“真正的小说从来就不只是一味关心什么腐败、下岗之类的皮毛现实,它更应该关心的是人类内心深处的现实。小说首先要提供给人们的是情感关怀,而不是政治关怀。”

笔者在写这篇文章的时候,曾与路文彬深入探讨这个问题,路文彬对此进一步阐释道:“每个人的写作有他的理解和特征……自传体的小说未必是最好的,任何小说,包括自传体小说都有虚构的成分。不管虚构还是非虚构的小说,都是作家的自传,因为作家写的就是他的理念,传记不一定是全部真实的。”他认为,不管是作者的现实经历还是理念世界,都属于作者的人生经验,有的时候,理念世界反而更能代表作者的理想和愿望,更能逼近作者的内心,因而也更具有真实性。

著名的精神分析学家弗洛伊德在《创作家与白日梦》中说:作家的创作就是作家的白日梦,“他是每一场白日梦和每一篇故事的主角”[15]。作家的潜意识在日常生活中由于受超我的压制,无法完全展露出来,只有在创作中,才可以展露被压抑的自我,宣泄被压抑的情感和欲望。因而,作家的创作可以看作是作家在现实中不能被满足的欲望的投射、在现实中不能实现的理想的寄托。

比如《你好,教授》里的巴东仁这个人物,就是作者梦想的投射、理想的化身。他思想深刻,才华横溢,不慕名利,超凡脱俗,反抗体制最后反抗成功,追求自由最后获取自由,他反抗束缚不受压抑的天性正是作者欣赏的,他孤独而自由的生活正是作者向往的,因而,他不光是戈德远理想中的人物,也是作者理想中的人物,是作者想逃离现实而没有逃离成功的理想的投射,是作者完全摆脱了生存压力,卸去了现实束缚的理想自我,从某种程度上来说,也是作者更为真实的自我。

二、创作手法

(一)塑造典型的人物形象

金庸说过:“我认为人物比较重要,因为故事往往很长,又复杂,容易被人忘记,而人物则比较鲜明深刻……我的重点放在人物方面。”[16]路文彬作为一个小说家,也非常重视人物形象的塑造,他在《小说关键词新解》中就把塑造人物形象放在了首要地位,他认为:“有相当多的小说,尤其是长篇小说,实际上都不过是某个人物的传记而已。我们关心一部小说,往往就是在关心其中某个人物的命运。……典型形象的塑造可以看作是一部作品取得成功的标志;甚至能体现出一个作家的伟大成就。”[17]基于此种认识,他特别注重对典型人物的塑造、对典型人物的刻画,因此,他成功塑造了一直流浪在路上的阿郎、为了理想而献身的齐峰、矛盾而犹疑的戈德远、纯粹而坚定的巴东仁、在理想和世俗之间挣扎的水明居等人物形象。这些人物形象,每一个个性都很鲜明,思想都很独特,经历都很丰富,其命运无不牵动着我们每一位读者的心。我们会为《流萤》中阿郎的死亡鞠一把同情之泪,会为《天香》中齐峰对理想的追求而动容,会为《你好,教授》中戈德远和巴东仁所受的委屈和不平而气愤,会为《水晶》中水明居、水晶的挣扎和其未来命运的不确定性而担忧。我们会为其悲而悲,会为其喜而喜,他们就像是我们的兄弟姊妹,就像是我们的亲朋好友,其一举一动无不牵动着我们的神经,占据着我们的心。

路文彬创作的四部长篇小说中,以《你好,教授》里的戈德远这个人物形象最鲜明生动,最独特新颖,现实感也最强,因而最受读者喜爱和垂青。

戈德远是目前中国大学老师的缩影,他所过的生活正是目前大学老师在过的生活,他的矛盾和挣扎也是目前大学老师普遍的矛盾和挣扎:想摆脱不自由的体制束缚又因生活所迫摆脱不了,想逃逸出烦琐的家庭关系又因责任所牵逃逸不出,因而,终日生活在矛盾和纠结中,身心不得安宁。他只有在和巴东仁相处的时候,身心才能获得片刻的安宁,郁结才能获得暂时的释放。但是,这个人物正因为纠结反而更加丰满,正因为矛盾反而更加真实。因为现实的人生大都是一地鸡毛,大都是充满缺憾的。所以,这个人物的不纯粹和矛盾挣扎反而成就了他。

著名作家梁晓声评论道:“《你好,教授》是这么多年来我所读过的同类题材作品中最引人深思的一部,戈德远和巴东仁这两个中国知识分子的形象几乎可以说是文学史上空前的。”著名作家和评论家曹文轩也认为:“写中国当代知识分子的小说已有很多,《你好,教授》的难能可贵之处就在于,它不再暴露,更不再丑化,而是以最大限度地善意去理解和同情我们的知识分子……”

戈德远这位独特的知识分子形象是我们这个时代知识分子的写照,它体现了路文彬对当今知识分子处境的思考。当今时代,知识分子自身的独立性与体制的要求发生龃龉,他们所受的教育使他们能够看清时代的局限,但是现行的体制又不允许他们越出时代的限制,因而他们整日生活在矛盾和痛苦之中。路文彬作为知识分子的一员,能够体味到这种痛苦并理解这种痛苦,所以笔触之端对他们充满了同情和理解。也正因为这份同情和理解,这个知识分子形象才血肉丰满,充满着蓬勃的生命力。相信在不久的文学史上,这个独特的知识分子形象,将会占据一席之地。

(二)营造浓厚的悲剧氛围

路文彬的每一部长篇小说都笼罩着一股浓浓的悲剧氛围:《流萤》里的主人公阿郎的结局是悲剧的;《天香》里的沙瓦喜欢的爱人得不到,得到的爱人又自杀,其命运也是富有悲剧色彩的;《你好,教授》里的戈德远不满现实却又逃离不了现实的困境,其命运也是富有悲剧况味的;《水晶》中的男主人公水明居虽然功成名就,但和妻子感情淡漠,妻子患了抑郁症又神秘失踪,生活一团乱麻的他能算是幸福的吗?

路文彬热衷于悲剧氛围的营造和悲剧人物的塑造,是与他的个性气质分不开的。他虽然表面上看起来活泼豪爽、幽默风趣,但其实内心深处是孤独的、忧郁的,和俄罗斯哲学家别尔嘉耶夫的气质极为相似,他曾在《别尔嘉耶夫和我》中写道:“我是一个活泼好动的人,又是一个性格忧郁的人。……而性格忧郁的气质特点则存在于深处。当外在表现是高兴的、活泼的、充满活力的时候,我同时又是忧郁和具有悲观主义情绪的。”[18]这种内在的忧郁气质决定了他的审美取向和创作风格。

相比较忧郁来说,快乐是一种肤浅的、短暂的感受。路文彬在《忧郁气质的时代逐弃》里对此论述道:“相对快乐来说,忧郁永远是更深刻、更沉重的一种情绪。前者是对此岸世界的满足和对彼岸世界的无视,后者却是对此岸世界的焦虑以及对彼岸世界的关怀。快乐趋向于肤浅与遗忘,忧郁则趋向于高贵和救赎。……

快乐属于向外张扬的情绪，远不像忧郁这种朝内收敛的情绪更具有艺术的况味。”[19]快乐是对此岸世界的满足和对彼岸世界追求的止步，因此，快乐使人肤浅；而忧郁则是对此岸世界的不满和对彼岸世界的向往，因而，忧郁使人深刻。古往今来，许多卓有成就的文艺家和哲学家都是忧郁的，如托尔斯泰、鲁迅、凡·高、叔本华、尼采、别尔嘉耶夫、克尔凯郭尔、海德格尔等等。叔本华始终认为人生就是在痛苦和无聊之间徘徊，而快乐只不过是二者之间短暂的调剂品；鲁迅认为自己身上带有强烈的阴郁之气，这种阴郁之气几乎毁了自己一生的幸福；凡·高的一生都是在孤独、抑郁、不被世人理解和接纳的情境中度过的；海德格尔一生也在抑郁的沼泽中挣扎，甚至想借助战争来毁掉自己的生命……路文彬和这些哲学家、文学家的气质有许多相似之处，其骨子里也是忧郁的，因此，他特为推崇忧郁气质，喜欢塑造忧郁的主人公，喜欢给主人公安排悲剧的结局：流浪的阿郎一生都是郁郁寡欢的，和心爱的女人不能结合，最后又死于警察的枪下；沙瓦得不到自己的初恋，得到的日本女友贵子却开枪自杀；戈德远一生追求自己的理想而不得，也是孤独和忧郁的；就是身为商人的水明居，也比一般人忧郁而深刻。

我们每个人这一生的欲望很多，但是实现欲望的可能性却极小，因而，欲望与现实产生了很大冲突，这种冲突便是我们痛苦的根源。我们每个人都渴望青春永驻、快乐永存、爱情永远处于巅峰，但是，现实却往往与之相反：青春如白驹过隙，快乐如泡沫易逝，爱情也如琉璃般容易破碎。路文彬对这种美的脆弱和人生的无奈是极为敏感的，他说：“我之所以如此推崇悲剧精神，是因为艺术的生命实质在于美；但是作为审美者的人类生命的有限性，以及其审美愿望的永恒性，包括美本身的脆弱性，已经注定结成永远无法拆解的矛盾。故此，从艺术的内涵到它所呈现出的况味，无不应是具有悲剧性质的。”[20]

忧郁气质给路文彬的作品投射了浓厚的悲剧韵味，使他的作品具有了同时代许多作家无法企及的高度；但忧郁气质也给路文彬的人生带来了痛苦，侵蚀了他的健康和幸福。不过，古往今来，哪一位伟大的作家，不是像荆棘鸟那样刺破自己的喉咙后才能唱出动人的悲歌呢？

（三）创造行云流水般的语言

路文彬的长篇小说创作可以分为两类：一类侧重写理想，一类侧重写现实。《流萤》和《天香》侧重写理想世界，《你好，教授》和《水晶》侧重写现实生活。不管是写理想世界还是写现实生活，路文彬的小说创作都有一个共同的特色，那就是语言如行云流水，汩汩而出，一泻千里，毫无阻塞。

这几部作品之中，其中以《你好，教授》的语言最为汪洋恣肆。作家和编剧白桦如此评论道：“高校之畸变，家庭之危情，文人之良知，学人之气节，就这样如悬河泻水一般地呈现了出来，令人为之震惊，引人为之深思。……一部学者小说，写得如此让人荡气回肠，欲罢不能，又让人振聋发聩，反躬自省，着实叫人意外惊喜，因而值得格外关注。”白桦的评论着实到位，“悬河泄水”一词，准确、生动而形象地概括出了《你好，教授》的语言风格。路文彬写这部作品的时候，其充沛的激情、流畅的语言确实如悬河泄水，感觉是激情驱遣着笔在走，而不是用笔来表达情感和思想。即使如此，也没有发现小说的表达存在词不达意和有瑕疵的地方，可见作者笔力的扎实和语言的纯熟。

路文彬极为注重对小说语言的锤炼，他在《小说关键词新解》中强调：“叙事首先要求的是小说家的语言功底，只有在确保能够准确、流畅地使用母语的前提下，叙事才可能被真正谈及。”[21]路文彬由于长年坚持不懈的阅读和写作，能做到准确、流畅地使用母语来表达思想、抒发情感、塑造人物、营造故事。

《你好，教授》里的几乎任何一段文字都很流畅，笔者随意摘录一段：“清高是戈德远在这个时代作为中国知识分子的存在意义，正是由于清高，他才深刻认识到了广大中国知识分子那令人痛心的差距。戈德远清高着，所以戈德远孤独着；戈德远孤独着，所以戈德远思考着。清高证明的是他戈德远独处的能力，如果一个人连独处的能力都没有，又怎么会有能力去思考？可是你放眼去瞧瞧吧，现在还有哪个中国知识分子懂得同自己相处的重要？他们甚至都没有属于自己的时间。为了名和利，他们使出浑身解数要把自己塞进某个圈子，想方设法要让自己不掉队。中国知识分子现在最怕的就是落单，落单不是说明你缺乏社交能力，就是说明你人缘太差，而没有人脉，你还能在中国办成什么事情？戈德远承认，这确实是中国社会的一种可悲现实。有时候，他也不得不为此作出部分妥协，但他把这种妥协看成是自己为坚持清高被迫付出的必要性代价。坚持？说维持应该更准确些吧。置身于这样一个四面楚歌而又无依无靠的境地，坚持谈何容易啊？戈德远几度想就这个问题写它几篇豆腐块，可是眼下他连这点自由都被剥夺了。这不就是他为维持清高生生付出的代价吗？想到这里，戈德远的心情忽然又暗淡下来，他的情绪总是亢奋不了几分钟的。”

这么一段文字，把大学教授戈德远的清高脱俗、孤独坚守同时又不乏悲愤无奈和愤世嫉俗的想法一股脑儿地倾泻了出来。既有陈述句，又有反问句；既有排比句，又有比喻句；上下句过渡自然，前后句的衔接简直天衣无缝。整段文字既如行云流水，一气呵成；又如彩云追月，前后相牵。由此可以看出作者遣词造句之巧、修辞表达之工、文字运用之强！

有人曾经如此形容茅盾和巴金的语言，说茅盾的语言像流水中有石子，磕磕绊绊，不太顺畅；巴金的语言则如流水，滔滔汩汩，中间没有任何阻隔。毫无疑问，路文彬的语言风格跟巴金的非常相像，如悬河泄水，汩汩而出；如大河奔流，一泻千里，给人以酣畅淋漓的审美快感。正如苏轼《文说》对自己语言的评价："吾文如万斛泉源，不择地而出，在平地滔滔汩汩，虽一日千里无难。及其与山石曲折、随物赋形而不可知也。所可知者，常行于所当行，常止于不可不止……"[22]毫无疑问，路文彬的语言也具有如此的魅力。

结 语

路文彬的长篇小说倾向于对爱情、死亡、幸福、苦难、命运等伦理问题的探讨，这种对伦理学的关注使他的作品具有许多同时代作家难以企及的高度。陆游有一句名诗："汝果欲学诗，功夫在诗外。"写小说也是一样，如果你想写出具有高度和深度的能流传后世的作品，那就必须具备小说以外其他学科的知识。"如果你没有一定的哲学、社会学、心理学、宗教学等学科知识，那你的文学研究前景必将是危险的。很有可能，你呈示的不是文学的真理，而是文学的谬误。同理，你的文学创作也不可能达到经典的高度。"[23]

路文彬正是这样一位涉足多学科的杂学家，他对文学、哲学、伦理学、心理学、社会学等学科都有研究，尤其是对文学伦理学情有独钟，他曾撰写过两部关于文学伦理学的著作——《中西文学伦理之辩》和《视觉时代的听觉细雨——20世纪中国文学伦理问题的研究》。在这两部书中，他对人生的意义、价值、幸福、死亡等终极问题进行了深入研究，并且有自己独到的见解。

众所周知，从古至今困惑人类的两大最重要问题就是性爱的苦闷和对死亡的恐惧。路文彬的长篇小说正是从这两个角度切入，然后蔓延到对痛苦、幸福、命运等伦理问题的探讨，因此，他的作品必然具有长久的生命力。再加上他高超的塑造人物的能力、独特的悲剧氛围的营造以及娴熟的语言表达技巧等，他的作品在将来的文学史上必将占据重要的位置。

注释：

①路文彬：《流萤》，南海出版公司2002年版，第330页。以下《流萤》引文均引自该版本，不再另注。

②路文彬：《天香》，中国广播电视大学出版社2012年版，前言。以下《天香》引文均引自该版本，不再另注。

③路文彬：《你好，教授》，时代出版传媒股份有限公司、安徽出版社2010年版，第40页。以下《你好，教授》引文均引自该版本，不再另注。

④埃里希·弗洛姆著，李穆等译：《占有还是存在》，世界图书出版公司2014年版，第102页。

⑤埃里希·弗洛姆著，李穆等译：《占有还是存在》，世界图书出版公司2014年版，第68页。

⑥埃里希·弗洛姆著，李穆等译：《占有还是存在》，世界图书出版公司2014年版，第33页。

⑦路文彬：《亲爱的，我想你——关于爱情的30堂课》，北京师范大学出版集团、安徽大学出版社2010年版，第188页。

⑧叔本华：《叔本华说欲望与幸福》，华中科技大学出版社2017年版，第97页。

⑨段德智：《死亡哲学》，商务印书馆2017年版，第84页。

⑩周辅成：《西方伦理学名著选辑：上卷》，商务印书馆1987年版，第79页。

⑪周辅成：《西方伦理学名著选辑：上卷》，商务印书馆1987年版，第103页。

⑫路文彬：《视觉时代的听觉细雨：20世纪中国文学伦理

问题研究》,安徽教育出版社 2007 年版,第 177 页。

⑬托马斯·沃尔夫著,黄雨石译:《一部小说的故事》,生活·读书·新知三联书店 1991 年版,第 24 页。

⑭曹文轩:《小说门》,人民文学出版社 2010 年版,第 56 页。

⑮弗洛伊德著,张金良译:《创作家与白日梦》,《二十世纪西方文论》,北京大学出版社 2006 年版,第 171 页。

⑯金庸:《笑傲江湖·后记》,广州出版社 2013 年版。

⑰路文彬:《小说关键词新解》,《海南师范学院学报》(社会科学版)2005 年第 4 期。

⑱路文彬:《被背叛的生活》,安徽教育出版社 2014 年版,第 51 页。

⑲路文彬:《视觉时代的听觉细雨——20 世纪中国文学伦理问题研究》,安徽教育出版社 2007 年版,第 8 页。

⑳路文彬:《视觉时代的听觉细雨——20 世纪中国文学伦理问题研究》,安徽教育出版社 2007 年版,第 175 页。

㉑路文彬:《小说关键词新解》,《海南师范学院学报》(社会科学版)2005 年第 4 期。

㉒张长江:《苏轼〈文说〉赏析》,《名作欣赏》1986 年第 3 期。

㉓路文彬:《是谁伤害了我们的爱》,中央广播电视大学出版社 2012 年版,第 256 页。

[作者单位:北京语言大学人文社会科学学部;河北科技师范学院文法学院]

晓苏新作《家庭游戏》的寓言化特征

□ 王芳实

晓苏的短篇小说有个特点，即开头的语言就呈现出一种奔向目标的姿态，之所以说是一种姿态，是这里的“奔向”不急不缓，但态度坚决；整篇小说都在为之服务的那个目标，我们称为结尾。在其新作《家庭游戏》(《作家》2020 年第 5 期)中，游戏在小说结束时做了人员调整，小说的结尾反过来给整个叙述罩上了一片祥云。

我们可以把《家庭游戏》当成寓言来读，因为我们阅读体验的欢快最终来自故事指向的那些寓意。但是，它并不像一般寓言那样直接揭示背后意味深长的道理，而是借用暗喻中的相似性特点，用家庭游戏来比喻官场规则，再在家庭与官场的重叠中揭示那个隐藏着的东西。事实上作家对人名的刻意安排，就在提醒大家注意小说中“寓”的指向，比如从丰收到入仓的谷丰、谷香到谷仓，更具提示意义的是谷未熟和谷已黄。

就官场政治而言，大家都知道这样一条铁律：绝对的权力导致绝对的腐败，而容易忽视另一条铁律——权力只为赋予它的人负责。谷已黄被提名任家庭春节聚会的纪律部长，但谷丰(家庭最有权势的人)否定了这一提案，直接任命谷未熟任纪律部长，也就是说，谷未熟的上任并不是家庭成员共同选举的，而是谷丰任命的，所以，他的权力是谷丰赋予的。按上面的那条铁律，谷未熟的权力应该只为谷丰负责而不是为家庭所有成员负责，但一个五年级的孩子并不懂得官场政治，他误解了自己权利的属性。他严格履行职责，对所有违反既定纪律的人都罚款，从堂姐到他的父亲，再到身份最高的爷爷。当然，这些处罚都没有违反那条铁律，因为纪律是谷丰定的，谷未熟的行为在向全家人负责的同时，也向赋予他权力的谷丰负责。但是，最后是谷丰的妻子(可以把他俩看成一体)违反了纪律，这就触动了权力赋予者的利益，换句话说，谷未熟忽视权力的赋予者转而向家庭所有成员负责，他违反了官场的基本规则，被撤职是必然的结局。

小说的深刻在于，当家庭最高身份的爷爷骂脏话被谷未熟罚款后，谷丰耳语劝说自己的父亲接受处罚，但当他自己被处罚时却被触动了那根叫权威的神经，也就是说，在他的权威面前，亲情不值一提，哪怕是自己的老父亲。这本是一场家庭游戏，却折射出了官员根深蒂固的权力意识，折射出了权力意识的可怕程度。

真正谙熟(或许只是一种直感)这一铁律的是谷已黄，他是家里除爷爷奶奶之外唯一没有在游戏中任职的人，所以他渴望权力；而比渴望更重要的是，他懂得如何获取权力。其一，他一个初中生便能思考自己与掌控自己命运的人的关系。他想把校长写成题目叫《我最敬佩的人》的作文里的那个最敬佩的人，但他却在担心“假如我们的语文老师正好和校长有矛盾怎么办?”，如果真有矛盾，当然会得罪语文老师，这其实是谷已黄在另一层权力结构中进行的风险评估。其二，他有一种与年龄不相符的忍耐定力。落选时能很快调整情绪，并为谷未熟的当选鼓了掌，当选时正襟危坐，显出很平静的样子，他的不悲不喜确实表现了工于心计的老道。烟头事件，他指导谷未熟“破案”——他并没有维护违纪者，但他在知道谁是违纪者的情况下的做法，巧妙地维护了自己与叔叔的关系。其三，他有为权力赋予者负责的意识和行为。他没有任何权力，不需向谁负责，但是，向握有权力的人负责，则是获取权力的最佳捷径，所以，谷已黄为维护爷爷的声望和大伯(谷丰)的权威，提议设定处罚年龄以免除对爷爷的罚款，而在大妈违纪之后，他挺身而出，把责任揽在自己身上。这其实是一场交易，谷已黄最终以取代谷未熟而赢得了胜利。

真正能够使家庭游戏(官场规则)得以正常运行的,是权力赋予者与权力获得者之间的合谋。谷丰需要权力获得者对自己负责来展现自己的权威,谷已黄需要权力赋予者给自己权力来享受行使权力的快感,正是在这样的相互需求中,谷丰才大胆暗示谷已黄:

> 当然,假如谷已黄忘了及时转交这笔钱,那么……
>
> 我爹话没说完,谷已黄突然站了起来,看了我妈一眼,又看了我爹一眼,目光散乱地说,对不起大伯,这事不怪大妈,是我没有把那一百块钱及时交给她。
>
> 谷已黄的心领神会在他们之间完成了一个崇高而神圣的仪式。

我们说可以把小说当成寓言来读,是因为它具有寓言的特点,但它毕竟是小说而不是寓言。我们知道,除古今中外流传下来的经典寓言之外,一般的寓言创作总会让人产生警惕,担心故事的目的是背后那个道理,从而忽视了故事本身。就小说而言,欧洲18世纪启蒙文学中的哲理小说,就有不少把小说形式看成是宣扬哲理思想从而达到启蒙目的的工具,于是小说在不顾自身艺术规律中变成了"时代精神的传声筒"。《家庭游戏》不同,它在艺术表现上也是相当成功的。

从叙述风格上看,小说呈现了一种"轻逸"姿态。家庭游戏只是一场游戏,罚款的数目也不伤大雅,因为小说毕竟带有寓言特点,所以在揭示那个"寓意"之前,作家在刻意地消解表层叙事的沉重感,显出一种简单、轻快的叙述风格,与作家另外的小说如《姑嫂树》《夜来香宾馆》等叙述有所不同。小说叙述者"我"清澈的眼光、谷未熟木头木脑的执着、爷爷奶奶的天真和谷已黄周密的心思,在叙述上都显出了一种拒绝深刻的叙事追求。

"轻逸"并不只是叙述,按意大利作家卡尔维诺所言,它还是一种认识世界的方法,在小说中,"轻逸"叙述的背后是官场规则的沉重,所以,这一"轻逸"才能彰显自身的价值。法国诗人瓦莱里说过这样的话,"应该像一只鸟儿那样轻,而不是像一根羽毛"。

从结构上看,小说呈现出双重结构的特点。

一重是小说本身的结构,即家庭游戏规定了三个方面的纪律,然后故事的发展围绕违反三条纪律来展开,这样的安排虽然有让人产生情节被事先规定,叙事受到束缚的疑问,但是,考虑到小说所具有的寓言特点,这一构架是完全成立而且紧凑的。值得注意的是,在谷丰妻子违反纪律的时候,私款报销的违纪行为却并不在规定的三条纪律中,也就是说,小说隐藏了一个话题,就是即使没有谷已黄来顶替违纪行为,大妈的违纪也只是退钱而找不到罚款的依据,更进一步说,纪律的制定者先天就把自己排除在了受罚的对象之外。

二重结构由家庭游戏与官场规则构成。小说真正认识这一构成的是叙述者谷苗子:"我近乎愤怒地说,谷未熟还是个小孩儿,你们对他下手也太狠了!我爹说,这只不过是一个家庭游戏,你何必这么当真呢?我冷笑一声说,是因为你们太当真了。"其中的"下手"和后一句的"当真",直接拎出了藏在后面的官场。小说后部分关于谷丰难堪并作出撤销谷未熟的职务转而任命谷已黄的描写,官场规则就开始像一团黑雾一样往小说里挤,它甚至能起到阻碍读者阅读的作用。家庭游戏与官场规则所形成的张力,减缓了小说的叙事节奏,却恰到好处地形成了在场和不在场共同编织的一张网,它应该是这篇小说最出彩的地方。

当然,小说中三个主要人物都塑造得很生动,但因为性格表现都非常清晰,这里就不再多说了。

[作者单位:凯里学院人文学院]

中国现当代诗词唱和的形式与境界

□段 维

当下诗词唱和之风大盛，而随便统计一下唱和形式的比例，同调次韵或称步韵的作品绝对不少于百分之九十，其次是依韵唱和，不会超过百分之十，而用韵唱和的比例就几乎可以忽略不计。至于同调异韵、异调同韵、异调异韵之类的唱和，就更是凤毛麟角。全面分析产生现状的原因，会涉及诗学之外的诸如社会学、心理学、美学、现象学等学科。我们这里只打算从诗词唱和缘起的本质出发，分析现当代诗人唱和的总体倾向，试图为当下诗词唱和走向提供相去不远的参照。

一、现当代诗词唱和回归表情达意本质

1. 唱和诗缘起于表情达意

唱和，最初是指歌唱时此唱彼和。语出《诗·郑风·萚兮》："叔兮伯兮，倡予和女。"陆德明释文："本又作'唱'。"《荀子·乐论》："唱和有应，善恶相象。"晋左思《吴都赋》："荆艳楚舞，吴愉越吟，翕习容裔，靡靡愔愔。若此者，与夫唱和之隆响，动钟鼓之铿耾，有殷坻颓于前，曲度难胜，皆与谣俗汁协，律吕相应。"《汉书·律历志上》："律吕唱和，以育生成化，歌奏用焉。"

例如词牌《竹枝》中就特别标出了"和声"：

芙蓉并蒂(竹枝)，一心连(女儿)。
花侵槅子(竹枝)，眼望穿(女儿)。

从词谱中看到，这首《竹枝》一共只有14个字有平仄符号标志，文中的"(竹枝)""(女儿)"并不是词谱所规定的字。《钦定词谱》中解释：所注竹枝、女儿，乃歌时群相随和之声。

后来的唱和逐渐发展为专指诗人之间的酬唱行为。梁萧统《昭明文选》专列"赠答"诗类，收王粲以下至齐梁诗凡72首，其中魏晋时期的作品超过50首。可见当时赠答体已很发达。"赠"是先作诗送给别人，"答"是就来诗旨意进行回答，前者即称"唱"，后者即称"和"。但若只有赠诗而无答诗，那么前者也就不能称"唱"了。赠诗在诗题上一般标出"赠""送""呈"或"寄"等字样，而不标"唱"，而答诗则标"答""酬"，或直接标"和"字，为了表示敬重，还可称"奉答""奉酬"或"奉和"。尽管"唱和"一词出现较早，但是被用于诗歌创作方面，作为一种有意识的诗歌创作方式却到了汉代以后。有一种观点认为最早的唱和诗是西汉时苏武和李陵的送别诗，但其真伪尚存争议。还有观点认为东汉的《客示桓麟诗》与桓麟的《答客诗》以及秦嘉夫妇的赠答诗可以看作赠答诗的滥觞。但是，一般的观点认为真正的有意识的唱和诗作出现在东晋之末，庐山释慧远及其追随者之间以及陶渊明与友人之间的唱和之作的出现，才能被认为唱和诗的滥觞[①]。

唱和有狭义与广义之分。狭义的唱和是诗人之间一对一或者一对众的诗词"回应式"的创作行为，这个过程必须有先有后；并且唱与和之间应该有一定的关联性，既可以是题目(形式)上的关联，也可以是内容方面的关联，其关联度可多可少，但不能完全没有瓜葛。广义的唱和是指只要内容相关，不强调"回应"过程和先后次序，比如就同一事件的拈韵、分韵、叠韵等形式，都被看作"唱和"行为。因此，唱和诗的"和意"是其前提条件。

2. 异调异韵唱和的自由抒写

诗歌史上现存最早的一组确知作者姓名的酬唱和

答诗是秦朝末年的楚霸王项羽垓下诀别其宠姬虞氏。项羽作《歌》云：

力拔山兮气盖世，时不利兮骓不逝。
骓不逝兮可奈何，虞兮虞兮奈若何。

虞氏有《和项王歌》一首为：

汉兵已略地，四方楚歌声。
大王意气尽，贱妾何聊生！

两首诗不仅原唱押韵与和作押韵没有任何关联，而且诗的句式结构（体裁）也不相同，唯一体现唱和关系的是两诗内容之间的联系。这就是典型的异调异韵型唱和。

在现当代诗坛，这种唱和形式并不少见。下面我们看看毛泽东与周世钊之间的唱和。

周世钊（1897—1976），湖南宁乡人。著名教育家、诗人和爱国民主人士。1913 年，与毛泽东为湖南省立第四师范学校预科一班同班同学。次年，第四师范并入湖南省立第一师范学校，他与毛泽东仍为同窗好友。1950 年 9 月 29 日，周世钊受毛泽东之邀赴北京国庆观礼。当列车经过河南古城许昌时，周世钊因迎接他的人在许昌有事，故在此停留了一日。周世钊趁机游览了许昌古城，想寻找曹操在此地的遗迹，但渺无所得。当时正值烟厂收购烟叶之际，肩挑车送，络绎不绝；而郊区则遍地豆苗，已届黄落。触景生情，抚今追昔，周世钊当即写下一首《五律·过许昌》，诗曰：

野史闻曹操，秋风过许昌。
荒城临旷野，断碣卧残阳。
满市烟香溢，连畦豆叶长。
人民新世纪，谁识邺中王。

后来，周世钊把这首诗寄给了毛泽东。一向喜欢曹操的毛泽东，在时隔多年后的 1956 年 12 月 5 日复信周世钊时说："时常记得秋风过许昌之句，无以为答。今年游长江，填了一首水调歌头，录陈审正。"所录之词，即 1957 年 1 月在《诗刊》正式发表的《水调歌头·游泳》。发表后无人知道这首词是答周世钊的《五律·过许昌》的，也无人知道是出自毛泽东给周世钊的信中，直到 1983 年出版的《毛泽东书信选集》中才首次向世人披露了这一事实。

水调歌头·游泳

毛泽东

才饮长沙水，又食武昌鱼。万里长江横渡，极目楚天舒。不管风吹浪打，胜似闲庭信步，今日得宽馀。子在川上曰：逝者如斯夫！　风樯动，龟蛇静，起宏图。一桥飞架南北，天堑变通途。更立西江石壁，截断巫山云雨，高峡出平湖。神女应无恙，当惊世界殊。

很明显，周世钊原作为一首五律，毛泽东所和的则是一首长调词，且不存在和韵关系。其内容都是抚今追昔，感慨新中国所发生的巨大变化。这种"异调异韵"的唱和还有毛泽东 1961 年作的《七律·答友人》，以诗的形式回和周世钊 1960 年作的《江城子·国庆日到韶山》这首词的。主题也都是歌颂新中国翻天覆地的变化，热情讴歌伟大的劳动人民的。

3. 同调异韵唱和的节奏共振

现在已知较早的比较有影响的同调异韵唱和，发生在中唐后期柳宗元与刘禹锡之间。永贞革新（805 年）十年以后，二人回京没多久又一次被贬，柳宗元与刘禹锡告别时各做了一首同调异韵的七律：

衡阳与梦得分路赠别

柳宗元

十年憔悴到秦京，谁料翻为岭外行。
伏波故道风烟在，翁仲遗墟草树平。
直以慵疏招物议，休将文字占时名。
今朝不用临河别，垂泪千行便濯缨。

刘禹锡回和了一首：

再授连州至衡阳酬柳柳州赠别

去国十年同赴召，渡湘千里又分岐。
重临事异黄丞相，三黜名惭柳士师。
归目并随回雁尽，愁肠正遇断猿时。

桂江东过连山下,相望长吟有所思。

柳宗元与刘禹锡的唱和诗,两首都是七律,但是对于押韵没有什么要求。柳宗元押青、庚韵,刘禹锡则押支韵。这种同调唱和给人以体裁形式上的一致感和诵读节奏上的同频共振(五言诗为二三句读,七言诗为四三句读)。

唐代特别是中晚唐,唱和诗达到了第一个高峰。中唐最著名的诗歌唱和是中唐后期的白居易与元稹的"通江唱和",而晚唐的皮日休、陆龟蒙两人的唱和诗就有220余首,在晚唐唱和诗中颇具代表性。

这些早期唱和诗基本上是"和意"的异调异韵和同调异韵,到了元稹与白居易唱和时则开始"和韵"了。但这时的和韵还没有像后来那样普遍细分为次韵(步韵)、依韵和用韵。这说明,唱和的起源就是以表情达意为主,并非一开始就是为了逞才斗巧。只是到了中晚唐,和韵的细分才逐渐萌生;到了北宋,和韵诗渐成风气,如苏轼的"尖叉"韵七律就曾引得次韵者云聚。

在现当代诗坛上,这种同调异韵的唱和情况就更多一些。我们还是看毛泽东与周世钊的一则唱和:

1955年6月,毛泽东回到湖南长沙视察。6月20日,毛泽东在南郊猴子石跃入湘江,畅游许久,才在岳麓山下的牌楼口登岸。接着,在时任湖南省教育厅副厅长兼湖南省第一师范学校校长的老同学周世钊的陪同下,登上岳麓山。一直陪伴在毛泽东身旁的周世钊,看到老同学的矫健身姿和老当益壮、青春焕发的精神状态,十分高兴,夜不能寐,不觉诗情涌动,一首记叙他与毛泽东同游的《七律·从毛主席登岳麓山至云麓宫》油然而成,诗曰:

滚滚江声走白沙,飘飘旗影卷红霞。
直登云麓三千丈,来看长沙百万家。
故国几年空兕虎,东风遍地绿桑麻。
南巡喜见升平乐,何用书生颂物华。

此诗不仅写了两人同游的所见所感,而且还描绘了南国的一片升平景象。周世钊与毛泽东分手后不久,就将此诗和其他几首诗抄寄毛泽东。1955年10月4日,毛泽东致信周世钊,其中写道:"读大作各首甚有兴趣,奉和一律,尚祈指正。"诗文如下:

春江浩荡暂徘徊,又踏层峰望眼开。
风起绿洲吹浪去,雨从青野上山来。
尊前谈笑人依旧,域外鸡虫事可哀。
莫叹韶华容易逝,卅年仍到赫曦台。

当时,毛泽东的奉和诗无标题,人民文学出版社1986年版《毛泽东诗词选》的编者,为该诗加了《七律·和周世钊同志》的标题。

同调异韵的唱和,还有一种特殊形式就是"拈韵"或者"分韵"。拈韵是按照一定顺序,如年齿大小、客籍远近等,就某首诗句或者词句,先后拈韵,当然也可以自由拈韵。分韵也可以按照某种顺序由召集人就某首诗句或者词句来分配韵字。其结果是一样的。各人就主题写作,一般会限制体裁;如果不限制体裁,则归入前面讲的异调异韵型,唱和起来更加自由洒脱。

下面我们再看一则典型的拈韵之同调异韵唱和的例子:

陈三立(1853—1937),字伯严,号散原,江西义宁(今修水)人,近代同光体诗派重要代表人物。1913年9月,陈三立友人吴庆坻招集樊园,以渔洋生日为题,分韵赋诗。陈三立、缪荃孙、樊增祥、吴庆坻、沈曾植、瞿鸿禨、沈瑜庆、周树模、吴士鉴等同集。同人诗作甚多,我们选录陈三立的《八月廿八日为渔洋山人生辰,补松主社集樊园,分韵得鲁字》和吴士鉴的《八月二十八日渔洋山人生日,家大人招同诸公宴于樊园,分韵得洋字,超社第九集》。其中,陈三立诗云:

往卧西湖却炎暑,日看荷风送飞雨。水光山气销楼栏,微传海畔轰鼙鼓。归来辇道寻战迹,野烧血腥杂尘土。卖浆市屋一椽无,入门旅篋拾残础。……雍容揄扬又一时,追拾坠韵同鸾羽。漫从隆污别坛坫,但令哀乐赦肺腑。诸公骚雅关运会,不废江河殉初祖。异军积甲跨大邦,愿裂邾莒附齐鲁。

吴士鉴诗云：

夫于亭畔坛宇荒，蚕尾山色犹青苍。宗风阒寂二百载，述诗已祧新城王。即今扬榷严断代，如画两戒分岩疆。茶村变雅耿悽怨，梅村怀旧心伤。……刿欲向公丐膏馥，分甘那得升公堂。高秋晶爽逮嘉客，瞻礼遗像陈罍觞。江南风物公所庆，清都腾盖应来翔。我欲从之骛云表，飘然梦落明湖旁。

唱和均借王渔洋生日之"题"，抒发自家襟抱。

二、现当代诗词唱和押韵形式灵活多样

我们现在经常说到的唱和的基本类型，包括次韵（步韵）、依韵和用韵。相对于前面的异调异韵和同调异韵，这几种唱和则属于调韵俱和型。前人是什么时候将和韵细分为三种不同的形式呢？宋人刘攽在《中山诗话》中指出："唐诗赓和，先后无异。有次韵，在同一韵。有用韵，用彼韵不必次。……"[②]张表臣在《珊瑚钩诗话》中说："前人作诗，未始和韵。自唐白乐天为杭州刺史，元微之为浙东观察，往来置邮简倡和，始依韵。"[③]对和韵讲得最细致的当属陆游。他说："古诗有倡有和，有杂拟追和之类，而无和韵者。唐始有之，而不尽同。有用韵者，谓同用次韵耳。后乃有依韵者，谓如首倡之韵，然不以次也。最有始有次韵，则一皆如其韵之次。自元白至皮陆，此体乃成，天下靡然从之。"[④]这就大抵找到了从理论上对和韵进行细分的源头。

1．次韵

次韵、步韵是一个意思，指与原作韵字相同，次序也不变的唱和形式。"步"可理解为"步骤、亦步亦趋"，"次"可理解为"次序"。这是一种比较严谨的唱和手法。

次韵之体起于何时自何人？杨衒之《洛阳伽蓝记》卷三记载：肃在江南之日，聘谢氏女为妻，及至京师，复尚公主。其后谢氏入道为尼，亦来奔肃，见肃尚主，谢作五言诗以赠之。其诗曰："本为薄上蚕，今作机上丝。得络逐胜去，颇忆缠绵时。"公主代肃答谢云："针是贯线物，目中恒任丝。得帛缝新去，何能纳故时？"肃甚怅恨，遂造正觉寺以憩之。肃即王肃，乃北魏名臣。不过这个故事乃野史逸闻，不足为据。而次韵起于中唐后期的说法更占主流。例如程大昌《考古编》卷七《古诗分韵》云："唐世次韵，起元微之、白乐天。"严羽《沧浪诗话·诗评》云："古人酬唱不次韵，此风始盛于元、白、皮、陆。"即中唐时期。赵翼《瓯北诗话》卷四《白香山诗话》云："次韵实自元、白始。""盖元、白觑此一体为历代所无，可从此出奇，自量才力，又为之而有余，故一往一来，彼此角胜，遂以之擅扬。"但到底是谁先次韵的呢？卞孝萱在《唐代次韵诗为元稹首创考》一文中，通过对元稹与白居易之间大量唱和诗的梳理，认为"元和五年元稹在江陵府所做《酬乐天书怀见寄》等五首诗，是元、白之间'次韵相酬'的开始"[⑤]。因为这五首唱和诗押韵之字俱同。有宋一代，词的唱和也随着词的繁荣进入了发展期。"自张先始，唱和词中的和韵词出现。"[⑥]最著名的是秦观被贬，作了一首《千秋岁》，引得唱和者众。鉴于这些资料较易查找，在此就不举证具体的作品了。

现当代诗词唱和，次韵可以说是一种主要形式，而当下则呈现压倒性优势。这种形式唱和的例子比比皆是，故略去举例。

次韵之中还有一种特殊形式，即自己次韵自己的诗词，通常称为叠韵，连续次韵自己，就称为再叠前韵、三叠前韵等。苏轼的《正月二十日往歧亭，郡人潘古郭三人送余于女王城东禅庄院》《正月二十日与潘郭二生出郊寻春，忽记去年是日同至女王城作诗，乃和前韵》《六年正月二十日复出东门仍用前韵》就是三首叠韵诗。

陈三立亦有着相当多的叠韵诗作，著名的"门存"诗唱和就是其叠韵诗之集成。"门存"诗，是指陈氏寓居江宁时创作的诗歌。光绪二十七年（1901年），秋冬之际，陈锐（字伯弢）以知县候补需次江宁，陈三立过访，各出所藏书牍，展玩咨嗟，伤今触往。陈锐赠之以诗，陈三立次韵答之。由是同人，如易顺鼎、张伯纯等，用此韵互相酬答，"海内和者殆千数百首不止"。陈三立拈起结韵，辑为《门存诗录》十卷梓行，后又编为《续刻》三卷出版。《诗录》以人系诗，卷二收录陈三立诗作三十首。这些诗作，虽然各有诗题，但眷怀君国，忧心世变，抚昔伤今的基调十分明显。《遣兴二首》云：

九天苍翮影寒门,肯挂炊烟榛棘村。
正有江湖鱼未脍,可堪帘几鹊来喧?
啸歌还了区中事,呼吸凭回纸上魂。
我自成亏喻非指,筐床刍豢为谁存?

刺绣无如倚市门,区区思绕牧牛村。
晓移觞榼溪桥稳,晨听篝车田水喧。
俯仰已迷兰芷地,伶俜余吊属镂魂。
江长海断风雷寂,阴识雄人草泽存。

这种叠韵诗相当于次韵的组诗,便于抒发深长之思。

2. 依韵

依韵指与原作是一个韵部,但韵字与原作不同或不完全相同。这种手法常用于形式与意境不好统一的时候,作为一种变通办法。

依韵和诗大约缘于南朝。据萧统《文选》卷第三十一记载,江淹《杂诗三十首》初见依韵特点,如《赠友》依曹植《赠丁仪》韵,《咏怀》依阮籍《咏怀其八》韵,《离情》依张华《情诗其二》韵等。古人诗题中的"依韵"有很多其实是次韵(步韵),例如梅尧臣次韵欧阳修的《感兴五首之一》。不过倒是有些诗题没有标明"依韵"的,恰恰就是依韵唱和,例如陆龟蒙《和袭美春夕酒醒》即为同调依韵和皮日休的《春夕酒醒》七言绝句。

现当代这种押韵形式的和诗,也是非常常见的。其形式也比较多样。

(1) 同调依韵

1915年初夏,陈三立全家从上海迁回金陵家中。李审言寄诗《伯严吏部移归金陵计已安处矣寄此奉问》问讯其平安,陈三立收到李诗后,次韵和诗一首:

乙卯四月还金陵旧居审言先生寄诗见讯次韵奉酬

梦回海屋泻舢船,杂佩深衣落眼前。
独返初迷三径月,闲吟宁值一文钱。
草根啼视疮痍满,方外游难口舌宣。
化俗谬期笺列女,倚君甄录腹便便。

李审言收到陈三立和诗后,再作一首《伯严先生和余诗来再答其意》:

弹丸餍子汉山川,避世仇池小有天。
无水独沈三径阙,驱愁入梦一心悬。
项刘匈匈何时定,江海茫茫正可怜。
僦舍蚁邱谁见问,衣冠错认广明年。

两首诗均用"先"韵,但韵字则完全不同。

(2) 异调依韵

1913年3月7日,陈三立作《正月晦雪,过李道士,出醇酿饮之,醉写所触》。诗云:

夕风猊豹号,及晨乱飞雪。遥过道人庐,壁立冷积铁。窗䌷絮花眩,鳞瓦皎玉屑。铃语答低昂,车音递呜咽。……丧乱驱儒冠,羸饿满行列。夷市今秦坑,存遗供一瞥。扪腹傲天幸,默祷谥饕餮。湿衣睨寒空,忍忘假盖别。

樊增祥依韵作《正月晦雪》。诗云:

高楼昨卧春寒冽,密覆青绫加灞。一宵暖热蚕在蛹,晓起出手冻如铁。试窥十扇琉璃窗,满园乱飞玉蝴蝶。今日之日为黑月,一雪翻令天下白。……花信迟如船守闸,米价跌似潮退尺。老夫临水觅鱼看,娇女斧冰作粥吃。歌舞六朝琼树花,楼台十里连城壁。明朝轻骑出郊原,万瓦春阳晃金碧。

陈三立作的是五古,而樊增祥依韵和为七古。

依韵中也有一种特殊形式,即限韵,即就某个主题限定某个韵部,大家所写的诗其结果就相当于依韵了。

1913年2月10日,沈曾植赴樊园宴集,樊增祥、王闿运、瞿鸿禨、陈三立、吴庆坻、吴士鉴、易顺鼎在座,各赋五言诗,限三江韵。这里只选录陈三立《五日樊园宴集,限三江韵》和易顺鼎《五日樊园宴集,限三江韵,五言一首》,两首诗都依"江"韵,但韵字不完全相同。

陈三立诗云:

初襟荡春气，衢巷绝吠尨。人境辟仙源，喜此足音跫。樊园信饶邃，蚕食留一邦。藩篱密榆柳，畹亩滋兰茳。……玄言觉天民，神凝卓幡幢。拊膺千世在，聊与娱琤琮。行炙乌止屋，呼觞鲸吸江。一欢谓何求，圣证谢纷咙。

易顺鼎诗云：

圣人重性命，玉珮常琤琮。无宁入裸国，而不居危邦。诸夏竞浇漓，九夷转敦庞。所以从凤嬉，尼父足音跫。……初春卜吉日，有酒如长江。辅仁实良会，兼以风愚憃。鄙哉刎喉据，陋矣绝膑扛。遁世在无闷，庶几我心降。

3．用韵

用韵指与原作韵字相同，但先后次序有变化。这种手法常用于原韵字意较窄的时候，也是一种变通办法。元白唱和中，就有典型的用韵之作，如白居易原作为《八月十五日夜禁中独直对月忆元九》，元稹和作《酬乐天八月十五日夜禁中独直玩月见寄》就是用的“沉、林、心、深、阴”韵，只是前后次序不同而已。元白之后，陆龟蒙有《四月十五日道室书事寄袭美》与皮日休《奉和鲁望四月十五日道室书事》也是较早的用韵和诗。

也有情况是，与依韵一样，在诗题中标的是“用韵”，其实是次韵。例如陈亮的《贺新郎·酬辛幼安再用韵见寄》与辛弃疾的《贺新郎·同父见和再用韵答之》，虽然标明了“用韵”，其实是在次韵。还有些在诗题中标明了“用韵”的却是依韵。如明代于慎行在题目《夏日过二兄石淙别业同游洪范东流用韵四首》中标明“用韵”，实则依韵。而王国维标注的三首“用韵”和词《水龙吟·杨花用章质夫苏子瞻唱和韵》《霜花腴·用梦窗韵补寿彊邨侍郎》《齐天乐·蟋蟀用姜白石原韵》，无一不是次韵之作。这说明很多诗人词家并不是太在乎这些有关使用韵的概念，而是立足于“表情达意”这一唱和诗的本质。

现当代的和诗用韵比较少见，我们前面谈到的有关毛泽东、陈三立的和诗中，目前尚未检索到用韵情况。那就用我自己十多年前的习作为例吧：

春米

交足公粮剩可怜，无须花费用机旋。
支开碓架鲲鹏鸟，捣向臼窠沧海田。
金粉筛来人亦食，银珠舂就月犹馋。
此生早许三生愿，笑看儿孙饱腹眠。

磨粉

双手轮回磨自旋，年关一遇足堪怜。
冬雷滚滚真盈耳，瑞雪纷纷不润田。
未必寒酸常附体，终将粑面尽消馋。
举家更进三杯酒，容我鼾声动地眠。

这是我以父亲的视角所写的三首七律的前二首，第二首《磨粉》就是用韵自和(叠韵)第一首的。

为什么用韵和诗一直不太流行呢？我觉得可能与用韵和诗的“不上不下”的难度系数有关。不愿意受束缚者自当选择更加自由的唱和，如同调异韵、异调异韵(当下非常少见)，想“克难”者直接选择次韵，甚至自我增加难度，选择所谓的“次韵全尾字”之类了。

三、现当代诗词唱和风标不在技巧而在境界

对于唱和诗这种文学样式，历来褒贬不一，甚至毁多誉少。宋代严羽在《沧浪诗话》中率先指出：“和韵最害人诗，古人酬唱不次韵，此风始盛于元白皮陆，而本朝诸贤乃以此而斗工，遂至往复有八九和者。”[7]南宋张戒也认为：“苏、黄用事押韵之工，至矣尽矣，然究其实，乃诗人中一害，使后生只知用事押韵之为诗，而不知咏物之为工，言志之为本也，风雅自此扫地矣。”[8]在他们看来，诗歌应崇尚自然旨趣，反对逞才使气，雕章琢句，使诗歌流于文字游戏。沉迷于和韵之事，也偏离了言志载道的轨道，触犯了文学应有的审美取向。不过支持唱和的也还是大有人在。宋代费衮就认为：“作诗押韵是一奇。荆公、东坡、鲁直押韵最工，而东坡尤精于次韵。”[9]更有南宋人赵浩专门将苏门的唱和诗编成《坡门酬唱集》，并在引言中说：“取两苏公之诗，读之，因得窃窥两公少年时交游……自为师友，兄唱则弟和，弟作则兄酬，用事趁韵莫不字字稳律，或隐去题

目读之，则不知其孰为唱孰为和，盖无千毫斧凿痕迹，其妙如此。”

前人站在不同的视角，对唱和诗发表的观点都是有其道理的。尽管双方态度不一，但最终都指向诗的言志之旨和自然之趣。这也是我们所说的“境界”一词义项中的应有之义。

其实，“境界”一词含义极其丰富，既可以指疆界，也可以指境况、情景，还可以指事物（包括诗词）所达到的程度或表现的情境。

王国维在《人间词话》开篇即说：“词以境界为上。有境界则自成高格，自有名句。”[⑩]诗何尝不是如此呢！他还认为，古之成大事业、大学问者，必经过三种境界。第一种境界：“昨夜西风凋碧树。独上高楼，望尽天涯路。”他解释为，做学问成大事业者，首先要有执着的追求，登高望远，瞰察路径，明确目标与方向。第二种境界：“衣带渐宽终不悔，为伊消得人憔悴。”他别出心裁地以此两句来比喻成大事业、大学问者，不是轻而易举，随便可得的，必须经过孜孜以求，直至人瘦带宽也不后悔。第三种境界：“众里寻他千百度，蓦然回首，那人却在，灯火阑珊处。”[⑪]王国维由稼轩对元夕观灯情境的描写引出悠悠远旨：做学问、成大事业者，必须有专注的精神，反复探寻，自然会豁然贯通，能够从必然王国进入自由王国。王国维的三境界说，主要是指人所能达到的修为程度，三种境界具有明显的递次而进的意义。人的修为自然也影响甚至决定了诗词的境界。

我们这里结合具体的诗词唱和实践，认为对“境界”的追求主要包括以下方面：

1. 和意为先与和韵灵活

从前面分析和诗的起源看，和诗就是以和意为先的，开初并无和韵规定。后来即便发展到和韵，也是极其灵活的。我们来看一看毛泽东与郭沫若之间的唱和：

1961年10月18日，郭沫若在北京民族文化宫看了浙江绍兴剧团演出《孙悟空三打白骨精》后有感而写了一首《七律·看〈孙悟空三打白骨精〉》，并于11月1日在《人民日报》上发表。其诗曰：

人妖颠倒是非淆，对敌慈悲对友刁。
咒念金箍闻万遍，精逃白骨累三遭。
千刀万剐唐僧肉，一拔何亏大圣毛。
教育及时堪赞赏，猪犹智慧胜愚曹。

毛泽东看了这首诗，认为诗中把唐僧看作敌人：要“千刀万剐”，这样是不恰当的。于是他便给郭沫若写了和诗《七律·和郭沫若同志》，告诫人们既要敢于斗争，又要善于斗争，正确区分两类不同性质的矛盾，团结大多数群众，最大限度地孤立敌人。毛泽东的和诗如下：

一从大地起风雷，便有精生白骨堆。
僧是愚氓犹可训，妖为鬼蜮必成灾。
金猴奋起千钧棒，玉宇澄清万里埃。
今日欢呼孙大圣，只缘妖雾又重来。

离开时代背景来评价这首诗的思想境界是不客观的。那么这两首诗发表的时代背景又怎样呢？从1961年10月苏共二十二大之后，中苏两党在意识形态领域的分歧不断扩大，由公开论战发展到政治、军事全面对抗。由两党之争上升为两国之争。在国际上，社会主义阵营中同中国共产党站在一条战线上的只有古巴、阿尔巴尼亚、朝鲜和北越，国际帝国主义和修正主义共同奏响了反华大合唱。因此，毛泽东的心中一直风云激荡，酝酿着如何建立国际国内反帝反修的统一战线。

1962年1月6日，郭沫若读了毛泽东这首诗之后深受启发，便步其原韵，又和了一首《再赞〈三打白骨精〉》七律，表明改正错误的认识：

赖有晴空霹雳雷，不教白骨聚成堆。
九天四海澄迷雾，八十一番弭大灾。
僧受折磨知悔恨，猪期振奋报涓埃。
金睛火眼无容赦，哪怕妖精亿度来。

毛泽东观后回信说：“和诗好，不要‘千刀万剐唐僧肉’了。对中间派采取了统一战线政策。这就好了。”[⑫]

我们看到，毛泽东和郭沫若的诗就只是同调异韵，而后来郭沫若和毛泽东的诗则是次韵了。

再看看毛泽东与李淑一之间的唱和：

菩萨蛮·惊梦

李淑一

兰闺索莫翻身早，夜来触动离愁了。底事太难堪，惊侬晓梦残。　　征人何处觅，六载无消息。醒忆别伊时，满衫清泪滋。

蝶恋花·答李淑一

毛泽东

我失骄杨君失柳，杨柳轻飏直上重霄九。问讯吴刚何所有，吴刚捧出桂花酒。　　寂寞嫦娥舒广袖，万里长空且为忠魂舞。忽报人间曾伏虎，泪飞顿作倾盆雨。

毛泽东的这首词是写给当时的湖南长沙中学语文教员李淑一的。词中的"柳"指李淑一的丈夫柳直荀(1898—1932)烈士，湖南长沙人，毛泽东早年的战友。柳直荀1924年加入中国共产党，曾任湖南省政府委员，湖南省农民协会秘书长，参加过南昌起义。1930年到湘鄂西革命根据地工作，曾任红军第二军团政治部主任、第三军政治部主任等职。1932年9月在湘鄂西苏区"肃反"中，原红二军团政治部主任柳直荀被作为"改组派"枪杀于湖北监利。杀害柳的，是"党中央派来的最高代表，中央分局书记"夏曦。1957年2月，李淑一把她写的纪念柳直荀的一首《菩萨蛮·惊梦》词寄给了毛泽东，毛泽东就写了《蝶恋花·答李淑一》这首词作为回应。

毛词尾结所言混合着无限悲伤与欢喜的热泪！词的每一句都勾勒出雄浑苍茫的景象和令人心驰神往的优美意境，体现着乐天达观、笑看风云的大无畏气概和乐观主义精神。

这首词在艺术上也非常独特，想象力极为丰富、奇异、巧妙。从烈士的姓氏到飘飞的杨柳之花，再到月宫，受到吴刚的桂花酒及嫦娥舞蹈的欢迎，然后是热泪飞洒大地的宏大场面，真正做到了天上、地下任翱翔。

另外值得一提的是，毛泽东这首词相对于原作来讲，既不同调，也不和韵，属于异调异韵，而且自身还"出律"了。这也是毛词中唯一的上下阙不同韵的词。上片之韵"柳、九、有、酒"用的均是词韵第十二部"有"韵，过片"袖"字依旧是"有"韵，接下来就转用词韵第四部的"麌"。过片在语意上是一种"过渡"，我们无法证实作者对过片的用韵也选择一种"过渡"。但有一点值得思考，为了表情达意，毛泽东宁愿"出韵"也不放弃自己对革命先烈独特情怀的最好表达。当然，还有一种猜测是，毛泽东用的是"方言韵"，这一点是不成立的。1958年12月1日，毛主席在文物出版社同年9月刻印的线装大字本《毛主席诗词十九首》上批注："上下两韵，不可改，只得仍之。"[13]"不可改"说明毛泽东已经知道这首词不符合《蝶恋花》词牌的格律了，但是为了词意的完美表达，只能如此破格了。

2. 拓展意境与提升境界

所谓意境的拓展，说简单点，就是要在原作的基础上做加法，要有审美新尚。王国维在《人间词话》中评价苏东坡次韵杨花词胜过了章质夫原词："东坡《水龙吟》咏杨花，和韵而似原唱；章质夫词，原唱而似和韵。才之不可强也如是！"[14]这个评价影响很大，几乎被现在的不少评家当作了定论。

关于和作胜过原作的例子，我们还是看看毛泽东与柳亚子之间的两首七律唱和。1948年1月，柳亚子、何香凝、李济深等在香港成立了中国国民党革命委员会(以下简称"民革")，柳亚子出任民革中央常委兼秘书长。1949年2月，毛泽东电邀柳亚子赴北平共商建国大计。3月25日，毛泽东抵达北平。当天下午，毛泽东在西苑机场与柳亚子、郭沫若等各界代表及民主人士亲切会面。当晚，毛泽东在颐和园益寿堂举行宴会，柳亚子应邀出席。席间，毛泽东与大家频频举杯，谈笑风生，柳亚子亦是春风满怀，感慨良多，当夜就写了三首七律。

然而，仅仅过了三天，即3月28日夜，柳亚子突然写了一首心情郁闷、满腹牢骚的七律，表达了自己的"退隐"之意，这就是有名的《感事呈毛主席》：

开天辟地君真健，说项依刘我大难。
夺席谈经非五鹿，无车弹铗怨冯驩。
头颅早悔平生贱，肝胆宁忘一寸丹。
安得南征驰捷报，分湖便是子陵滩。

这首诗表明了作者自负的性格。柳亚子自诩有

“夺席谈经”的学问，但是并非像前汉五鹿充宗那样是依附权势、徒具虚名的人，还借古代故事表示自己对现实待遇的不满，尾联还借东汉初严子陵隐居子陵滩的故事，表示自己有回乡归隐之意。

毛泽东看到柳亚子的诗后，觉察到柳亚子的言外之意，引起了高度重视。他不顾手头诸事繁忙，采取诗词唱和形式，给柳亚子和了一首情真意切、哲理深远的诗作：

七律·和柳亚子先生

饮茶粤海未能忘，索句渝州叶正黄。
三十一年还旧国，落花时节读华章。
牢骚太盛防肠断，风物长宜放眼量。
莫道昆明池水浅，观鱼胜过富春江。

毛泽东的这首和诗属于同调异韵型，诗的前四句，毛泽东深情回忆了他们之间的三次相会：“饮茶粤海”“索句渝州”和“还旧国”。广州（粤海）、重庆（渝州）、北平（旧国）的有意“袭用”，表明中国共产党人和毛泽东本人，始终没有忘记柳亚子等民主人士过去同情共产党人，为反蒋统一战线效力的革命功劳。后四句，出于对诗友和诤友间的相互爱护之情，在颈联中委婉含蓄地批评了柳亚子的牢骚情绪，真诚地挽留他在北京参加建国工作，体现了“风度元戎海水量”，爱人以德，重人以才的宽广胸怀。从境界方面看，和诗很显然地高出原诗一筹。这并非孤例。下面再看看毛泽东与郭沫若之间就《满江红》的唱和。

1962年12月，适逢毛泽东70虚岁生日，郭沫若写了一首《满江红·领袖颂》。《光明日报》在1963年元旦，以《满江红——1963年元旦抒怀》为题发表：

沧海横流，方显出英雄本色。人六亿，加强团结，坚持原则。天垮下来擎得起，世披靡矣扶之直。听雄鸡一唱遍寰中，东方白。　太阳出，冰山滴；真金在，岂销铄？有雄文四卷，为民立极。桀犬吠尧堪笑止，泥牛入海无消息。迎东风革命展红旗，乾坤赤。

这首词作于中国人民刚刚走出三年困难时期之际，以饱满的激情讴歌人民及其领袖的英雄本色，其中“天垮下来擎得起，世披靡矣扶之直”曾书为联语奉赠陈毅，足见诗人对以毛泽东为代表的无产阶级革命家的敬仰。毛既为“沧海横流，方显出英雄本色”的讴歌所鼓舞，更因“桀犬吠尧堪笑止，泥牛入海无消息”的斥责而感发。这首词现在看来，口号化比较严重，带有典型的“老干体”特征。且立足点只在国内，重心在于对领袖个人的歌颂。

毛泽东读后，心潮澎湃。这并非缘于郭沫若对自己的歌颂，而是联想到国际国内形势，无法平静。在短短数日后的1月9日，彻夜未眠，挥毫写成一首《满江红·和郭沫若》：

小小寰球，有几个苍蝇碰壁。嗡嗡叫，几声凄厉，几声抽泣。蚂蚁缘槐夸大国，蚍蜉撼树谈何易。正西风落叶下长安，飞鸣镝。　多少事，从来急；天地转，光阴迫。一万年太久，只争朝夕。四海翻腾云水怒，五洲震荡风雷激。要扫除一切害人虫，全无敌。

这首词自始至终贯穿着反帝反霸、捍卫马列主义和无产阶级国际主义的思想意志。上片多用典故，对霸权主义者的反华行径予以嘲讽、揭露和鞭笞，笔调冷峻而不乏诙谐。下片则融写景、抒情、议论于一炉，热情歌颂风起云涌的世界革命，风格雄浑壮伟。上下片浑然一体，形成大开大合、波澜起伏的艺术特点，表现出一种至大至刚的气概之美。

认真对读两首词，意境与境界之别立判矣。

3. 适度游戏与拒绝平庸

诗词唱和之初，本是诗人词家之间因声气相投而进行的诗意交流，游戏的成分并不是主要的。大约到了宋代，唱和之风日盛，缪钺在《论宋诗》一文中这样表述：“宋人喜押强韵，喜步韵，因难见巧往往叠韵至四五次，在苏、黄集中甚多……而步韵及押险韵时，因受韵之限制，反可拨弃陈言，独创新意。此皆宋人所喜也。”[15]这段话把唱和诗的利弊都讲了。

其实，适度的游戏倒也是有利于提高写诗填词兴趣的，诗词除了抒情、言志和缘政之外，娱乐也是一种常见功能。人们经常提到词起源于歌筵酒席之侧，其实诗最初也是一种“歌诗”，正如《毛诗序》中云：“诗者，志之所之也。在心为志，发言为诗。情动于中而形于言，言之不足故嗟叹之，嗟叹之不足故永歌之，永歌之不足，不知手之舞之，足之蹈之也。”同时，适度游戏还有利于遣词造句和遵律遣韵的诗艺训练。因为游戏之作，其遵律遣韵绝对高于哪怕是最严格的次韵唱和要求的。

谈到诗艺训练的游戏类和诗，为了不牵涉他人，这里就举我自己的诗词为例：

全尾字步梅关雪立春日感怀有寄

春至从无路线图，时间表戏雪梅株。
一场盛宴银盘出，几粒相思清夜孤。
捉鳖沉渊临底线，拥神上位赐明珠。
何当贱履经年约，倒海栽桑栖鹧鸪。

梅关雪《立春日感怀》原玉：

惊破梅心雪夜图，春风消息旧年株。
众星隐退一轮出，万艳凋零几点孤。
湖海无涯缘做线，文章有价字如珠。
算来渐近五年约，泰岳重来听鹧鸪。

实事求是地讲，我的这首所谓的“全尾字”步韵(有人称为平仄双步，这个称谓仅对诗适用)的难度还是比较大的，既要保持立意为先，还要语句流畅，有一定的意境。

庚子年初，我在乡村避疫，比较空闲，于是又以步全尾字的形式和了一首范诗银先生的慢词：

声声慢·庚子新正戊子日乡居赏画有感因步范诗银先生同调《雪后上元寄武汉诗友》全尾字以和

题春一款，比兴无声，听凭皴染闲情。浅淡桃花嫣润，似诉衷情。看看双眸渐热，噫嘘轻、忍解诗情。玄都观树，未归虚静，可是伤情？　京华传书时节，同瞻望、江城汹涌灾情。叹我只身离索，梦也关情。夭桃逆风引臂，折无边、寄与温情。伊人安好，起修辞，辟疫情。

附范诗银原玉：

声声慢·雪后上元寄武汉诗友

飘来款款，去去无声，眸前遗我深情。冷意丝丝如润，默默真情。清凉难消燥热，是寒轻、更是心情。琼楼玉树，晚安晨静，最是多情。　相辞相迎时节，江城望、难言几度伤情。瞬刻倒悬萧索，横泼悲情。传呼八方挽臂，送无边、漫漫春情。明天晴好，约新辞，赋故情。

这首全尾字步范诗银先生的《声声慢》，其难度就更大一些。虽然也还算是做到了文通字顺，立意上也与抗击疫情做了关联，但由于词体受限大大超过了诗体，故而导致只能在现实叙写中插入一些“梦”镜头(类似于梦窗的“空际转身”)才让一首慢词勉力自圆其说。所以，这一和词明显是有点游戏过度了。

至于唱和的平庸甚至庸俗之作历朝历代比比皆是。当下的为“应付”而唱和，为“巴结”而吹捧的唱和之作不便举例，那我们就梦回唐朝，看看岑参、王维、杜甫分别唱和贾至的《早朝大明宫呈两省僚友》之作，咀嚼一下这些风华绝代的大诗人也未能免俗的作品吧：

早朝大明宫呈两省僚友

贾　至

银烛朝天紫陌长，禁城春色晓苍苍。
千条弱柳垂青琐，百啭流莺绕建章。
剑佩声随玉墀步，衣冠身惹御炉香。
共沐恩波凤池上，朝朝染翰侍君王。

和贾至舍人早朝大明宫之作

王　维

绛帻鸡人报晓筹，尚衣方进翠云裘。
九天阊阖开宫殿，万国衣冠拜冕旒。
日色才临仙掌动，香烟欲傍衮龙浮。
朝罢须裁五色诏，佩声归到凤池头。

和贾至舍人早朝大明宫之作

岑　参

鸡声紫陌曙光寒，莺啭皇州春色阑。
金阙晓钟开万户，玉阶仙仗拥千官。
花迎剑佩星初落，柳拂旌旗露未干。
独有凤皇池上客，阳春一曲和皆难。

奉和贾至舍人早朝大明宫

杜　甫

五夜漏声催晓箭，九重春色醉仙桃。
旌旗日暖龙蛇动，宫殿风微燕雀高。
朝罢香烟携满袖，诗成珠玉在挥毫。
欲知世掌丝纶美，池上于今有凤毛。

唐肃宗至德二载（757年）九月，广平王李俶率朔方、安西、回纥、南蛮、大食之兵二十万人收复长安，平定了安禄山父子之乱。十月丁卯，肃宗还京，入居大明宫。三年二月丁末，大赦天下，改元乾元。此时李唐政权，方才转危为安，朝廷一切制度礼仪，正在恢复。中书舍人贾至在上朝之后，写了一首诗，描写皇帝复辟后宫廷中早朝的气象，并把这首诗给他的两省同僚看。两省是门下省和中书省，在大明宫宣政殿左右，是宰相的办公厅。中书省有政事堂，是宰相和大臣会议政事的地方。当时，杜甫官为左拾遗，属门下省；岑参官为右补阙，属中书省；王维本来是给事中，做了安禄山的伪官，此时刚才获得赦免，降为太子中允。他们都是诗人。贾至是中书舍人，是他们的上司，因而每人都做一首诗来奉和。当时和诗的一定不止他们三人，不过我们现在只能见到这三首。

贾至诗的第四联就是感恩效忠的话：我们大家都在凤池中享受皇帝的恩泽，应该天天写文章侍候皇上。这是明显的颂圣之语。王维诗的第四联讲到自己的职司：朝罢之后，回到中书省，就应当为皇帝办事，起草各种诏书。此也未脱去邀功色彩。岑参诗的第四联就和贾至原作有所不同了。他说，只有这位凤凰池上的人，能做这样一首好诗，正如《阳春》《白雪》的曲子一样，使大家都难于奉和。这一联是在恭维贾至。其邀功已由效忠朝廷转向更直接地夸耀同道中的“上司”了。杜甫的诗则用一半篇幅来写早朝，另一半篇幅来恭维其上司贾至。

对这四首同调异韵诗的高下，历来众说纷纭。施蛰存在《唐诗百话》中，选录了明清二代七家的评语，经分析比较后认为：“单就这七家的论定来看，杜甫不及格是肯定的了。岑得三票，王得二票，弃权二票。看形势，岑诗的冠军地位，较王诗为稳。”[16]而《唐诗三百首》将岑参排在第一，王维排在第二，贾至的原唱和杜甫的和诗均未收录。不知道这个排序是无意印证了明清七家之言，还是孙洙排座次明显就是受了这七家之言的影响。

笔者的看法是，一首原作加上三首和诗，从艺术水平来看确实存在差别，但从思想境界来看，都显得比较平庸。另外《全唐诗》约按50 000首计，算上诗题中带有“送、赠、酬、答、别、寄、谢、和”等字样的诗作不下10 000首，占了五分之一。而《唐诗三百首》一共选诗313首，广义的唱和诗也不过选入19首，只占百分之六略强；真正能确认的相互唱和的诗作不过5首之少，占百分之一点七还弱。可见唱和诗虽不难为，但绝对难工。

总之，笔者主张诗词唱和，可为而不可滥为，特别是要拒绝平庸之作。并且唱和时，不必拘泥于当下流行的和韵特别是次韵（步韵）风气，完全可以回归到魏晋与汉唐时期的“表情达意”为本，或者清末民初的“和意”为要之同调异韵甚至是异调异韵传统，或者像毛泽东那样善于抓住“和意”这个主要矛盾，而把“调”与“韵”作为次要矛盾来处理，最终让诗统一到缘情、言志和缘政的诗学“三命题”[17]上来。

注释：

①李艳杰：《唱和次韵诗的流变考察——以二苏次韵诗为例》，《佳木斯职业学院学报》2010年第6期。

②刘攽：《中山诗话》，何文焕辑：《历代诗话》，中华书局1981年版，第289页。

③张表臣：《珊瑚钩诗话》卷一，何文焕辑：《历代诗话》，中华书局1981年版，第458页。

④陆游：《跋吕成叔和东坡尖叉韵雪诗》，《陆游集》，中华书局1976年版，第2277页。

⑤卞孝萱:《唐代次韵诗为元稹首创考》,《晋阳学刊》1988年第4期。

⑥卞孝萱:《唐代次韵诗为元稹首创考》,《晋阳学刊》1988年第4期。

⑦严羽:《沧浪诗话·诗评》,何文焕辑:《历代诗话》,中华书局1981年版,第699页。

⑧张戒:《岁寒堂诗话》卷上,丁福保辑:《历代诗话续编》,中华书局1983年版,第452页。

⑨费衮:《梁溪漫记》卷七,上海古籍出版社1985年版,第74页。

⑩王国维:《人间词话本编》,《诗品 人间词话》,哈尔滨出版社2007年第2版,第77页。

⑪王国维:《人间词话本编》,《诗品 人间词话》,哈尔滨出版社2007年第2版,第95~96页。

⑫季世昌、徐四海编著:《毛泽东诗词唱和》,河南文艺出版社2015年版,第150页。

⑬季世昌、徐四海编著:《毛泽东诗词唱和》,河南文艺出版社2015年版,第123页。

⑭王国维:《人间词话本编》,《诗品 人间词话》,哈尔滨出版社2007年版,第104页。

⑮缪钺:《论宋诗》,《缪钺全集》第2卷,河北教育出版社2004年版,第160页。

⑯施蛰存:《唐诗百话》(上),陕西师范大学出版社2014年版,第140~141页。

⑰罗辉:《诗学"三命题"刍议——关于诗中"大我""小我"的思考》,《中国文艺评论》2018年第2期。

[作者单位:华中师范大学政治与国际关系学院]

伍宪子旧体诗论略

——以《美国游记》和《硕果诗社》为中心

□ 黄坤尧

伍宪子,原名庄,派名文琛,字宪子,号宪盦,笔名梦蝶,斋名博浪楼。广东顺德人。光绪二十二年(1896),年十六,习商于广州,而性好读书。第二年先从简朝亮(1852—1933)的简岸草堂读书,再到康有为万木草堂听讲,潜心经史掌故性理词章之学。光绪二十六年(1900)应顺天乡试不第。光绪三十年(1904)来港,佐徐勤(1873—1945)办《香港商报》。光绪三十一年(1905)加入维新会,鼓吹君主立宪。光绪三十四年(1908),因日轮二辰丸偷运军火入粤事泄,激起广州民愤,伍宪子着论发起成立振兴国货会,抵制日货,触怒日本人,日本领事向港督施压,几乎被迫离境。宣统元年(1909)赴新加坡任《南洋总汇报》主笔。翌年回港再主《商报》笔政,又助徐勤到广州办《国事报》。宣统三年(1911)武昌起义,应康有为命至东京执笔代撰《共和政体论》。民国元年(1912),由日本到加拿大。1913年在北京与徐佛苏办《国民公报》。1914年袁世凯(1859—1916)聘为总统府咨议。力陈国体之不容变更,反对帝制。1918年秋,在北京办《唯一日报》。1919年回香港接办《共和日报》(《商报》改名)。1926年,又在香港创办《平民周刊》和《丙寅》杂志。1927年,与梁启超、徐勤等建立民宪党,1928年在上海出版《雷风杂志》。同年7月赴美国旧金山主持该党机关报《世界日报》笔政。1935年为纽约致公堂创《纽约公报》。1936年应宋哲元(1885—1940)之邀至北平,商谈民宪党与国社党合并,达成草约。其后移家天津英界。1940年挈家赴港。1941年在香港以个人身份加入民盟。沦陷期间住在九龙寓所。1945年春与黄伟伯(黄棣华,1872—1955)、谢焜彝(1877—1958)、冯渐逵(1887—1966)等组硕果社,在寓斋中举行雅集。同年任民宪党主席。1946年民宪党与国社党合并,改称民社党,由张君劢(1887—1969)任主席,伍宪子任副主席。冬月获选为国民政府委员,未就任。1947年8月民宪党宣布退出民社党。其后民社党改组,选伍宪子为主席。晚年寓港,主讲学海书楼,大力宣扬孔学,促进大同之治。1956年任教联合书院。著《孟子读法》《诗之人生观》《讲易记》《经学通论》《国学概论》《孔子》《美国游记》《梦蝶丛刊》《梦蝶罪言》等。其他未刊者《论语读法》《尚书源流》《中国最近百年史纲》《辛亥革命信史》《六十年间经过之追忆》《留美笔记》《转眼四年》《梦蝶文存》《梦蝶诗存》等[①]。

一、伍宪子《美国游记》中的诗作

伍宪子《梦蝶诗存》约八百首,未见刊行。《伍宪子先生传记》引诗32首,词3阕。《美国游记》中附诗80首,作于1935年;而《硕果诗社》第七集录诗144首,则是战后的作品;此外佚诗6首,去其重复,约得251首。

1928年伍宪子赴美,负责民宪党在海外的党务,兼任三藩市《世界日报》主笔,力主停止内争,一致抗日。宪政党及国民党在美洲大陆经营日久,各有庞大的基业及大批的爱国侨胞,他们都希望中国争气,抵抗日本的侵略。当时国民党是执政党,而伍宪子则大力反对国民党的专政,争取海内外的民心,所以在宣传舆论上,彼此一直针锋相对。伍宪子在旧金山的博浪楼中,一住七年，日写新闻论说。1935 年 1 月，始赴罗生（Los Angeles），拟游美东，取道欧洲而归。唯在罗生碰车受伤，牵滞行期。其后由夏士文（Col Fred Husman）驾汽车而东，同行者陈鹤鸣。5 月 17 日从罗生出发，至 7 月 28 日在纽约中华公所华侨学校演说止。伍宪子云："夏君为美国军官，职当上校。1898 年美国与西班牙之战役，及 1918 年美国加入之欧洲大战役，夏君皆身在行间，屡立战功，在美国中为一好军人。三十年前，曾随康南海先生，又曾任保皇会所办新藟干城学校教练。其对中国人感情素佳，对吾党尤挚。近年移家罗生，暇辄到三藩市访予。"又云："陈君鹤鸣由纽约来三藩市，在《世界报》共事两年，亦欲回纽约，予等三人遂同车而行。"② 伍宪子坐汽车横越美洲大陆，沿途参观考察，直抵华盛顿、纽约，一方面向美国取经，寻求治国之道，一方面更是团结宪政党的同志，向广大的侨胞宣传抗日救国。

《美国游记》固属游记散文的体制，叙写风土，议论时局，书中也有很多中美民情及中西文化的比较，令人耳目一新。此外，作者在旅途中诗兴大发，吟咏亦多，配合政治议题，自然也是大时代的记录了。扉页有《〈美国游记〉写成自题两章》云：

八十天行万七里，百篇短札百篇诗。
观风问俗经重译，察政知情用再思。
大好河山资感慨，些微文字费奔驰。
求名不是鲰生事，聊备遗忘子细推。

亦是天书亦罪言。有人传诵有人燔。
祗因职责非攻伐，不为聪明报怨冤。
执两用中犹择善，计功谋利讵图存。
寻常勿作輶轩记，一阐提应拔钝根。

其一首联指出八十日的行程，留下了各百篇的诗、文。颔联"观风问俗""察政知情"是此行的目标。颈联感怀故国，但靠文字驱遣表达。末联"鲰生"自喻浅人也，不敢贪求名声，诗文写作聊备遗忘而已。其二首联表达本书的政论观点，大家角度不同，功罪高低的落差很大。颔联说明论政乃职责所在，并非肆意攻击他人，也不会卖弄小聪明来报怨报冤，向往世界和平，大家讲讲道理。颈联"执两用中""计功谋利"表示做人做事的基本原则。末联"輶轩"喻轻车使者，此行穿州过省，横跨美国，采风问俗，了解世情。希望读者不要把《美国游记》当作一般的闲书来读。"一阐提"乃佛家语，喻永无成佛之机的人，或可拔除钝根，启发灵明，明白国家民族的危机所在。二诗固属七律体制，对仗工整，但语文浅白，用典不多，议论纵横，自书心迹。又回国前在所摄照片上题诗二首，亦云："纵使文章惊美陆，空抛心力剩人头。""伤心国土惊将尽，带血文章呕未干。"自出同一机杼，表现伍宪子诗中浓郁的论政色彩。

伍宪子由罗生出发，开车途经亚罅笋拿省（Arizona），出没于干沙、火风、雪山、激流及高原牧场之间，诗中描写沿途的异国风光，例如"枯枝槁草争生气，赭石黄沙照老颜""未驾明驼行瀚海，如飞乘鸟入真空""旧有激流冲石壁，犹留痕迹未消磨"（《顷文（Kingman）途中》三首），"高寒直透冬衣里，光焰遥瞻雪帽端""映日雪峰银铠戴，造林松树玉屏围""既是牧场须水草，可能赤壤变陶瓷"（《亚罅笋拿省途中三章》）。有感于美国的公路建设，因有《评孙文衣食住行说》，诗云：

最大民生衣食住，浅人无识又加行。
须知公路新开辟，祗让双轮去竞争。
有足失灵难步缓，当车为险定尸横。
画蛇若许多添笔，尚漏邮飞与电航。③

伍宪子论云："又念连日所过公路，都是预备行车者，不是预备人行者，故车路之旁，无人行之路。若人行车路，则必为车所辗。公路确是车行路，非人行路也。而我国之浅人孙文讲《三民主义》，特于人生衣食住三要素之外，加一个行字，谓之衣食住行。其信徒以为新鲜，其实画蛇添足。我国交通部向以邮电路航为四大要政，若果行之属于路政者，可以特别拈出，加入于人生衣食住，而谓之衣食住行。则邮电航亦可以特别拈出，一律加入，而加不胜加矣。孙文浅人无深识，其乱说无足怪，不料举国愚人亦信之也。予因之有感，为赋一章。"这里对孙文（孙中山，1866—1925）的《三民主义》学说，大加挞伐，显然是出于党派的成见。“行”代表一切的交通设施，其实是分不开人行、车行的，自然包括邮电路航四项，就是要提高生活的素质，极具象征意义。伍宪子将“行”解释为“人行”，未免强词夺理、偷换概念了。此外伍宪子又批评孙文“以为林肯之民造民理民享是三民，彼之民族民权民生亦三民也。不知移步换形，东施效颦矣。孙文之三民主义，识者观之，祗觉肉麻，曷尝有丝毫动人之价值耶”[④]。两者的“三民”观念不同，林肯（Abraham Lincoln，1809—1865）强调公民权利，而孙中山说的可能偏重于整体国家机器的运作了。

其后伍宪子三人经纽墨西哥省（New Mexico），抵辣通（Raton）入卡罗鲱度省境（Colorado），5 月 23 日到垦士省（Kansas）。《垦士省积麦余剩，停而不种》诗云：

> 高原又下三千尺，赶道急过萧里桥。
> 村树渐多人亦密，地沙犹满草难翘。
> 不关亡国愁禾黍，为甚荒田弃麦苗。
> 过剩产生闻说道，何妨再借宋今朝。[⑤]

注云：“去年宋子文来美，借美国过剩之麦与棉。宋子文别号今之宋朝。”此诗表现农业生产力的不同，美国余剩，中国缺粮。末联借宋子文（1894—1971）向美国借粮事件，讽刺国民党没有治国的能力。又垦士省《吐碧卡（Topeka）省长公署二章》诗云：

> 真是共和政治平。公衙掉臂任游行。
> 六层再上千三寸，一览无余两万城。
> 竟溲过朝作师慧[⑥]，未凌绝顶愧雌英。
> 圆穹尤喜天坛制，高大包容在不争。

> 旗象当年廿一星。煌煌省治似明庭。
> 正门东向开新制，十字横过尚教型。
> 女职依然喷香露，官箴曾否议花瓶。
> 中西风俗难通说，谁解深闺伴读经。[⑦]

伍宪子云：“予等入游吐碧卡之省公署，门外无兵守卫，任人民出入，真是平民政治。返观我国省长公署，卫兵荷枪，防守森严，展转询问不得入门者，相去不可以道里计。我国公署正门皆南向，盖朝堂旧制，天子南面而治也。美国公署正门皆东向，盖为华盛顿开国时定制，取吸受东方阳光生气也。孰谓欧美人不讲风水耶。”又“英雌”句释云：“同时有女子数人，竟能鼓起勇气，登其绝顶。”又其二注云：“省署内女职员不少，美国女权盛，无怪其然。中国近来亦效之，然中国女职员，有花瓶之讥，美国则司空见惯，当无此议。究之此制良否，予未敢言也。”二诗颇着意于中美制度的比较，美国的官署开放与包容，只能说是国情文化不同。至于伍宪子诗中对女子体力、能力的怀疑，未免充满传统大男人的偏见，则民主宪政之说，可能也不见得是人人平等了。此外在蔑梳利省（Missouri）的圣路易（新藟，St. Louis），伍宪子有《纵游奥花伦（Ofallon）公园二章》“每念珠江惭媿极，廿年前后弊滋多”[⑧]，比较两地的水质及科学管理，弥添感慨。

伍宪子等在 5 月 27 日抵圣路易，停留七天，其间特别关注两条政局的消息，牵涉宪法的施行问题。一是美国大理院打消复兴例[⑨]。罗斯福总统（Franklin Delano Roosevelt，1882—1945）在 1933 年实施“国家产业复兴法”，视为救济工人的良策，但美国最高法院则谓政府无权力规定工作时刻与工金。政府利用工律以限制商业，剥夺商人之自由，殊失宪法之平。二是南京政府欢迎日大使。伍宪子云：“南京党政府外交部欢迎日大使之口血未干，五月卅号日本已提出严重要求，罢免河北省府主席于学忠（1890—1964），并勒令河北省府迁移往保定。是日日军之驻京津者竟巡行示威，开大炮轰击河北省公署，连放无弹大炮六响，以勒逼迁移，原来南京党政府就是欢迎此等‘亲善’，就是开此等‘最有意义之新纪元’。卖国贼之心肝，真匪夷所思矣。然而我国无宪法，我人民不能改造政府，我实耻之，夫复何言。”[⑩]因此，在 6 月 2 日宪政党新藟支部的欢迎会上，伍宪子发表演说，讲解共和民主的意义及中国当前的训政工作，他说：“彼为训政大师，我为训训政大师。彼之训政，是争权夺利；我之训训政，是公权公利。”[⑪]亡国已经迫在眉睫，期望国民党人从速觉悟。会后有《宪政党同志赠我以三十年前之干城学校照片，写赠夏士文君》五古一诗云：

立会卅七年，国危忧未已。
天乎党无罪，政权不属耳。
忆昔全盛时，徧百二埠地。
始会创加西，继起及全美。
东达纽约城，西及旧金山。
芝加哥中部，圣路易并峙。
救国尚公权，诛奸存信史。
能令牝朝惊，能激壮士死。
百日记维新，众心誓雪耻。
功非恶革命，事当寻条理。
满蒙疆连带，民族谁分彼。
锦绣好山河，破碎无头尾。
事后忆先生，仁言瞻百里。
今过圣路易，夜谈犹娓娓。
讲武干城校，摄像群英伟。
难得夏士文，不同堪麻李。
心雄胜万夫，贼见犹披靡。
说罢写新诗，功高从旧纪。
中国若不亡，宪政方今始。[12]

此诗历叙宪政党的创会历史及鲜明的政治主张，诗中特别提到康有为“仁言瞻百里”，具有远见。此诗凛凛英风，激越豪迈，理直气壮，最为佳制。

6月19日由积彩(Detroit)抵先丝那打(Cincinnati)。6月21日有《吊陈凤初同志孤坟》一诗。伍宪子云：“廿一日同陈鹤鸣谒其仲兄凤初之墓。凤初为宪政党同志，曾任伽蓝拔士宪政会会长。两年前，不幸先卒于先丝那打。”

十五年前一别后，不期万里吊孤坟。
人生六十年犹短，球运东西地岂分。
有弟情深曾哭恸，问君灵在可声闻。
苍松直上凌霄汉，独抚徘徊对夕曛。[13]

6月28日有《坚顿(Canton)谒麦坚尼墓作》云：

百万公民为建坟。异于党子葬孙文。
竟移赈欵充私用，更借陵工坐利分。
王气江宁今亦尽，乡风坚顿胜能群。
今朝展拜行吾敬，亦爱雄才亦纪勋。[14]

麦坚尼(William Mckinley，1843—1901)是美国第二十五任总统，不幸在任内遇刺身亡，百姓捐款建坟。伍宪子论云：“予谒林肯坟时，知其用款仅三十五万五千元，因转念孙文坟之靡费国帑千万，曾讥斥之。今谒麦坚尼坟，感想亦如是。夫以孙文之人格，未及林肯麦坚尼一足趾，虽靡费千万国帑而筑坟，未见馨香也。”甚至在颔联中揭露了国民党官员借修建中山陵谋利的弊政[15]。

7月4日为美国独立纪念日，伍宪子到了费城(Philadelphia)。《游独立厅》云：

漫游不觉圆双月，适值今朝到费城。
独立鸣钟成合众，自由建国遂兴兵。
岂期百六年间事，竟就三千里外行。
如此应为华盛顿，神州我欲正民生。[16]

又《七月四日抵费城登独立厅》云：

徂徕(July)竟有秋凉气，正是天风送我来。
今日登堂参庆典，当时独立敬真才。
军权廿载羞盘据，民治千秋自拓开。
堪笑沐猴称国父，为奴党子不知哀。[17]

7月5日由费城至纽约(New York)，《自由神五十大寿》云：

两文明铸自由神，新陆河洲记法民。
掌现金光持世界，心惟佛理转钧轮。
论年汝是中天寿，得运谁如老弟身。
无限感怀偶题句，倭师屯扎沪江滨。[18]

7月23日由波士顿(Boston)复回纽约，顺道游娲是利女子大学(Wellsley University)，这是一所富豪贵族的女校，宋美龄(1897—2003)就曾在这里留学。伍宪子口占一律云：

翻译新名娲是利，朝歌胜母让三分。
山明水秀添脂粉，鬓影衣香及带裙。
昔有杨妃沾教泽，近归党国建高勋。
是真革命精神富，鼙鼓渔阳付不闻。[19]

以上四诗已经到了旅程的终站，伍宪子游兴渐减，而家国之感则相对加深了。因此，在这些诗中，面对美国的独立纪念日，以及历史上的风云人物，其实他所想到的还是中国的问题。例如《游独立厅》"如此应为华盛顿，神州我欲正民生"，显然是受到华盛顿精神的感染，有救民于水火之意，承担重责。《七月四日抵费城登独立厅》"堪笑沐猴称国父，为奴党子不知哀"，则讥笑国民党人甘于为奴，在这国家民族的存亡关头，不思进取，反而将孙中山沐猴而冠，打扮成"国父"，可就不配了。《自由神五十大寿》"无限感怀偶题句，倭师屯扎沪江滨"，日本的军队步步进逼，而上海也已战云密布了。又《游威士泮（West Point）陆军大学感赋》中末联亦云："可惜嘉禾杂稂莠，王赓竖子竟降倭。"注云："十九路军在淞沪抗日时，有蒋中正之旅长王赓送地图于日领馆。当时沪上喧传王赓献地图。王赓曾毕业于威士泮军校，党府中人称为陆军奇才者也。"[20]如果王赓（1895—1942）的传闻属实，当然就是民族罪人了。否则以"喧传"的材料入诗，可能就欠说服力。《娲是利女子大学》"昔有杨妃沾教泽，近归党国建高勋"一联明显地影射宋美龄就像杨妃般，只能是红颜祸国了，一再显示他对女性特有的偏见。大抵伍宪子借题发挥，借诗句抒发心中的沉郁和幽恨，而诗人的忧患意识也表现得淋漓尽致。诗该是有为而发的，必须唱出时代的强音。伍宪子是政治上的异见者，针对国民党的弊政，大加挞伐，有时可能说得过火，但读来别有会心，事理清晰。

二、伍宪子《硕果诗社》中的诗作

1940 年以后，伍宪子住在香港，直到抗战胜利。1945 年春，伍宪子与黄伟伯、谢焜彝、伍宪子、冯渐逵等组硕果社，并在寓斋中举行首次雅集。硕果社是战后香港最负盛名的诗社，入社的诗人亦多，达七十三家，且几乎全属名家大家[21]。《硕果诗社》共出九集，前七集都有伍宪子的作品，得诗 144 首。伍宪子晚年淡出政坛，知时不我与，空谈理想，难以有所作为。在港以讲学为主，宣扬孔子的理念，诗中英雄之气渐减，禅佛的悟识渐高，繁华散尽，返璞归真。意象丰富，含蓄清新，表现超逸平淡的境界，而论政的议题也日渐薄弱了。1945 年《闻道和平》云：

收蓟传闻足放歌，况生今日喜如何。
修罗掷弹天空遁，饿鬼争粮地狱过。
念佛与谁寻净土，登仙无处望银河。
正逢绝路难为计，报道休兵已议和。

伍宪子在香港初闻胜利的消息，喜形于色，颇有绝处逢生之感。"修罗"即梵语阿修罗，意译为非天，古印度的恶神名字。颔联专写战争的残酷。同年《乙酉中秋旅港感怀》云：

久阴积雨势滂沱。静卷晶帘望素娥。
未信天河长洗甲，不闻玉宇降鸣珂。
云梯短足疑难踏，垢镜真形更待磨。
绝曲霓裳成幻想，尚劳孤客事奔波。

"久阴积雨"，这是抗战胜利之后所深感的疑虑。"未信"句写理想的落空，担心战事尚未完结，未必能得到真正的和平。颈联拟重整河山。而末联的"孤客"可能是伍宪子自喻要为国事奔波了。《落花五首》之四透视南京政局的发展。

江南风景近全非，践踏谁羞自损晖。
昨夜杨花吹隔院，今朝烟露怯单衣。
犹余蝶梦迷红瘦，祇托鹃声怨绿肥。
狼藉满庭时节换，几人回首忆芳菲。[22]

此诗作于 1946 年，多用象征手法，颇有讽刺时局的意味。首联争夺不休，自损晖光。颔联疑真疑幻，一切都看不清楚。颈联绿肥红瘦，争权夺利，整个世界都充满迷惘及怨愤之情。末联时移势易，过去的芳菲时节特别令人怀念不已。《戊子九日二首》云：

双十狂欢已过时，继逢阳九动忧思。
龙山落帽风吹鬓，泰岳登峰火及眉。
射雁关弓忘旧箭，题糕没字斗新诗。
应知他日谁称健，且看黄花莫傍篱。

无地登高可避灾，长房今在费心裁。
干沙槁草行千里，白骨青磷遍九垓。
未许囊萸携酒去，难容把菊望人来。
讲经射马升平事，静待春回扫劫灰。

这是1948年重阳节之作，烽烟遍地，忧思不已，升平的期待落空，将来只会余下一片劫灰。国民党的统治将成过去。《闻陈布雷之丧》云：

往日长沙策治安，文章余事犯颜难。
应知得国求师友，安用忧时见肺肝。
鸿雁哀鸣宵雅废，江山愁对夕阳残。
奉天草诏今成梦，党义千篇墨未干。[23]

1948年11月13日，陈布雷自杀身亡。他是总统府国策顾问，蒋介石的秘书文胆。首联以贾谊的《治安策》为喻，可惜君主专横独裁，未能"得国求师友"，知人善用。全诗严厉地批判蒋介石，只剩下江山残局，不留情面。同时刘子平（刘庸，1884—1970）《次和宪子〈挽陈布雷〉之作》云："一死如何国可安。鸿毛轻许泰山难。词臣枉自输心膂，行路终能识肺肝。不见陈尸关大计，孰令烧尾入群残。廿年衮阙何曾补，岁岁丝纶口血干。"[24]同是指出陈布雷的死谏没有作用，蒋介石根本不会用人。诗中"烧尾"即烧尾宴，指升官入职，改变过去的身份，其实就是背弃人民群众。同年刘子平《次和曾仲则〈香江茶肆夜话〉并柬宪子》结亦云："不是狂流终横决，商量心德返提孩。"[25]同是对政局绝望的表示。1949年以后，国民党败象毕呈，伍宪子议论时局，诗作亦多，《登澳门松山新亭》云：

朝暾出没海云间，郁郁孤松鳞甲斑。
东北几时仍重镇，西南无地可移山。
熸师经略名犹忌，失路英雄悔已难。
异域新亭资感慨，不堪回首望青湾。

又《一念》云：

一念相差各有言，争心雄辩震天喧。
不趋左右同源路，竟闭圆通众妙门。
欲解益棼须静气，能观难蔽待除根。
灵思运入阴符后，尽是苍生血泪痕。

又《己丑十月十日》云：

廿五年间看弈棋，冤冤相报了无期。
魔军拥柜违神命，学语登城类汉儿。
廷鹿莫为非马辨，夏虫难以语冰知。
莽操懿裕开新局，何事风翻五色旗。[26]

以上三诗都是1949年的作品，伍宪子在澳门松山新亭远眺隔岸的大陆河山，松山亭刚于5月28日落成，青湾即青洲，填海成陆，接近关闸边境。颔联指从东北到西南，国民党兵败如山倒，民心全失，回天乏力。"熸师"即败军，出《左传·襄公二十六年》"楚师大败，王夷师熸"句[27]。《己丑十月十日》写国民党的报应，大势已去，根本不明白治国之道。结局直斥蒋介石就像王莽、曹操、司马懿、刘裕等的枭雄形象，推翻了象征五族共和的五色旗，相当于谋朝篡位。当然，这是伍宪子从民宪党的观点来看中国的大历史，代表一个久被忽略的视角。

五十年代以后，大局初定，香港在英国人的管治下，在借来的时空里，冷眼旁观，重新出发。1952年伍宪子《自题小照》云：

不露骄容不象迂，棱棱风骨貌清臞。
于人犹憾难为佛，故我依然总近儒。
忧患久经赢发白，文章失用悔心粗。
行年七十忘将老，抖擞精神读异书。[28]

又《观弈》云：

敛手残棋局外观，欲行不忍意盘桓。
明知险极还思救，似得生机强自宽。
双方斗争心事各，中枢筹运老谋难。
百年世运都如此，枉用精神与废餐。[29]

又《水村秋兴》云：

偶读秋水篇，因念居环水。
流水绕孤村，村边近城市。
名为世外人，实类窝中蚁。
秋兴何处来，弈棋差数子。
全盘惊劫局，卅年避遵海。
谁奠群生宅，谁识伊人涘。
夜气望西南，飒飒秋风起。

又《秋怀》云：

郁郁孤怀困不舒，故园草木失扶疏。
渐忘儿女春闺事，肯傍龙蛇大泽居。
万里投荒寻笠屐，几人争地借犁锄。
童时尚忆秋声赋，夜起挑灯读异书。

又《寒夜与友人对酒》云：

多年不饮酒，心事转宁静。
今夕喜逢君，对酒如对茗。
本非贪杯人，未遇赏心境。
只为三冬寒，寂坐中宵永。
诗人旧风习，酒城争管领。
醉时辩惊筵，狂时眠落井。
我与君独异，多言吐骨鲠。
不问量有无，自节心常醒。
三杯情未完，一觥温欲冷。
人物尽谈资，世界当前景。
莫逆两心通，笑视双睛炯。
谈倦夜将阑，银河星耿耿。
大地好江山，倒入杯中影。[30]

以上诗写出了伍宪子晚年的精神状态，烈士暮年，壮心不已，但相对心境已显得宽厚平和了。《自题小照》徘徊于儒佛之间，政治上已不可为，行年七十尤好读异书，在传统的经典之外，可能要为精神另寻出路[31]。《观弈》及《水村秋兴》写的都是残局心态，除了袖手旁观，一切已无可如何。《秋怀》“童时尚忆秋声赋，夜起挑灯读异书”写精神无所依归，表现内心的绝望和哀痛。《寒夜与友人对酒》写冬夜对饮，借酒寄意，吐属抑郁，消弭块垒，回顾一生的经历，都成幻象。结语四句眼前一亮，银河星耿耿，打通心结，至于无憾，达到人天之间的悟境，而这也是诗人一生凄美的结局。

关于1947年伍宪子北上与张君劢谈判失败遂回港的过程，伍宪子诗中并没有提到，但香港硕果社诗人群在《送宪子应征航空入都》《宪子南返赋此赠之》的两次雅集中，选诗各四首，载于《硕果诗社》第一集，从中可以得到印证。冯渐逵《送宪子航空入都》云：

海滨久蛰忽成行，诣阙王通策太平。
深入民间知疾苦，隐忧天下志澄清。
六朝金粉收吟箧，万里风云壮客程。
历尽政潮归去后，萧然依旧一书生。

梁颂豪《送宪子应征航空入都》云：

东山望重想襟期，束帛干旌讵可辞。
排难鲁连称义士，救时陆贽是良医。
百年大计除民瘼，一片真心奠国基。
虚左自应摅伟略，翱翔云表趁朝曦。

黄相华《送宪子应征航空入都》云：

文坛硕果感相知，酒罢吟余更论时。
伟抱如君资擘画，壮怀愧我尚栖迟。
推寻祸本平心断，睥睨时流负手思。
借得在山泉水句，清泠为赋送行诗。

黄伟伯《送宪子应征航空入都》云：

泠然善也御风行，飞抵金陵半日程。
俛瞰群山峰一一，仰瞻银汉水盈盈。
星辰可摘胸襟壮，云雾难遮意气横。
此去自应关运会，读书端不负平生[32]。

以上四诗送行，写出大家对时局的关心。冯渐逵以"太平"相许，期望伍宪子有澄清天下之志。梁颂豪"百年大计除民瘼，一片真心奠国基"，更是乐观其成了。黄相华专写伍宪子的"擘画"和"壮怀"，特别是颔联"推寻祸本平心断，睥睨时流负手思"，期望正本清源，能切实解决当前国家的困局。黄伟伯诗景色优美，风云气盛，末联"此去自应关运会，读书端不负平生"，正好写出了千古读书人的心声，希望配合国家的需要，一展抱负。其后伍宪子回港，硕果社诗人群也是理解和支持的。沈仲节《宪子南返赋此赠之》云：

仲连归田里，长揖谢公卿。
韩老忽远引，骑驴湖上行。
两贤岂不伟，属望在苍生。
翛然绝名利，千载有余声。
黄金台上客，都门车马盈。
君归及早春，江海涤尘缨。
梅花几度开，和靖吟未成。
此日待君来，一笑暗香清。

冯渐逵《宪子南返赋此赠之》云：

我公何人斯，矫矫神龙姿。
壮岁官早辞，高蹈香江湄。
恬淡表襟期，服膺简岸师。
在野仍忧时，嘉名冠党碑。
往岁歼东夷，新猷待设施。
夫何遭赤眉，横生节外枝。
相斫譬然萁，干戈作儿嬉。
频年鹬蚌持，生民弥殿屎。
伏莽蔓日滋，中原如弈棋。
大厦累卵危，撞坏慨纤儿。
蒿目此疮痍，我公愀然悲。
诣京剀陈词，谈言中机宜。
当局空委蛇，党徒纷自私。
臭味终差池，牢骚满肚皮。
直道难诡随，浩然复思归。
去时云霏霏，归时雨丝丝。
杨柳拂春旗，荒郊听黄鹂。
悠然曳尾龟，天马不可羁。
伤时杜拾遗，唱和形诸诗。
今夕祝春厘，我来劝一卮。
中枢失咨夔，去后常见思。
予采果畴咨，函电爰交驰。
东山休迟疑，雄飞胜伏雌。
救国凭先知，非公将属谁。
纵饶三径资，毋茹商山芝。
国事尚可为，君实其勉之。

梁觉民《宪子南返赋此赠之》云：

揽辔澄清愿尚违，倚庐况复念慈闱。
未秋已动鲈鱼想，不日能随燕子归。
莲社星联钟响逸，苔阶雪印屐声稀。
此身留作新梁柱，且向长生说息机。

谢逸刍《宪子南返赋此赠之》云：

世事如今与我违，京华日夜望庭闱。
陶潜却米辞官去，张翰思莼命驾归。
议政素持吾党直，知音深感至人稀。
尘鞍甫卸谈锋健，依旧西窗玉麈挥。[33]

以上四诗返港之作。沈仲节诗以梅花的清香许之，伍宪子功成身退，"属望在苍生"，并非恋栈名利之辈。冯渐逵诗概括说明伍宪子过去的努力，现在有才不用，只能说是中枢的损失，其后函电交驰，再请出山，"国事尚可为"，希望诗人振作。梁觉民以"此身留作新梁柱”为喻,希望终能实践“揽辔澄清”之愿。而谢逸刍认为世事与我违,当世的知音亦稀,退而论道,保存自我,就像陶潜、张翰一样,也不失为英明的选择。其后各集诗社酬赠之作亦多,不一一录。

伍宪子在1959年重阳节前逝世,硕果社诸家悼诗亦多。许菊初(1901—1976)《挽伍宪子词丈》云:“此老不遗伤国运,于人无忤合吾师。”陈秉昌(1921—1999)《哭伍宪子社丈》云:“著书欲挽狂澜势,易箦犹殷故国情。”何直孟(1886?—1968)《哭伍社长宪子》云:“此际社盟伤硕果,他时几席恸经筵。”吴肇钟(1896—1967)《挽伍宪子二首》云:“古言重有为,公秉敬且诚。”韦汪瀚(兰生,1897—1972)《挽伍宪子词丈》云:“八十高龄宁有憾,一生正义为谁伸。”冯渐逵《挽伍宪公》云:“国运天心真叵测,文章道义与谁论。”[34]其他散见者尚有郑春霆(1906—1990)《挽伍丈宪子》“法新未遽遵时晦,学旧何曾叹道穷”[35]、吴天任(1916—1992)《挽伍宪子丈》“危邦谔谔孤标在,绝学森森万木衰”[36]、李达良(1935—1997)《伍宪子社丈挽词》“淑世德音移气运,等身书卷定归趋”等[37]。诸诗议论纷呈,无论道德、文章、政事、时局、经筵、社盟等,评价都很高。纵横捭阖,一士谔谔,又能坚持个人的原则,有所不为,反映硕果社诗人群对伍宪子敬重之情,可以无憾。

三、结论

伍宪子继承康有为、梁启超立宪的理念,毕生只有论政,没有秉政。但他坚持民宪党人的身份,在中国的政治舞台上叱咤风云,义正词严,大声疾呼,宣扬救国建国的理念。为免中华民族的分崩离析,维护中国的统一,五族共和象征民族的融合,自然亦有现实意义。唐君毅(1909—1978)《〈伍宪子先生传记〉序》云:“吾得而读之,乃更有会于清末立宪一派诸先生之用心,与其精神肝胆之所在;及伍先生之为学与为人,皆皦然儒者之行,足为来者之矜式者也。”[38]揭出“精神肝胆”,表现儒者气象。

伍宪子诗名早著,诗作亦多,而诗集未见刊行,今据《美国游记》及《硕果诗社》辑录所得,以论政议题为主,可以分别呈现诗人中年及晚年的心迹。大抵美国之行静极思动,意气风发,刻画异国风光,尤为壮丽。此外伍宪子认为孙中山识见未高,动辄失策,而国民党对内骄横,抗日软弱,批评都很严厉。因此,他要联合党内外的同志,一致抗日,重整河山。由于是旅途之作,感情澎湃,倚马可待,直抒胸臆,稍欠凝练。晚年久居香港,距离政治中心太远。而和谈破裂,兵戎相见,战火重燃,沧桑换世,遂安于现实,而诗境一变,反而表现出深沉醇厚之意,例如《水村秋兴》《寒夜与友人对酒》二诗,浑化无迹,尤为高境。大抵伍宪子诗才高气傲,精于用典,古今比照,议论时局,斑驳迷离,色彩鲜艳。硕果诗人群中,他最为高调。其诗以七律为主,湖海纵横,风云气盛,都是出色的议政之作。我们甚至可以从硕果社诗人群的作品中,透视出伍宪子儒者良知与公义的形象,给海内外广大同胞一个“太平”和“大同”的愿景,表现出诗人与政治家相结合的独特风范。

伍宪子论政之余,间亦有论诗之作,主张陶写情性,思想自由。《〈梦蝶诗存〉自序》云:“吾于诗,未尝下苦功,从来亦无占诗家一席之想。既不好名,复无惧虑,则上天下地,独往独来。穷宇宙之奥奇,探人生之蕴秘,性灵不屈,曲折奔驰,情愫能通,缠绵悱恻,亦何所思而不达哉。”[39]《〈梦蝶诗存〉自序》亦云:“然而天地中声发于自然,行乎其所不得不行,无所为而为之者,情性也。情性之所安,则风雨如晦,鸡鸣不已。”[40]前者勇于探索,奔放自然,独往独来,无所拘束,大约代表中年作品《美国游记》中的风格。后者则是晚年居港时所酝酿的一份深情,痛定思痛,不能自已,更能表现出自然的声音,曼妙的风神,其中有象,耐人寻味。而这当然也就是伍宪子《硕果诗社》诸集中的特色了。

注释:

①参胡应汉:《伍宪子先生传记》,四强印刷公司1953年版。胡应汉是梁漱溟的弟子,1976—1978年任教香港浸会学院。又伍宪子文八篇:《读经评议》《孔子与中国文化》《孔教问答》《重刊戊戌政变记序》《梦蝶诗存自序》《丙辰讨袁之役》《丁巳复辟真相》《卢湘父(1868—1970)先生九秩寿序》,参许衍董总编纂:《广东文征续编》第二册,广东文征编印委员会1987年版,第408~421页。

②伍宪子:《美国游记》,世界日报社 1936 年版,第 1 ~ 2 页。

③注云:"庚韵与阳韵通叶,权宜偶一用之。"伍宪子:《美国游记》,世界日报社 1936 年版,第 11 页。

④伍宪子:《美国游记》,世界日报社 1936 年版,第 121 页。案林肯 1861 年 2 月 11 日在葛底斯堡阵亡将士公墓(Gettysburg National Cemetery)落成仪式上发表演说称"that government of the people, by the people, for the people"。

⑤伍宪子:《美国游记》,世界日报社 1936 年版,第 23 页。

⑥注云:"并非轻其无人,适当渡时耳。"伍宪子:《美国游记》,世界日报社 1936 年版,第 31 页。

⑦伍宪子:《美国游记》,世界日报社 1936 年版,第 32 页。

⑧伍宪子云:"民国三年(1914),予当广东内务司司长。自来水公司归管辖下,正拟整顿之,不料方着手而调任。其后官商争夺,股东之资本无着,至今仍弊漏百出也。"伍宪子:《美国游记》,世界日报社 1936 年版,第 49 ~ 50 页。

⑨大理院即最高法院。复兴例即"国家产业复兴法",政府规定雇主须遵守最高工时(一般每周 40 小时)、最低工资(一般每小时 30 ~ 40 美分)和按规定的条件雇佣工人。

⑩伍宪子:《美国游记》,世界日报社 1936 年版,第 56 页。

⑪伍宪子:《美国游记》,世界日报社 1936 年版,第 58 页。

⑫伍宪子云:"照片内之同志尚存者七八人,夏士文君亦在内,盖当时与堪麻李(Homer Lee,1876—1912)同为教练。堪麻李后变节从孙文。"《美国游记》,世界日报社 1936 年版,第 54 ~ 59 页。

⑬伍宪子:《美国游记》,世界日报社 1936 年版,第 96 页。

⑭伍宪子:《美国游记》,世界日报社 1936 年版,第 112 页。

⑮伍宪子游林肯坟场论云:"以视中国之孙文,绝无功业于国家,而祇有祸国。其党人乃为之筑'孙陵',费逾千万,比儗帝王。且没收西北饥民之赈款,而筑迎榇大道。党子党孙之悖谬如此,岂不媿见美国之人民哉。"伍宪子:《美国游记》,世界日报社 1936 年版,第 63 页。

⑯伍宪子:《美国游记》,世界日报社 1936 年版,第 138 页。

⑰伍宪子论云:"我中国不幸,则入于一般贪权夺利之小人之手,祇知结党营私,欺骗国民,冒称'国父',不畏有识者所笑。其党子党孙大多数均无人格,试问如何治军,如何为政,如何立国。无怪党治数年,奉送东北四省于日本,至今尚冥顽不灵,包办亡国。今我见美国人而惭媿,而无言可说也。"伍宪子:《美国游记》,世界日报社 1936 年版,第 139 页。

⑱自由神像建成于 1886 年 10 月 28 日。注云:"我比自由神长四岁,故呼之为老弟。"伍宪子:《美国游记》,世界日报社 1936 年版,第 150 页。

⑲伍宪子:《美国游记》,世界日报社 1936 年版,第 169 页。诗中朝歌、胜母皆古地名。《鲁仲连邹阳列传》云:"臣闻盛饰入朝者不以利污义,砥厉名号者不以欲伤行,故县名胜母而曾子不入,邑号朝歌而墨子回车。"《索隐》云:"曾子不入,盖以名不顺故也。"《集解》引晋灼曰:"朝歌者,不时也。"司马迁:《史记》,中华书局 1959 年版,第 2487 页。

⑳伍宪子:《美国游记》,世界日报社 1936 年版,第 155 页。

㉑黄坤尧:《硕果社简述》,《文学论衡》总第 5 期。

㉒以上三诗见伍宪子:《硕果诗社》第一集,复兴积臣 1947 年版,第 3 ~ 4 页。

㉓以上三诗见伍宪子:《硕果诗社》第二集,复兴积臣 1949 年版,第 6,8 页。

㉔刘庸:《空桑吟草》,黄坤尧编纂:《番禺刘氏三世诗钞》,学海书楼 2002 年版,第 119 页。

㉕刘庸:《空桑吟草》,黄坤尧编纂:《番禺刘氏三世诗钞》,学海书楼 2002 年版,第 107 页。

㉖以上三诗见伍宪子:《硕果诗社》第三集,复兴积臣 1951 年版,第 5 页。

㉗杜预注云:"熸,伤也。吴楚之间谓火灭为熸。"孔颖达疏云:"言军师之败若火灭然。"《春秋左传注疏》卷三十七,艺文印书馆影嘉庆二十年(1815)江西南昌府学开雕本 1955 年版,第 637 页。

㉘伍宪子:《硕果诗社》第四集,九龙仁记印务馆 1954 年版,第 1 页。

㉙伍宪子:《硕果诗社》第六集,文化耀记印刷所 1957 年版,第 5 页。

㉚以上四诗见伍宪子:《硕果诗社》第七集,文化耀记印刷所1957年版,第5页。

㉛"异书"在伍宪子晚年的诗中一再出现,例如1949年《对客》云:"息虑焚香读异书,客来不速爱吾庐。欲倾肝胆难为语,正待风云敢自迂。酒醉莫妨今日事,名高岂动一时誉。偶然心会存微笑,相对忘形在太初。"伍宪子:《硕果诗社》第三集,复兴积臣1951年版,第5页。

㉜以上四诗见伍宪子:《硕果诗社》第一集,复兴积臣1947年版,第16、18、20页。

㉝以上四诗见伍宪子:《硕果诗社》第一集,复兴积臣1947年版,第9、16、18、24页。

㉞以上四诗见伍宪子:《硕果诗社》第八集,文化耀记印刷所1962年版,第5、12、17、35页。

㉟郑春霆云:"白首文章老巨公,英年论政凛生风。法新未遽遵时晦,学旧何曾叹道穷。高隐香江泉石外,相逢诗社笑谈中。草堂万木森森在,继轨无人振聩聋。"《卷帘楼诗草》,华实印务1981年版,第283页。

㊱吴天任云:"不独文章海内知,追陪汐社早兼师。危邦谔谔孤标在,绝学森森万木衰。演孔漫劳吾道叹,和陶终怆旧居移。沧江一卧成今日,负疚遗言意可悲。"自注:"遗言谓于国于家于己皆对不住云。"《荔庄诗稿初续集》,孚佑印刷有限公司1980年版,第300页。

㊲李达良云:"方愁凉意薄肌肤,岂料朝来哭硕儒。淑世德音移气运,等身书卷定归趋。沙虫将及天难问,猿鸟同悲海欲枯。异日轺车宴游处,那堪缓缓过黄垆。"《弘斋诗词初集》,星光印刷公司1988年版,第11页。

㊳胡应汉:《伍宪子先生传记》,四强印刷公司1953年版,书前序文。

㊴许衍董:《广东文征续编》第二册,广东文征编印委员会1987年版,第417页。

㊵伍宪子:《硕果诗社》第二集,复兴积臣1949年版,第1页。

[作者单位:香港中文大学联合书院]

红色写作，书写英雄的家国情怀

——关于一首长诗的讲演

□ 刘益善

先生们、女士们：

大家好！

今天我能够和大家一起学习，很高兴。我通过采访写了关于共和国勋章获得者张富清的一部长诗，叫作《中国，一个老兵的故事》。我在长诗中展现出老英雄张富清的家国情怀，我觉得是一件非常有意义的事情。

我在这次的演讲中，将以一个作家，一个诗人，一个写作了这部长诗的作者的角度和眼光，来说说一个老兵的家国情怀。因为关于张富清的报道、视频很多很多，大家对老英雄张富清的事迹也很了解。有些人会说张富清这么一个先进人物，这么一个英雄，他的事情我们都知道，还需要你来讲吗？所以我说我是从一个诗人、作家的角度来看他，来讲他。同时，在讲的过程中我也会结合我的创作，以及我对当下文学的一些看法，掺杂起来讲，但主要是讲张富清这个老兵的家国情怀，他的感人事迹。

我今天讲座的题目上面已经标得很清楚了，我就分三个部分来进行这个讲叙。

第一个部分，我想讲一讲书写英雄、书写英雄的家国情怀是一个作家、诗人的使命和责任。第二个部分，就是说一说我在诗中书写的老兵张富清的家国情怀。第三个部分，就是谈一谈英雄的家国情怀让我的灵魂受到怎样的洗礼。

书写英雄是作家、诗人的责任和使命，在文学界，书写英雄、书写英雄的家国情怀被归类为红色写作。红色写作它的界定应该说是歌颂中国共产党领导下的人民和军队，为解放劳苦大众建立新中国所做的牺牲与奉献，以及他们中的英雄人物，是鼓舞人民向上向前的写作。我写共和国勋章的获得者——老英雄张富清，无疑是一种英雄写作，是一种红色的写作。

新中国成立70周年的时候，推荐出70部长篇小说、经典小说，我们喜欢读书的同志应该都知道。因为我是20世纪50年代出生的人，我一看这70部长篇里面，百分之五六十我青少年的时候就读过。《红岩》《红日》《保卫延安》《野火春风斗古城》《林海雪原》《红旗谱》《保卫延安》等等。这些长篇小说，都是红色写作。50年代、60年代甚至70年代初出生的人，这些红色作品，书中的英雄对这一年龄段的人的世界观的形成应该起着很重要的作用。所以说红色写作、书写英雄，应该是我们作家的使命和责任。

我之所以要先谈这个问题，是要引出我下面要谈的第二个问题。因为我的这首长诗，是红色写作。当下中国诗坛的红色写作严重缺失。我不谈现在的小说和其他文学作品，就谈诗歌。在当下的诗歌中间，我们有多少诗是来写英雄，写英雄情怀的？当下的诗坛大量地流行着一种个人化的口水诗、下半身诗。

这个什么梨花体："毫无疑问/我做的馅饼/是最好吃的。"而这诗的题目是《一个人来到田纳西》，这就是所谓的梨花体的代表作，这是什么诗啊？田纳西州是美国的一个州，田纳西与你做的馅饼有什么关系？所谓乌云体："天上的白云啊/真白/真白/真他妈的白。"这也是诗。还有我们著名的诗人写的"我穿过大半个中国来睡你。"这是她的名句。我们还有一个很有名的刊物发了一首诗："一坨牛粪，上边插着三朵鲜花，其中一朵比另外两朵更漂亮。"这些诗，作为我这个50年代出生的诗人，实在看不下去。我们的诗人你不去歌颂英雄，不去写人民，不去写当下人民为了实现我们的理想、我们的主义所做出的努力，所做出的奉献，所做出的工作，你去写这个乌七八糟的东西。红色写作、当下诗坛英雄写作、歌颂英雄情怀的诗歌写作，严重缺失。

我昨天上午参加《湖北新诗百年诗选》研讨会，我在会上发了个言。我说我们湖北的诗人，从浠水人闻一多写《红烛》《死水》开始，到写下《黄河大合唱》的光未然，湖北老河口人。这老一辈的诗人，他们写了多好的诗啊，留下了经典。我们诗歌里面有多少红色经典，田汉的《义勇军进行曲》；在我们湖北，我的老师、我们的前辈徐迟先生1945年在重庆国共谈判的时候，第一个写出歌颂毛泽东的诗《毛泽东颂》，重庆《新华日报》发表；贺敬之的《回延安》《雷锋之歌》；郭小川的很多诗歌，像《将军三部曲》《一个和八个》；等等。咱们当代诗歌里面是有这个歌颂英雄的传统的，但在当下我们诗歌的这一传统严重缺失。

当下诗歌对红色写作不重视，红色写作严重缺失，我们需要作家、诗人进行红色写作，书写英雄，书写英雄的家国情怀，这是一个诗人作家的使命和责任。

北京大学教授、当代著名的诗论家谢冕先生最近发表文章说：在这个时代没有大诗，小诗泛滥。这是一种现象。我们的一部分诗人在坚持进行红色写作，歌颂英雄的时候，还有些人进行讽刺，说你那是“毛派”，你那是极左的，你那是为共产党歌功颂德的。我们为什么不能歌功颂德？对我们的英雄，对我们的人民，为什么不能进行歌颂？我作为一个诗人，写了很多诗。我过去写过长诗《向警予之歌》，歌颂中国共产党的第一个女中央委员、第一任妇女部长向警予的英勇一生；我还写过大组诗《闻一多颂》。我坚持我的红色写作，我歌颂英雄的家国情怀，这是我的追求。我简单地讲了一下红色写作在当下的缺失，作家应该写英雄，写英雄的家国情怀。

我再讲讲我写长诗《中国，一个老兵的故事》的过程。今年5月10日的晚上，我接到了省作协办公室主任的一个电话。他说：刘老师，作协党组决定派一个文学小分队到来凤去采写老英雄张富清，写一本报告文学集、一本散文集、一部长诗，想请你出山。时间很紧，任务很重，他问我的身体受不受得了。当时他说写一部长诗，他也没说这个诗有多长。当时我就答应了，我说我是写诗的嘛，我对张富清的事迹，已经从报刊上了解了，我觉得他的事迹确实值得写。5月12日星期天，我们开车从武汉出发，经宜昌到恩施来凤走了11个多小时，奔行了一千二百里。在来凤，我们采访了两天后，5月14日又驱车11个小时回到武汉。15日、16日因为我有一个讲座和一个必须要开的会又耽误了两天。从5月17号到5月31号，我就闭关写作，把床放在书房里，一口气写出了三千多行的长诗《中国，一个老兵的故事》，写了张富清。

我今年69岁，入党46年，作为一个诗人、一个作家在这么个情况下，应该写他。开始我担心写不写得出来，这个任务拿不拿得下来。后来我到了来凤，见到张富清。当时见张富清很难，全国各种新闻媒体，一百多人在来凤等着他。张富清老人95岁了，身体也不太好，中宣部已经明确指令，不接受分散的记者采访，等待一个时间他接受全体记者的采访。我们几个作家通过来凤作家田方明的关系，田方明刚好是张富清的大儿子张建国的同学，他把我们悄悄带到张富清家里。我一进去以后，看到张富清老爷子坐在沙发上，脸上是一种宁静、安详，充满着阳光，一个非常慈祥的老爷子。我第一个进去，我就把老爷子的手一握，我就突然有个感觉。我觉得我和老爷子的人生气场一下子打通了，我看他就像看见我的老父亲一样。我们简单地聊了几句话，说的并不多。现在的信息获取很方便，我对大量写他的报道和视频进行了研究。我们还有两个作者，当时正在给报告团写张富清的材料，在那里待了一个多月，我从他们那里又了解一些细节。晚上来凤县的朋友请我们几个人吃饭的时候，把张富清的大儿子张建国拉来。我就坐在张建国旁边。我们作家、诗人应该有善于发现的眼光和敏锐的听觉。我抓住这个机会，我跟张建国聊天，从他口里面聊到我需要知道的细节、需要知道的东西，有些东西从材料上是得不到的。我必须要有我自己的亲身感受，我的目的达到了，所以回来后我就写了。

写作中间，长江出版集团、湖北人民出版社、省作协党组领导给我们不断鼓劲，他们希望我们快点写出来。我简单地介绍一下这个写作的过程，是我觉得我和张富清老爷子那股人生的气场打通了以后，我一定能把这部长诗写出来，把张富清他的家国情怀表现出来，我自己有些把握。5月31号写完以后，心里没底，毕竟没给人看过。我第一个发给我的一个老大姐，原湖北省群众艺术馆《中国故事》的主编王春桂，她是搞理论的。我说：王大姐，这是我写的一部长诗，我没给任何人看过，请你第一个给我看一看。她看完以后就给我发了这么一段话：

“下午一点端起饭碗，边吃饭边看，一口气看了一点五十七分钟。中间三次泪流，很感动。这应该是我平生读的最长的一首长诗了。我断定这首诗会感动一些有良知，与共和国共生共长的人，这次你的诗才让大姐我刮目相看，太棒了。你开始下去的时候，我有点担心，觉得这是个无法用诗歌写的难题。没想到你在这么短的时间内，居然出色地完成了任务，并交卷了，这真是神的力量。当然，可以想象得出来，你的付出是多么的辛苦。因为我觉得你已不似三十年前那么健壮、生龙活虎了。这个任务有点重，有点压头。益善，祝贺你，为你点多少个赞都不过分。”

得到这个老大姐的肯定后，我有了点底气了，就把诗稿发给了出版社编辑室的胡心婷主任，她收到以后很快就读了，发来微信说：“刘社长，今天收到您的大作了，写得非常好，辛苦了！”过了一会儿她又发了微信说：“我们几个编辑都看得非常激动。”这时，我再把诗稿发到省作协党组书记文坤斗看，文书记微信说：“一个不懂诗的人，初读后深受感动。辛苦刘老师了！这么短的时间创作出这么体量的作品，足见功底之深厚。”读了这么几个微信，我觉得不是我有多高的一个水平，诗写出了，第一是我的感情是真挚的，第二是张富清的事迹，这个老兵的家国情怀确确实实是打动了我。重要的是我们的感情那股气相通了，所以我能比较顺利地写出来。

这部长诗，《湖北日报》发表了其中的第七章，占了三分之二版，中宣部的学习强国平台转载。《光明日报》从微信上看到了，编辑打电话给我，我就把全诗给了他们，他们选发了长诗的序歌、第一章和第八章，一个整版。《光明日报》的文艺部主任打电话告诉我，这是他们在1976年周总理逝世时，发表过李瑛的《一月的哀思》一个整版的诗之后，四十多年来，《光明日报》第二次发一个整版的诗。《光明日报》发的这一版诗，中宣部的学习平台又全部转载，中国共产党新闻网用繁体字全部转载，中国作家网也全部转载。这些媒体选发了节选后，知道这诗的人就多起来了。湖北省文联主席刘醒龙碰到我，他说：老哥你这个诗有多长？我说有三千多行，他说：给我。当时《芳草》已经第四期编完了。他们临时换稿，把长诗放在头条全部发表了，并且配了评论家李鲁平的一个评论。湖北人民出版社已经决定出版单行本。湖北省文联、武汉市文联、湖北省朗诵艺术家协会和长江云联合，在卓尔书店举行了一场专场朗诵会，长江云有22万听众现场收听。

这就是我对当下诗坛书写英雄情怀的缺失的一点想法，和我作为一个作家，凭着一种责任感，一种使命感来写这部长诗，来写张富清的家国情怀。

下面讲第二个部分，我写老兵张富清的家国情怀。

2018年3月，十三届全国人大一次会议通过决议，成立退役军人事务部。各省、市、县都跟着成立退役军人事务局。这个部门的一个重要任务就是对他们的辖区内复转退军人进行信息登记。2018年12月3日那天，来凤县退役军人事务局来了一个人，这个人就是张富清的二儿子张健全。张健全拿了一个红布包，送到退伍军人事务局登记。工作人员打开红布包一看，里面有一个特等功、两个一等功、一个二等功、两个战斗英雄的勋章，还有立功证明、立功报捷书等等。张健全过去也没有看过。负责登记的小伙子叫聂海波，看了以后很吃惊。张健全说：这是我父亲，他叫我来帮他登记的，他是1954年从部队转业到来凤的。

张健全有一个高中的同学在《湖北日报》，叫张儒海，回家过年时，张健全告诉他这个事，张儒海回武汉后，给《湖北日报》的领导汇报了这个事，《湖北日报》派人到来凤，最先报道张富清的事迹。接着，各种媒体开始轮番报道，老英雄张富清就热起来了。

我写张富清的长诗，从一个红布包的秘密开始。一个老兵有这么多立功证书、勋章、奖章，这些东西是怎么来的呢？是从战火中炼出来的，是在战场上打出来的。

张富清是陕西洋县人，1948年参加中国人民解放军西北野战军，彭德怀的部队。习仲勋先是西北野战军副政委，后来是西北野战军的政委。张富清的直接顶头上司是王震，张富清是王震的兵。参军就要打仗，他参加了很多战斗。

张富清参军以后，因为出身穷苦，他不怕苦，不怕死，为解放全中国，消灭国民党反动派，他不怕流血、牺牲，战斗中他十分勇敢。

我把这一小节诗给大家读一下：“战火纷飞啊/战

火纷飞/杀声震天啊/杀声震天/战士就是战斗的士/战斗就是你生我死/或者是你死我生/两军交战勇者胜/两军交战正义胜/农民张富清/身子瘦弱/文文静静/在连队里是个/不起眼的新兵/他参加集训/苦练杀敌本领/他日夜不歇/透出身上的狠劲/只要战斗打响/这个文弱的战士/就是一匹咆哮的豹子/下山的猛虎/携带着一股力量和雄风//西北野战军横扫/负隅顽抗的蒋匪军/一个村庄村庄一个地打/一座城市一座城市地攻/打一个胜仗/夺取一块地盘/就解放一方百姓/打仗,当兵的家常便饭/进攻,死亡时时发生/为了人民的解放事业/为了家乡父老的好日子/张富清随时准备牺牲//1948 年 6 月/壶梯山战役/张富清任突击组长/攻下敌人碉堡一座/击毙两名敌人/缴获机枪一挺/巩固了阵地/开辟了通道/保证后续部队顺利挺进//1948 年 7 月/东马村战斗/张富清带领/六个人的突击组/攻下了敌人的碉堡/消灭了守碉堡的敌人/扫清了敌人的外围/为后续部队打下缺口/张富清受了伤/仍然坚守在战场/迎接胜利的朝阳//1948 年 9 月/临皋战役开始/班长张富清/带领一班人/侦察搜索敌阵地/发现敌人之后/迅速占领制高点/机关枪手榴弹/织成了一片火网/压制住敌人的火力/完成了截击敌人的任务/配合了后续部队的总攻”。这是张富清前面参加的战斗,我用诗句所做的铺垫。

张富清立大功的这场战斗是永丰城的攻夺战斗。1948 年 11 月 27 日,陕西蒲城永丰,胡宗南精锐第 76 军被西北野战军围困在长六百米,宽三百米的城堡中。困兽犹斗,歇斯底里,解放军紧咬不放松。两军惨烈交手,硝烟遮天蔽日,解放军攻进永丰城,扫清进军障碍,消灭第 76 军。作为主攻,张富清和他的连队像猛虎一样扑上去。战斗从傍晚开始,步枪、机关枪和大炮齐响,手榴弹、炸药包在敌阵炸开,照明弹划破夜空的黑暗,冲锋号召集起一次次的强攻,火力太猛,突击队一夜之间换了三个营长和八个连长,战友们伤亡惨重。

这个时候,张富清受命带着两位战友,组成了一个突击组,他们抱着炸药包,带着手榴弹,拿着冲锋枪。他们乘着夜色,选着敌人的火力死角,爬到城墙边,手指抠着城墙的砖缝爬到了城墙上,然后从城墙上跳下去。张富清跳下去的时候,跳进了一伙敌人中间,张富清端起冲锋枪就扫,打死了一排敌人。张富清带着两名战友隐入夜色里面,摸到了两个火力很猛的碉堡跟前。张富清对两个战友说:你们掩护,我上去。他带着炸药包,八颗手榴弹,慢慢爬,爬到碉堡跟前时,却摸不到放炸药包的地方。张富清这时想起了董存瑞,他准备用自己的右手像董存瑞那样举起炸药包的时候,他脚下的一块石头被他踢开了,石头下面是土,这时张富清趴下来,在土里挖了一个坑,把炸药包和八颗手榴弹埋下去,把导火索一拉,人一翻滚,这个碉堡就炸了。爆炸时,张富清头上的军帽被掀掉了,嗖的一声,像风吹了一下,他当时感觉头皮有点麻,没有在意。原来是一颗子弹擦过了他的头皮,那子弹再朝下一点,他就没命了。现在他夏天都要戴帽子,就是受了伤的后遗症。

第一个碉堡炸掉了以后,他的两个战友接应他,他们又去炸第二个碉堡。第二个碉堡火力还是很猛,我们的进攻的部队不断伤亡。两个战友就说第二个碉堡我们上去,张富清说你们还是掩护我,我有经验了。张富清在夜色里,爬到第二个碉堡跟前,用同样的办法炸掉了第二个碉堡。

1948 年 11 月 28 日拂晓,主攻部队发起总攻,冲锋号嘀嗒嘀嗒分外响亮,战士们的喊杀声震响在黎明。这天上午 10 时,永丰回到了人民手里。胡宗南的精锐 76 军两万五千人被西北野战军全歼,76 军军长当了俘虏,永丰之战获得全胜。

张富清的一个特等功,两个一等功,一个三等功,两次战斗英雄是怎么得来的?是战火中锤炼出来的,是在战场上打出来的,是流血牺牲换来的。张富清回忆,当年庆功大会的时候,是他的司长王震将军亲自为他戴的军功章,司令员彭德怀跟他亲切握手。张富清是 1948 年在战场上火线入的党。为了人民的幸福,为了新中国的建立,他不怕牺牲,英勇战斗,这个就是家国情怀,这是我在诗中写的张富清的家国情怀的第一个方面,也是张富清人生中的亮点。

我再谈第二个方面。我的诗有一章是以“八千里路云和月”作的标题。这里的家国情怀就是个人服从组织,到祖国最需要的地方去,到最艰苦的地方去奉献自己的人生。张富清他们从陕西打到甘肃酒泉,又从甘肃酒泉打到了新疆喀什。我把这个路程一算,八千里路,四千公里。“八千里路云和月/驾长车踏破/贺兰山阙/仰天长啸/壮怀激烈/收拾旧山河/向北京报捷。”

张富清到新疆喀什以后,他已经是一个连长了。这时候抗美援朝战争打得正激烈,中朝人民和美帝国主义正在生死拼杀。中央军委从解放军各个军区抽调一百个连级干部到北京集训,集训完后作为中层指挥员送到朝鲜前线。张富清一直希望能够到朝鲜战场上打一场。这个人看上去文文静静,长得很白净,身体也瘦弱,但是能够打仗。新疆的部队就把张富清派到北京集训。张富清从新疆喀什到北京,背着背包,那个时候有的地方有车有船,有的地方靠步行。我算了算,新疆喀什到北京也是八千里路,又是八千里路云和月。张富清花了半个月的时间从喀什到了北京。到了北京以后,军委领导看到这一百个连长都到了,有的人像张富清那样走得手脚开裂,皮开肉绽,到处流血,衣服破破烂烂。军委领导就安排大家休息两天,到了第三天,军委领导跟他们说,朝鲜战争已经停战了,你们不用去朝鲜了。张富清感到非常遗憾。

中央军委就把这批人送到速成中学里面学习文化。张富清被送到了武汉,在武汉防空部队一个速成中学里面学文化两年,中学毕业。张富清在1953年、1954年学习了两年,这个学习的过程就不必细说了。他一个农民出身,没有上过学,将近两年的时间能够把初中的文化课程学完,而且最后考试的时候门门功课都是4分或5分。学习完以后,部队决定他们转业到地方上去。张富清这个时候已经30岁了,还没结婚。张富清老家有一个小他11岁的未婚妻,他是当兵中间回家了一次,他们村里的妇联主任孙玉兰,从小就崇拜他,与他定的亲。

张富清1954年在武汉的速成中学学完后,组织上讲你们有三个去向,一是你们可以回老家。张富清可以回到陕西洋县跟孙玉兰结婚,老婆孩子热炕头,过安稳生活。第二个去向是可以留在武汉,转业到一个工厂工作。第三个去向是你们可以到山区,到最需要你们出力的地方去。张富清选了第三个去向:到祖国最需要我的地方去。他打听到湖北恩施最穷,而恩施的来凤县最远,来凤是四川、贵州、湖南、湖北四省交界的地方,张富清就说我到这个地方去。他写信叫孙玉兰从陕西洋县赶到武汉,他们两个在武汉结婚。结婚以后,就出发了,他们从武汉到恩施走了五天,有的地方有车,有的地方没车,靠步行翻山越岭,到了恩施,然后从恩施到来凤又走了两天。

他们到了来凤以后,张富清到县里有关部门报到。张富清是一个连级的干部,连级干部在地方上可以当一个正股级干部,来凤县给他的第一个职务,就是城关镇粮管所的主任。张富清老爷子到离休的时候是副科级,在来凤县建设银行的副行长岗位上离休的。老爷子到来凤65年,在职整整干了30年。他在来凤安家,他有4个孩子。老大是个女儿,因为小时候医疗条件有限,得了脑膜炎,现在生活不能自理。老二是个儿子,就是大儿子张建国。老三也是个儿子,叫张健全,就是新中国70年大庆时陪他在北京天安门城楼上观礼的人。老四是个女儿,在一个医院里面当护士。

张富清不回老家,也不留在大城市,主动到来凤这个最艰苦的地方,然后默默无闻,在岗位上干了30年,离休以后又35年,到来凤65年。这么一个老兵,他是出于什么?他这是不忘初心,牢记使命,共产党员到党需要的地方去奉献自己。他在永丰城,那天晚上的战斗,他说我们的突击队一个晚上换了三个营长,八个连长,那都是牺牲的。一个突击营长牺牲了,再换一个顶着,又牺牲了,再换一个上去,换了三个营长,八个连长,那普通的战士死了多少,牺牲了多少?其他的不说,陪他炸碉堡的两个战友,当他炸完第二个碉堡回来找这两个战友的时候,都牺牲了,而且到现在为止,这两个战友叫什么名字,出生在哪里他都不知道。张富清说:我想一下他们,想一下牺牲的战友,我还有什么可以值得向组织提要求的呢?我还有什么不满足的呢?我还有什么不能够去干的呢?这就是老英雄的家国情怀。我当时写到这些的时候,也流眼泪了。

我再讲讲他到来凤的一些充分表现他的家国情怀的地方。他在来凤先是粮管所主任,后来到卯洞公社。卯洞现在是一个旅游景点,很漂亮的地方,酉水从它旁边经过,武陵山脉葱茏悠远。他在卯洞当公社革委会副主任,卯洞公社有一个大队叫高洞大队,是居住在高山上的两千多苗族群众。这个地方不通公路,条件非常艰苦,公社决定修一条公路上去。张富清主动请战,领头带着社员来修这个公路。两年里,他常常半年才回一次家,跟当地修路的农民在一起,同吃同住,什么苦活都干。两年以后,这个公路修通了,高洞的两千多苗族儿女第一次看到公路,第一次能够从公路上坐车到下面来，与世界接通了。

张富清后来到三胡区当副区长，从三胡区副区长的岗位上再回县城建设银行当副行长，在副行长的岗位上离休。在卯洞，在三胡，在建行以及他的第一个岗位粮管所，张富清在每个岗位上面，都是做好他自己应该做的工作，尽最大的努力来发挥自己的作用。为了当地的老百姓，为了人民群众，为了国家，他不声不响，默默无闻地奉献。这些是我的长诗表现张富清的家国情怀的第二个方面，就是从军人到老百姓，从部队到地方，以国家需要为重，小家服从大家，到最艰苦的地方去为人民服务。

张富清的家国情怀的第三个方面，不忘共产党员的初心，为国为民，廉洁奉公。这个老爷子的廉洁是你想象不到的。我在来凤时跟他大儿子张建国吃饭聊天的时候，张建国说了一句话："刘老师，我们家 1975 年之前就没有吃过一顿饱饭。"他说的时候眼睛有点红红的。"我是五十年代出生的人，我是经过了三年困难的人，那时候我们吃草根，吃糠麸，吃树皮，没有粮食吃的。那个时候张富清家里孩子多，粮食供应少，吃不饱。张富清在粮管所当所长，他管着城关镇五千多居民的粮食供应，手头有粮食和油料。但是张富清没有拿过一粒米、一把面回家，没有。张建国说我妈到山上去剥树皮，摘树叶回来给我们吃，我们吃得眼睛发绿。"

张富清在三胡区当副区长的时候，碰上国家精减人员，很多公职人员下放。三湖区精简人员，张富清第一个把他老婆精简下放。他老婆孙玉兰是供销社的一个职工，营业员。她被下放后，就没有工作了，没有工资了，就回家去了，失业了。孙玉兰很不服气，说我没有犯错误，我工作这么好，为什么要我下放？张富清说你是干部家属，我又分管这个事，你不下放谁下放。孙玉兰下放以后，一家六口人靠张富清一个人的工资生活。一个副区长的老婆，为了解决家庭的困难，出去给人家当保姆，上山砍柴。砍了一大捆柴，背下山来，躬着背，压得大汗淋漓，然后把柴火拿到街上卖，几毛钱一担。再就是养猪，一年养两头大肥猪，过年的时候人家把猪杀了吃肉，他们家把猪杀了拿去卖钱养家。你说张富清，你的老婆有工作有工资，你把她弄下放，老婆做这些事情，你这是为什么？我在长诗里面写了一整章，我觉得任何一个成功的男人后面，肯定有一个伟大而作了奉献的女人。张富清身后就有孙玉兰这个女人。我长诗里面的这一章叫《爱的相随是永远》。孙玉兰跟着张富清一辈子，你让我怎么做我就怎么做，我什么苦都能吃，孙玉兰是张富清的最好的伴侣。

张富清的大儿子张建国，高中毕业以后当知青，恩施有朋友给他弄了一个招工的指标。张富清知道了以后说"你不能去"，把指标压下来给了人家，而把张建国送到卯洞公社林场里面干了 6 年。后来张建国通过自己的努力，入党，提干，做了教育局的局长。张富清的几个孩子的工作，张富清没有帮过一点忙，都是通过孩子们自己的努力，自己读书，自己参加的工作。张富清家里四代人中，有六个共产党员。他有一个孙女，在湖北民族学院当老师，搞音乐。

张富清的廉洁，不仅表现在对自己家的孩子们的严格要求，还表现在公私分明上。离休以后，他的眼睛患了白内障，住到医院，准备换一个人工晶体，做手术。县建行的行长跟他讲，老爷子你是离休干部，做手术的医疗费国家全部给你报销，你选择换一个好一点的晶体吧。好的晶体要一万多元，和他同病房的病友是个农民，也是白内障换晶体，农民换了一个三千块钱的，张富清选择了与农民病友一样价格的晶体。张富清说，我换个三千块钱的晶体就行了，何必要那么贵呢？为国家，为人民节约一分钱是一分钱。

还有一个故事，张富清有高血压病，他的药费，国家全部报销，他开了治高血压病的药放在家里。他大儿子张建国也有高血压病，有一次回家看望父母，忘了带药回来，就把老爷子的药吃了一颗。张富清说，你以后不能再吃我的药了，我这个药是国家出的钱，你不能占国家的便宜。说完，把自己的药锁进抽屉里。这些细节看似不近人情，但是老爷子确确实实是这么做的，确确实实是这么想的。

张富清是两袖清风一身廉，他的廉洁故事很感人。我给大家读一段长诗中书写来凤群众对张富清的评价的一段。

"我在酉水河边/与一位大爷相遇/雨后初晴/远处的山青/近处的水清/我与大爷谈着/来凤的英雄——//张老爷子啊/我们熟悉/过去常在一起溜达/菜场买菜见面/谈头天电视里播的新闻/哪里知道这老爷子/是个战斗英雄/立了那么多的战功/证书奖章一

大包/老爷子从来不吱声/老爷子早年/家大口阔,生活困难/一家六口/只靠他一个人的工资/老爷子从不向组织/提出任何要求/他要是把他的证书/军功章拿出来/政府和单位一定会照顾/老爷子啊闷声不响/有困难自己克服/竭尽全力做好/组织交给他的事情/哪像有些人/功不功,名不名/见了利益就上/见到官位就要/见了好处就捞/见到困难就跑”。

张富清当清官,是给人民当服务员,他分管的钱财经他手的成千上万。他在卯洞公社当副主任时,分管的供销社、卯洞造船厂都是有钱有物的地方。供销社物资供应,卯洞造船厂造船,在湘鄂渝赫赫有名,卯洞的金丝桐油是出口的重要商品。张富清坐在金山上,不取一分文。物质和财富是国家的,管理者只有管理的责任,如果向财物伸手就是犯罪,就是非分。共产党员只能付出,不能窃取,窃取贪赃就是犯罪。政府清理干部借款,长长的借款名单中间没有张富清的名字。张富清一家经常生活捉襟见肘,他没有向公家借一分钱,没有一次向组织提出困难补助申请。

啊,张富清,真正的革命战士,优秀的共产党人,一身廉洁,两袖清风。让那些贪腐分子在老人面前发抖吧!让那些忘记初心,忘记使命的变节者在老人面前忏悔吧!张富清是武陵山中的一座高山,我们所有的后来者都要向他致敬!

张富清的家国情怀,我再讲一点。张富清 88 岁的时候因为高位截瘫,腿锯掉了一只。他从湖北省人民医院做完手术回家以后,坐在轮椅上,轮椅要人推。老伴要照顾他,还要上街买菜,回家做饭,孩子们都在上班,老伴累,孩子们忙,他觉得自己是大家的麻烦。

张富清老两口住的是县建行一个两室一厅的房子,八十年代建的。张富清截肢以后,就总想自己站起来。他心想,我成天坐在轮椅上,给国家给家人增加负担,添了麻烦,我一定要练习着站起来。有一天趁着老伴出去买菜的时候,他就从轮椅上就爬下来,然后慢慢地移到墙边,再扶着墙壁,慢慢地、慢慢地一个独腿想站立起来,结果他摔倒了。他双手撑地,手上流血了,他双手扶着墙再次努力站起来,他终于站起来了。一次次地练习,手上的血抹到墙上,他家的墙壁上到处都是血印子。老伴回来后看到这种情况,就说他:你这是何必呢?他回答说:我在战场上,没有倒下,今天我不能够天天坐在轮椅上,给你们添麻烦。老伴被他说服了,就天天帮他练习站立。最后,他装上假肢,可以走路了。他也有一个轮椅,我们后来看到他在北京被习总书记接见,到天安门城楼上观礼,都是坐的轮椅。实际上,他安了假肢以后,是能够站起来的,还能够跟老伴一起到街上走路,到菜场买菜。就这一点,当时我就想:这个事情的意义何在?你 88 岁了,你截了一条腿,在轮椅里面有人推你,不是很好吗,你为什么要站起来?这一章我写的题目是《永不倒下的战士》。

老爷子说:我不愿意成天坐轮椅,轮椅要人推,给家人和组织找麻烦,我为了尽量少找他们的麻烦,就自己慢慢地锻炼着站起来。张富清的家国情怀,从他的每个细小的事迹都可以表现出来。

我今天给大家介绍的是我在长诗里面写到的张富清,这部长诗很适合朗诵,我的普通话说得不好,我不太会朗诵。很多朗诵者朗诵过其中的章节,效果都不错。湖北之声的播音员冯悦曾朗诵了序歌与第一章,她把音频发到我的手机上面。那天我刚好到东湖高新区去当一个活动的评委,他们派了司机来接我。我在车上打开了手机,听冯悦的朗诵,她朗诵得真好。那个司机说:哟,刘老师,这个诗真感人,这个人朗诵得真好。我就说这是我写的。一个武汉的普通司机说了这样的话,使我感受到了诗歌的力量、文学的力量。这是我讲的第二部分,我写老兵张富清的家国情怀。

第三个部分我就简单地讲一下,英雄的家国情怀,让我的灵魂受到了洗礼。我是只说我的感受,我不知道能不能说“我们的”?大家听听再说。这个感受我有三点。

第一,不忘初心,牢记使命,一辈子为党和人民工作。作为一个党员作家,我们要牢记为人民服务,为社会主义服务的方向,用我手中的笔,歌颂共产党,歌颂革命,歌颂祖国,歌颂人民军队,歌颂人民英雄,歌颂英雄的家国情怀,要红色写作。这是我在写作《中国,一个老兵的故事》以后,我的一点感受,我们每一个人都要做好自己的事,为国家,为人民,为社会做力所能及的事,大家都这样了,我们的国家就会强大,我们的人们就会富裕。

第二,我们要永远记住牺牲了的革命前辈。张富清在解放战争的枪林弹雨中九死一生,转业后 60 多年深藏功与名，不向组织提任何要求。原因是什么？张富清老人很平静地说：比起我的那些牺牲了的战友，他们有的连姓名都没有留下，我已经很幸福了，组织给了我转业和离休的待遇，我不能再向组织提任何要求了。我们要牢记这些牺牲了的烈士，要感恩。记住我们现在所享受的一切，是谁给的，要做好我们自己的工作。我今天能够写这么长的诗，今天能够在这里给大家讲座，在座的朋友能够和我来一起感受张富清老人的家国情怀，是谁给的？假如没有那些先烈的流血牺牲，就没有新中国的建立，没有新中国的建立，我们现在到底怎么样，我们自己都不清楚。所以我们的平常人，我们的老百姓，我们在各个岗位上的，各行各业的朋友，我们要永远有一颗感恩的心。张富清老英雄做了那么多的事，他心里记住，想着他那些牺牲了的战友！他默默无闻、不声不响做自己该做的事，为了国家，为了人民做出奉献，而我们难道不能够从这里面得到一种启示吗？我们要感恩。这是我接受灵魂洗礼的第二点。

第三，我个人体会特别深，我们在座的老同志听听。我说我第一次走进张富清那个两室一厅的房间，看到张富清安安静静地坐在沙发上面带微笑，然后了解了张富清的人生经历，用我的感情融进去书写了张富清的家国情怀以后，我就觉得张富清有今天，是他的无欲无求，他的心放在家国上面，没有想他自己，他很安静，他很安宁，他的脸上是阳光的，他是面带微笑，面带慈祥的，让人一看就是一个仁者、一个善者。

中国有句古话叫作“仁者寿”。张富清今年95岁，我感觉老人家超过100岁肯定没问题。为什么呢？我说作为我们老年人，在生活中间，我们有一颗感恩的心，我们无欲无求，我们心里尽量想着国家，少想着自己，少想着自己的这个挫折啊，这里不满意，那里不满意啊，少想这些。我们多做善事，多做仁义之事，仁者寿，只要做到这样，我们就能够长寿，我们就能够健康，我们的人生就会充满阳光。

今天我是以一个作家、一个诗人眼光，讲了一下一个老兵的家国情怀，也讲了一下我的体会。下面，我将朗诵长诗第八章中的一首诗，作为我今天讲话的结尾。这首诗题目是《老兵的军礼》。

新疆老部队来人
看望他们的战友
老兵张富清

绿色军装出现
八一军徽闪动
新疆，王震，三五九旅
老兵有点耳背
但这几个关键字
却听得分明

老兵顿时热泪盈眶
老兵心里掀起波澜
老兵回到激情岁月
老兵听到冲锋号声

老兵站起来了
用一条独腿
坚强地站起来了
缓缓举起右手
行了一个庄严的军礼

啊，我的战友
啊，我的连队
啊，彭德怀元帅
啊，王震将军
我永远是你们中的一员
我永远是人民军队的兵

老兵行了离开部队
六十四年后的一个军礼
老兵穿着军装
老兵戴着胸章
老兵头顶军徽
老兵脚踏大地

老兵是武陵山中的
一座巍巍青山
老兵是酉水河中的

一股激情波浪
青山不坠凌云志
流水不息奔大江
老兵永远跟党走
老兵为民之志永不移

老兵举起右手
向着祖国
向着伟大的党
向着英雄的人民
向着人民的军队
敬礼！敬礼！

中国,2019 年
这个鲜花开放的五月
在人民弘扬奉献精神
凝聚起万众一心
奋斗新时代的强大力量时
一个 95 岁的老兵
他的一个标准的军礼
是一次集结号
是一道冲锋令
是一尊山样的楷模
是一种磐石样的精神

共和国的老兵啊
我们这些后来者
与你一起行进在队伍里
朝着新时代前进！
前进！前进！

[作者单位:湖北省作家协会]

双雪涛《平原上的摩西》讨论课

□ 杨晓帆 等

杨晓帆：选择《平原上的摩西》作为我们第一次读书会的讨论对象，首先是因为双雪涛这位近几年最受瞩目的80后作家，在我看来已经具备了某种观察80后写作的节点性意义：所谓"东北之殇"为他作品赋予的精神底色，终于不再仅仅停留在家族叙事等显见的形式层面，而是在代际经验、历史感与当下精神状况的联系中有力地回应了批评界对青年作家走出自我、告别青春絮语、朝向公共议题的期待；而双雪涛从奇幻小说《翅鬼》出道直至拿下"汪曾祺华语小说奖""华语文学传媒大奖"，包括小说改编电影开机等最新消息，似乎也昭示了一种更加适应"双轨制"的职业写作状态的登场。双雪涛在一次访谈中借用"双轨制"这个词汇来意指在纯文学的写作追求及其发表方式和市场认可度之间可能形成的一种新的融合关系。如果说过往的韩寒、郭敬明之争里还有80后写作囿于文学体制评判标准的认同焦虑，那么今天再来谈论80后或更年轻一代写作时，所谓精英与畅销之别就只是"市场分配"的假面。如何创造一种"诱人"的美学风格去撬动我们被各种媒介塑形乃至同质化了的经验和感觉，甚至有实力争夺葛兰西意义上的"文化领导权"——这是我心目中一个好作家当下应有的抱负。

因此，我们讨论双雪涛必然面临两点挑战：一是当"做同代人的批评家"成为一句无须争取的口号时，究竟如何把握《平原上的摩西》为思考"同时代性"问题提供的价值？二是目前围绕双雪涛的评论研究中也存在过快经典化甚至标签化的现象，而批评套路一旦形成，对创作与创造性阅读都会形成桎梏（例如"东北故事"阐释框架、"被侮辱与被损害之人"的文学表达等也被平滑地运用到对双雪涛之后如班宇等作家的认识中）。如何在讨论中首先回到文本自身，逼出我们自己的声音与评价，这一点恐怕尤其重要。

一、"摩西"何在?

梁坤锈：我想先从小说标题谈起，谈谈我对"平原"与"摩西"这两大意象的理解。首先，因为"平原"是傅东心为自己在烟盒上画的关于李斐玩嘎拉哈的照片取的名字，所以"平原上的摩西"其实只不过是"烟盒上的摩西"。作者在这里通过对摩西的凡俗化实现了某种解构：平原上充满神力的摩西在当今社会市场经济体制下是不存在的，有的只是平凡庸常的芸芸众生。其次，烟盒的作用不可忽视，可以说正是这个烟盒连接起了庄树和李斐的私人记忆（这是属于他们的一段美好往事），但回转现实，它又成为揭开谜底，帮助庄树指认嫌疑人的重要线索。在这里，历史变动前的美好和当下绝境被对立起来，产生了巨大的反差和悖论，而整个烟盒就承载了这样一种对立。无论是小说外部巨大的社会变革，如国企改革、下岗潮以及由此引发的一系列凶杀案件，还是故事内部人物艰辛的生活；无论是李守廉与庄德增从昔日伙伴变为今日"下岗工人与工厂老板"，还是李斐与庄树从昔日发小变为今日"警察与犯罪嫌疑人"；无论是上一代因时代变动中利益再分配带来的阶级隔阂，还是下一代因偶然命运造成的善恶隔阂——作者似乎都有意地想要实现一种反讽：生活绝非是平原一般的坦途。

再看小说的结尾，庄树对李斐做出了摩西般伟大的许诺："我不能把湖水分开，但是我能把这里变成平原，让你走过去。"可是平原会出现吗？庄树作为理想中的摩西能否完成对李斐的拯救？还是，庄树将作为现实中的警察亲手将昔日伙伴束之以法？我觉得作者设置了一个"并非结局的结局"，其中充满了"反抗"与

"代价"的悖论。一方面,父女俩的"反抗"具有不折不扣的"道德合理性":李守廉为城管"欺压"平民而行凶,因蒋不凡误会他且造成女儿受伤才伤人;而李斐,一反乖孩子形象,欺骗父亲只是为了完成对庄树朴素美好的"平安夜承诺"。另一方面,他们为之付出的"代价"又丧失了合法性:李守廉确实杀了人,必将锒铛入狱,而李斐因一次"任性"导致了整场悲剧的发生,不得不承受这一行为带来的苦果。因此,小说事实上是无法结尾的。结尾庄树与李斐坐在人造湖的小船上,正如昔日的庄德增和傅东心,但有意思的是,这条小船上承载的,不只是纯净的爱与美。庄树作为此刻摩西的现实对应物,虽然试图努力完成对李斐父女的拯救,但它是无效的,"怎么办"的问题被悬置起来,作者呈现了一个"无力的摩西"。

谭　复:我同意坤锈对"平原"的解读,在发挥它的其他象征意义之前,它首先就是一个香烟品牌的商标。"平原"牌香烟出场的年代正是下岗潮袭来的1995年,庄李两家及两代人也在这一节点渐行渐远,由此"平原"不可避免地隐喻着随着改革开放深入逐渐形成的市场经济时代。我想接着坤锈的发言往下说,不仅是某个人物无法成为摩西,这就是一个信仰失落的年代,文中的几个主要人物都已经无力"承担"传统意象中摩西所代表的恒定的价值和引领者。人人都是"无力的摩西",连自己都照顾不好,却偏要金针度人。傅东心是将摩西的故事讲述给李斐的人,从知识和价值取向层面上而言,她是李斐的摩西,但可悲之处恰恰在于摩西"心诚则灵"的道理,在傅东心自己身上更像是面对一段将就且纠葛了父辈冤仇的婚姻所做出的无可奈何的宽慰,她最终也活成了李守廉口中一直没法向前看的人。同理,作为傅东心的精神之子,李斐显然也无法承受摩西之重。庄树经受过精神蜕变之后,开始找到日常生活中的价值感和悲悯精神,但从小说的结局来看,尽管作者理想地留白,也没有为我们提供一个确定的答案。无论庄树的选择如何,他都将陷入矛盾的境地。如果他网开一面,就违背了国家正义和职业操守;而将李守廉逮捕,则破坏了人心道义和悲悯温情,因此他也并不是那个强大坚定的摩西。李守廉作为富有正义感、看重尊严的父辈形象,在文本中时常闪烁出近乎于神的光芒,但他身上也有致命的缺陷,为自己命运抗争的私愤与近乎偏执地践行着自己心中的正义。至此可以看出,"平原上的摩西"这一意象本身就具有巨大的反讽意味,它在宣示一种无可奈何的焦虑,主席像被移走了,作为引领者、拯救者的摩西已经不存在了,被降格为一个个"无力"的凡人,生活在巨大差距里承受着各自的苦难。一个时代已经过去了,不再有一种毋庸置疑的统一精神取向可以引领我们跨过大山大河。

曾笏煊:这部作品中的确没有任何人物足以承担摩西的角色——一个能够使海水分开、带领族人摆脱奴役的英雄。但我觉得作品强调的是生命中"共通"的情感体验,正是基于这种体验,人与人之间才能够相互联结、沟通,而不是相互隔绝、对抗乃至成为孤岛。傅东心在教李斐《出埃及记》时强调心诚能使高山大海让路,使欺侮自己的人受到惩罚,这种宗教理想化的训诫在面对现实的沉痛与命运的无法预料时显然是无效的。在访谈中,双雪涛也认为东方人无法完全理解西方宗教(这种态度让人想起同样发表于2015年的《一句顶一万句》)。或许比宗教更重要的,是人与人之间的善意与爱。

杨晓帆:这里补充一点。双雪涛自己谈到过他对宗教的理解,一是他说中国的明清小说传统更多还是世态世俗小说,所以当他想要找一个超越世俗的精神力量时,就比较无奈地向外找,找到了《圣经》;二是东北地区基督教发展的一些实际情况,如他在小说《光明堂》中也写到类似场景,由教堂组织出了新的社会关系,这一点可以结合更具体的社会调查与社会史研究去做文学问题的拓展。

曾笏煊:是的,我觉得这篇小说里确实有超越性的精神。就像"平原"上画的是李斐将三个"嘎拉哈"抛向天空,但当时的李斐只是坐在炕上,并不是真的在玩"嘎拉哈"。"嘎拉哈"在半空中散开像星星,是一种想象,李斐喜欢火柴,喜欢火,可她心中深刻地知道:这样玩太奢侈了。作品的基调是灰暗的,贫穷、下岗、犯罪、静坐,与此相映衬,作品中的火焰才显得富有象征意义,甚至引起整个事件的导火索也是李斐想要去放一把像"一片圣诞树"的大火作为送给庄树的圣诞礼物。这故事使人不禁想起《卖火柴的小女孩》,同样的冷,同样在冰天雪地中寻求温暖与慰藉,同样让人感到希望与哀伤。火是释放的光、热与美,可却奢侈,甚至可以说是一种幻想与想象。从这个角度来看,“平原”就是这种幻想与想象的载体,也承载着在贫乏的物质与精神生活造成的痛感中追求某种希望与慰藉的美好心愿。

张　倩:我想把“平原”比作一串项链,它将小说中人物生活的共同体串联了起来,成为填补孤岛与孤岛之间的裂缝。为烟盒设计图案是傅东心的工作;庄德增凭借“平原”的设计获得了云南烟厂的股份,是他发家致富的开端;“平原”是李守廉抽的香烟品牌,同时也是庄树探案的重大线索,唤醒他的童年记忆也促成他找到李斐。小说结尾“我把手伸进怀里……掏出我的烟,那是我们的平原。上面的她,十二三岁……”庄树这一席话,“那是我们的平原”暗含着的是那段他跟李斐真切存在却再也回不去的童年岁月。那几年的跌宕起伏和风云变幻,是小说各个人物共同经历的时光与难以忘却的记忆,因着那段“平原岁月”,他们开始渐行渐远,却又正是那段“平原岁月”让他们在彼此生命中成为不可磨灭的痕迹。更进一步地说,那段岁月甚至是被囊括在当时时代和国家政策改革浪潮之下的,所以“平原”不仅仅是小说中各个人物生活的共同体,更是一段历史的真实写照。

邢可欣:“共同体”现在好像成了批评中一个很时髦的词,把“平原”解释成“共同体”有点大而空,但是从这个视角出发确实能够成为分析作品中两代人的一个突破口。对于孙育新与李守廉来说,“我们是一代人”不仅意味着共享的知青经历,也意味着日后在现实变迁、时代风云面前的“分享艰难”。而对于下一代人,无论是李斐和庄树,还是李斐与孙天博,都已然不再拥有父辈那种“我们是一代人”的笃定,前者成为已被遗忘的童年往事,而后者更像是延续自父辈的一种责任或者义务。李斐他们这代人的“我们生活在巨大的差距里”关乎时代浪潮下身份和阶级的分化,当然也关乎个人经历、性格与价值选择。但对于这篇小说,或许也正是在这种“一代人”共同体破灭已成为事实的情况下,小说结尾“这是我们的平原”的尝试才显得如此无力又如此动人,庄树以烟盒建立的“平原”不再是一种“想象的共同体”(代际、阶级等),而是基于童年回忆与当下情感(或许是忏悔或就是单纯的同情)的个人对个人的共情,这样的“共同体”或许没有抽象和高蹈的精神寄托,但它是我们这个分裂的社会重建理解和沟通的可能。

对“摩西”的分析促使我重新审视庄树这个人物形象,我认为这是小说除李守廉之外另一个塑造得极好的人物。庄树最开始的形象是一个浑小子,相比敏感多思的李斐(既背负了历史又背负了现实),庄树颇有“少年不识愁滋味”的感觉,是个历史清白的“新人”。但他对自己的定位却是“执拗、认真、苦行、不易忘却”,这与他入警校之前的人生经历以及他对于童年玩伴的淡漠印象完全不符。在庄树的经历中,我认为斗殴经历固然促使他走向警校,走向“对别人有意义也对自己有意义”的人生选择,但这更像是无所事事的青春之后的一点自我证明,他依然是“自我”的;使他成长的是从警之后的经历(抓逃犯、了解蒋不凡,庄树这次叙述中提到的几件事虽与故事主干无关,但对塑造庄树形象有极大意义,也写得极好),由此他才会在赵小东分析李斐可能参与抢劫时表示“从人性角度讲,父亲不应该这么干”,这时他已经走出自我看到了世界和他人;而庄树的完全蜕变是在小说结尾的高潮部分,得知出租车一案与自己有关后,“这次轮到我(庄树)沉默下来”,他由此感受到了“世界与我”的关系,他人与自身命运的关联,也才有了“你长大了,真好”之后温情又感伤的“魔术”,才有了“这是我们的平原”。(我认为李斐那句“你长大了”,对照庄树本身说的“我们都长大了”来看,是有一种幽怨在的,有种“我的人生因为你在十二岁戛然而止,而你却好好地长大了”。而庄树之后的“让你走过去”则有种“我希望你不要停留在过去与回忆,而也走进现实,走向未来”的感觉,也即小说结尾漂向岸边的烟盒上的李斐。)由此可以看到庄树人物形象的发展是渐进的,而他这样一个最后带有一点“摩西”色彩的人物也是呈现出了一个背负历史(负罪、忏悔)向前的形象,没有人是与现实与他人命运无关的孤岛,也没有谁是与历史无关的新人。双雪涛也由庄树形象的塑造赋予了子代(80 后)与父辈一样的历史感与深度,这是庄树形象的价值。

二、记忆的碎片

杨晓帆:可欣讲的其实是“两代人的关系”,父辈给予子辈的债务和遗产。大家都注意到小说开头庄德增与傅东心在人工湖上划船与结尾庄树与李斐湖上相见的对称,“渡”与“岸”的寓意本来也象征着去调和潜在对立的人物关系。但不仅像大家分析的那样两代人都无力承担引领、完成救赎,我觉得一个关键性的区别还在于——父辈的个人创伤可以从一个不断被叙述与阐释的社会记忆与大历史中找到解释和归因(如“文革”伤痕、改革阵痛等),子辈的命运在小说中却很大程度上被一种“偶然性”所支配。如果说任何主体生成与行动的前提是自我认识的厘清,那么小说里作为我们同代人的庄树、李斐、孙天博们,就不得不借助零散的回忆、父辈们的身影、生活中偶现的某个契机,去一点点拼凑出自我的形象,然后再回答“怎么办”或说在命运感之上是否具备主体能动性的问题。作为同代人的双雪涛,这篇小说中采用多视角叙述的独特形式本身,是不是也可以看作是这一精神症候的映照?

张　倩:那我先概括下这篇小说的叙述特点吧。首先是多人物第一人称回忆式有限视角。小说中一共是七个人物的第一人称叙述,其中蒋不凡、孙天博、赵小东各一次,庄德增、傅东心各两次,庄树三次,李斐四次,叙事视角基本涵盖小说主要人物。他们在各自的视野里用回忆的方式叙述,每个人所能看到的只是自己有限的视角,形成留白和悬疑,而在每个人的叙述视角下又都关联着另一个人的人生经历,留白的同时有互相关联和弥补,最后完成整个故事逻辑的架构。利用这种叙述结构,在一定程度上完善了人物形象,促进叙述接受者对人物身份的认同感。另外,故事中套故事,案中案的叙述模式,叙述时间的有意错乱,使得叙述愈加错综复杂,但不失故事逻辑和结尾的完美契合。因城管袭击案的发生,作为刑警的庄树参与到案件调查中,而此案件的作案工具则是十二年前的出租司机案促成的一场钓鱼行动事件的遗留物,巧合的是,钓鱼行动中凶手的判断依据与一个圣诞约定的实施工具意外吻合,更出人意料的是,调查这个案件的刑警正是当年圣诞约定的男主角。作者把一个时间跨度长达十二年的故事架构中穿插四个紧密关联的故事,层层叠加,环环相扣。

谭　复:采用这样方式讲故事确实增加了悬疑推理的效果,但我觉得多视角叙述的重点更在于“记忆”。每个人物说了什么并不重要,而没说什么、怎么去说所体现的叙述选择性也在揭示人物之间的关系。通过多视角的叙述,文本至少在四个角度上呈现了人与人之间精神交流上的巨大隔膜和错位:首先是夫妻之间,在庄德增的叙述中,傅东心永远是以“傅东心”而非“妻子”等昵称的形式出场,在傅东心的两节叙述里,庄德增虽然是“德增”,但对他身上纠葛的父辈仇恨却是在与邻居李守廉的交谈中得以袒露,这种隔膜与两人初见时尴尬的谈话场景遥相呼应;其次是朋友之间,在李斐的叙述中,和庄树有关的童年记忆成为中心,但在庄树的前两次叙述里,这个童年玩伴不仅没被提及甚至连名字也遗忘了;再次是阶级之间,庄德增第二次叙述里和李守廉在出租车上的谈话,对于老人游行事件的不同看法显现出两人难以理解对方的人生;最后是两代人之间,庄树与庄德增之间的显在价值冲突。由此,叙述手法的运用赋予了小说一层全新的意义维度,向读者拷问——“人能不能真正相互理解”。在结尾作者也给出自己的答案或者说寄予了他的美好愿景,两人开诚布公地袒露一切,跨过岁月中误解与情感错位的沟壑,似乎双方若都拿出真诚和善意,人与人之间就能获得精神共振。但这样就又回到了我最开始提出的“平原上的困境”,真诚和善意真的能够化解历史无常和时代浪潮下的一个个悲剧吗?

曾笏煊:借用卡勒《文学理论入门》中的话来说:“一个从单一角色有限的视角讲述的故事可能会造成极强的世界不可预知的感觉:因为我们不知道其他人在想些什么,也不知道正在发生别的什么事情,所以对这个角色所发生的一切都可能是一个意外。”这种“不可预知”其实更符合作为个体的人对于生活的真实感知,在这一前提下探讨人与人之间如何沟通与理解似乎更具有逻辑上的说服力与现实操作的可能性。

邢可欣:综合一下谭复说的“隔膜感”和曾笏煊说的“不可知”,《平原上的摩西》讲的就是因为人与人不可见不可知酿成的偶发悲剧,从而呈现了时代变迁下社会结构与人际关系的巨大分裂,呈现了1990年代自身的复杂性。而这种“复杂性”不是通过某种权威性或规范性的“话语”讲述出来的,而是通过“视角”呈现出来的。

但我也有一点对双雪涛的不满。他自身强大的语言风格限制了他对人物语言的塑造。虽然是多视角内聚焦，但其实每部分人物说话的语态、方式都不能特别见出人物的个性，都是双雪涛在说。

梁坤锈：有一个共同的声音站在这些叙述者背后，他们都是在代双雪涛发言。不过操控不同的叙述视角是不是也为双雪涛确立了一种“旁观叙述者”的姿态？他安全地站在故事的外面。我想到拉康镜像理论里的一句话，自我无法靠主体本身得以确立，它必须是主体依赖于自身在外界折射出的镜像关系才能够得以确立。作者内心世界隐秘的欲望与精神苦闷，都投射给小说中的主人公们去尝试、去冒险、甚至去失败，而非豁出去和主人公一同去冒险。这也是小说之所以冷峻、坚硬的原因。

邢可欣：但这么冷峻旁观的叙述姿态，又产生了特别有抒情性的力量。

杨晓帆：所谓抒情性或阅读中打动人的精神力量，也是因为不同叙述视角在尽可能地冲破隔阂与限度，甚至在讲述的延宕、记忆的修正中去不断敞开自我的经验。小说里每个人物身上的确有大家谈到的无力感或者时代洪流中的脆弱性，但几乎每个角色又都还是在寻求一种稳定的可以安顿身心的东西，并且一旦明确，就会毫不犹豫地付诸行动。像傅东心的周游世界，跳出她的世界看，我们会觉得是盲目与自欺的，但它的确支撑起她生活世界里的一种意义感。当超越世俗的神性力量不能普度众生，或许能够讲述“摩西”的故事或者记住“纪念碑底座上战士的数量”，也是在从废墟中翻检出火烛。

三、经验与叙述

曾箣煊：就小说集《平原上的摩西》来看，双雪涛的创作有很强的自传色彩。文学、宗教、贫穷、升学问题、工厂、下岗、父母不和、艳粉街、踢足球、烟，这些都在他的作品中频频出现，作者在访谈中也多次提到自己的写作与个人生活经验之间的紧密联系。但《平原上的摩西》却不止于此，它还大费笔墨地书写了上一代人的生活与经验。“文革”给傅东心造成了很大的心理创痛，影响了她对于庄德增和庄树的态度；庄德增在“文革”中杀了人，后来却俨然成了成功人士；千禧年前后，又发生了主席雕像事件；李守廉作为“文革”中的救人者，在生活中富有正义感与同情心，却惨遭下岗、贫穷、女儿残疾等重大打击，“就是希望不够分，都让你们这种人占了”，后来竟至于杀人。可见，上一代人的生活特别是“文革”的经验已经深入影响了作品内在的情感逻辑，也作为沉重的历史包袱间接影响了下一代的生活与命运。

像作品中的东北“二王”就实有其人其事，他们的暴行震惊全国，引起人们的惶惶不安。但这是 1983 年的事件，与出租车杀人事件时间相去甚远。作家引入“二王”案件，似乎有意凸显 90 年代工厂破产，大量工人下岗造成的社会动荡以及人们的迷惘、不安与痛苦。

张　倩：少年记忆确实是双雪涛写作的根基。他说他不搜集素材，依靠记忆和想象写东西，尤其是在写《平原上的摩西》和《飞行家》这两本书的时候，坐那儿就写。20 世纪 90 年代整个区域内国企大变革，尤其是沈阳、长春、哈尔滨这种东北重工业城市，集聚了很多大型重工业国企，产业相对单一，自然是改革的“重灾区”。在下岗潮的冲击下，双雪涛的父母也无法幸免，之后他家搬到“艳粉街”，这是一个城乡接合部中的三不管地带，鱼龙混杂，居住条件艰苦，升学时的九千块择校费，卖苞米、卖茶叶蛋，也都是他和他父母所经历过的，这些现象都在《平原上的摩西》中毫无保留地展露出来，成为双雪涛文学叙述的素材库。双雪涛作为 80 后作家，“文革”刚过去不久，上一辈人是从那时候走过来的，人与人之间的关系还存在一定的裂缝，心灵仍余留创伤，映射在小说中，就是庄德增、傅东心、李守廉、孙育新之间的复杂关系。而庄树与李斐童年的友谊恰恰正是在这样一种大的历史背景之下得以建立起来的，他们父亲之间不同的选择、阶级的隔阂，注定了他们两人友情的悲剧和现实的无力，“恐怕每个人身上发生的悲剧和喜剧，都与他人有关，更和自己的亲人有关，而且这些家庭的悲喜剧，又都跟时代有关，所谓国家，可能就是如此”。总的来说，双雪涛在《平原上的摩西》这部小说中的文学叙述很大程度上得益于他自身的现实经验。

邢可欣：在个人经验与文学叙述这方面，现在讲得比较多了，我比较关注的是双雪涛与先锋文学的关系。文学阅读或说文学师承也是谈“经验”的一部分。《青年作家》2018 年 06 期“新批评”栏目以“现实主义语境中的先锋写作可能”为主题，我觉得很有启发，当下 70

后、80后新锐作家确实呈现出了一些重新回到"现实主义"的写作共性,比如双雪涛,得鲁奖的石一枫,但他们这种"现实主义"显然不同于传统的"批判现实主义"或者"社会主义现实主义",如果溯源或许可以追到1990年代的新写实文学。在这样的情况下,我很好奇看似已经落潮的先锋文学——这是70后、80后作家文学成长过程中重要的阅读史——如何成为影响和参与到他们当下创作的一种资源与遗产?而这种遗产又发挥了怎样的作用?

具体到双雪涛这里,一方面是他叙事技巧的使用、鲜明的语言风格以及作品中的奇幻成分有先锋文学的印记,另一方面则体现在他的文学观上——引一句访谈中的话,双雪涛说,"以我个人的理解,也许这个词('先锋')指的是某种探索的精神,某种在文学之内实现文学的精神,某种自私地表达自己的精神,可能就是这种精神一直影响着我,提醒我,文学本身是具有重要意义的,如同一个数学定理即使在几百年内无法得以应用,它的意义也是重大的,它说明它本身"。双雪涛(也包括与他类似的新锐作家)是在"文学失去轰动效应"很多年之后又开始尝试用文学重塑"文学与现实""文学与我"的关系,但也正是因为有了先锋文学传统在前,这种重塑就不可能再是简单机械的"以文学干预现实",而必须呈现出新的面貌。这是一个很宏大的问题,我讲得太抽象了,也只能讲个由头,作为我们以后可以思考的一个角度。

曾笏煊:作家的阅读史确实是一个有趣但具体讨论起来也很有难度的话题。我就补充一下作品中的依据吧。《平原上的摩西》里频频提到的《出埃及记》以及《摩西五经》显然与作家多次阅读《圣经》的体验有关,"摩西"也是作品最重要的隐喻之一。孙天博为李斐借的十本书,其作者有谷川俊太郎、村上春树、纳博科夫、麦卡勒斯、福克纳、钱德勒、弗兰岑等。麦卡勒斯的《伤心咖啡馆之歌》表现了人与人之间的孤独与疏离,钱德勒创作了很多侦探小说,而《平原上的摩西》的多视角叙述也与福克纳的《我弥留之际》相似。作品开篇提到的《红楼梦》是中国古典小说的典范,《县里的医生》则是俄国作家屠格涅夫的作品。这些作品显示了中国古典文学、俄国文学、日本和英美现当代文学作为"文学传统"对于作家创作的影响。

杨晓帆:经验与创作的关系本身是个老话题,但批评界在谈青年一代写作时谈这个主要来源于两方面不满:一是参照于此前更能唤起共通感的"纪念碑式写作",不满青年作家过度消耗自我经验;二是在关于先锋文学势能是否耗尽的争议中,不满青年作家言必称博尔赫斯、卡佛的文学视野。但这其中也有不少想当然的结论需要再探讨,比如回到史诗与现实主义是否就能穿透经验走出沉溺于"内心叙事"的写作惯性与美学趣味,作为背景的社会历史和日常生活、个人感觉中的社会历史是怎样的关系,有宏大叙事与公共议题的创作是否一定有分量,"小叙事"能不能四两拨千斤。

今天我们主要细读了双雪涛《平原上的摩西》,还可以把这篇小说放到更长的创作脉络中去思考。比如《聋哑时代》是双雪涛获首届华文世界电影小说奖后"拿出了真心"的所谓转型之作,那么它作为一部典型的成长小说是否包含了作者作为80后一代或青年写作的某些起源性问题。回到有些俗套的"同代人说",返身自审,凝视脚后延伸出的黑影子,恐怕是时间许给我们不得不跨越的门槛。

此次讨论课于2018年11月9日在华中师范大学文学院举行。参加讨论课的同学包括:华中师范大学文学院2018级硕士研究生谭复、张倩,2015级本科生邢可欣(本文发刊时已于南京大学攻读硕士学位),2016级本科生曾笏煊(已于中山大学攻读硕士学位)及2016级本科生梁坤锈(已于重庆大学攻读硕士学位)。2020年3月29日,基于讨论课心得,读书会新老成员再次以"新东北作家群"为对象组织了又一次拓展讨论,成果以《希望,还是虚妄?——当"东北文艺复兴"遭遇"小资读者"》为题刊于《文艺理论与批评》2020年第5期。

[作者单位:华中师范大学文学院]